JN055572

キャンドルフォード
続・ラークライズ

◆◆

フローラ・トンプソン著
石田英子訳

◆◆

朔北社

Lark Rise to Candlefoed : a trilogy by Flora Thompson
Lark Rise was first published by Oxford University Press 1939;
Over in Candleford in 1941; Candleford Green in 1943
Issued together under the present title in 1945
Published in Penguin Books 1973
Reprinted in Penguin Classics 2000

キャンドルフォード　続・ラークライズ

目次

キャンドルフォードへ

キャンドルフォードへ

第一章　変わらない暮らし

ラークライズ

「早く夏にならないかな。宿屋(イン)の荷馬車とポリーを借りて、キャンドルフォードへ行こう」父が言う（ポリーというのはインのお婆ちゃん馬の名前）。「また言ってる。百万回目だわ」とローラは思う。いつになったら本当に連れて行ってくれるのかしら。土曜日に買い物に行く町の市(マーケット)が今までに行った一番遠くだ。

ラークライズに住んでどのくらいになるの？と聞かれたとき、ローラの答えは「何年もよ」で、エドモンドは「ずっと」だった。エドモンドの「ずっと」は五年、ローラの「何年も」は七年でしかなかったのだから、二人は母の言う「貧乏に生まれるのは人生最大のミスなのよ」というのが自分たちのことだとは思っていなかった。まだ人と自分を比べてみるほど長く生きていなかったのだ。

麦畑に囲まれ、小さな民家が数軒肩を寄せあっている村に二人の家はあった。一番近い町からでも三マイル、市と呼ばれる都会からは十九マイルも離れていた。周りは肥沃な農業地帯で、はるか向こうまで耕された土一色の世界が、パッチワークの縁取りのような生垣に彩られた景色は、いつまでもこのまま続くように思われた。夏は頭上に雲が流れて目の前に青い麦穂が揺れ、秋は一面の黄金色、冬は真っ白な雪景色の中、生垣から生垣へ野兎や狐の足跡が弧を描いている。そんな季節の光景を二人はいつも思い出すことになるだろう。

季節によって茶色や緑、そして真っ白だったりする大地の真ん中に、ほんの少し盛り上がっている場所が、ローラたちの村だった。灰色の石垣の中に色褪(あ)せた瓦屋根の家々が肩を寄せ、果樹やイチイの生け垣の緑がわずかに色を添えている。

村の人々

州街道を行く人の目には、一マイル向こうの周りに何もないその集落は、寂し気に映ったかもしれない。でももう少し近くで見れば、暖かな人の気配と生き生きした暮らしの営みが感じ取れたに違いない。

どの家も大体が貧しかった。中には何年もかかって貯めた蓄えのある家や、まずまずな暮らしをしている家も二、三軒はあったけれど、お金が窮屈なのはどこも同じだった。

どうしてもお金を借りたいときでも六ペンス以上は頼めなかった。相手が困った顔をしたら慌てて「二ペンスでもいいのよ」ということになるだろう。行商の物売りが来たときアメが欲しい子供たちがもらえるのは半ペンスか四分の一ペンス銅貨一枚だ。そのほんの少しのおこづかいで買った大事な砂糖ぐるみアーモンドやミントの飴玉で、ほっぺたは一時間もふくらんでいる。親たちは何か月もかけて豚を育て、冬には薪拾いをして小銭を稼いでくれた。ちょっとでも倹約を忘れると、金曜日の週給の支払日前にお金がなくなり、一銭もなしで数日過ごさなければならない。

でも「お金が全てじゃないさ」とみんなは言う。貧しいのも家が狭いのも、外からは似たもの同士でも、家の中はそれぞれに他所とは違う「我が家」だ。一日中畑の冷たい外気にさらされて働いた男たちは、煙突から立ち上る煙とベーコンとキャベツ料理の匂いが迎えてくれる家が、どこよりもほっとできる居場所だ。かまどのそばの「父さん椅子」に腰を下ろし、泥だらけの重いブーツを脱いで、膝の上で赤ん坊をあやしながらお砂糖たっぷりの濃い紅茶をすする横では、「母さん」が夕食の皿を用意しているだろう。

上の子供たちも一日学校に行っていたか外で遊んでいたかで、今帰ったところだ。「お腹が空けば伝書鳩や野兎みたいに、迷わないですっとんで帰ってくるのよ。家にはご飯とねぐらがあるからね」母親たちは言った。

一日のほとんどを家にいる女たちにもそれぞれに自分の家は大切だった。大勢いる家族のための洗濯も料理も掃除も繕い物も、何もかもこの家の中でこなすのだ。仕事が一段落した午後のほんの半時間、火の前でゆっくりお茶を飲むのも、苦労をやりすごしながら小さな楽しみを見つけて毎日を過ごすのもここだ。仕事がはかどって手がすいたら、粗末な家具の配置を変えたり、壁紙を張り替えたり、古着をほどいてクッションやキルトを縫ったり、ちょっとでも気持ちよくこぎれいに模様替えをしてみる。飾るものがない貧しい家でも、いつ買ったかさえ憶えてないものや、お屋敷の競売で手に入れたものや、昔奉公先で貰ったものや、何かしらは必ずあるのだった。

そんな宝物がいつのまにか、いわくつきの「お宝」になっていることもあった。「ビルのお祖父さんは、隅にあるあの食器戸棚に二十ポンド払うという人がいたのに売らなかったんですって。食器戸棚ではなく古時計だったかしら」

こんな口癖の人も。「ある人に、部屋に飾ってある写真のフレームにはめ込んであるのは、本物のルビーやエメラルドだと言われたのよ。ガラスだと思っていたのに。一度シャーストンの町の宝石屋に持って行って鑑定してもらうわ。お祭りのときにでも行こうと思うの」でも、決して行きはしない。誰だって、本当のことがわかってがっかりするより、夢を信じている方が楽しい。

聞いている人もその宝物に疑問をさしはさんだりしてはいけない。それは思いやりに欠けたルール違反だ。同じような宝物はみんなが持っている。ローラたちの父は家で笑って言っていた。「二十シリング以上持ったことのないブラビィの家で、二十ポンド出すと言われて飛びつかないはずがないじゃないか。ギャスキンのおかみさんのルビーやエメラルドが、コップと同じただのガラスだってことくらい片目でもわかるさ」と。

「いいじゃない。そう思う方が幸せなら」母がたしなめた。

みんな働き者で、独立心旺盛で、大体は正直な人たちなのだ。

「天は自ら助くる者を助く」は彼らの好きなことわざの一つだったが、気の利いた言葉を自分では考えつかなくても、お気に入りの昔からのことわざはたくさん知っていて、ぴったりのものがすぐに出てくるのだった。隣の家で重い家具を移動したいといえばすぐにやって来て、ペッペッと手のひらに唾をつけ、言うだろう。「手伝ってやるともさ。半クラウン（二・五シリング）と言いたいが、まあ、一シリングでいいだろう」もちろん冗談だ。誰もそんな金額を手伝いに払えるわけがない。でもお礼はちゃんと支払われる。ビール一杯の現物支給かその分の小銭か。当座のお礼が間に合わなければ、後でこちらの労力でお返しのこともある。

相談事を持ちかけられると、「『寄らば文珠の知恵』というからな」「だから『頭数を増やしたくて馬鹿は結婚する』わけだ」「『羊並みの頭』は特にな」と続ける者もいるだろう。みんな競うようにことわざを並べるのが好きだった。『犬を気づかれずに殺すのに綱で吊るすことはない』

のさ」「『バターを喉に一ポンド詰めてやる』か」そして「金の亡者は諸悪の根源」と言えば、「でも『諸悪の根源』を俺にくれると言うなら断らないよ」と続くのだ。

最近の本や映画には、当時の田舎の人々の会話や出来事がよく出てくるが、実際には村の出来事で外の人々の興味を引くようなものは何もなかったし、今の人が考えるようなものではなかった。ラークライズは悪の巣窟でも平和な理想郷でもなかった。でもどんなに舞台が狭くても、人の営みには必ずそれなりのドラマがあるので、はた目には十分に面白かったりするのだろう。

その頃は今では必需品になっている生活道具や設備は何もなかった。共同井戸以外に水を得る場所はなかったし、庭の隅のトイレでしか用は足せなかった。明りはろうそくかパラフィンランプだった。でも生活は楽ではなかったけれど、村の人は自分たちを可哀そうとは思っていなかった。可哀そうなのはもっとひどい生活をしている本当に貧乏な人たちだった。

日曜学校の図書室から子供たちが借りてくる、ロンドンのスラムを舞台にした小説を母親たちも読んでいた。それは当時の作家たちが好んだテーマだった。母親たちは、主人公たちの置かれたひどい状況や、優しく手を差し伸べる女性や子供に心を動かされた。『クリスティーのオルガン』や『フロッギーの小さな弟』といった物語には村中が涙を流して、可哀そうな子供たちに何でもしてあげたいと思うのだった。「可哀そうに。私のところでサミーと一緒に寝かせてあげたかったわ。そしたらきっと病気も治ったのに」死の床にいるフロッギーの弟はお話の中の人物なのにそんなことは忘れていて、次に会ったときには「結局は小説なんだよね」となる。

しかし可哀そうな物語は心を揺さぶると同時に、自分の方が少しはましという優越感で心を慰めてくれるのだった。ありがたいことに我が家には二階もある。一部屋しかなくて豚も一緒に暮らさなければならない境遇ではない。清潔なベッドもあり部屋の隅でぼろをまとって寝ているわけでもない。

外の人々

村の人々にとっては自分たちの暮らしが普通だった。そこにいるローラとエドモンドにもそうだった。「普通」から下に外れたのがスラムに住む「本当に貧乏な人」、上に外れているのが「紳士たち」だった。それ以外の区別はなかった。上の方の中には〝まあまあの人〟もいる。訪問牧師やその友人たち、町のお医者様といった人々は自分たちよりはたしかにお金があり家も大きい。しかし彼らは良家の出身ではあるけれど、代々のお屋敷に住み、狐狩りに出かける貴族というわけではない。親しみを込めて「年寄り牧師」とか「わしらの医者先生」と呼んでもかまわない人たちであって、非常に特別な存在ではなかった。

本物の上流紳士たちが風景の中に現れる瞬間は、まるで生垣に群れる雀の間をカワセミがさっと横切っていくのに似ていた。村の道を馬車であっというまに通り過ぎてゆく。婦人たちは絹サテンのスカートを大きくふくらませ、日差しを避けて、斜めに傾けた小さなパラソルの長いフリンジの陰に顔を隠している。冬の狩猟のときは、男性はピンクの上着、女性はぴっちりした黒の乗馬服で横すわりに馬に乗り、駆け抜けて行った。「完璧に景色の中に溶け込んで消えていく」のだった。靄がかかった寒い早朝、声を掛け合い馬を駆って集合場所に急ぐ彼らの高い声を真似るのは楽しかった。

そしてその日遅く、畑の向こうに大きなストライドで馬を疾駆させて戻ってくる人影が見えると、農夫たちは農具を下に置き、木柵の横木によじ登って目を凝らす。仲間たちと仕事を中断、屈んでいた体を起こし、鋤に寄りかかって、手を口にあてるとホーホーと奇声をあげる。「タリーホー、ギャロップ、ギャロップ、ライ、ライ、タリーホー」

本物の上流の人たちの馬車に出会うと、村の女たちは手のバケツを下におろし、腰をかがめて挨拶した。男の子は手で前髪をつまんで会釈し、女の子も膝を折ってお辞儀をする。学校でそうするよう教えられていた。こんなときローラはいつもとまどった。父はエドモンドが淑女に敬意を表するのには何も言わなかった。それでいて自分は「ベルの紐を引っ張るみたいなあんな挨拶はしたくないね」と公言し、「自分の娘が教会と女王陛下以外に膝を屈するのは許しがたい」と言っていたからだ。母はいつもそれを笑った。「ローマではローマに従えってことよ」

「ここはローマではなくてラークライズだ。神が残り物で最後に付け足しに作ったところだ」その反論に母は肩をすくめ舌打ちする。「あの人には時々ついていけなくなるわ」

たまに通る馬車と週二回やって来る荷車の他、街道を通る乗り物はほとんどない。パン屋の配達車、農場の荷車や荷馬車が行き来するだけだ。近くの村の女の人が買い物籠をさげて町に行く姿を見かけることもあったが、その頃は布地を数メートルとかお茶の葉をひと包みとかのちょっとした買い物にも、みな六、七マイルの道のりを歩いて行くのは普通だった。日曜日のミートプディングのために肉屋にたった六ペンス分の肉を買いに行くにも歩いた。定期的にやってくる運搬車を除けば公の交通手段はなかった。それを引いているジミー爺さんに乗せてくれるよう頼めば六ペンスかかるのだ。そんなお金があったら買い物に回したい。だからみんな歩く方をとった。

変化の兆し

しかし、いつのまにか交通革命は始まっていた。サドルの高い最初の自転車がもたもたと走る姿が街道に現れるようになった。ツバメの飛来が夏の前触れのように、自転車の出現は、バスや車やオートバイが往来し田舎の街道の景色が変化する前兆だった。最初はその自転車のスピードと危険に皆が驚いた。道端を歩いている人は生垣の中にのけぞりそうになった。新聞の日曜版には毎週のように自転車に轢(ひ)かれて死んだ人の記事が載った。道を自転車が走るのは禁止すべきだという投書も相次いだ。その頃、道は人が歩き人が馬を御して通るものというのが常識だった。

「汽車に線路のあるように自転車にも専用の道路を作るべきだ」という意見がほとんどだった。

しかし、大きな前輪と小さな後輪が回転している自転車が、よろよろと走って行くのは見世物のようで面白かった。乗っている人は倒れないようにどうやってバランスをとっているのだろう。心配そうな必死な表情だ。「自転車乗りの顔」という表現が生まれたほどで、「この自転車乗りたちは将来、背中が丸まり苦しげな顔になるだろう」と新聞は予言した。

ほとんどの人は自転車を一過性の流行だと思っていた。体にぴっちりの紺のニッカーボッカーの上下を着て、やはりぴっちりのピルボックス型帽子をかぶり、帽子の正面には所属するクラブのバッジをつけた彼らは、ただの物好きとしか思われていなかった。村の人々は自転車が通ると、乗っている人が落ちはしないかと、心配と期待半々で門口に飛び出すのだった。数年の内に、どの家にも自転車がある時代になるとは、夢にも思っていなかった。しかし現実には、男たちは自転車で仕事に出かけ、若い女たちも朝の家事が終われば夫の「お下がり」に軽やかに乗って、町の店を覗きに行く時代がすぐそこまで来ていた。やがて郡役所が学齢の子供に通学用自転車を無償でくれるなど、想像もできないことだった。

しかし村の外では工場の高い煙突が何本もそびえ、周辺の緑地数マイル四方が労働者のための低額で安普請の住宅のために開発されていた。古い町を起点に郊外の住宅地に向かって新しい道路が次々と伸びていった。新しい教会、新しい駅、新しい学校や公共の建物が、急激に増える人口に合わせて造られていた。でもラークライズの人々はまだ変化と無縁だった。工業地帯から遠く離れていて、村の周囲は生まれたときと変わっていなかった。畑に囲まれたその小さな一角に新しい家は何年も建っていなかったし、古くなって壊された家の跡は五十年もそのままだった。もしかしたらずっとそのままかもしれない。ラークライズは今も昔と同じ景色のままだ。

「平和と繁栄」の時代

まだヴィクトリア女王の治世だった。女王はローラの両親が生まれたときも既に女王であり、ローラとエドモンドは、女王がいつもそしていつまでも女王であることに、何の不思議も感じなかった。でも村には女王の戴冠式のことを憶えている年寄りがたくさんいて、近隣の教会の鐘が一日中鳴り、牛を何頭も丸焼きにしたこと、かがり火が一晩中燃えていたことを話してくれるのだった。

エリスン牧師が女王陛下を「イングランドの麗しき小さなバラ」と呼ぶたび、ローラは、村の家々にうやうやしく飾ってある女王様の肖像画のことを考えて不思議な気持ちになる。小太りで不機嫌な表情の中年女性が、ブルーのガーターリボンを胸に斜めがけにし、頭上の小さな王冠のせいで顔だけが大きく目立つ肖像画だ。

「女王さまはどうやって冠(かんむり)が落ちないようにしてるの？　ちょっとでも動いたら落ちてしまいそ

うよね」

「心配しなくていいのよ。女王様は何年もああやって上手に頭に載せていらっしゃるのだから、これからも二十年は大丈夫よ」母親が優しく教えてくれる。

女王はもう「我らが麗しき小さなバラ」ではなくなっていた。「大英帝国の女王陛下」であり「善良なる国母陛下」にあらせられた。それなのにラークライズでは女王陛下をただの「老女王」どころか「お可哀そうな老女王」と呼んでいた。「だって女王は未亡人じゃなかったかね。それにあの息子のせいで気の休まるときもないというじゃないか」しかし女王が「我らが良き女王陛下」であることには誰も異論はない。「だって女王さまのおかげでパンは安くなったし平和が続いているのだからありがたいことだ」

平和？　そう。ずっと平和だった。戦争は本で読むだけのできごとで、実感の伴わない勇ましいお話だった。気の毒な兵隊たちが戦争で死んだのは、昔のそして遠い土地で起きたことで、今の時代とは無縁だった。

「でも実は、戦争はちょっと前のことなんだよ」父が言う。

「お父さんはアルマの戦いの日に生まれたんだよ。その前からロシアとは戦争中だったんだ。ロシアがひどい奴らだったというのは正しかったかも知れない。でも結局、戦争は間違いだったのさ。虐げられた人たちを解放できなかったのだから」

その頃、数か月ごとに村に現れてはブリキの笛を吹いて物乞いをする、年取った傷病兵がいた。みんなは「片目の義足」と呼んでいたけれど、その人はセバストポールの戦闘で片目片足を失ったのだった。ズボンの片側は膝丈で切ってあり、木の義足がのぞいていた。「木の足」とは呼ばれていたが、もちろん足とは似つかないただの木の棒だった。細くなっている端先に金輪がつけてあって、「コンコン、よいしょ」と音をさせながら歩くのだった。

ローラは彼が近所の人に負傷したときのことを語っているのを聞いたことがある。大砲が炸裂した後、彼は丸一日戦場に倒れて横たわっていた。二十四時間後、やっと現れた医者は、無造作に吹き飛ばされた足先をのこぎりで切断すると、傷口をバケツの煮立ったタールの中に突っ込んだ。「おれはただもう、叫び声を上げているしかなかったよ。まだあの看護婦さんはいなかった」

「まだあの看護婦さんはいなかった」ローラはフローレンス・ナイチンゲールの肖像画が載っている本を持っていて、母にお話を読んでもらっていたので、その〝ランプを掲げる天使〟の女性について知っていた。壁に映るナイチンゲールの影に傷ついた兵士がそっとキスする挿絵があった。

でもそのクリミア戦争もローラやエドモンドには何の実感もなかった。後になって読んだ別の本にも、ロシアで戦っている兵士のために靴下を編んだり包帯を作ったりする母親を手伝う子供たちのお話があったが、二人にはおとぎ話と同じくらい遠いことに思えた。

軍隊に入る村の若者たちはいたが、誰も自分が実際の戦闘に参加するとは考えていなかった。若者が、結婚して家庭を持ち農夫になる前に広い世界を見ておきたければ、それが唯一の方法だったのだ。彼らの手紙が届いた家の前ではよく人だかりができて手紙を読んで聞かせてもらっていたが、内容から想像すると、彼らが任地で戦っている相手は砂嵐や蚊や熱波、マラリアなどのようだった。

しかし父方のエドモンド伯父さんの赴任先はそういうところではなかった。そこはカナダ南東部のノヴァスコシアという凍りつきそうに寒いところだった。伯父さんは「ロイヤル（王立）陸軍工兵隊に所属していたのだ。父方の親戚で軍人になった人は全員が専門の技術者だった。ローラの一家はその点についてはちょっと自慢に思っていた。その頃の考え方では、専門技術を身につけていれば不況知らず失業知らずに暮らせるはずだった。何しろ王立陸軍工兵隊なのだ。ローラたちの母でさえそう思っていたらしい。母方の親戚で軍人になった人はみな陸軍砲兵隊でそちらも同じく「王立」なのに、あまり大きな声では自慢しなかったから。

工兵隊も砲兵隊も地方連隊のことは少し下に見ていた。そしてさらに地方連隊は国民兵のことを下にみていた。さらに国民兵にも自分たちの下があって、彼らが見下しているのは家にぬくぬくとしている臆病な若者たちだった。「ぶらぶらしてる暇があったら国民兵にでも参加しろ」が決まり文句だ。しかし最初入隊に消極的だった若者は、大体が国民兵に長くとどまらない。最初の訓練が終わる頃にはほとんどが正式に入隊したいという手紙を親に書き送る。「軍隊生活はなかなか快適だとわかりました」というのだ。そしてインドやエジプトに送られる前に休暇をとって帰村し、真っ赤な軍服に円筒形の帽子をかぶって、初々しい口髭を気にしながら鞭を振り振り、村を闊歩する。村に残った若者たちに楽しい気晴らしはほとんどない。休日はクリスマス、収穫祭、村祭りだけ。映画もラジオも旅行もない。バスも走っていないしダンスホールもなかった。一握り、クリケットを楽しむ若者がいたが例外中の例外だ。フランクというその辺りでは強いという評判の投手がいて、チームを作って近くの村と対抗試合をしたりしていた。そのせいでちょっとしたことが起きた。一人の女性がある日馬車から降り立ち、彼の家を訪ずれた。そして有無を言わせぬ調子で、ある別のチームと試合して欲しいと頼んだ。何のことはない彼女の息子たちのチームだった。息子が大学の休暇で帰省しているとき、友人たちと一緒にチームを作るので試合して欲しいというのだ。当然フランクは相手チームの実力を知りたいと思った。「僕たちもある程度強い方が、そちらも張り合いがありますよね？」

「そうねえ、でも」その婦人は曖昧に答えた。「試合が伯仲するようなチームだと息子たちも楽しいでしょうね。でもあなたのチームが強すぎても困るの。息子たちを負かすほど強いのは」

「それでクリケットですか？」婦人の後ろ姿を見送りながらフランクは無遠慮に顔をしかめて言ったという。

つい五十年前、田舎の生活様式は何世紀も続いてきたものとそれほど変わらなかった。屋根が茅葺からスレートに変わり、かまどが作り付けのストーブになったこと位で、貧しい家々はその前の時代と同じ暮らし方をしていた。工場生産の食料品も出始めてはいたが、みな昔からの食事の方が好きだった。年寄りたちはスモック刺繍の上着を手放さず、若者の着ている機械生産の既製服は持ちが悪いと言っていた。たしかに胸当ての部分に丁寧に刺繍された真っ白な洗いざらしの上着は、粗悪な既製品の体に合わない服より芸術的だった。

女たちは男よりも時代の流行に敏感だった。おしゃれの機会は大体「日曜日のよそゆき」しかなかったが、そんなよそゆきはいつもは二階の寝室の箱に大切にしまわれている。普段は繕いやほころびをアイロンをきかせた大きなエプロンで隠し、水汲みや隣近所への用事で外に出るときは、その上にウールや格子のショールをまとった。お天気が悪ければショールを頭からかぶり、足元には頑丈なパトン（訳註：泥道用のオーバーシューズ）をつけて間に合わせた。

彼らの生活はその前の世代と同じだった。しかしゆっくりと変化の波は押し寄せてきていた。買うにしろ借りるにしろ、どこの家でも週刊の新聞を読むようになっていた。ある程度教育のある人向けのものだったが、村の人たちも時代の思想に共鳴するようになり、新しい考え方は村にも浸透し始めていた。

新しい思想は聖書で育った世代にも影響を及ぼした。その親の世代は聖書の言葉を問題解決の唯一の指針にしていた。聖書は物語や教えや諭しの言葉の宝庫で、美しい詩もあった。年寄りの中には聖書の一字一句を文字通りに信じている人もいた。もちろん全員が「ヨナと鯨の話」をそのとおりに信じるのは難しかったと思うが、今や新聞の方がすっかり信頼をかち得ていた。「新聞に書いてあるんだから本当だろう」と言えば、どんな議論にも決着がつくのだった。

第二章　ローラたちの家

父の仕事

ローラは冬の寒い十二月の朝に生まれた。雪が野や畑をすっぽりと覆い、道も塞がれていたという。二階には母の部屋も含めて火を燃やす暖炉のある寝室は一つもなく、下のかまどで順に熱くした煉瓦をネルの布で包んであんかにしているのだけれど、それも二階に運ぶ途中で冷めてしまうのだった。「私たち、何て寒いんでしょう。本当に寒いわね」母がお話を聞かせてくれながらそう言うときの「私たち」という言葉の響きがローラは大好きだった。生まれてからまだ部屋の外に出たことのない赤ちゃんも一人前に「私たち」に含まれているのだから。

ローラの両親の暮らしは村の他の家ほどには厳しくなかった。父は石工職人だったので、農夫よりは収入があった。もっとも一八八〇年代の頃、彼のように優れた技能を持つ職人でも、収入は今日の失業手当をほんの少し超えるほどでしかなかった。

彼はこの辺りの生まれではなかったが、数年前に近くの教会の修復工事を請け負った建設会社で働いていたのだ。彼は素晴らしい腕の職人で、自分の仕事には自信があった。壊れた彫刻を復元したものは、元の作者も自分の作品の一部と思うほどだったという。家の横に小さな仕事小屋を建て、家でも石を彫って腕を磨いていた。ライオンや木の切株の根元に咲くスズラン、エドモンドかローラをモデルにしたと思われる幼児の頭像など、試作品が家の中にいろいろ置いてあったが、幼いローラに作品の良し悪しはわからなかった。そして彼女が成長する頃にはそれらの習作はいつのまにか汚れてゴミのように積み上げられていた。でも最終的には挫折したとしても、父がかつて向上心に燃え、素晴らしい腕をもっていたことは、ローラにはうれしかった。

教会の修復工事が終わる頃には、彼は妻を迎え二児の父親になっていた。ラークライズが好きだったわけではなく、妻や子供たちのように村になじむこともなかったが、教会の工事が終わり仕事の仲間たちが去った後もラークライズに住み続け、一生ただの石工として生きたのだった。

この地方でも石を使った建築工事はたくさんあった。火事で焼け落ちていた屋敷の再建や、新しい翼棟を増築する屋敷もあった。父は晩年、墓石の彫刻もし、民家や塀も造った。頼まれれば暖炉も造ったし煉瓦積みもした。当時の職人は求められれば一通りのことができたので何でもした。しかも彼は職人としては他の人より優秀で有能だった。しかし職人が専門化してゆくのはまだ先のことだったが、当時も職人の間にそれなりの縄張り意識はあった。ローラは覚えている。霜が下りて石工の仕事にあぶれた日、彼が珍しく妻に、こんな日でも大工仕事ならいくらでもあるのにとぼやいた。妻は、大工仕事もできますよと言えばいいのに、と言った。建築業を営んでいた親の息子である父が、若い時から一通りの技術に通じているのを母も知っていたのだ。父は笑って言った。「本物の大工から文句がでるのさ。ズルするなって。石工は黙って石を彫ってろ、ってことだ」

彼は町の建設会社で三十五年間働いた。ラークライズから三マイル、朝夕、初めは歩いて後には自転車の往復で通った。朝六時に始まり夕方五時に終わる仕事だった。一年を通じてみれば出かけるのは夜明け前のことが多かったろう。

ローラの最初の記憶では、父は痩せていつも背筋をピンと伸ばしていた。まだ二十代の後半で、燃えるような褐色の瞳に真っ黒な髪だったが、色白の明るい面差しだった。石埃（いしぼこり）を浴びる仕事柄、いつも灰色の手織りウールの上着を着ていた。年を重ねるにつれ気難しくなっていった父だったが、亡くなってからローラが思い出すのは、白いエプロンを腰のあたりに巻き上げ、仕事道具を入れた籠を背負って、黒い山高帽を目深にかぶった姿だ。道の真中を軽快な足取りで帰って来る彼のことを、村の人は言ったものだ。「道の片側は自分の土地、もう片側もいずれ自分の土地になるとでもいう歩き方だな」

暗闇でもその軽快でしなやかな足取りはすぐにわかった。気分の動きは足取り以上に素早く、すぐにも言葉が飛び出しそうに頭の働きも機敏だった。彼は生まれも育ちも村の人たちとはまったく違う階層の出身だった。

村の人からは鼻っぱしの強い自惚れ屋と思われていたが、妻の評判がよかったので大目に見てもらっていた。彼の方からも表面的にはまずまずの関係を保っていて、選挙のときはとくに愛想よくふるまった。選挙になると父が、ビヤ樽の上に板を渡して作ったにわか作りの演台に立ち、グラッドストーンを支持する熱烈な演説を始めるので、ローラは彼の上等のブーツのボタンを見上げ、父が笑われないかとひやひやしながら聞いているのだった。

聴衆は二十人かそこいらで、彼の演説にたくさん笑ってくれた。父は演説が巧かった。本人を含め聴いている誰もが、その弁舌さわやかな青年が、知らない土地に迷い込んで住み着いた末、抜け出す甲斐性もないまま村で一生を終えるとは、夢にも思っていなかったろう。

父の時間のだらしなさはその頃から始まっていた。子供たちを寝かしつけるのにお話をしてくれている母は、何度も時計を見上げた。「お父さんはいったいどこに行ったのかしら？」と言っているうちはまだよくて、夜が更けると口調はだんだん厳しくなってくる。「また遅いんだわ」そして帰って来た父の顔は真っ赤で、やたらとおしゃべりになっている。それでもまだそれは転落の兆しでしかなかった。一家の生活はその後も数年間はまずまず問題なかった。

はしっこの家

ローラたちの家はヘリング夫人という女性の所有だった。ローラの両親が借りる前、夫人は夫とそこで暮らしていたのだが、元馬丁だった夫には年金があり、気位が高い彼女は村には馴染めなかった。みんなに嫌われていた。夫人の気位の高さは生来と演技の両方だった。「あの女にはとてもかなわない」というまわりの評判は、その横柄な態度についてだけでなく、度外れてけちな性格にも向けられていた。自分という人間だけでなく自分の所有物すべてが大事なのだった。ラードをとった後のかす肉も、キャベツの芯も、何もかも。「あの女が最後に捨てるものは鳥のすね当てにも足りない」という噂だった。

夫人からすれば、村の人は粗野で下品な連中ばかりだった。トランプに誘える人もいないし、お友達になれそうな人は一人もいない。だからずっと嫁いだ娘のそばに移りたいと思っていたところへ、ある土曜日、ローラたちの父が、仕事に通うのにちょうどいい場所に家を借りたいと思って、探し歩いていた。夫人は引越しができるチャンスに飛びついた。しかし家賃が週半クラウンとその村では考えられないほど高かったので、借りる側はためらった。「結局あの女は村から出てはいけないのさ。あんな高い家賃を払える奴がいるものか?」村中がそう思っていた。

しかし、ローラの両親は町の物価を知っていたので、その家がそれほど悪くないという気がしていた。茅葺の小さな家を二つ繋いで一軒にしてあり、寝室が二つと広い庭があった。もちろん町のような便利さは期待できない。後になって「流し場」にオーブン付きのかまどを作るまでは、日曜のご馳走を焼く調理場もなかった。井戸から水を汲んで貯めておかなければならないのも面倒だったし、雨の日はトイレに行くのに傘をさして庭に出なければならないのも不便だ。でも居間はとても気持ちよかった。磨きあげられた家具も、きれいなお皿が並んだ食器戸棚も、黄土色タイルの床に敷かれた赤と黒のラグも。

夏になると居間の窓は一日中開け放たれ、窓越しにタチアオイをはじめ背の高い花々が咲き乱れている。窓辺にはゼラニウムとフクシアの寄せ植えの鉢があった。

居間はそのまま子供部屋だった。母が、ローラたちが新聞の絵を切り抜いて散らかし放題で遊んでいるのを見て、「まるで子供部屋だわ」と言ったのだ。結婚前に乳母として働いていたときは自分がきちんと片付けて、「子供部屋」はきれいな部屋だったのをそのときは忘れていたのだろう。

その部屋は普通の子供部屋以上に素敵だった。戸口はまっすぐ庭の小道に続いていたので、晴れていれば子供たちは庭と居間を自由に行き来して遊べた。雨降りの日は、田舎の習慣で戸口に泥除けの板が差しかけられたが、戸口の内側から身を乗り出して手を伸ばせば、手のひらに雨の雫が落ちてきた。小鳥が羽を震わせながら水溜りの水を飲んでいるのも見えたし、庭に咲く花の香りや濡れた土の匂いも部屋に入って来た。そうしてローラとエドモンドは大きな声で歌うのだ。「雨さん、雨さん、止んでちょうだい。また今度来てね」

庭は必要以上にたっぷりの広さがあった。一角にはラズベリーの蔓が絡んだ古いリンゴの木を囲んで、スグリやグズベリーの茂みがあった。「ジャングル」と父が呼んだその場所は僅か数フィート四方でしかなかったかも知れないが、五歳と七歳の子供が隠れんぼをするには十分で、時々二人はわざといなくなったふりをするのだった。子供たちは木の枝の間に隙間をこしらえ、そこを自分たちの隠れ家にした。父は口癖のように、「時間のあるときリンゴの木は切ることにしよう。茂みを払って日と風を通さないと」と言うのだが、日中はほとんど家にいないのだから、長い間そのままだった。子供たちは隠れ家に隠れ、リンゴの木の枝に吊るしてもらったブランコで遊んだ。

隠れ家からは緑の間から家が見えた。母が出たり入ったり、マットをたたいて埃を払ったり、バケツをガラガラいわせたり、戸口の周りの敷石を磨いていたりする。井戸に水を汲みに行くのについていて行くと、母はローラたちをしっかりと抱きかかえて井戸の中を覗かせてくれたりもした。井戸の縁石は緑の苔に覆われてすべりやすく、下の遠い水面に小さな顔が映っている。

「絶対に一人で来ちゃだめよ。昔、これと同じような井戸に男の子が落ちて溺れたことがあったのよ」さあ、ここでローラとエドモンドの質問が始まる。「どこの井戸なの?」「いつの話?」「どうしてその子、溺れたの？」何度も聞いた話なのに毎回同じ質問。「その子のお母さんはその時どこにいたの？」「どうして井戸の蓋がはずれていたの？」「その子をどうやって井戸から出したの？」「本当にその子、もう死んでたの？この間、生垣のとこで死んでたモグラみたいに？」

夏、庭の向こうには大麦とオート麦の畑が広がり、さやさやという風と一緒に、花粉と土の匂いの混じった空気が重たげに漂ってくる。広々とまっ平らな麦畑は、ずっと向こうの生垣の木々の辺りまで続いている。幼いローラたちにとってはその木立ちの影が世界のはずれだった。高低入り混じった木々の間に、ずんぐりとした葉っぱが豊かに繁った大きな木が一本見える。うずくまった動物のような形をした茂みの輪郭は、ローラとエドモンドの脳裏に焼きついていた。二人にはそれは生垣というより、まだ見たことのないどこかの丘と同じだった。起伏に富んだ丘陵地帯に行けば、連なる山々のてっぺんはあんな風に見えるのだろうか。

木々の茂みで終わっている世界の向こうには、もっと広い世界が続いていて、もっと別の村や町があり、そのまた遠くには海があり、海の向こうには違う言葉を話す人々の国があるのだと、父が教えてくれた。本が読めるようになってからはそういう外の世界のことも想像できるようになったけれど、今の二人にはまだわけのわからない言葉でしかなく、自分で大きさがわかり彩りがわかる、木に囲まれた小さな世界の内側の方がずっと楽しいのだった。

ローラとエドモンド

　二人はもういろんなことを知っていた。ずっと平らなようでも畑には盛り上がった場所も凹んだ場所もあった。そういう凹んだ湿っぽい場所の麦は青々として勢いが良かった。土手のどこで白いスミレが見つけられるかも知っていたし、同じに見える生垣にも特別の場所があることがわかっていた。そこにはスイカズラやヒメリンゴ、紫色のリンボクが繁っていて、ウリの実が垂れ下がっている。その白い実は光に透けて教会のステンドグラスのように真っ赤に輝いて見えた。

「その実に触っちゃだめ。手に毒がついて食べ物にも移るのよ」

　季節ごとに音も違った。麦が青いうちはひばりが高い空の上でさえずる声がする。一定のリズムで振り下ろされる金属的な大鎌の刈り入れの音。農夫たちの「オーイ」「ヨーシ」という明るい掛け声。ムクドリが刈り株をかすめて飛ぶ風を切る鋭い羽音。

　流れる雲や畑に散る小鳥の羽が畑に黒い影を落とすように、心に落ちる別の黒い影のようなお話も。幽霊や魔女の話はまだ信じられていた。自殺したディッキー・ブラックネルを、心臓に釘を打ってから埋めたという四辻には暗くなると誰も近づかなかったし、百年近くも前のことなのに彼が首をくくった納屋の辺りには誰も近づかなかった。ふわふわと人魂（ひとだま）が飛び、怪しい音が聞こえてくると言われていた。

畑の向こうの林のはずれにある底なし沼には怪物が住んでいるという言い伝えがあった。怪物の姿は、誰も見ていないのではっきりしないのだが、形はイモリのようで大きさは雄牛くらいということになっていた。子供たちはその沼を「怪物沼」と呼んでいて誰も行ったことはない。畑の先で道が切れると人の立ち入らない区域になり、大人でも行った人はほとんどいなかった。「沼なんてないのよ。ただの言い伝えじゃない？　怖がってるだけよ」と言う人もいた。でもその沼はあった。ローラとエドモンドは学校の授業が終わってからの帰り途（みち）、畑をいくつも越え、生垣をいくつもくぐり抜け、枯れたアザミやサワギクの茂みを踏みしめて道を作りながら、人の入らないその場所に分け入ってみたのだった。暗い沼がひっそりと木々の影を映していた。怪物はいなかった。暗い水面、鬱蒼と暗い林、暮れ始めた暗い空、静まり返った中に、二人の心臓の鼓動だけが響いていた。

家に近い小川のほとりには古い大木が立っていた。その木は切ると血を流すという言い伝えだった。木に姿を変えた魔女だということだった。昔、男たちが窓の外に魔女の声を聞きつけて熊手を持って追いかけたとき、魔女は小川まで逃げたが、水が怖くて渡れなかったので、その場所で木になった。

しかしその後、彼女はもう一度魔女に戻って家に帰り、次の日には何もなかったように、いつもと同じに井戸から水を汲んでいた。どこにでもいそうな貧しくて醜い無愛想な老婆は、前夜出かけたことを頑なに否定した。しかし、それまでなかった木が小川のほとりに突然現れ、五十年ずっとそこに立っているのだという。エドモンドとローラはその木にナイフで傷をつけてみようと思ったことがあったが、怖くなって止めた。「本当に血が出てきたらどうする？　本当に魔女が現れて追いかけてきたら？」

「お母さん、今でも魔女はいるの？」後でローラは母に聞いた。母は真顔で答えた。「いいえ。たぶんもうみんな死んでしまったんじゃない？　少なくとも私は見てないわ。でも私が小さかったときは、魔女を知ってる年寄りや魔女に呪いをかけられた年寄りはたくさんいたわ」そしてちょっと考えてからつけ加えた。「それに、やっぱり魔女はいたのよ。だって聖書にも出てくるでしょ。そう。聖書に書いてあることは何でも本当なのよ」それが結論だった。

エドモンドはその頃から物静かで考え深い子供だった。そして母親が答えにつまる質問をよくするのだった。お隣からは「頭ばかり使わないでもっと遊びなさい」と言われていた。でも質問攻めさえしなければ、彼は可愛らしい顔とお行儀の良さでみんなに好かれていた。

「教えてやらんよ。おまえが私と同じくらい物知りになってしまうのは嫌だからな」という人もいた。エドモンドの質問に答えあぐねて「雷や稲妻が起きるわけを知れば何かいいことがあるのか。目で見て音を聞いたら十分だ。打たれて死ななかったことに感謝すればいいのさ」少し親切でおしゃべりな人はこう言う。「あれは神さまの声なのさ。誰かが悪さをしたんだ。エドモンド、おまえじゃないのか。神様が怒って声を出してるのさ」「雷は雲同士がぶつかって起きるんだ」と説明した人もいた。「雷が鳴ったら大きな木の下にいちゃ危ない。当たって死んだ人がいるんだ。後でみたらポケットの中で時計が水銀みたいにドロドロになっていたそうだ。時計から足先に抜けたんだ」と。こういう歌も教わった。

樫の木は真っ二つ
楡の木には少し小さい雷
トネリコの木はひびですむ

さまざまな答えをもらったエドモンドはその後一人でじっくり、それぞれについて考えをめぐらすのだった。

痩せて背の高いエドモンドは瞳が青く、整った顔立ちだった。母は午後の散歩に着替えさせるとキスしてうれしそうに言った。「まあ、どこのお坊ちゃまかしら。お屋敷の子に間違われそう。頭もずっと賢いし」

このお散歩のときのローラの服装は、糊のきいたワンピースの首元に白いスカーフを蝶結びにし、スカートの裾からはドロワースのレースがのぞいているという、ちょっと気取った昔風のスタイルだった。「変だねえ」と隣近所の人はローラの外見を批評した。黒い瞳に麦わら色の髪という組み合わせのことだった。「瞳があなたに似なくて残念だったね」母は真っ青な眼をしていた。「髪が父親似で黒かったら少しはましだったのに。どっちも間違ってもらったんだね。逆ならよかったのに」誰もが瞳と髪の配色が合っていないことを母に伝え、最後にローラを向いてこう言う。「でも気にしなさんな。器量がよければいいってものでもないからね。陰口がうっかり聞こえてきても気にしなさんな」そして母を慰める。「取りえはあるさ。頬がピンクで可愛いよ」「大丈夫。いつも清潔にしてきちんとした服装で感じよくしてれば、どこでもやっていけるわ」母はローラをこう慰めてくれた。

そう言われてもローラは不満だった。もう少し可愛くなりたい。瞳は無理だけどせめて髪の色は何とかできないかしら。父の歯ブラシにインクをつけて髪に塗ってみた。でもそれは結局お尻をぶたれて痛い思いをしたあげく、洗った髪を頭が痛くなるほどにキリキリと三つ編みにされ、昼間からベッドに入れられるという、さんざんな結果に終わったのだった。しかしうれしいことに、しばらくすると髪の色は少しずつ濃くなって、赤くなりそうで心配な時期もあったが、最後はちゃんとした茶色に落ち着いてくれたのだった。

忘れられない記憶

ローラの幼い頃の思い出の中には、いつだったか、どういう状況だったか、前後もよく覚えていないけれども、記憶に焼きついているものがある。そんな一つのある冬の光景だ。ローラは父に連れられ霜の降りた畑を越えて歩いていた。毛糸の手袋をはめた小さな手を一生懸命伸ばして、やはり毛糸の手袋をした父の大きな手とつないでいた。麦の刈り株の下の霜柱が二人の足下でサクサクと鳴った。二人は松林に着いて、柵の横木をくぐり、鬱蒼とした木々の下の柔らかくぬかるんだ土の上を歩いていった。

木々は黒々と高くそびえ、怖いくらいに静かだったが、少しすると斧や鋸を使う音が聞こえてきて、男の人たちが木を切り倒しているちょっと広い場所に出た。その人たちはそこで松の木を切って、小さな家を建てているところだった。建てかけの家の前で焚き火をしていて、辺りには松脂の匂いがする煙が立ち込め、向こう側に倒した松の木の枝が何段にも重ねられていた。ローラは父と火の近くの切り株に腰かけ、缶に沸かしてあった熱いお茶をもらって飲んだ。そして父親はかついできた袋に松の枝を詰め、ローラも自分のかごにマツボックリを一杯入れて家路についた。二人はもちろんちゃんと家に帰ったはずだ。でもローラの記憶から帰り道の情景は抜けてしまっている。家から遠く離れた場所で飲んだ熱いお茶のおいしかったこと、めらめらと空に舞う炎がきれいだったこと、太い松の枝が青緑色に燃えるにつれて発する煙の青さだけが、記憶から消えないのだ。

もう一つ、こんな記憶もある。青いワンピースを着た赤毛の大柄な少女が、麦畑の向こうでキノコを探していた。柵に寄りパイプをくゆらせていた男が、パイプをはずし、手を口にあてて後ろの仲間に囁いた。「あの小娘、親に隠れて結婚前に間違いをしでかしたな」

「パティが間違いをしたんですって。間違いって何？　何をすれば間違いなの？」ローラに聞かれた母はちょっと困ったようだった。そして幼い娘にまず、「大人の話を盗み聞きしたらいけません。とんでもないお馬鹿さんなことなのよ」と言った。そしてしどろもどろ説明した。「パティは何かいけないことをしたのね。ウソをついたのかも知れないわね。アーリスさんはパティが神さまから罰を受けて死ぬかもしれないと心配したのね。聖書にもそんなお話があるでしょ。あなたが二階の物置でお化けを見たってウソをついたときも言ったでしょ。あのときも聖書のお話をしたでしょ？」

自分に矛先を向けられたローラは庭のスグリの茂みに潜り込んでしまった。そこなら神さまに見つからないですむと思ったのだ。でも納得できなかった。どうしてアーリスさんがパティのウソをそんなに気にするのかしら？　ウソくらいみんなついてるじゃない。でもだからってラークライズで罰を下されて死んだ人はいないわ。

四十年後、ローラにそのときの話をされた母は笑った。「あのパティのお馬鹿さんのことね。あの子はよくいる軽はずみな娘だったのよ。でも何とか教会に送り込んで式をあげたそうよ。気つけにブランデーを飲ませてね。式が終わってからダンスを踊るくらい元気になったけど、その格好が見ものだったという噂よ。白いドレスにお腹を隠すブルーのリボンを何本も下げてたんですって。揺りかごを買うのに寄付集めの帽子が回った最後の結婚式だったわね。あの頃あういう人たちにはよくあったことよ」

それからもう一つ思い出す映像。農場の荷車に藁が敷いてあって、その上に男の人が一人、白い布を顔にのせて横たわっていた。村のある家の前にその荷車が止まっていたが、村の他の家の人たちはまだ何か起きたことに気づいていないようだった。そこにいるのはローラ一人だけだった。荷車の後ろの板がはずされていて、中の男の人は身じろぎもせず、無造作に横たえられていた。ローラは最初死んでいるのかと思った。男の妻が家の中から駆け出して来て、台によじ登って、「おまえさん、まあ、ひどい、おまえさん、おまえさん」と叫び出すまでの時間が妙に長く感じられた。彼女が白い布を払うと、血の気の失せた顔が現れた。真っ青な顔に唇から耳までの真っ黒な裂け目が見えた。彼のうめき声を聞いたとたん、ローラの心臓が早鐘のように打った。

あっという間に村中に噂が広がり、みんなが集まってきていた。牧夫のその男が牛たちに餌をやっていたとき、一頭の雄牛がたまたま角を彼の口に突っ込んで、頬を引き裂いてしまったのだった。彼はすぐに町の病院に運ばれて手当てを受け、幸い傷はまもなく治った。

もう一つ、四月のある夕方の鮮やかな光景が思い出される。ローラは三歳くらいだった。母が、

「明日はメーデーだわ」と言った。「今年のメークイーン（五月の女王）はアリス・ショウよ。ヒナギクの冠をかぶるのよ」「私もメークイーンになってヒナギクの冠をかぶりたい。冠が欲しい。お母さん」

「いいわよ。いつも遊んでるところにヒナギクが咲いてるから、少し摘んでいらっしゃい。作ってあげるわ。ローラが我が家のメークイーンね」

ローラは小さなかごを手に外に駆け出した。しかしいつも村の子供たちと遊戯をして遊んでいる野原に行くと、「時すでに遅し」だった。日が沈み、ヒナギクは花びらを閉じていた。一面咲いていたヒナギクが全部眠っていた。花びらをしっかり絞り込み、目を閉じてしまっていたのだ。ローラはあまりのことに座り込んで泣き出した。でも涙がこぼれたがすぐに泣き止んだ。見回すと、しゃがみこんだローラの回りに生えている丈の高い草は、夜露なのか夕立ちにあったのか濡れていて、閉じたヒナギクの花も、泣きながら目を赤くして眠ったようにピンクだった。日が沈んだ頭上の空も紫がかったピンクでサクラソウの色だった。人はいなくて物音もしなかったが、小鳥のさえずりが聞こえた。ローラは突然、そのときそうしているのが本当に素敵なことだと気づいたのだ。たった一人で丈の高い草に抱かれ、小鳥や眠ったヒナギクたちと一緒にいるのが何て幸せなことかと。

豚の屠殺

その時から少したって、豚を殺した日の夕方のことだった。ローラは物置に一人で立っていた。死んだ豚が天井の鉤に吊り下げられていた。母はすぐそこにいる。いつも農場から牛乳を届けてくれるメアリー・アンと、明るい声でおしゃべりしているのが聞こえてくる。その少女は母が忙しいときには代わりに子供たちを散歩に連れて行ってくれることもあった。薄い板の壁の向こうから、母が手際よく扱う豚のツルツルする長い腸に、メアリーが水差しの水を流し込みながら、彼女だということがすぐわかるクスクス笑いをしている。すぐ隣の流し場で二人は忙しく楽しげに立ち働いている。それなのに物置にローラは一人、凍りついたようにじっと立ち尽くしていた。

その豚をローラは子豚のときからずっと身近に見てきたのだ。父は彼女を抱き上げて、豚小屋の柵越しに背中に触らせてくれた。ローラは、レタスやキャベツの芯を横木の下から中に押しやって、豚に餌をやるのが好きだった。その日の朝に限って朝ご飯をもらえなかった豚は、辺りを嗅ぎ回ってブーブー鳴き、餌をねだった。あの鳴き声のせいで頭が痛くなるわ、と母は言い、父も不機嫌な顔をしていた。豚小屋の前を通るとき彼は言っていた。「今日の朝飯はなしだ。後で大手術があるからな。手術前は食事抜きだよ」

手術は終わり、豚は冷たく硬くなって吊り下げられている。すっかり死んでしまって。愛嬌のある、でもどこかしら威厳のある仕草でローラを楽しませてくれていたのに。屠殺者は前脚の片方から脂身を途中まで切り裂いてくれて、それが白いレースのように外側に垂れ下がっていた。その様子はローラにはあまりにひどい仕打ちのように思えた。彼女は長いこと、そこで豚の硬い冷たい横腹をさすっていた。あんなに喧しく騒いでいた、たしかに生きていた物がどうしてこんなになってしまうのか、不思議でしかたなかった。母の呼ぶ声がする。ローラはあわてて駆け出して働いている母からなるべく離れて立った。死んだ豚のことで泣いていたなんて知られたら叱られてしまう。

夕飯は炒めたレバーと脂身だった。ローラが「食べたくない」と言うと、母はちょっと怪訝な顔をしたが、こう言った。「そうね、今日は食べない方がいいかもしれないわね。もう寝なさい。ケーキパンが少しあるわ。お父さんにとっておくつもりだったけど、いいわ、あなたが食べなさい。おいしいから」ローラはそのケーキパンを食べ、自分の食パンにグレービーソースをつけて食べた。そしてもうあの物置の死んだ豚のことは考えまいと決めた。やっと五才になったばかりのローラはそのとき、生きていくには我慢して受け入れ、やり過ごすしかないことがあるのを学んだのだった。

第三章「昔、昔…」

母のお話

ローラの母に会った人は、若かった父が仕事でたまたま来て、数か月しかいるつもりのなかった土地ですぐに結婚を決め、住むことにしたわけを容易に納得できただろう。母のエミーはほっそりとした優雅な美しい少女で、ノバラのようなピンクの頬と目の覚めるような金髪をしていた。その豊かな髪は額の中心から分けてうなじのところでまげにまとめられていた。彼女が結婚前に乳母として働いていた家の主が、その髪型をとても気に入って、ずっとそうしていなさいと言ったそうなのだ。

「『小さなヴィーナス』と呼んで下さったの。とっても優しく。変な意味じゃないのよ」母は急いで弁解する。「奥さまもいらっしゃる立派な方だったんですもの」母はローラたちに乳母をしていた頃の話をよくしてくれた。誰か来客があると夕食の後、子供たちは乳母と一緒に二階の子供部屋に引き上げ、寝るまでお話をしてもらうことになっていたのだという。「みんないつも喜んでたわ」ローラたちも納得だった。母がローラたちに毎晩してくれるお話はとても楽しかったからだ。

一晩で終わってしまう短いお話はたくさんあった。妖精のお話、動物のお話、良い子と悪い子のお話。その頃だから当然、良い子にはごほうび、悪い子には罰がある。みんなが知っている子供向けのお話もあったが、母が自分で作ったお話の方が多かった。「お話って思い出すよりこしらえる方が楽なんですもの」と母は言っていたが、ローラたちも母のお話が一番好きだった。「お母さん、お話を考えて」ローラたちがねだると、母は眉を寄せて一生懸命考えている風を装い、おもむろに「昔、昔」と話し始めるのだった。

たくさんしてもらったお話の中で、ローラが大好きでいつまでも記憶に残ったものがある。それが一番面白かったとか面白くなかったというわけではない。お話に織り込まれた色の鮮やかさが心に刻み込まれたのだ。それはヒースの茂みの下の地下に潜り込んだ女の子のお話だった。

「この間、ハドウィックのヒースの野原に行ってクロスグリを摘んだのを覚えてる？　ちょうどあんなふうな野原だったの。女の子はそこで地面の下に通じる秘密の入り口を見つけました。地下にはお城があって、家具も壁飾りも全部銀色でした」「銀のテーブルと銀の椅子、お皿も銀色で、クッションとカーテンは水色でした」女の子は地下のお城でさまざまな素敵な冒険をするのだが、その冒険のことは憶えていない。地面の下の奥深く、月の光の中のような青白く銀色の部屋の光景が心に焼きついたのだった。でもローラがもう一度そのお話をねだったとき、魔法は消えた。母は張り切って、今度は床も天井も銀色にしてくれたのだが、たぶんやりすぎてしまったのだろう。

続きのあるお話もあった。何週間も何か月も続く。子供たちはいつまでも終わらないで欲しいし、母は作って話すのだからいつまでも続けられる。でもそんな中に、ある日突然あっという間にかわいそうな終わり方をしたお話があった。もう眠る時間になったかとっくに過ぎていたかだったのだろう。子供たちのおねだりに負けてずっとお話をしていた母が、もっともっととせがむ子供たちにとうとう堪忍袋の緒を切らし、あっという間に終わらせてしまったのだ。「そしてその男の子は海にやって来ましたが、水に落ちて、サメに食べられてしまったのです。かわいそうにジミーは死んでしまいました」ローラたちが呆然としているうちに主人公はいなくなり、おしまいになってしまったのだ。

家族や親戚の話

母は家族や親戚のことも話してくれた。ローラたちは何度も聞いて自分たちでも話せるくらい憶えているのに、それでも繰り返し聞くのが好きだった。「おばあちゃんの金のスツール」というお話があった。あっという間に終わる短いお話だけれど大好きだった。父方の祖父母は昔、オクスフォードでパブを経営していたことがあり、店には立派な厩舎(きゅうしゃ)もあった。その「馬と騎手」というパブについてのお話だ。二人が出かけるときだったのか帰って来たときだったのか分からないが、祖父が祖母を馬車に乗せて座席に座らせると、金貨一千ポンドの入った箱を足元に置いてこう言ったというのだ。「どんな貴婦人といえども、専用の馬車と金貨の詰まったスツールを持っている方は滅多におりませんぞ」と。

　二人はきっと、そのお金でパブの店を買いに行ったのだろう。その後の金貨の箱のスツールの話は聞かないから。祖母の親戚の中でこのエピソードが伝説になる前、祖父は小さな建築会社を経営していた。しかし後にまた建築の仕事に戻ったときは会社は前より小さくなった。そしてローラが生まれる前に祖父の会社はなくなり、父は他の会社に雇われて働かなくてはならなくなっていた。

　ジミーがサメに食べられて姿を消したように、千ポンドの金貨もすっかり消えてしまった。ローラたちは、山積みされた金貨とはどんなふうに見えるのか、それが今あったらどう使おうか想像してみるのだった。母もその想像のおしゃべりには喜んで加わった。が、いつも言うのだった。

「でもお母さんはやっぱり贅沢は好きじゃないわ。お金を持ってるのを自慢してたのに、無駄使いして落ちぶれてしまった恥ずかしい人って、たくさんいるじゃない？」

でもそんなローラたち家族でも、金貨の詰まったスツールの話や、祖父と駆け落ち結婚をした祖母が元々は名家の出身であったことは、ちょっと自慢には思っていたのと同じように、村の人たちも誰もがそれぞれの家に何か自慢のたねを持っていた。そしてそのつまらないたねはだんだん成長し、いつのまにか大きな法螺になるのだった。伯父さんあるいは大伯父さんの小さな家が何軒も繋がった家になったり、身内が店やパブを持っていたり、広い農地を持っていたり。庶子だけれど高貴な血が入っているという自慢もある。さる公爵のひ孫という人は「もちろん日陰者だったけどね」と言いつつ、好んでその話を吹聴した。聞いた人は初めて、彼の高い貴族的な鼻筋や堂々とした体躯に気づき、お屋敷の先代の放蕩息子の噂を思い出して、そうかもしれないと思い始める。

ローラとエドモンドが教えてもらった家族にまつわるもう一つのお話は、金貨のスツールのように確かではないけれども、もっとロマンチックだった。母方の伯父の一人が血気盛んな若いとき、父親を箱に閉じ込め、オーストラリアに金塊を探しに出奔したというのだ。どうして箱に入れたの？　どうやって箱に入れたの？　おじいさんはどうやってまた箱から出て来たの？　二人の矢継ぎ早な質問に、母はあっさり、知らないわ、と答えた。「おじいちゃんはお兄さんたちがいっぱいいる末っ子なの。そのおじいちゃんが生まれる前のことなのに、私にわかるはずないじゃない。でも箱は見たことがあるわ。大きくて長い樫の箱で、大事なものをしまっておくの。人が一人入れるくらい大きかったわ。知ってるのはそれだけよ」

それからもう八十年はたっている。伯父さんの消息も聞かなくなっていたが、みな飽きずにその話をしては、金は見つかったのだろうかと噂した。もしかしたら一財産築いたのに、子供もないまま遺言も残さないで亡くなったかもしれない。そしたら遺産はイギリスの身内が貰えるのかしら？　裁判所が管理していて親族の請求を待っているのかもしれない。ラークライズにも、自分の家にも実はそういう役所管理の財産があるのだと言っている家族がいた。新聞の日曜版に毎週掲載される「遺産相続人」の名簿に自分の名前があったというのだ。請求しさえすれば貰えるはずだと。ローラの父は言う。「たしかにその名前はあったが、どこにでもある名前だからな」相手は「弁護士を雇う金を稼いだら請求するから見てろ」と怒ってみせるが、誰も取り合わない。

夢物語

ローラたちの名前がその遺産相続人名簿に載ったことはない。でも、もし役所に自分たちが貰える財産があったら何に使おうかと想像するのは楽しかった。エドモンドは船を買って世界中を見たいと言い、ローラは森の中に家を建てて本でいっぱいにしたいと思った。母はつつましく、一週間に三十シリングもらえればそれで十分だわと言った。「毎週きちんきちんとそれだけあれば、安心して暮らせるわ」

架空の遺産はみんなにとってただの夢物語だった。三人ともその後もそれぞれの人生で数ポンド以上のお金を一度に手にしたことはない。しかしそれぞれの願いは何らかの形でかなえられることになった。エドモンドは何度も航海し、五つの大陸の内、四つの大陸に足跡を残した。ローラも森の中ではなかったけれど森のそばに、本がいっぱいある家を持つことができた。そして母も、人生の終わり近くになってからだったが、そのつつましい願いの週三十シリングの収入を得た。しかし悲しいことに、その週三十シリングは、戦死したエドモンドにカナダ政府が支給した遺族年金だった。母は年金を受け取るようになってから数年の間、若いときの願いを思い出しては涙を流した。

でもそれもこれも後になってからのことだ。まだ未来はわからない。冬の夜、ローラたちは火に寄り、小さな腰かけに座って、二人の毛糸の靴下を編みながら物語を語ったり歌を歌ったりしてくれる母の声に聞きほれていた。三人は夕飯を終え、まだ帰らない父の分は、火格子の上のお湯をはった鍋の上に置かれて、蒸気で温められている。ローラは暖かな光の影が壁に揺らめいているのが大好きだった。映し出される影は炎の具合で変化する。明るくなったり陰に沈み込んだり、ローラたちの影もゆらゆらと、そのままのこともあれば妙に伸びたり縮んだりするのだ。

歌とおしゃべり

エドモンドは『一軒の居酒屋』とか『小さな茶色の水差し』というような歌を母の声に合わせて歌ったが、ローラは誘われないと一緒に歌わなかった。彼女は音楽は苦手で調子はずれだと言われていた。でも火影を見ながら、母がきれいな声で甘く哀しい乙女たちの恋の歌を歌うのを聞くのは、本当に好きだった。『美しいリリー・ライル』という歌があった。

静かな穏やかな夕べ、青白い月の光が
丘や谷間を照らす
友はみな悲しみに声もなく
死にゆくリリー・ライルの枕辺に集う（つど）
みんなが好きなリリー・ライル
森に咲く百合のように汚れのない心
よこしまな思いを
胸に宿したことのない
清らかなリリー・ライル

死に行く清純な乙女の歌はどれも似たような歌詞で、メロディーも似ていた。『古い肘掛け椅子』、『ジプシーの予言』というような歌もあったが、どれも五十年以上も前から歌われている田舎の民謡だった。

ある澄み渡った夜、月が明るく輝いている
時計の鐘が八時を打った
メアリーは門に駆け寄った

でもメアリーの心は沈んだ
門のかたわらに若者はいなかった
メアリーは嘆いてつぶやく
「あの人、私をからかったのね」

庭を行きつ戻りつするうちに
時計は九時を打った

メアリーは嘆いてつぶやく
「あの人とは縁がないのね」

庭を行きつ戻りつするうちに
時計は十時を打った
気づくとメアリーはウイリアムの腕の中
しっかり抱きしめられていた

その日遠い町まで指輪を買いに行って
遅れた恋人に冷たくはできない
大好きな人、今度だけは許してあげる

その後、二人は川辺の小さな家に住んだ
ウイリアムとメアリーはいつも一緒
庭の門での待ちぼうけも今は思い出
待ち人はきっと幸せを運んでくる

ローラとエドモンドが大きくなったら何になるのかしらという話もした。母の頭の中ではもう計画ができあがっていて、エドモンドは大工の仕事に就くのがいいと思っていた。大工は石工より汚れないし、パブで飲まないし、まわりから尊敬される職業というのがその理由だった。

母は乳母時代の友人たちと今も手紙のやりとりをしていた。「ローラはそういう私のお友だちの下で見習いになるといいわ。そしてそのうちもっと大きな家の乳母頭になれれば、結婚しなくても一生安泰よ」大きな家の乳母頭というのは、その家のみんなに好かれている年配女性で、黒いシルクのドレスを着ていて、自分の部屋もあるのだという。でもローラもエドモンドもただの部屋より自分の家の方がいいと主張した。「だってお母さんがいつでも泊まりに来れるのよ。私、前の日から家中ピカピカにして、パイをいっぱい焼いて待ってるわ」母が大事な客をどうやってもてなしているかローラはしっかり見ていた。でもまだ小さいエドモンドは、お客さまの夕食に糖蜜入りの牛乳は思いついたけれど、パンは忘れてしまった。

お話や歌、おしゃべりの時間にも必ず終わりがやってくる。楽しい時間はあっという間に過ぎてしまった。「もうベッドに入る時間よ。お父さんが帰って来ますからね。さあ、お休みのお祈りをして」という母の言葉に促がされ、ローラたちはお祈りを唱える。「神さま、イエスさま、お父さんとお母さんに祝福をお与え下さい。兄弟姉妹をお守り下さい。すべてのお友だちや親戚の人たちをお守り下さい」

キャンドルフォードというところ

お友だちというのは誰のことなのだろう、とローラはいつも思っていた。親戚の人たちというのはキャンドルフォードにいる父方の伯母さんたちのことだ。伯母さんたちからはクリスマスにいつも素敵なプレゼントが届いていて、ローラたちの着るものはいとこたちのお下がりだった。伯母さんたちは優しい良い人たちに違いなかった。母は小包が届くと、開けながら「まあ、イーディスって何て優しいの」というのが口癖だったからである。大したものが入っていないときでも、しみじみと「親切という言葉はアン伯母さんのためにあるのよ」とも。

「キャンドルフォードって素敵なところなのよ」と母は教えてくれた。「通りにはお店がたくさん並んでいて、おもちゃだけのお店、お菓子だけの店、毛皮やマフだけの店というような専門の店よ。時計と鎖の店もあるわ。他にも素敵なものを売ってる店がどっさり。クリスマスになったら一度行きましょうね。まるでお祭りみたいにいっぱい明りが灯ってて、それはきれいなの。でもお財布にお金を一杯入れていかなくちゃならないわね」キャンドルフォードでは賃金が高いのでみんなお財布にたくさんお金を持っているのだという。ベッドを照らすにはガスのランプがあって、水は井戸で汲むのではなく蛇口をひねれば出てくるのだと、両親は話していた。父は将来を嘱望されている若者についてもこう言った。「彼はキャンドルフォードのような場所に仕事を見つけるべきだ。あそこでならいい仕事ができるだろう。ここには何もないからな」ローラはとても心外だった。ここには素敵なものもこともいっぱいあると彼女は思っていたからだ。「キャンドルフォードにも小川はある？」「ない」という答えを期待していたのに、返ってきたのは「川があるよ」だった。「この辺の小川よりずっと大きくて、グラグラの木の橋じゃない立派な石の橋がかかってるのさ」そうなんだ、素晴らしいところなのだ。早く行ってその橋を見たい。「夏になったら行こう」と父はそのときも言った。でも夏になり夏が終わってもインのポリーと荷馬車を借りてキャンドルフォードに行く話は出なかった。その後もいろいろあって、キャンドルフォードどころではなくなってしまった。十一月、村はひどい災難に見舞われた。豚の病気が流行ったのだ。豚たちは餌を食べなくなり、弱って、小屋の柵にもたれてやっと体を支えていた。死んだ豚は焼却する暇もなくて、すぐに石灰をかけ土に埋めなければならなかった。ついこの間まではねまわっていた豚が死に、生きていた跡も残さず、ただ石灰に埋められてしまうなんて。ローラの母は、豚を担保に食べ物をツケで買っていた人たちが、無駄に死なれてしまう状況に、「何てひどいこと」と同情した。自分たちの家では運よく病気を免れたので、豚を殺したときには脂身やレバーや臓物など、いつも近所に配るおすそわけを気前よくたくさんあげた。豚を失ってもみんな食べてゆかなくてはならない。豚を太らせればそれが食費になったのに。夫が密猟に手を出し、見つかって逮捕され刑務所に入れられた家があった。村中が同情して、食パン半斤、お茶の葉一包み、砂糖を少しというように、残された妻に届けてやった。ところが後で、彼女が家に三種類もの大量のバターを持っているという噂が広まった。自分の困窮をそれぞれに訴えては施してもらい、蓄えが増えたのだ。しかも何と判事自身が金貨を送ってきたというのだ。みんなそれを知ったときは苦々しく言ったものだ。「どうも今は犯罪を犯すと儲かるらしい」と。

第四章　『ちょっとした噂話』

村のおつきあい

「ここには何もない」と父はいつも言っていたが、ときにはそれが「ここには人もいない」になった。ただの「人」ではなく「話のできる面白い人」の意味だったのだろう。しかしローラは村の人たちにまったく退屈しなかった。人の話を聞くのは楽しかった。いろんな人の話をつなぎ合わせるといろいろなことがわかってくる。村の人の中で一番好きなのはオールド・クィーニーやオールド・サリー、オールド・ミセス・プラウトといった、この土地でずっと暮らしてきたお婆さんたちだった。昔からの日よけボンネットをかぶり、家と畑で大半の時間を過ごし、流行には目もくれず、噂話には無関心だった。「出歩いて時間つぶしする暇はないからね」が口癖だ。クィーニーはレース編みとミツバチの見張り番、オールド・サリーは果実酒とベーコン作りに忙しい。用があったらいつもいる決まった居場所に行けばよい。「けちで偏屈な婆さんたち」と女たちは陰口を言った。何か借りに行ってあっさり断られた後などはなおさらだった。しかしローラには、いつもその辺で新しい楽しみを探している人たちと違い、お婆さんたちは岩のようにしっかり自分の場所におさまっているように見えたのだ。もちろんそんなふうに昔からの生活を守っている人は少数派だ。そして村の他の女性たちも、同じような格好をし同じような家に住んでいても、人間の中身は違うのだから、それぞれに面白いのだった。

表面的には村の女たちはみな仲が良いことになっていた。会えば挨拶を交わし、人の気に触るようなことは言わないように気をつかい、当り障りのないつきあい方を心がけていた。気晴らしをしたければ、気の置けない友だちのところに行っておしゃべりをする。ローラの母はよく言っていた。「こんな狭い村に住んでいたら、誰かと気まずくなったりは絶対できないのよ」と。しかしそんな狭い世界にもちょっとした社交グループはあった。

それは大体、結婚したばかりの女性や、子供たちが大きくなって時間に余裕のある女性の集まりだった。彼女たちは午後になると、仕事のエプロンをはずして、洗濯したてのきれいなエプロンに取り替える。家で一人、ゆっくりアイロンかけや縫い物をする日もあるけれど、別の日は帽子をかぶり仲の良い友だちの家に出かける。いきなりドアを開けたりはせず、まずお行儀よくノックする。一方、大体の村の女たちはこんなふうだ。帽子などかぶらず、近所の家にずかずかと上がり込んで、いきなり何か貸して欲しいと言い出したり、とんでもないニュースをべらべらと話し始める。午後中、庭越しや戸口越しに話す大きな声が聞こえてくる。たまたま立ち寄ってしまったパン屋や油売りや他の誰でも、つかまったら最後いつまでもおしゃべりにつき合わせられる。解放されようと思ったら、失礼を覚悟で半ば強引に退散するしかない。

母のグループ

ローラの母親は最初の女性グループに属していた。家に来るのはほとんどが友だちと認めている人たちで、それに他の二、三人が加わることもあった。ローラは若いミセス・マッシーがまだ赤ちゃんがいないのに、いつも赤ちゃんの服を縫っているのが不思議だった。（彼女に赤ちゃんが生まれたとき、ローラは「何て運のいい偶然なのかしら」と思ったものだ。）娘の奉公先の話ばかりしているミセス・ハッドレーや、「私、体が弱くて」と言って必ず火の近くの一番良い席を勧められるミセス・フィンチも常連だった。ミセス・フィンチはいつも、匂いのする塩が入った小さな青いガラス瓶を持っていて、ローラは興味津々だった。でもある日、彼女がその気つけ薬の瓶の栓を取り、ローラに嗅がせてくれた瞬間、その好奇心熱は一気に冷めてしまった。強烈な刺激臭に涙を流しているローラを見て彼女は笑った。ローラにしたら笑いごとではなかった。

ローラにとってはミセス・フィンチよりレイチェルの方がましだった。レイチェルというのは呼ばれてもいないのに「ちょっと知らせたいことがあるの」と、勝手に家に入り込んで来る女性だったが、彼女の「知らせたいこと」は聞いて損がなかった。あったことの一部始終どころか、彼女を嫌っている人に言わせると「尾ひれ」がついていた。何があったのかよくわからないときは「レイチェルに聞け」が村の合言葉だった。レイチェル自身にも顚末が不明なときは、彼女は屈託のない大声で言う。「いえね、本当言うと私も全部知ってるわけじゃないのよ。けどすぐわかるわ、すぐ。本人に聞くのが一番。行って聞いてくるわね」そして持ち前の図々しさでミセス・ビービィのところに行って問い詰める。「あんたんとこの娘のエムが、年季明け前に仕事を辞めるってのは本当なの？」

チャーリーの母親のところにも彼女は飛んで行った。「この間の日曜日、教会からの帰りにチャーリーとネルがひどく言い合ってたけど、もう仲直りした？　それともまだ険悪なまま？　二人共、ただの喧嘩だって言ってるらしいね」

レイチェルが飛び込んで来ると一応みんなは調子を合わせた。暖炉の前でラグに腹ばいになって絵本を読んだり、部屋の隅で紙を切り抜いて遊んでいるローラは、みんなの声が上がったり下がったり、子供に聞かれないように低い囁き声になる会話に、耳をそばだてていた。ときどき質問したくなるけれど静かにしている。ヴィクトリア時代、子供はそこに居てもいいけれど声を発してはいけなかった。おかしな話が聞こえてきても笑ってはいけなかった。そんなことをしたら

「あの子は耳年増になってしまう。変に物知りにならなければいいけど。こましゃくれた子って嫌だわ」と言われるかもしれない。そう言われるとローラの母は、ちょっとむきになり取り澄まして反論する。「こましゃくれてるどころか、年齢より幼いのよ。話なんか全然わかっていないのよ。みんなが笑ったから一緒に笑っただけだわ」でも一方で、会話が子供にふさわしくない方向に進みそうだと思えば、「二階かお庭で遊んでらっしゃい」とローラをその場から追いやることもあった。

時々、ローラやエドモンドが生まれる前の昔のことが話題になる場合もあった。「家のお祖父さんが言ってたわ。ここから教会までの間の土地は全部、昔は教区の貧しい人たちのものだったんですって。その頃は草の生えた野原で、みんなのものだったらしいの。いつのまにか誰か一人のものになって畑に分割されたんですって」「その話なら私も聞いたことがあるわ」

パティ

時々びっくりするようなことをいきなり言い出す人がいた。たとえばパティ・ワーダップだ。ミセス・イーメスの毛皮のコートが話題になったときだった。「あの人がそんなコートを買えるはずがないわ。急に背中に毛皮が生えてくるはずがないじゃない」「でも確かに先週教会に着て来たわ。どこから手に入れたのかしら。誰か聞いていない?」「御者の肩衣(ティペット)じゃないかしら」とミセス・ベーカーが言う。「黒くて毛がモジャモジャだから熊の毛皮よ。そう言えば彼女、お兄さんがどこかで御者をしているって言っていたような気がするわ」そのときずっと会話には無関心なふうに、思案気に手に持った鍵をいじっていたパティが、唐突に低い声で呟いた。「誰でも人生に一度くらいは足元に金の鞠（まり）が転がってくるのよ。ジャービス伯父さんが言ってたわ。私も金の鞠を見たわ」

金の鞠って何？　ジャービス伯父さんって誰？　それにその金の鞠とミセス・イーメスの毛皮の肩衣（ティペット）の関係は？　全員が笑い出した。「この人、また心ここにあらずだったのね」

パティはこの辺りの出身ではなかった。二、三年前、妻に死なれた年寄りの男の家に家政婦としてやって来たのだった。手伝ってくれる親戚もいなくて困っていた彼は、役所に家政婦を派遣してくれるよう頼んだ。そして感化院に入所していたパティがやって来た。ぽっちゃりした小柄なパティは、薄茶の絹のようになめらかな髪と穏やかな瞳をしていた。初めて現れたとき、ボンネットにワスレナグサの花束が品よく飾られていた。彼女が感化院に行くことになった理由は謎だった。まだ四十代で体力もあり、雇い主より上の階層の出身なのは明らかだった。彼女の方からは自分のことを話さないので、敢えて聞く人もいなかった。「聞かなければ嘘をつかせないですむ。聞かなくてもそのうちわかってくるものさ」が村の約束事だった。しかし彼女は村では「上流階級の女」で通っていた。村の女性たちは髪を普通平日は五つに分けて編み込むのを、三つに分けて編み込み、日曜日だけ五つ編みにしていた。そして夕食後は白いエプロンをはずして、小さな黒いビーズのついた縁飾りのエプロンに替えた。料理の腕も素晴らしかった。アモスは何て運のいい奴だ。最初の日曜に彼女が作ったミートプディングは、紙のように薄いパイ皮で被われ、ナイフを入れるとおいしいグレービーソースが溢れ出したという。アモス爺さんによれば、「あんまりうまそうな匂いでどっと唾が出た」ほどのご馳走だったそうだ。「女房が死んでどのくらい経ったら喪を明けていいのかね?」じきに彼はこう聞くようになったが、それはもちろん結婚を考えてのことだったろう。

ところが彼女はアモス爺さんとは結婚しなかった。彼には息子がいて、村では「アモス爺さん」と「倅のアモス」と区別して呼んでいたのだが、何と「倅のアモス」が先に求婚し、受け入れられてしまったのだ。村の女たちは姉さん女房には偏見を持っていた。しかもパティは十歳以上も年上だった。でもみんな「倅のアモス」は得したと噂した。結婚式の直前に運ばれて来た彼女の家財道具と洋服の詰まったトランクを見て、驚いたのだ。パティは、あの財産を感化院に送られる前、どうやってどこに預けて隠したのだろう。

そのときはもう、みんなパティが上流の出身であることは薄々感じていたのだが、荷物の中に羽毛ベッドや革張りのソファ、お揃いの肘掛椅子、硝子ケースに入ったふくろうの剥製などを見て再確認したのだった。噂だったか「倅のアモス」自身の自慢話だったたか、パティは以前、パブの経営者と結婚していたということだった。それが感化院に行くことになったなんてどういうことだろう。でも財産を隠しておけただけでも良かった。全部没収されていたら大変なことだった。

パティとアモスは理想的な夫婦だった。土曜の夜、町に買い物に出かけるとき、パティは黒い絹のフリルで飾られたドレスに、上品なペーズリーのショールを肩にかけ、象牙の握り手の傘を持った。その傘は絹地が傷まないよう防水加工をしたカバーつきだった。しかし少しずつ別の面が見えてきた。パティは外出すると必ずグラス一杯の黒ビールを飲む。もちろんそれをとやかく言う人はいない。払うお金があるのだし、パブを経営していた頃にたしなむようになったのだろう。けれども土曜の夜、町に行ったパティとアモスの帰宅時間は少しずつ遅くなっていった。そしてある夜、運悪く、帰り道の様子を人に見られてしまったのだ。パティは町で黒ビールを相当に飲んで酔っ払い、アモスが連れ帰るのに苦労していた様子が知れ渡った。目撃者の証言では飲んだのは黒ビールよりもっと強いお酒かもしれなかった。アモスが彼女を背中にかついでいたという人もいた。パティが感化院に送られた理由がわかった。アモスはその内、彼女を殴るようになるかも知れないとみな思った。でも彼は彼女に手を上げなかったし、彼女のことをこぼしたりもしなかった。

彼女の失態は週末だけだし、暴れたり叫んだりもしない。酔いつぶれるだけなのだ。村中が真っ暗になり寝静まっているとき、アモスがパティをそっと家に連れ帰り、二階にかつぎ上げるというだけのことだ。アモスは誰にも妻の醜態は知られていないと思っていたかもしれない。でもそれは甘いと言うべきだろう。垣に目があり道端に耳がある。翌朝、噂は風に乗って、パティの行った店も何をどの位飲んだかも、帰り道どの辺で歩けなくなったかも、みんなが知っている。でもアモスがいいなら、他人の口出しは無用。人前で正体を失くするわけじゃない。だから今もパティとアモスは、人に言えない秘密はあるが、理想的な夫婦ということになっている。

子供を喜ばせたいと思ったのか、パティがローラとエドモンドを、剥製のフクロウやいろんな宝物を見せてあげると家に呼んでくれたことがあった。宝物には聖地に咲いていた花をオリーブの木の額に入れた壁かけもあった。白い孔雀の羽でできた扇子もケースから出して見せてくれた。そしてソファに横になってゆったりとその扇子で自分をあおいだ。「今よりいい時もあったわ」彼女はおしゃべりをしたい気分らしかった。「そう。もっといい時もね。でもアモスは最高の夫よ。この小さな家も好き。ドアを閉めたら後は自由なんですもの。パブって、時間も場所も自分のものじゃないの。二ペニーを持ったらみんなノックもなしに勝手に出入りするのよ。入っていいですか?なんて聞きもしない。立派な家具だって自分のものってわけじゃないわ。よその人が勝手に使ってるんですもの」そしてソファの上で体を丸め、目を閉じた。それまで誰も彼女が家でも飲んでいるとは考えていなかったが、吐く息が時々妙に甘く匂うことがあった。大人ならジンだとすぐにわかったろうが、ローラたちには無理だった。「さあ、もう行って」彼女はうっすらと片目を開けて囁(ささや)いた。「ドアを閉めて鍵をかけてね。鍵は窓台に置いていって。今日は誰も来て欲しくないし自分でも出かけないわ。一人でいたいの」

ガーティ

　それから新婚のガーティという若い女性もいた。彼女は美人という評判で、とくに細いウエストと嫣然(えんぜん)とした微笑みが有名だった。ロマンス小説の熱心な愛読者でいつもロマンチックなことに憧れていた。結婚前はその地方の大きなお屋敷で女中をしていたのだが、そのときに同じ屋敷にたくさんいた男の召使たちのお世辞や追従でちやほやされるのに慣れてしまったせいで、親切で正直な夫をないがしろにしていた。彼女の大好きな自慢話があった。お屋敷のプラットという執事が、使用人たちのために催されるダンスパーティで彼女を四回も誘って踊ったというのだ。

「ジョンたら本当に間抜けなの」と彼女は言う。ジョンは彼女の婚約者としてそのパーティに呼ばれたのだが、ダンスができないのでずっと座ったままだったというのだ。「教会に行くときのグレーのスーツを着て、膝の間に大きな赤い手を挟(はさ)んだまま、まるで**でくの坊**なのよ。ボタンホールに差した白い菊の花もパンケーキみたいに大きくて、垢抜けないったらないの」

　彼女は後でウエディングドレスにした真っ白な絹のドレスを着て、髪は本職の美容師に縦ロールに巻いてもらっていた。メイドたちがお金を出し合って来てもらった美容師は、仕事が終わった後は自分もダンスに参加したが、彼のお目当てもガーティことガートルードだった。「そのときのジョンは見ものだったわ。目が嫉妬に燃えてて」でも彼女が先を続けようとするのを聞き手はさえぎるだろう。延々と続く自慢話はうんざり。ドレスについての方をもっと知りたい。「料理女中はどんなドレス？　まあ、真っ赤なシルクのスリップの上に黒のシルクのドレス？　豪華だったでしょうね。女中頭（がしら）の人は？　食料室管理の人は？」「それから？」シンプルなグレーの一番のよそゆきを着ただけの仲働きの女中に至るまで、そのとき踊った人のドレスについては飽きることなく話がはずむ。

　ガーティは、他の女性たちは決して話題にしない、夫との関係をあけすけに話す唯一の人だった。「ジョニーはもう私のことを愛していないのよ。今朝なんかキスもしてくれなかったのよ」嘆息（ためいき）をついたかと思えば、こんなことも言い出す。「ジョンもだんだん役立たずになってきたわ。昨日なんか夕飯が終わったら椅子でいびきをかいてるのよ。私、淋しくて目が真っ赤になるまで泣いてしまったの」

　ガーティはお馬鹿さんで、一年以上も村中の笑いの種だった。ところが息子のジョンが生まれると、あの白いウェディングドレスは切り刻まれ、洗礼のドレスに縫い直された。そして彼女は過ぎてしまったことはどうでもよくなり、今度は素晴らしい息子を授かった勝利に酔いしれるようになった。「この子、本当に可愛いでしょう？」真っ赤でまだ顔立ちもわからない、丸々としたお肉の塊を見せて彼女は自慢する。昔の自慢話にはあまり興味を示さなかった人が、今度はお世辞を並べた。「父親に生き写しね。でも目はあなたの方だわ。大きくなったらきっと女の子を泣かすわね」時が経つにつれてガーティ自身がだんだん赤い丸々としたお肉の塊になっていった。くびれたウエストも自慢だった白い肌も、いつのまにか消えてしまった。それでも頭の中は今もロマンチックな思いで一杯だった。ローラが最後に会ったとき、彼女はもう中年女性になっていたが、娘が厩舎番(きゅうしゃばん)の若者と結婚したことを「人生最大の恋物語」と語った。でもローラはすでに村の年配の人たちから、実は「大変な押しかけのできちゃった婚」であったことを知らされずみだった。

ローラは彼女の顔があまり好きでなかった。全体としてはきれいなのだが、ブルーの瞳がちょっと出目(でめ)で、白眼が少し血走っているのがいやだった。そして顔色が病人のように黄色味がかっていた。口は小さくおちょぼで、村にはそれがいかにも美人の条件のように言う人もいたが、子供の目にはかえって愛嬌がないように見えるのだった。きゅっと口元を閉じると細い皺がよって、ボタンホールみたいとローラは思っていた。でももっと口の悪い男性の中には「鶏のけつ穴」と言った者もいるのだ。

ミセス・マートン

家に来る女性の中にローラが大好きな顔立ちの人がいた。日曜日に母が胸元につけるカメオのブローチの女性のようだと思っていた。額の中央で分けた細かく波打つ黒い髪もそのカメオの女性にそっくりだった。少しうなだれた首筋から肩の線が優雅だった。他の人と同じような服でも彼女が着ると素敵に見えた。大伯父の喪が明けたと思うと遠いいとこの誰かが亡くなったということが続き、いつも黒を着ていた。一年半の喪を言い訳にできる不幸が種切れになると、八十過ぎの年寄りが親戚にいるのでとか、誰かが危篤なので色物はちょっととか、いつも黒を着続けていた。一番似合う色が黒だとわかってそうしているのなら、それは上手な言い訳だった。理由なしにいつも黒だと、自意識過剰とか変わっていると言われたに違いないが、喪のためならとやかく言われないですむからだ。

「お母さん、ミセス・マートンって素敵ね」あるときお客さんたちが帰った後でローラは言ってみた。

母は笑った。「素敵？　ちょっと違うわね。きれいだという人もいるでしょうね。でも私の好みではないわ。顔色が悪くて暗い感じがするのよ。鼻も高すぎるわ」

後になってローラが思い出すミセス・マートンは、いつも「悲劇の女神」のように腰かけた姿だった。元々が憂わしげな性格だったのだろう。「私はいつも悲しみのスープを飲み干してきたの」それが彼女の口癖だった。「悲しみを飲み干すのが私の宿命なの」という言い方もした。でもローラの母は「あの人にそれほど嘆くようなことは何もないわ」と言うのが常だった。「ご主人は優しいし、家族が多くて経済的に大変というわけでもないし。そりゃ、親戚の人たちがみんな遠くにいて滅多に会えないかもしれないわ。生まれてすぐに死んだ赤ちゃんもいたでしょう。最近、高齢のお父さんを失ったのも悲しいには違いないわ。二年前に豚が流行病で死んだのもショックだったかもしれない。でもどれもみんなが経験していることよ。みんなそのときは悲しくても何とか立ち直って生きてるわ。誰も『悲しみを飲み干すのが私の宿命』なんて言ったりしないわよ」

憂鬱な気分そのものが不幸を招くことはあるのだろうか？　あるいは過去も現在も未来も本当はひと続きで、私たちが勝手に分けて考えたがるだけなのだろうか？　ミセス・マートンの若い頃からの悲劇的な風貌はそのまま老後の運命になった。夫に先立たれた後、一人息子も二人の孫も第一次世界大戦で戦死して、彼女は本当に孤独になってしまったのだ。

彼女はその頃は別の村に移っていたが、自分も息子を戦争で失ったローラの母は、慰め合おうと思い、訊ねて行った。彼女は相変わらず悲しげだったが、すっかり諦めきっているようだった。「悲しみを飲み干す」という言葉も、自分を憐れむ言葉も口にしなかった。すべてをあるがままに受け入れ、自分を励まして楽しみも見つけようとしているようだったという。

ローラの母が彼女を訪ねたのは春だったが、部屋中の花瓶やポットに花が生けてあった。香りがほのかに漂っているのに気づいて目を凝らすと、生けてあったのは庭の花ではなく、野生のサンザシだった。

母は元々迷信を信じたりしない人だったが、サンザシを室内に持ち込んだことはなかったので、ちょっとびっくりした。不幸を持ち込む花という言い伝えがあるのに、わざわざそんなことをしなくてもいいのに、と思ったのだ。

「サンザシが不幸を持ってくるかも知れないとは心配しなかったの？」お茶を飲んでいるとき、つい聞いてしまったという。

ミセス・マートンは微笑んだ。彼女が微笑むなど、室内にサンザシを飾るのと同じくらいにあり得ないことだった。「不幸？　もう誰も残っていないのよ。私、この花がいつも一番好きだったの。だから部屋の中でも見ていたいと思ったのよ。幸せも不幸もあざなえる縄の如しと言うじゃない」

女たちの話題

女同士のおしゃべりで、政治はほとんど話題にならなかった。なるとすれば誰かが夫の政治熱に不満を言いたくなったときだけだ。「あの人ったらそんな問題は放っておいて欲しいわ。自分の暮らしに関係ないじゃない」「誰が首相だって同じよ。誰になっても何か貰えるわけでも取られるわけでもないわ。私たちには変わりないんだから。石を割っても血は出ないってことよ」自由党支持の男は全然いいことをしていないと言う女性もいた。「選挙権があるならトーリー党に投票して紳士階級を支持すべきよ。自由党がクリスマスに貧しい家に石炭や毛布を恵んでくれたことある？」たしかにそれはない。その辺りのただ一軒の自由党の家は、まず自分で何とか石炭が買えて、それぞれのベッドに毛布を持っている程度の幸運で精一杯だったから。

年配の男たちも女性たちと同じで、みんなが政治に熱心だったわけではない。ある選挙の日、ローラとエドモンドは学校からの帰り道、半分寝たきりの近所の老人が立派な馬車にクッションを積み上げて乗り込み、投票所に向かうのに出会った。二、三日後、ローラが母のお使いでちょっとした食べ物を彼に届けると、帰り際に彼はローラに低い声で呟いた。「お父さんに言ってくれ。私は自由党に投票したよ。奴らはおいぼれ馬を水飲み場まで連れ出したぞ」

これを聞いた父親は、彼の期待ほどにはうれしそうな顔をしなかった。「あんまり良くなかったな。馬車を仕立てて投票所に行ったのはかえって、反感を買ったかもしれん」それに対して母は笑った。「それくらい大目に見てあげなさいよ。わざわざベッドから起きて、あんなお天気の中を自由党に一票入れに行ってくれたのよ」

政治以外のことでも、村人たちの紳士階級に対する態度は分かりにくかった。地元に大きなお屋敷があればみな誇りにしていた。称号のある貴族なら一層だった。「伯爵さま」なら教区が隣でさえ「わしらの伯爵さま」だったし、お屋敷の塔に伯爵が帰館している印の旗が梢の向こうにはためいていると、「わしらのご一家が帰っているぞ」と言うのだった。

村の中を馬車が通り抜けて行くことはあった。よぼよぼの老人がクッションに埋もれるように凭れ、敷物の奥に鎮座して、ほとんど眠っているように見える。村人の顔を認めたか挨拶に気づいたかさえわからない。ラークライズは彼の領地ではなかったので、村人に声をかけてくれたことも物を恵んでくれたこともない。クリスマスの石炭や毛布の施しも対象は領地内の村だけだ。でも村の人が働いている畑が彼の領地なので、直接雇われているわけではないのに、領民意識は染み付いているのだった。

ただ財産があっても、爵位や良い出自がなければ敬意は払われなかった。ある金持ちの帽子屋が店を閉めてから大きな屋敷を手に入れ、田舎の名士になろうとしたことが村の噂になった。「何様のつもりだ？　ただの店屋の主人が紳士の真似か。あんな奴のために働くのはご免だね。金貨を貰ってもお断りさ」と。既舎の井戸の掃除を頼まれた男が、その主人に会ったとき言ったという。「帽子を一つ売ってもらえませんか？」この冗談は何週間も繰り返し語られた。ローラがその話を聞いたのはずっと後だ。標準以上の教育を受けることにもその種の偏見があった。みな新興の金持ちの家は訪問しなかった。まだお金が万能ではない時代だった。

地位のある地主や、公正かつ温情のある判事一家は尊敬されていた。土地の名家の息子や孫の破天荒な若者は「暴れん坊」と呼ばれ、恐れ半分の敬意を払われていた。前世紀から続く秘密のクラブもまだ残っていて、ある道楽息子は一回の賭け事で「領地の一部を失った」と言われていた。村の美しい少女たちを集めて夜毎に怪しい酒宴が開かれているという噂が立ったこともある。もう白髪の助任司祭が注意しにその屋敷に出かけていった。そこは建物の一部を除いて荒れ果て、若い息子が一人住んでいるだけだった。司祭と彼の間でどんなやりとりが交わされたかは不明だが、訪問の結果がどうなったかはわかっている。司祭は玄関から押し出され石段を蹴落とされ、背後で扉が閉まり鍵がかけられた。が、話はそこで終わらない。司祭は何とか膝立ちで上体を起こし、中の「罪深い若者」のために声を上げて祈った。屋敷の庭師が司祭を支えて自分の家に連れて行き、歩けるようになるまで休ませてくれたという。

しかし田舎の上流階級のほとんどの人々は、人の役に立っていたかどうかは別として、村の基準で言えば、まずまずきちんとした生活を送っていた。夏には午後三時になると馬車が玄関口につけられ、お屋敷の女主人が、成人した娘がいれば一緒に、外出する。訪問した先が留守にしていれば訪問カードを置いて立ち去るが、そのときお返しの訪問を期待してカードの隅をちょっと折るかそのままにしておくかは、それぞれのつき合い方次第だ。自分で出かけないときは家にいて来客を待つ。そしてクリケットをしたり、手入れの行き届いた芝生に立つ杉の大木の木陰で、お茶を楽しんで時間を過ごすのだ。冬には近隣のお仲間たちとの狩猟がある。そして夏も冬も季節に関わりなく、日曜日には必ず教会の礼拝に出席する。微笑を絶やさず、貧しい人々の挨拶に優しく会釈を返す。そんなときも領地の人々にはより好意的だ。彼らの家の中での生活は、昔、ローマ帝国がイギリスを支配していた頃、邸宅の中のローマ人の生活がブリトン人には謎だったのと同様、窺いようがない。邸宅に暮らすローマ人にブリトン人の生活がわからなかったと同じく、お屋敷の人々にも下々の人の暮らしはわからなかったろう。ただ今は同じ言葉を話しているという違いはある。

階層意識の変化

そこここで、階層の境界を越える出来事も起こり始めていた。時代に先んじた若い世代の中には、自分の屋敷の外に暮らす人間のことを「貧乏人」としてひとくくりにせず、たまたま貧しく生まれただけの個人と考えてくれる人も出てきていた。「レイモンド坊ちゃんは他の人とは違う。彼には何でも話せる。どちらかというとわしらの側の人間だ」こういう言い方にそれが表れている。「あの人は話をわかってくれる。心があるよ。ケチケチしていないし。ああいう人が増えれば世の中も少しよくなるだろう」あるいは「ミス・ドロシーは別だね。自分でばかりしゃべらないでこちらの話しを辛抱強く聞いて下さる。あの人は仕事の邪魔をしないからね。洗濯で忙しい最中に来られても大丈夫。口は空いてるんだから話しはできるよ」

また一方で、昔から働いた乳母や女中の人が主人から一人の人間として信頼され、生まれにかかわらず友人として遇される例もあった。彼女たちには主人から「友人」という言葉をかけられることは金品にまさる喜びだった。ローラが後に知り合った、長いこと貴婦人のメイドをしていた女性は、その思い出を何よりの宝物として繰り返し語ってくれた。

彼女は何年も爵位のある貴婦人に仕えてきた。宮廷に出仕のときにはドレスの着替えや脱ぎ着を手伝い、病気のときは看病し、旅行に付き添い、夫人の無邪気な虚栄も優しく受け止め、誠心誠意仕えて、いつのまにか夫人の喜びや悲しみを最も身近で知る存在になっていた。「奥さま」が年を取り、死の床についたときは看病を手伝った。たまたま二人きりになったときだった。そのときは一緒に暮らしていた奥さまの遠縁の一家がみな階下でディナーのテーブルについていた。『私を起こしてちょうだい』奥さまはそうおっしゃると、私の首に両腕を巻いて体を起こそうとされたの。そして私にキスをして『あなたは私の心からのお友だちだわ』とおっしゃったのよ」語ってくれたミス・ウィルソンは二十年経った今も、その言葉を長い務めに対する最高のご褒美として胸に抱き続けていた。それはその貴婦人が遺言によって彼女に残してくれた気持ちのよい家と十分な年金にもまさる宝物だったのだ。

第五章　ヘリング夫人

二階の物置

「物置から幽霊が出たの」ローラは本当にそう思ったから言ったのであって、嘘をついたのではなかった。たしかに見たのだ。夕方、まだすっかり暗くなる前で、部屋の隅はぼんやり薄暗かった。母から二階の物入れの引き出しの中の何かをとって来て欲しいと頼まれたのだ。ローラが引出しを引いて中を覗きながら、ふと物置の方を見ると動いたものがあった。たしかに動いたと思ったが、何なのかはわからなかった。自分の髪かも知れなかったし、カーテンの端が揺れたのかもしれなかったし、壁に影が映ったのかもしれなかった。でもローラはたしかめる余裕もなく、悲鳴を上げて階下に駆け下りた。

母は最初、ローラが階段を踏み外して怪我をしたのではないかと、心配して慰めてくれていたが、幽霊がいたの、という言葉に膝から彼女を下ろすと、逆に問い詰めてきた。

そしてローラは答えながら曖昧な嘘を重ねることになった。「幽霊はどんな格好だった?」「黒くて熊みたいに毛むくじゃらだったわ。いや、白くて大きかった」だんだん「目はランタンみたいに光ってた。じゃなくて、片目だった」と答えはくるくる変わった。「ほら、全然たしかじゃないでしょ。思い込みよ。嘘を言っちゃだめ。気をつけないと、ペテロを騙した『アナニアスと妻のサッピラ』みたいに罰を受けて死ぬことになるわ」そして母はローラに二人がどんなふうに嘘をついて罰を受けたか、話してくれた。

ローラはこのことをエドモンド以外には話さなかったが、物置が怖くてたまらないのはずっと続いた。いつも鍵のかかった開けたことのないドアが部屋の隅にある。それだけで身がすくんでしまう。母もその物置の中を見たことは一度もなかった。中には家主のヘリング夫人が残していったものが入っている。引っ越して行くときは「すぐに取りに来ますから」と言ったのに今も置いたままだ。「何があるのかしら?」子供たちは疑問だった。エドモンドは絶対に骸骨だと言い張った。母がいつか「どの家でも物置には骸骨が入っている」(訳註:ことわざで「どこの家にも言いたくない秘密はある」の意)と言ったから。でもローラにとっては何もしない骸骨の方が幽霊よりはましだった。

夜ベッドに入り、母が下に行ってしまうと、ローラは必ず物置のドアに背を向けて寝た。でもどうしてもそっと見てしまう。今にもドアが開くかもしれないという気がしてくる。部屋の中の闇が全部そこに集まっているように思える。四角い窓枠に縁どられた外の灰色の空には、星が一つ二つ瞬いているし、椅子やタンスの形もぼんやりとわかる。でも物置のある隅っこは真っ暗闇。

「ドアが怖いの？　大丈夫よ。鍵がかかってるのよ」ベッドに起き上って震えているローラを見つけて母が叱った。「中にはガラクタしかないのよ。わかってるでしょ。少しでも値打ちがあるものだったら、とっくに持っていってるわ。ほら、おふとんに入って寝なさい。お馬鹿さん」「ガラクタ」って変な言葉。ふとんにもぐって声に出してみると余計に変。ゴミみたいになった古いものをそう呼ぶのよ、と母は言っていた。でもローラの頭の中で、その「ガラクタ」から黒い影がむくむくと起き上がり自分にのしかかってくる幻が消えないのだ。

両親もその物置は嫌いだった。家賃を払っているのに、今も家主のものが入っていて自由に使えないのは、小さな場所であっても筋が通らないと思っていた。物置が空いたら模様替えをするつもりでいるのに、いつまでたっても手をつけられない。両親は部屋を少し広げて簡単な木製の仕切りをつけ、エドモンドの寝室を独立させたいと思っていたのだ。というわけで父はとうとうヘリング夫人に手紙を書いた。ある日やって来た夫人は、痩せて小柄なお婆さんだった。なめし革のような皺だらけの顔の片頬に大きなほくろがあり、黒い房が何本も釣糸のように垂れ下がった黒のボンネットをかぶっていた。玄関で母が「どうぞボンネットをお脱ぎになったら」と言うと、夫人は「室内用の帽子を持って来なかったので」と断り、それでも部屋の中で帽子をかぶったままなのは失礼だと思ったのか、あごで結んだリボンをほどいてボンネットを頭からはずして肩に下げた。ボンネットは段々ずり落ちてきて、上品ぶった態度とはちぐはぐな対照を見せていた。

ヘリング夫人の片づけ

エドモンドとローラはベッドに腰かけて、夫人が古いドレスを広げて虫食いの穴を調べたり、ふいごで陶器から埃を吹き飛ばしたりするのを見ていた。明るい部屋があっという間に石灰の粉を播いたようになった。「すごい埃！」可愛らしい鼻に皺を寄せて不快な気持ちを隠そうとしない母を無視し、夫人は自分の仕事を続けている。家主なのだから自分の家で遠慮する必要がどこにあるの？　住まわせてあげてるんですよ。彼女のつんと上を向いた鼻先にローラはその気持ちを読み取った。

物置のドアが大きく開いている。建物の軒端まである白い壁の、奥に細長い屋根裏部屋になっていて、長いこと使われなかった物がやたらと詰め込まれている。古い衣服や靴、脚の取れた椅子、空の額縁、持ち手の壊れたカップや口の割れたティーポットなど。良さそうなものは階下に運ばれた。台の付いたレースのクッションや鯨骨に張った大きなグリーンの日よけ傘。重ねた銅鍋の一揃いはかなり値のするものだと、後で母がローラに教えてくれた。二階の窓から見ると、ヘリング氏が運んだものを庭先で、荷車に積んでいる。茶色のゲートルを巻いた細い足を懸命に踏ん張っているが、全部の荷物は積めそうになかった。かと言って、もう一度お金をかけて荷車を借りてやって来るほどに値打ちのある物は残っていない。ヘリング夫人はそろそろ持って行く物を決めなければならなかった。「どうしたらいいかしらね」相談されても、「暗い物置に押し込められていた汚いガラクタ」について、邪魔でしかたなかった母が答えられるはずはなかった。

「けちな年寄り。ただのけち」夫人が夫に相談しに下へ降りて行くと、母がローラに呟いた。「お願い。あの人がくれたもので服を汚さないで。貰ったものはその辺に置いて。触らないでちょうだいね。あの人が行ってしまったら洗うか燃やすかするわ」エドモンドとローラは手にしていた物をしぶしぶ下ろした。エドモンドが貰ったのは壊れたコルク栓と短い渦巻きコイルだった。ローラは、クロスステッチで「勤勉でありなさい」と刺繍された、表紙がキャンバス地のニードルブックがとても気に入っていたが、やはり下においた。針は全部錆びていたが素敵な手芸品だと思ったのだ。でも二人が母に何か言う前に、夫人の頭が階段の手すりの向こうに現れた。顔が蜘蛛の巣や煤で汚れている。「これはあなたにどうかしら?」物置の壁の釘にかかっていた金属製の輪になったものを見せた。

「ご親切にありがとうございます。でも私、これからクリノリン(訳註:スカートをふくらますための張りのあるペチコート）を着けることはないと思いますので」と母が婉曲に断った。

「そうね。もう誰も着けてないわね」夫人もしぶしぶ認めた。「結婚した若い女性にはとても便利だったのに残念ね。ちょうどいいサイズのクリノリンをつけていれば出産近くまでご近所にも妊娠を気づかれずにすんだのよ。今の人たちをごらんなさい。たしなみってものがないわ。アルバート殿下のこの美しい肖像画はどう？あなたたちは殿下のことを知らないでしょう？」

ローラとエドモンドは殿下については知っている。亡くなったとき国中の女性が喪に服したことを母が何度も話してくれた。その話を聞くたび二人は同じ質問をする。「お母さんも喪に服したの？」答えも毎回同じ。「私はまだ小さかったの。でも黒いリボンをつけて黒いサッシュを巻いたわ」アルバート殿下は女王の夫なのになぜか国王とは呼ばれず、とてもいい方だったのに女王陛下以外の人からは好かれていなかったという。女王陛下だけが彼を「大好き」だったのだそうだ。二人は少しずついろいろ聞いていた。何故ならお隣のクィーニーは、蓋に殿下と女王陛下の肖像画が刻まれた嗅ぎタバコ入れを使っていた。

ヘリング夫人はもう一度物置に戻った。そして全部を持っていくのは無理だということをようやく認め、気前よくするしかないと決めたらしかった。「ほら、このビーズ刺繍の脚台、きれいでしょう。タスモア屋敷が火事で焼けたときに私のところに来たの。だから値打ち物よ。あなたにあげるわ。貰ってちょうだい」母はその細い鉤型の脚のついた丸いビーズのスツールをちらっと見た。それは彼女も気に入りそうなものだった。でも彼女は夫人からは絶対に何も貰うまいと決めていた。どっちみち、夫人が置いていったものは自分のものになるのがわかっていた。同じ答えを繰り返した。「ご親切にありがとうございます。でもいただいても使い途（みち）がありませんわ」

「使えますとも」夫人も繰り返した。「どんなものも七年間持っていてごらんなさい。きっと何かの役にたちますよ。それにこのスツールは、赤ちゃんにおっぱいをあげるときに足を乗せられるじゃありませんか?」声が高くなった。「もうお産はないふりをしても駄目ですよ。その年令ならこれからもたくさん赤ちゃんが生まれますとも」

幸い、そのときヘリング氏が下から叫んだ。「もう車は一杯で針一本押し込めないからな」と。夫人は大きな溜め息をついて、とにかく残りは全部置いて行きますと宣言した。「売れるものは売って、家賃と一緒に送ってちょうだい」夫人は望みを持っているらしかったが、母が、夫人の姿が見えなくなったら全て庭で燃やすつもりでいるのは確かだった。でも結局、残されたものからもそれなりの数が取り出され仕舞われた。ビーズのスツールもその一つだったが、他には真鍮の杓子、小さな旅行用の時計があった。その時計は時を告げるとメロディーが流れて子供たちを喜ばせた。その後四十年間、時間を教えてくれて、動かなくなった今はローラの家の屋根裏で眠っている。

お茶

下には、テーブルに「お客さまのため」のお茶の用意がされていた。カップの外側に大きなバラの描かれた一番上等なティーセットと、ハート形のレタスの葉っぱと一緒に並べたバターを塗った薄いパン、朝の内に焼いた可愛い一口サイズのケーキなどが並んでいる。エドモンドとローラも背筋をまっすぐにして自分たちの椅子に腰かけた。最初はパンを取る。いつも最初はパンと決まっている。二人は耳にたこができるほど何度も、それは聖書の教えだと言われてきた。ところが何と、一番年上で範を示すべきヘリング氏が真っ先にケーキをつまんだ。つまんでしげしげと眺め、たった二口で飲み込んだ。でも、まだあるから大丈夫。夫人がたしなめるように彼の皿にパンを乗せレタスを手渡した。彼がその柔らかなレタスをくるくると巻いてポットのお塩に差し込んだときには、スプーンでお塩をすくい、お皿の端に載せてやった。

夫人の方は実にお上品だった。お皿の上でケーキを砕き、どうもスグリが苦手で、と言い訳しながら、注意深く除けた。細い指をカップの持ち手に絡(から)ませ、まるで小鳥のようにちょっぴり啜ると、そのたびに眼が天井に向くのだった。

そうやってみんなでテーブルでお茶を飲んでいるときもドアは開け放たれていた。庭の草花の匂い、ミツバチの羽音、果樹の梢の揺らぎがローラとエドモンドを、堅苦しいお茶を早く終わりにして遊びに来たら？　と誘っている。門口に女性が一人立ち止まって、バケツを足元においたまま、荷車をしげしげと眺めていたが、門を開けて入ってきた。「あら、レイチェルだわ。何かしら？」母が当惑気な声を出した。レイチェルはもちろん、誰が何しに来ているか、知りたいのだ。「あらまあ、ヘリングの奥さんじゃないの。旦那さんもご一緒？」ドアから覗き込んだ彼女の声が楽しげな大声になった。「物置の片付け？　荷車があるからきっとそうだと思ったわ」「ヘリングさんたち、古い荷物を取りにみえたのよ」「でも雨よけのシートがかぶさってないから違うかも知れないと思ったのよ。お二人とも元気?向こうの暮らしはどんなふう？」

会話の横で、ヘリング夫人はすっかり固い表情になっている。「私たちは元気ですとも。ご近所もいい方たちばかりですし。でもどうしてそんなことお聞きになるのかしら。あなたには関係のないことでしょうに」

「まあ、そんなに喧嘩腰にならないで下さいよ」

レイチェルも少し困った顔になる。「私はただちょっと挨拶に寄ったんですよ」そして最後にもう一度好奇心一杯の顔で荷車を眺め、立ち去った。

「まったく。見たことがあります？　あんな失礼な人。ここにいた頃にはたまにお付き合いもありましたけど、どうしてあんなに馴れ馴れしいのかしら？」

「悪意はないんですよ」ローラの母が代わりに謝っている。「ほとんど人の出入りのないところですから。昔馴染みのお客様があると珍しいんですよ。町ではそういうこともないでしょうけど」

「私が珍しいですって。私があの人の昔馴染み?」今までしとやかさを装っていた夫人が金切り声をあげた。「今度会ったら礼儀というものを教えてやらなくちゃ」

「ここにいた頃、人にはそれぞれの分があることを、私は一生懸命みんなに示したんですよ」夫人の怒りは少し収まってきたようだ。「でも何にもならなかったわ。あのときどうしてこんな村に住むことにしたのかしら。夫が退職したばかりで、家も安いし土地もまあまあ気持ちいいところだと思ったのよね。キャンドルフォードとは大違い。もちろんキャンドルフォードにも貧乏人はいますけど、その人たちと付き合う必要はありませんからね。その人たちにはその人たちの暮らしがあるし、私たちは私たちだし。あなたにも私たちの家を見せたいわ。正面には素敵な鉄製の門があって、玄関は階段を上がって入るようになってるんですのよ。この家みたいじゃないの。ここはドアを開けるとすぐ道路で、外に人が来たら丸見えでしょ。いえ、でも、ここだって可愛い家だわ」夫人は自分の家についての失言に慌て始めた。「私の言いたいことはおわかりよね。キャンドルフォードとは違うということなの。あそこは文明化してるんですよ。婿の言い方なんですけど。婿は町で一番大きな食料品店で働いているので、仕事柄、文明化ということがよくわかってるの。まさしくそう。ここが文明化してるとは誰も思いませんわ」

ローラは文明化した町というのはきっと素晴らしいところなのだろうと思った。でも後で母に文明化の意味を聞くとこんな答えが返ってきた。「文明化しているところっていうのは、みんながちゃんと服を着て、ジャングルの野蛮人みたいに裸で暮らしていない場所のことよ」「だったらイギリスはどこでも文明化しているじゃない。みんな服を着てるもの」村に冬になるとネルのペチコートを三枚重ね着するお婆さんがいたが、そのお婆さんはすごく文明化しているのだろうか？　キャンドルフォードの人がみんなヘリング夫妻みたいなら、あまり好きになれないかもしれない、とローラは思った。レイチェルが貧乏だからってあんな失礼な態度をとるなんて。

父の宣言

でも本当におかしな人たちだった。母は仕事から帰った父に、二人がやって来たときのことを話して聞かせた。夫人の声音を真似し、ヘリング氏の真似をし、大袈裟にもったいぶり、キーキー声を出して、驚いて見せた。

みんなで大笑いした後、父が突然宣言した。「言うのを忘れていたが、昨日の夜、パブでハリスに会ってね。日曜はいつでも荷馬車を貸してくれると言うんだ」

ローラとエドモンドが大喜びしたことは言うまでもない。

キャンドルフォードに行こう

キャンドルフォードに　キャンドルフォードに
キャンドルフォードに行こう
みんなに会いに

二人がはしゃいで歌い走り回るのに、母は「考えると頭が痛くなってきたわ」と言った。「荷馬車と馬を借りるお金だけですまないのよ。キャンドルフォードといったってそんなに広いわけじゃないから、行ったことはすぐへリングさんたちも聞きつけるわ。家賃半年分は届けないと。あの人たちは後がうるさいから。家賃を持って行かなかったら、私たちにはお金がないって馬鹿にするに決まってるわ。そんなことは我慢できない」「貧乏くさくなるな。貧乏くさい顔をするな」が家訓だった。「それによそゆきの服がちゃん着られるかどうか調べて、おみやげも少し買わないといけないし」この時代、夏の日曜日、親戚に会いに町に出かけるのは、今日のようにバスの時刻表を調べればすむような、簡単なことではなかった。

第六章　キャンドルフォードへ

はるばるとキャンドルフォードへ

日曜日の早朝、まだ村中が眠っていて、夜明けの空がピンク色に染まり、庭の草花やスグリの茂みも朝露で灰色に煙って見える時間、門口に車輪の音が聞こえてきた。インの荷馬車が年寄り馬に引かれてやって来た。

父と母は前の席だ。父は一番上等の黒いコートにグレーの縞のズボン、母も結婚式に着た薄いグレーのドレスを着て、普段とは違い素晴らしく美しかった。ドレスには何段ものフリルが重なり、フリルの端は細いブルーのリボンで縁取られ、それはきれいだった。結婚のときの帽子はもうかぶれなかった。母に言わせると「帽子だけは流行に遅れちゃ駄目」なのだった。今日はブルーのビロードのぺたんこの小さな帽子を結い上げた頭に乗せ、幅広のベルベットのリボンを顎の下に蝶々に結んでいた。この帽子がなかなか見つからなかったせいでお出かけが遅れていたのだ。膝の上に大事に抱えた籠の中にはたくさんのおみやげが詰まっている。お手製のニワトコ酒、たっぷり餌をやってまるまる太らせた鶏。クィーニーに特別注文して編んでもらったレースは、いとこたちのよそゆきのドレスの衿飾りにぴったりのはずだった。父も負けていない。エドモンドとローラの乗る後ろの座席の間には、朝採りの自慢の野菜が山になって積み込まれた。だからキャンドルフォードまでの道中、ローラは自分の座席よりも高い、新物の春キャベツの袋の山の上に脚を上げていなければならなかった。

いろんな準備を終わって最後に、ローラとエドモンドが後ろの狭くて高い座席の背もたれにベルトで結わえられると、馬車は出発した。自分の厩（うまや）の前を通ったとき馬が中に入って行きそうにするのを、父が猫なで声でなだめた。「さあさあ、ポリー、婆ちゃん馬でも、まだまだ疲れるのは早い。村から出てもいないんだからな」しかし次第に父の短気が始まるとポリーは「よぼよぼ馬」と罵られ、道の真ん中で立ち往生すると「この老いぼれ」と呼ばれることになった。母はその悪口が馬主に届かなかったかと、思わず後ろを振り向いてしまう。時々立ち止まりながら、それでもポリーは荒い息で小走りに進んでいった。その間、子供たちは後ろの席でゴムまりのように上下にはずみながら、今の時代なら飛行機に乗るのと同じくらいの大興奮だった。

高い座席からは、生垣の反対側にキンポウゲがたくさん咲いた牧草地がよく見えた。牛たちは座って湿った草を食み、荷馬車用の大型馬が朝もやの向こうにかすんでいる。生垣にその夏初めてのノイバラが咲いているのを父が見つけた。鞭を使ってそれを取り、肩越しにローラにくれた。繊細なピンクの花びらに朝露が残っていた。少し先に進んでから彼はポリーを止め、手綱を母に預けて馬車から下りた。「やっぱりあったぞ」彼は生垣の穴に手を差し入れた。その穴から小鳥が飛び立つのが見えたのだ。手には鮮やかな青い卵が二個。ローラたちに触らせてくれてから、父は卵をそうっとまた巣に戻した。暖かくて柔らかな絹のような手触りだった。

パカ、パカ、パカ。ポリーの蹄が土埃を舞い上げる。馬具がきしみ、砂利道では鉄の車輪がガタガタいう。街道は貸切りだ。他には乗り物一台通っていない。週日にここを行き交う農場の荷馬車やパン屋の馬車も、今日は車軸を空に向けて休んでいる。お屋敷の馬車も馬車置場にじっと息をひそめ、御者や従者の召使いたちはベッドの中だ。そう、今日は日曜日なのだ。

道の両側の家々の鎧戸は下りたまま、どの家の庭にもまだ人影はなく、たまに猫がしのび歩いたり、ツグミが石畳の蛇を見つけて急降下してくるだけ。そしてローラとエドモンドはわくわく胸を躍らせながら早朝、荷馬車の座席にくくりつけられ、揺られている。

キャンドルフォードにはるばると行くところなのだ。ただ「行く」のではなく「はるばると行く」ところだ。村の人たちはどこに行くにも単純に「行く」という言い方はしなかった。「上がって行く」、「下って行く」、「ぐるっと行く」、「はるばると行く」と必ず修飾語がついた。なぜならラークライズからキャンドルフォードまでの道は上がったり下がったり、小川を渡ったり、門をくぐったり、「はるばると」という言葉がぴったりのちょっとした旅行だったのだ。

途中通り過ぎた村では、日曜日の晴れ着の装いの人々が教会からどっと出てくるのに出会った。シルクハットをかぶっているのは地主や農場主、庭師や学校の先生、大工の棟梁だ。農場で働いている人たちは山高帽。年寄りの中にはフエルトの丸い中折れ帽の人もいる。シルクハットの紳士と腕を組んでいるのは黒っぽい重そうなドレスの夫人。その前をお行儀よく歩いている子ともう一人いたずらっ子そうなのが二人の子供たちなのだろう。村人たちは普段着だが、洗濯したてのシャツに靴の紐は緩めていて、日曜日らしい寛いだ雰囲気だ。パン屋に夕食の調理を頼んだり、ベイクハウス（かまどを何台か備えた建物）の前では数人がおしゃべりに興じている。その前のゆるやかな起伏のある道を、二頭の美しい灰色馬が馬車を引いて通り過ぎて行った。御者と従者は花形の記章がついた立派な帽子をかぶっていた。一方で教師に引率された子供たちが二列に並んで教会から日曜学校に向かうところだ。

この村には人が大勢いるようだった。栗の木の並木道の両側に可愛らしい家が並んでいて、その美しい景色にローラはここがキャンドルフォードだと思った。でもそうではなく、誰か貴族の領地だということだった。馬車や灰色の馬はその人のものなのだろう。ここはモデル村で、どの家にも寝室が三部屋あり、数軒に一台、ポンプ式井戸があるという。

選ばれた人しか住めない村だと父が言う。「教会に行く人間があんなにいるのもそのせいさ」という口調に冗談めかしたところはなかった。しかし母が軽く舌打ちしたので、「だけどあのベイクハウスはいい思いつきだ」と話題を変えた。「ディナーの肉をあそこのオーブンに入れておけば、礼拝が終わる頃に焼きあがっていて、好都合じゃないか？」その言葉もあまり母を喜ばせなかった。「料理には焼いた肉があればいいってものじゃないわ。肉汁はどうするのかしら。肉汁がないとおいしくないわ。パン屋がよく肉汁を売ってるけど、あれって変じゃない？　お屋敷の料理場からもらったと言ってるのは本当だと思う？」

モデル村を過ぎた頃、ポリーは本当に疲れ切り、とうとう道の真中に石のように立ったきり、歩こうとしなくなった。母の意見で少し休んで馬に飼い葉をやり、自分たちも何か食べようということになった。まるでジプシーのように道端の石に腰かけて、小さなケーキと水筒の牛乳を飲んだ。空にはヒバリがさえずり、足元からは野生のタイムの匂いがする。景色が少し変わり始めていた。木立の茂みが広い草地のそちこちに点在している。その草地に雄牛が群れて草を食(は)んでいるのが、道端の鉄柵の向こうに見える。父があちこちに残る土塁を指して、あれはローマ人が造ったものだと教えてくれた。真鍮のかぶとをかぶった古代ローマ人たちのことを語る父の言葉が、あまりに生き生きと真に迫っているので、ローラたちは目の前にローマの兵士たちがいるような気持ちになった。しかし父も子も、このとき見た風景の土地が後年、格納庫に囲まれた滑走路に変貌しようとは想像もつかないことだった。自分たちが生きている間に、ローマ人ならぬ別の兵士たちが、ローマ人以上の強力な武器で身を被い、その格納庫から空に飛び立って行くことになると、誰がこのとき考えただろう。そのときその場所（訳註：第二次世界大戦のとき、ここは空軍の飛行場になった）は将来のことは何も知らず、遠くまで平らかに一面緑に広がり、光を浴びて輝いていたのだった。

アルマとエセルの出迎え

そこを過ぎるとキャンドルフォードは目前だった。道脇に花壇に囲まれた家々が立ち並ぶようになった。そして次には二軒ずつの家が一組に、こぎれいな鉄の柵がそれぞれの入り口を作り、鉄の門から家の玄関まではタイル敷きのアプローチのある通り。次にはガス会社の建物（何とキャンドルフォードではもうガスが使われていた）、鉄道の駅と続く。この鉄道のおかげで、キャンドルフォードからは周辺の田園地帯に発展しつつあった他の町へ行くことができた。そして敷石の舗道が現れ、街灯が立ち始め、これまでに見たこともないほど大勢の人の波が現れて来たのに、まだ町の中心部ではないという。そのとき母が父を突っついて声を上げた。「見て。あのきれいな羽飾り！」そしてさらに叫んだ。「まあ、エセルとアルマよ。迎えに来てくれたのね。あなたたちのいとこよ。ほら後ろを向いて手を振りなさい」座席にくくりつけられたまま、やっと身をよじってローラは白いワンピースの背の高い少女が二人、こちらに駆けて来るのを見た。

二人の帽子の羽飾りに母がたじろいだのは多分その裕福さに圧倒されたからだろう。ワンピースの色に合わせてローラの帽子に巻いたピンクのリボンは、二人の幅広の麦わら帽を飾っている白い孔雀の羽に比べるといかにも見劣りした。二人の帽子はおそろいで羽飾りも同じに豪華に飾り付けられていた。刺繍された真っ白なモスリンのワンピースもおそろいだったが、この頃は顔が似ていてもいなくても、姉妹にはおそろいの格好をさせるのが流行だった。少女たちの方が先に馬車に気づいて、こちらに向かって駆けて来るところだった。黒いストッキングの足にエナメルの靴が光った。元気？　お父さんやお母さんは？　みなさんは？　という挨拶に答えてから、二人は馬車の後ろに回って来た。

「これがローラなのね。そしてちっちゃくて可愛らしいのがエドモンドね。はじめまして。二人とも」

アルマは十二歳、エセルは十三歳だったが、二人の落ち着いて大人びた態度は、ローラには二十五歳や三十歳の大人の女性にも見えた。ローラは恥ずかしくて家に飛んで帰りたくなったが、気持ちが落ち着くと自分やエドモンドのことを答える余裕が生まれた。この背の高い、素敵な装いの、大人びた少女たちがいとことは信じられなかった。予想とはまるで違っていた。

しかし馬車がまた動き出す頃には、すべてがまた順調にすべり出した。少女たちは後ろの左右の踏み台に一人ずつ立って馬車にしがみつきながら、前の座席から大声で話しかける叔父さんの質問に笑みを浮かべて答えていた。「そうよ、叔父さん、アルマはまだキャンドルフォードの学校だけど、エセルはミス・ブラッセル寄宿学校に行ってるのよ。金曜の夜に家に帰って、月曜日の朝にはまた寄宿舎に戻るの。師範学校に入るまでそこにいることになるわ。先生になりたいの」

「それはいい。今は自分の頭の中に一杯詰め込んで、後になったら他人の頭に詰め込んでやるわけだ。アルマも先生になるのか?」「ううん。私は学校を出たらオクスフォードの洋装店で働きたいの」「縫い子修業か。じゃ、ローラが大きくなる頃には宮廷(コート)用のドレスを縫ってくれるのかな」

少女たちは冗談なのか本気なのかよくわからないまま曖昧に笑った。母がからかっちゃ駄目よとたしなめたが、ローラも何となく居心地が悪かった。ローラの知っている〝コート〟とは裁判所のことで、最近村の近所の人がそこに呼び出されたと聞いていたので、自分が〝コート〟に行くのが良いこととは思えなかったのだ。

イーディス伯母さんの家

ラークライズから到着したローラたちはエセルとアルマの家で食事をご馳走になる予定になっていた。二人の家がキャンドルフォードの親戚の中で、一番親密だったというわけではなく、町の入り口に近かったからだ。後でもう一軒、別の親戚の家にも行くことになっている。母は本当は、エセルたちの家に立ち寄ったらすぐに、そちらの方に移動したがっていた。家で予定を相談していたときこんなことを言っていたのだ。「大袈裟にもてなされるのは嫌なの。お金をかければいいってものじゃないもの。たしかにそういうのが好きな人もいるけど。でも、まあ、あなたの親戚ですもの。あなたの方がよく知ってるわ。でも、本当にお願いね。ジェームズと政治の話はしないでね。結婚式のときみたいになったら嫌よ。あなたたちって二人とも、意見が合わないのがわかってるくせに、絶対に譲らないで血相が変わってくるんですもの。良いことなんか一つもないのに」父はそういうことはしないと意外と素直に約束した。「とにかく自分の方から言い出したりはしないよ」と。

ローラには、キャンドルフォードがものすごい大都会に思えた。道が何本も交わる場所には必ず広場があって、その周辺には大きなお店のショーウインドウがいくつも並んでいる。日曜日でシャッターが下りていて、中が見えないのが残念だ。お医者さまの診療所の門には赤い外灯がついている。教会には高い塔がそびえ、女性や少女たちは薄い夏のドレス姿、男の人もお洒落なスーツにパナマ帽だ。

ローラたちの馬車が近づいていくのは白い大きな家だった。家の前には栗の木の生えた小さな芝生があり、その栗の木に止められた二本のポールに「ジェームズ・ダウランド建築会社」の看板がかかっている。「新築、改築、水回り工事をいたします。見積もりは無料」とある。

読者の方々は建築会社の経営者が実際には、自分の会社で建てた家には滅多に住まないのを知っておられると思う。彼らの会社の最新設備を備えた家が郊外に建てられ、町や村は膨張してゆく。しかし経営者自身は便利で快適な町の中心部の、設備は旧式でやや不便な点があっても、ひと昔前の大きな家に住む場合が多い。ジェームズ伯父さんの家はおそらくジョージア様式だった。フジの花の房が垂れた八枚の窓が美しい間隔で並んでいる。小屋根のかかった玄関ポーチへ上がってゆく階段は、丈の低い白い門柱とチェーンで表の芝生から遮(さえぎ)られている。しかしローラが「何て素敵な家なの！」とよく見ようと思ったときにはもう、イーディス伯母さんの両腕の中だった。「まあまあ、暑い中を長旅で疲れたでしょう。少し休みたいんじゃない？　伯父さんもすぐに帰ると思うわ。今日は教会の委員会があって、朝の礼拝にも出席しないといけなかったの。ロバート、馬と馬車は裏門につなぐといいわ。行き方は忘れてないわよね。アルマに子馬を見せたい男の子が後で来るわ。一時間か二時間くらい後かしら。その子、日曜日はいつも朝に来て、靴磨きとナイフ磨きをしてくれるんだけど、今日は時間をずらしてもらったの。エミー、二階にどうぞ。ローラの顔にそばかすに効くローションをつけてあげるといいわ。それから、みんなで飲み物をいただきましょう。私の手作りだから子供でも大丈夫。何しろジェームズは家にアルコールを持ち込ませないの」

質素な田舎の家からやって来たローラには、その家はまるで御殿だった。玄関を入ると廊下の左右はそれぞれに客間だった。片方の部屋のテーブルに飲み物の入ったガラス瓶とワイングラスと一緒にケーキやビスケット、果物などを盛った皿が並べられていた。ローラはちょうどそのとき部屋に母と二人だけだったので「素敵なお食事ね」と思わず囁(ささや)いてしまった。

「お食事じゃないわ。〝おやつ〟よ」〝おやつ〟というのもこういう場合は食事の一種なのだろう。父とエドモンドが洗面所から戻ってきた。エドモンドは息せき切って、引っ張ると水が流れる鎖について話し始めた。「その水ったら、家の前の小川よりも勢いよく流れるんだ」母が慌てて「しーっ」と制止した。「後で説明してあげますからね」ローラはまだその素晴らしい装置を見ていない。母と一緒に二階の来客用寝室に案内されたが、グリーンのカーテンのかかった天蓋(てんがい)つきベッドを置いたその部屋には、手を洗うための水差しと洗面器を置いた台が二人分用意されていた。「あそこにおまるも用意してありますからね」伯母さんが教えてくれた。玉座のようなその椅子は、カーペット敷きの階段を上がって蓋(ふた)をあけると、何と便器なのだった。でもローラはエドモンドより大きかったので、それを声に出して言わないくらいのたしなみは心得ていた。

ジェームズ・ダウラント伯父さんが帰って来た。体格がよく、いかにも社会的地位のある人の風采で、そこにいると広い部屋も狭く感じられる。伯父さんが現れるとイーディス伯母さんのおしゃべりが止まり、テーブルの周りを爪先立ちで歩きながらつまみ食いをしていたアルマも神妙にソファに座り、短めのスカートをしきりに膝の下に引っ張っている。伯父さんに親しげに頭をぽんと叩かれたローラも、母の後ろに隠れてしまった。ジェームズ伯父さんは上背がありがっちりとして、黒い髪だった。眉は濃く立派な口髭をたくわえ、上等のスーツに重そうな金鎖を下げ、その重量感に周りの人間はみな影が薄くなる。ただローラの父だけは、少し細身だったが同じくらい背が高く、暖炉の前で互いの仕事の話をしていた。話題が仕事のことにとどまってさえいれば安全だったのだ。

ジェームズ伯父さんと父の議論

ジェームズ・ダウランド伯父さんは当時、町や大きな村には必ずいた、時代をリードする人物だった。新しい家を建て、古い家を修復し、家々の屋根や排水溝を順に補修していく仕事は、人々の生活の重要な部分を支えていた。それに加え、教会の教区委員であり合唱隊員であると同時にオルガン奏者であり、各種委員会の委員を務め、多くの監査役や名誉職にも就いていた。しかしもっとも熱心だったのは当時の教会が進めていた道徳運動だった。伯父さんはアルコールに対して病的なほどの嫌悪感を抱いていて、口癖のように、会社の人間がパブに入るのを見つけたら、即刻クビだと言っていた。自分の家庭や会社にとどまらず、町全部が対象範囲で、相手にとっては不運としか言いようがないが、誰かに半パイントのビール代を倹約させることに成功すれば、大きな屋敷の建築の契約を取ったのと同じくらいに上機嫌になるのだった。

小さな子供を感化するのはもっとも大切なことで、小さな手にペンを持たせて「私たちの約束」カードに名前を書かせ、「希望の輪」という自分が作った子供グループに入会させる。会員の子供たちは週に一度集まって、彼がお金を出して用意した小さなレーズンパンを食べてレモネードを飲み、彼のオルガン伴奏で学校の宗教の時間に歌うのと同じように、その頃流行った短い教訓的な歌を歌う。たとえば「お父さんにもうお酒を売らないで下さい」というような歌だ。

お父さん、お父さん、もうお家に帰りましょう
教会の時計が一時を打ちました
お父さん、すぐにお家に帰ると約束しましたね
仕事が終わったらまっすぐ帰ると

この集まりが持たれているとき、善良な父親たちはなじみのパブで半パイントのビールを飲んだらさっさと家に帰っていたはずだ。遅くまで帰宅しない困った人間は実は、歌を歌っている子供たちの方なのだった。ローラとエドモンドもその日曜日初めて、青と金色で美しく縁取られた「私たちの約束」のカードに自分たちの名前を書いた。これで生涯アルコールは飲みませんと誓ったわけだった。「神さまの御手に助けられて」。二人ともアルコールが何なのかわからなかった

が、カードがきれいで気に入り、家に帰ったら額に入れて飾りますと言うと、伯父さんは大喜びだった。

二人は伯母さんの方が好きだった。イーディス伯母さんはピンクの肌のぽっちゃりした女性で、ウェーブのかかったふさふさした髪は灰色で、優しい眼もやはり灰色だった。その日はドレスも灰色の絹で、動くたびかすかにラベンダーの香りが漂った。優しそうな外見で、実際、本当に優しかった。でもわかってくると、それだけだった。それ以上でもそれ以下でもなかった。夫や娘たちがそばにいないときの方がおしゃべりだったが、話題はめまぐるしく変わり、止まることのない小川の流れのようだった。夫を心から尊敬していて、ローラの母との話題は全て彼の賞賛だった。ジェームズがこう言ったの、ジェームズがこうしたの、どんなに彼がみなから大切に思われ、尊敬されているかの話ばかりだった。彼女は夫を少し怖がっているようだったが、娘たちにも遠慮していた。二人が母親に相談にくると、「あなたはどうして欲しいの?」「あなたならどうするの?」とまず娘たちの希望を聞く。親としての自分の考えや意見は後回しだった。義妹にはこう言い訳した。「あの子たちの考え方は私たちと違うのよ。教育も知り合う人も今は昔とは違うから」母は伯母さんから娘たちが司祭館にテニスをしに出かけることを聞いていた。

ローラの目には娘たちは甘やかされちょっと生意気なように見えた。そしてもちろん口には出さなかったけれども、貧しい親戚だから何かしてあげないといけないというように、自分や母がちょっと下に見られているようにも感じていた。でもそれは誤解だったかもしれない。互いに離れて暮らしていたから、共通の話題や関心がなかったというだけなのだろう。ローラがいとこたちと対等の立場で会ったのはこのときが最初で最後になった。次にローラがキャンドルフォードを訪れたとき、二人はもう家を離れて大人の世界に足を踏み入れていた。ローラはかろうじて、子供時代に留まっていたいとこたちの短いスカートの裾をつかまえるのに間に合った。この後、社会的地位の階段を上ってゆく二人のスカートの裾は、ローラの手の届かないはるか上方に遠ざかっていってしまったのだった。

〝おやつ〟の後にすぐ始まった本物の食事は素晴らしく豪勢だった。テーブルの片方の端には直火で丸焼きした子羊の足、もう片方には薄切りのハムで飾られた茹で鶏が置いてある。ジェリーやチーズケーキ、クリームのかかったグズベリータルトもある。「女の子（ガール）」が次々お皿を運んだり下げたりしている。商家で働くお手伝いは年齢に関係なく全員「女の子」と呼ばれていた。因みにこの家の「女の子」はバーサという五十歳くらいの女性で、イーディス伯母さんが結婚したときからここにいて、これから先も伯母さんが亡くなるまでいるはずだった。ローラの母はバーサが忙し過ぎると言っていた。でもだとしても、そこでの仕事は彼女に合っていたのだろう。血色がよく丸々と太って、たった一つの不満は、「お嬢さまが自分でパイの皮を伸ばしたがるのが困りものなんですよ。私の方が手早いのをよくご存知のくせに」

ということだった。広い家のすみずみまで掃除して磨きたて、月曜日にくる洗濯女性を手伝い、料理を作り、みなのストッキングを繕い、それで年俸は十二ポンドだ。バーサも優しい人だった。慣れないローラが軽食でお腹いっぱいになってしまい食事が進まないのに気づくと、他の人たちがおしゃべりに夢中になっているすきに、気づかれないようお皿を片付けてくれたのだった。

何もかも豪華で素晴らしかったが、期待に胸を膨らませていた子供たちにはひどく退屈だった。最初の部屋に戻ると、さっきの〝おやつ〟は片付けられ、テーブルには緑色のラシャがかけられていた。エセルとアルマは日曜学校のクラスに出かけてしまい、ローラは景色でも眺めていなさいと、ケント州にあるラムズゲートという港町の写真集を預けられ、放っておかれた。日がまぶしいので窓のブラインドが下ろされ、部屋には上等のドレスや家具のニスやポプリの香りが満ちている。エドモンドはとっくに母親の膝の上で寝てしまい、ローラも大人たちのおしゃべりを遠くに聞きながら眠気を催し始めていた。そのとき頭上を子守唄のように通り過ぎていた会話に、突然「アイルランド」とか「自治」とか「グラッドストーンによれば」「ハリングトン卿が言った」「チェンバレンが」という言葉を発する鋭い声が聞こえてきた。母があんなに心配していた話題に、いつしか男性二人は踏み込んでしまったのだった。

「彼らは女王陛下の臣民のはずじゃないか。我々と同様」伯父さんが言い張っている。「彼らにやらせてみればいいんだ。そうすれば今の政府のありがたみがわかるだろう。彼らには野蛮人以下の政治しかできないさ」

「もしこのイギリスが外国に侵略されて、彼らに支配されることを想像してみたらわかるんじゃないかな？」父が言い始めた。

「やれるならやってみろ、ってことだ。ありえない」伯父さんが遮った。

「イギリスが侵略されて、我々の血が流れて、家や職場が焼かれるんだぞ。信仰も禁止だ。当然、侵略者には出て行って欲しいと思うだろう。独立をもう一度取り戻したいと願うはずだ」

「とにかく、我々はずっと前にあそこを征服したんだ。我々が主人だ。我々に従わないなら、軍隊を送ることになる」

「君は一体、アイルランド人を何人、個人的に知ってるのかね？」

「一人知ってたら十分だが、実のところ、今までに何人も働いてもらった。ディモック大佐というのをブラッドレーで働かせた。そしたら破産して、後始末にたぶん君が稼ぐ以上の金を使ったよ」

「もうその辺にしたら、ボブ」母がたまりかねて口をはさんだ。

「さあ、ジェームズも。今ここで会議を開いているわけじゃないのよ。日曜日に家で寛いでるのよ。アイルランドのことなんかいいじゃない。行ったこともないし、行く予定もないし。議論は終わりにしましょう」伯母さんもたしなめた。

男二人はちょっと笑って、むきになりすぎたことをきまり悪く思ったらしかった。しかし伯父さんは最後の一言をどうしても抑えられなかった。本人は軽い冗談のつもりだったのだろう。「一番いい方法を教えてやろうか。船でまずウイスキーを送るのさ。そして少ししたら銃を送る。酔っ払ってわけがわからなくなってるところに銃が来たら、自分たちで撃ち合いを始めるよ。自滅してくれれば我々は手間が省けるわけだ」

ロバートが顔面蒼白になって立ち上がった。そして凍りついたような声で「じゃ、これで」と言い捨てるなりドアの方に行きかけた。彼の妻と姉が駆け寄って両脇から腕を抑えた。義兄も「怒るなよ。ただの冗談だ。そうむきになるな」と声をかけた。「まあ、座れ。ほらイーディス、バーサにお茶を持って来させなさい。アンの家に行く前にもう一杯お茶を飲もう」しかしロバートは家を出て、肩越しに「じゃあ、後で」と妻に声をかけると、さっさと道路を行ってしまった。

彼には座を繕う余裕がなかった。そのときはその場の誰にもなかった。ローラの母は失礼を詫び続け、伯父さんは腹立ちが収まったわけではないようだったが、大人げない気持ちもあったのか、彼女に「すまなかった」と謝った。伯母さんはレースの縁取りのハンカチでしきりに瞼を押さえながら、ローラの涙も拭いてくれた。ポリーの荷馬車ではるばる来たのに、あんなに楽しみにしていたのに、せっかくの日が台無しになってしまうなんて、そう思うとローラの涙は止まらなかった。

この場を何とか収めたのは母だった。生まれの良いふりなどせず、でもいつもその場にふさわしいことをふさわしい言い方で言う人だった。みんなを明るくなだめて言った。「でも、あの人、必ずここに戻ってきますわ。馬を置いたままですもの。その頃には少しは頭も冷えて、後悔してると思うわ。だから、バーサがお湯を沸かして下さってるなら、私、折角ですからお茶をいただきますわ。でも一杯だけで十分。お腹いっぱいでもう何も入らないわ。そしてお暇(いとま)することにしましょう」

第七章　優しい友人と親戚の人たち

もう一つの親戚の家

ひとしきり誰も何もなかったかのようにおしゃべりした後、ローラたちは先に行ってしまった父を追いかけて、アン伯母さんの家に向かった。じりじりと射す太陽が熱くて、疲れたローラは少し遅れがちに足を引きずっていた。私、キャンドルフォードが本当に好きになれるかしら、と考えながら。

でもすぐにまた元気が出てきた。楽しいものがたくさん目に飛び込んでくる。道沿いに続く家もそうだ。一軒一軒が全部違う。さやの中のえんどう豆みたいに似たような家が軒を並べているならつまらないけれど、ポツポツ適当に離れて、大きかったり小さかったり、高かったり低かったり。灰色の石塀の上に割ったガラス瓶が乗せてあり、後ろの庭には果樹が数本枝を揺らしている。ドアの把手もそれぞれに違い、小さな屋根のかかった雨除けのポーチもみな違う。人々は軽そうな上等の靴で石敷きの舗道を歩いているが、手に持つ物も花束だったり聖書だったりビールのジョッキだったりとさまざまだ。

ある曲がり角で、貧しい家並みの路地がちらっと目に入った。窓から窓に渡されたロープに下がった洗濯物はぼろ布のようで、玄関前の石段に子供たちが座っていた。「あそこがスラム？」日曜学校で聞いたお話の中の光景を思い出してローラは母に聞いた。

「もちろん、違うわ」母は顔をしかめた。そしてその角を通り過ぎてしまってから言った。「あんなことを大きな声で言うものじゃありません。聞いたら気を悪くする人もいるでしょ。スラムに住んでいる人たちも、自分ではそう思っていないの。その生活があたりまえになっている人は、それが普通だと思ってるのよ。あなたがそんなことを気にかけてもしょうがないのよ。自分のことをちゃんとしてればそれでいいの」

自分のこと？　スラムに住んでいる人のことを気の毒に思うのも自分のことじゃないのかしら。食べ物もベッドもなくて、酔っ払いの父親や家主に雪の中に放り出されるようなひどい目に会う子供に同情するのも、自分が感じているのだから自分のことだ。お母さんだって、ローラに『フロッギーの幼い弟』の物語を読んで聞かせながらほとんど泣いていたじゃない。フロッギーがやっとニシンの燻製を手に入れて帰ったのに、病気が重くてもう何も喉を通らなくなっていた弟の可哀そうな場面を思い出したローラは、キャンドルフォードの町の真中で、思わず大声で泣き出しそうになった。

でも三人は目の前に、広い野原と岸辺に柳が茂る曲がりくねった川が見えるところまで来ていた。その緑を背にたくさんの店が並んでいたが、そこはキャンドルフォードの町のもう片方のはずれだった。ローラたちはその中の一軒に近づいていった。その店のショーウィンドウにはたった一足、美しく磨かれた女性用の編み上げブーツが、琥珀色のビロードのクッションの上に飾られていた。後ろのカーテンも琥珀色のビロードだった。ショーウィンドウの上に架かる看板の字を、そのときのローラはまだ読めなかったが、後で何度も読み返すことになった。「婦人用ブーツと靴の仕立て、承ります。材料厳選。技術完璧。足にぴったり。婦人用狩猟靴の特別注文もお受けします」とあるのだった。

トム伯父さんは、当時は「手堅いささやかな商売」とされていた靴職人だった。その頃はまだ、よほど貧しい人でなければ、靴も足に合わせて作ってもらうことが多かったのだ。店と住いを兼ねた建物の裏手には、庭をはさんで大きな縫製場があり、見習職人たちが皮を裁断したり叩いたり縫ったりと、靴の新調と修理のために、一日中忙しく働いていた。トム伯父さん自身は店の裏部屋を仕事場にしていて、庭に向けて開け放した戸口から、一日中、縫製場との間を行ったり来たりしていた。伯父さんはここで狩猟用の靴を自分で作り、また上等の靴の上側を作って店でお客に試着させる。狩猟靴の試着は店ではなく、特別にあつらえた客間で行われたが、客に靴を履かせている伯父さんの様子は、まるで女王さまに跪（ひざまず）く従者のようだった。

でもそんなことはすべて後になってからわかったことだ。その最初の日の訪問に戻ろう。ローラたちがその店に近づいて行くと、そこに届くか届かないかのうちにドアがいきなり中から開き、わっと飛び出してきたいとこたちに抱きつかれキスされ、二人はあれよあれよという間に、玄関の廊下で待っていたアン伯母さんのところに連れていかれたのだった。

アン伯母さんといとこたち

アン伯母さんほど優しい人に会ったのは生まれて初めてだった。ラークライズの近所の人たちも態度は荒っぽくてもみな優しかった。でも誰もが自分や家族のことで精一杯だったので、病気や困っているときには助け合ったけれど、何もない普段のときは他人にあまりかまわなかった。ローラの母も優しく行き届いていて子供をいつも可愛がっていたが、我を忘れるほど夢中に愛情を表現するタイプではなかった。アン伯母さんは全身、愛情のかたまりだった。その優しい声と澄んだ黒い瞳に接した人は、彼女の天性の優しさをすぐに感じとったろう。夫のトム伯父さんは妻のことを「誰にでも甘いのさ」とからかい、靴を受け取りに来た客は自分の暮らしのことを何もかも喋らないと解放してもらえないことをぼやくと、教えてくれた。自分の子供たちを伯母さんは可愛らしい愛称で呼んでいたが、エドモンドもすぐ「坊やちゃん」、ローラは「子猫ちゃん」と呼ばれることになった。輝く瞳と波打つようにウェーブのかかったつややかな髪を除けば、外見的には美しかったわけではない。顔色が悪く頬もこけていて、痩せていた。髪を額の中央で分けて結い上げ、いつもゆったりした長いワンピースを着ていて、伯母さんがエドモンドにクリスマスプレゼントに贈ってくれた、おもちゃのノアの箱舟に乗っていたノアの妻にそっくりだった。そのときのことは抱きしめられたときの骨ばった体の感触と、暖かく優しいキスのことしか記憶に残っていない。あっというまにいとこたちはローラとエドモンドを巻き込み、奔流になって家の中を抜け、裏庭の高い木の下にいる父とトム伯父さんのところまで流れていった。二人の間のテーブルにはビールのグラスが置かれ、二人は向き合ってパイプをくゆらせていた。今朝、家を出て来るときは伯父さんの悪口を言っていたくせに、父は楽しそうにおしゃべりしていた。

「彼はただの靴屋さ」と言った父に母は反論した。「でもあの人は普通の修理専門の靴屋とは違うわ。一流の靴職人よ。修理もするけど新しい靴を作る方が多いわ」

トム伯父さんは仕事は俗っぽかったかもしれないが、人間的にはまったく俗っぽいところのない人だった。あれほど自由な精神と聡明な英知を備えた人を、ローラは他に知らない。政治的には自由主義者だった。それがローラの父を寛がせ友好的な気分にさせたに違いなかった。二人はまた例のアイルランド問題を話し合っていたらしかった。聞きなれた単語がローラの耳に入って来た。しかし父の意見を半ば上の空で聞いていたらしい伯父さんは、ローラの髪を撫でながら娘たちに、果樹園の方に行ってみんなで遊んだら、と言った。「でも小さな男の子たちを川に入れたりしちゃいけないよ。そんなことをしたらお母さんがケーキを食べさせてくれないからね」

芝生のはずれにある四角い区画の果樹園には、古いリンゴの木やプラムの木など合わせて二十本くらいがあった。向こうに小さな川がゆっくりと流れていて、川幅の半分はイグサで被われ、岸辺にはずっと柳の木が植わっている。疲れていたはずなのに、ローラは突然疲れが吹き飛び、駆けてゆくと大声を上げながら木々の幹を縫ってみんなの鬼ごっこに加わった。リンゴの花はもうほとんど散っていたが、みんな一枚でも二枚でも落ちてくる名残りの花びらをつかまえようとした。いとこの一人が教えてくれたが、一枚の花びらには一か月の幸せが詰っているという。そして緑色のグズベリーの実をかじったり、ワスレナグサの花を摘んだりして遊んだ。ローラは両手にあふれるほどの実や花を握りしめ、しおれるまで持っていたが、最後は川に流してやった。

遊んでいるうちに、初めて会ったいとこたちの顔と名前もわかってきた。一番上のお姉さんがモリーで子供たちの中では小さなお母さん役だ。ぽっちゃりと柔らかな感じで赤毛がかった金髪、鼻のあたりにそばかすがいっぱいある。アニーも赤毛だがモリーより小さくそばかすはない。黒い髪のネリーはとてもすばしこかった。そしてみんなが笑ってしまうようなおかしなことを言う。「針みたいに鋭い」と後で父も言っていた。女の子では一番年下のエイミーはローラと同じ年だった。黒い巻き毛に可愛い真っ赤なリボンをつけていた。でもリボンを目印にしなくても体が小さいのでローラはすぐ区別できるようになった。

末っ子のジョニーは誰よりも大事にされていた。男の子だからというだけでなく、女の子ばかり続いた後にやっと生まれた待望の長男だったからだ。欲しいものがあれば元々は他の子のものでも彼の物になって、望みは全部かなえてもらえた。転べばすぐに誰かが駆け寄って起こして慰め、川に近づけば赤い髪も黒い髪もみんなが取り囲んでボディーガードになった。まるで赤ちゃんみたい。同じ年齢のエドモンドは誰に見ていてもらわなくても大丈夫だ。一人で岸辺に立ち、折った小枝を川に浮かべて、お舟遊びをしていた。そして走り出すと、草の上に寝転んで、若馬のように足を空に高く上げた。

古びた粗末な平底のボートが岸辺に繋いであった。遊び疲れた子供たちの誰かが「あそこに行って座りましょうよ」と言った。「私たちも一緒に行っていいの?」ローラはちょっと心配だった。絵本の挿絵ではない本物のボートは初めてだった。川は深そうだし、村の小川に比べれば川幅も広い。でもエドモンドはもう有頂天だった。岸辺に滑り降りるとさっさとボートに乗り込んで叫んだ。「さあみんな、早く。急いで。船がオーストラリアに出発だ」小さな男の子二人がオールを漕ぐ真似をし、女の子たちはオールの届かない船尾にかたまって座った。銀色の柳の葉が青空に映え、空気はミントと水草の香りがした。そしてみんなで空想の航海をした。もちろん、ボートは太いロープでしっかりと繋いであったから、安全で何の危険もない楽しい船旅だ。

このことが後で話題になったとき、母はモリーのことを「小さいけれどもう立派な大人ね」と評した。「妹や弟の立派なお母さん役ね。親も信頼してるのね。だってあの午後ずっと子供たちだけにしてたでしょ」というわけでその午後、トム伯父さんと父は木陰でアイルランド問題の議論に専念できたし、伯母さんと母は家の中で洋服を見たり、家族のことでのおしゃべりに花を咲かせられたのだ。

子供たちにもいっぱいしゃべることがあった。「もう字は読めるの？」「いつから学校に行くの？」「ラークライズってどんなところ？」「家は二、三軒しかなくて、あとは全部畑だって本当？」「お店がなかったらお買い物はどうしてるの？」「モリーの髪、好き？　みんな赤毛を馬鹿にして学校の子たち、〝ショウガっ子〟てからかうのよ。でも牧師のコリア先生はとっても可愛いって言って下さるの。お客さんがママに言ってたの。切って売れば何ポンドにもなるって。上流の奥さまの中にはそれで鬘（かつら）を作る人がいるんですって。ね、鬘を使っている人がいるって知ってた？　イーディス伯母さんはかもじを使ってるんですって。私、見たの。朝ね、鏡台に下げてあったのよ。かもじのおかげで伯母さんのまとめた髪の根元、あんなに膨らんでるのよ」「ローラ、あなたの髪、きれい」モリーがローラの一番の自慢にそっと優しく触れた。「そんなふうに背中に全部垂らしてるのって素敵ね。まるで水が流れてるみたい」

「お母さんの髪はね、ほどくと上に座れるくらい長いのよ」ローラの自慢にいとこたちはすっかり感心した。その頃、豊かな髪は他の豊かさにひけを取らないほどの賞賛の的だったのだ。

女の子たちはみんな町の小学校に通っていたが、モリーとネリーは卒業したらミス・バッセル寄宿学校に一年間行くことが決まっていた。ジョニーも後でその学校に行くの？　と聞いたローラに、父は大笑いした。「もちろん違うよ。女の子の学校だからね。『入学は紳士の子女に限る』と学校のドアの看板にある。まあ紳士の意味は金があるということだ。授業料が払えるなら、煙突掃除夫の娘でも入れてくれるのさ」

「じゃあ、ジョニーはどこの学校に行くの？」ローラはなおも聞いた。「イートン（Eton）かもしれない」「え？」ローラの耳には「イートゥン（eaten＝食べられる）」と聞こえて、「え？」と思ったが、「でもちょっと無理かな。あの子のためには親が特別に一つ学校を作ってやらないといけないかも」と言葉が続いたのでほっとしたのだった。

午後のおしゃべりでローラが驚いたのは、いとこたちはみんな学校が大好きなようなことだ。村で学校が好きな子供は一人もいなかった。学校は監獄と同じように思っていて、入学した日から卒業のことだけを考えて通う。でもモリーもネリーもエイミーもみんな学校はとても楽しいと言う。アニーだけがそれほどでもなさそうだった。

「アニー、あんたのクラスのビリは誰？」ネリーがからかった。

「気にすることないわ。アニーはお勉強はできるけど、お裁縫が全然だめなの。でも今縫ってるベビードレスはきっと賞をもらえるわ。ヘリングボーンステッチがプリダム先生にすごく誉められたって、ネリーに教えてあげなさいよ」

庭の向こうからお茶の用意を知らせる声がかかった。ローラの好きな「お茶」はバターパンにジャムがついて、ケーキや一口ケーキがある、家でいつも飲むような普通の「お茶」だった。あんまり豪華なおやつが並んでいると気おくれしてしまう。

午後のお茶

ここのいとこたちの家は、建物も大好きになった。古い建物でちょっとした階段が思いがけないところについていて、しょっちゅう上がったり下がったりしなければならない。アン伯母さんの居間の片隅には大きなグランドピアノがあり、柔らかなグリーンのカーペットは苔のような色だった。窓は大きく開け放たれ、ニオイアラセイトウの甘い香りにお茶やケーキ、靴に塗るワックスの匂いなどが混じり合って漂っていた。その日のお茶は居間の大きな丸テーブルの上に銀のポットで用意されていた。その後、ローラがこの家に来たときのお茶はいつも台所だったが、実は台所がこの家で一番素敵な場所だった。二つの出窓に椅子が作り付けになっていて、真鍮の鍋やろうそく立て、石の床に敷いた赤と青の縞模様のマットなどが暖かな雰囲気を醸している。でもその日のお茶は居間に用意されていた。テーブルには全員が座れなかったので、エドモンドとジョニーは壁を背にサイドテーブルに座らせられた。そこは二人のそれぞれの優しい母親からよく目の届く場所だったが、親たちはおしゃべりに忙しく子供のことなどほとんど忘れていた。ジョニーが「ケーキのお代わり」、と言ったときやっと思い出してもらえたくらいだ。伯母さんが一切れ切って渡したケーキを、ジョニーは大きすぎると文句を言い、半分にすると小さすぎると言い、最後に残りくずをお皿に残した。エドモンドとローラはびっくりした。二人は家で、お皿に分けてもらったものは残さないで食べるよう厳しくしつけられていたからだ。

後でジョニーのことを母は「あんなにいつも甘やかされていたら、駄目な人間になってしまう」と言っていたが、たしかにその頃のジョニーは甘やかされていた。でも彼は甘やかされずにはいられない状況で生まれてきたのだ。長い年月の後にやっと授かったたった一人の男の子だった。女の子ばかり続いた後に生まれた一番病弱な男の子だった。年齢よりも幼く成長も遅かった。しかし彼には大きな美点があった。当時の若者には珍しいほど信仰に厚く、タバコも吸わず、酒も飲まなかったし、賭け事もしなかった。彼は一九一四年から一八年まで続いた第一次世界大戦中、多くの戦場で戦い、厳しい軍隊生活を送ったが、その生活には向いた性格だった。

あの日曜日の日に会った幼いジョニー、そばかすの浮いた青白い顔、細い髪の少年の顔を、今もローラは目の前に思い浮かべることができる。両親も恥ずかしくなるほどの甘えん坊だった。

でも何年も後でローラは、クート（訳註：第一次世界大戦で英軍がトルコと闘ったイラクの戦場）で銃弾にあたり、熱とハエが襲う中、飢えと病気に苦しみつつ帰ってきた負傷兵のジョニーに再会した。かつて姉たちに優しく大切に守られていた男の子が、捕虜交換のための病兵たちの一人として送還されて来たのだ。彼を選んだ収容所長は「軽いから彼もついでに乗せてゆけ。ここにいても役に立たない」と言ったそうだ。あのときの少年ジョニーは、その年の夏中、果樹園に置かれた長椅子に横たわり、数分おきに栄養をあてがわれていた。薄いスープや卵入りのミルクを摂り、家での休養と母親の懸命の看護を受け、彼は健康を取り戻した。そして部隊に復帰するとフランスの戦線に送られた。大人になる過程で、私たちは友人たちを、思い出の中の幼かった姿でだけ思い浮かべるのではなく　その後どうなっていったかも考える。最初のときの印象はまるで絵のように強く心に刻まれる。後の面影は物語の中で、鎖のようにつながってゆくエピソードの連続で、印象は薄れていても、輪の一つ一つが人生を語っている。

第八章　浮いたり沈んだり

学校生活の始まり

キャンドルフォードへの小旅行でローラの幼年時代は終わりを告げた。旅行から戻るとまもなくローラは小学校に入学し、安全に守られた家の生活から、自分の居場所を守ってゆくには自力で闘わなければならない世界に、一歩踏み出したのだった。

その地区の公立の小学校はラークライズから一マイル半も離れた隣の村、コティスフォードにあった。コティスフォードから学校に来る子供たちはたった十二人で、ラークライズから通う子供たちはその三倍いたのに、学校がそちらにあるのは、教会と牧師館と領主館というラークライズにはない重要な建物があったからだ。二つの村を結ぶ長いまっすぐな道は起伏が多く、子供たちは毎日、一緒にまとまって登校した。そこからはずれることはできなかった。一人で歩いたり、

二、三人だけで行ったりすれば、変わり者扱いされ、嫌われることになるのだった。

子供たちの格好は大体、服がダブダブだったり少し窮屈だったり継ぎがあたったりしていても、家を出るときには顔も洗い身なりも整っていた。「継ぎの上に継ぎがあっても、破けた穴をそのままにしてはいけない」が村の母親たちのルールだ。女の子たちはくるぶしまでのワンピースの上に白地かプリント地のエプロンを着て、髪は額からぴっちり後ろに撫でつけて、頭のてっぺんにお団子にまとめるか、きつく三つ編みにするのが普通だった。初めて学校に行った日、ローラは髪を後ろに梳かして垂らし、それを〝不思議の国のアリス〞のように櫛で止め、いとこからのお下がりの、パイのようにひらべったい丸い帽子をかぶっていた。その日、この髪型と帽子をみんなに笑われたローラは、学校から帰るなり、絶対に髪は三つ編みで〝本当の帽子〞にしてと懇願したのだった。

通学

一緒に通学する子供たちの年齢は四歳から十一歳までとまちまちだったが、みな健康で体格が良かった。途中走ったり叫んだり、ときには取っ組み合いもしながら学校に向かう。石を積んだ山の上で押しくらまんじゅうをしたり、溝に飛び降りたり生垣によじ登ったり、畑のカブを抜いたりグズベリーを探したり、羊番の姿がないと羊を追いかけたりと、大忙しだ。

道のわきに道路の補修用に一定区間ごと積んである石の山はお城だ。真っ先にてっぺんに立った少年か少女が「この城の王様は俺（私）だ。おまえらは来るな」と叫んで、後からよじ登ってくる子供を殴ったり蹴ったり、寄せ付けまいとする。「嘘つけ」「王様はおまえじゃない」「おまえをやっつけておれが王様になるぞ」「やれるならやってみろ」という声が口々にとびかう。これでもおとなしい方だ。まだ映画はなかったから、誰からも「見たか」や「はい、酋長」という西部劇のせりふは出てこない。ラジオもまだで、「子供の時間」などのお話の番組が聞ける時代でもなかった。義務教育は始まったばかりで、子供たちは天然の野生児だった。

みんなが静かに歩いているのは、年上の子供たちが大人びた話し方でいろんなことを教えてくれるときだ。年少の子供たちはそんな話からいろんなことを知る。「大人の太ももほどもある蛇がいるんだぞ。長さは裏庭のはしからはしまでだ。羊番が子羊が生まれた朝早く家に帰るとき、この道で目の前を横切ってゆくのを見たんだ」でも年寄りたちは首をかしげた。「蛇は羊のお産がある季節の頃はあまり出歩かないものだ。もしかしたら草の中にいる普通の蛇とは違う種類のものではないかな」でもその蛇を見たのはデヴィッドという中年の男で、真面目で酒も飲まない。作り話をする人間ではない。とにかく何かは見たのだろうということになった。試験に受かるかどうかという話題のときは、もうすぐ行われる試験が心にのしかかっているので、誰もがおとなしく道を歩いているだろう。ある男がどんなやり方で親方を〝やっつけた〟かとか、誰かの母親に赤ん坊が生まれるという話で当人を恥かしがらせたり、とかもある。子供を作ることや出産について、まるで小さな判事のような重々しい口調で言う。「十分に食べさせられないくらい、たくさんの子供を持つのはどうかと思うな」と一人が言えば、別の一人は「私は結婚したら子供は一人でいいわ。いえ、やっぱり二人にする。だって何かあって一人死んでも一人残るもの」と答える。

村で誰かが亡くなった日の翌朝は、口々に真面目な顔で、前兆かもしれなかったできごとを紹介し合った。偶然見た蜘蛛の縞模様や、理由なく時計が急に止まったことや、壁から額が落ちたこと、窓に小鳥が羽を打ちつけたことなど。死者を安置した部屋の様子も子供たちには興味があった。「死んだ人の顎を縛るのは何故だか知ってる?」「どんなふうに縛るの?」「死体の胸の上には塩を入れた皿を置くんだよ」「目を閉じさせるときは新しいペニー銅貨を使うんだって」こういう話は必ず幽霊の話へと発展し、グループの外側にいる小さな子供たちは息をひそめて、恐怖で身を寄せ合うのだ。

子供たちは意図して残酷なことをしたわけではない。しかし彼らは体が強く力が有り余っていて、一方で想像力には欠けていたから、活力のはけ口が必要だった。いじめも乱暴もあった。

ある日、学校からの帰り道、一人の老人が標的になった。すっかり年老いていて、足をひきずり、杖に頭がつきそうなほど前のめりにのろのろと歩いていた。村の住人ではなく、見たことのないよそ者だった。そうでなければ子供たちもあれほどひどくからかったり、悪口を浴びせたり、馬鹿にしたりはしなかったろう。親や先生の耳に届かないのをよく知っていたのだ。

叩いたりはしなかったが、こずいたり、押したりしていた。「腰曲りじじい、腰曲りじじい」と彼らは後ろから野次った。背中がすっかり曲がっていたからだろう。最初彼は子供たちのふるまいを冗談にしてやり過ごそうと思ったのか、笑ってみせた。しかし、やがて悪態についてゆけなくなって疲れると、囲まれたまま立ち止まってしまった。上目づかいに視線をあげ、杖を振り回して、ぶつぶつと罵った。子供たちはそれを見てわっと散ると、大声で笑いながら駆け去った。

どんより曇った冬の午後だった。ローラには、その場に立ち尽くしている孤独な老人の姿が、たまらなく悲しげに見えた。彼にも若い頃があったろう。その時は強靭でからかったりする人はいなかったろう。実際子供たちは、浮浪者でも体が自由な人は恐がって、走って逃げてしまうことがあった。今、この老人は年を取りお金もなく、すっかり弱っている。おそらく帰る家もないのだろう。気にかけてくれる人もいない。こんなになって一生を終えるとしたら、何て空しいのかしら。八歳のローラはそのときそう思った。そして後の帰り道、ずっと彼の若かった頃のお話を勝手に想像した。「お金持ちで若くてハンサムだったのに、きっと銀行の破産で財産を失ったのね（その頃の子供の物語には銀行の破産の話がいっぱい出て来た）。若くて美しい奥さんは天然痘で亡くなったんだわ、一人息子はきっと航海の途中に船が難破して溺れ死んだのね。そうして：」

いじめ

学校に行くようになって最初の一年か二年の間、ローラは他にも何人かいるいじめられっ子の一人だった。いじめられる理由は外見や話し方や親のせいとか、服装などがみんなの気に入らないからだった。特別悪いことをしたわけではない。他の生徒とちょっと違うだけでいじめの標的にされてしまう。

たとえばその頃、ラークライズの少女たちはみな年齢に関係なくくるぶしまでの長さのワンピースを着ていたが、外の流行はとっくに変化していて、小さな女の子のスカート丈は短くなっていた。ローラは幸か不幸か、いとこからのお下がりがあって、村の標準からは進んだ丈の短いワンピースを着ていた。ある日、ローラはちょっぴり誇らしい気持ちでいとこからもらったクリームに赤い水玉の散ったワンピースを着て学校に行った。スカートは膝丈だった。出かけるとき母が赤いリボンを探してアイロンをかけ、髪に飾ってくれたので、それもうれしくてしかたなかった。ところが何ということだろう、他の子たちはその格好を見てどっと笑い、はやし立てたのだ。「気取りや！」「脛長(すねなが)！」いつも仲良くしていた少女さえもが真面目な顔でこう言った。「あなたのお母さん、あんなに素敵な人なのに、あなたにそんな格好させて平気なの？」

夕方家に帰りついたローラの姿は無残だった。足をかけられ土の上に転んで泣いたので、顔には涙で泥の縞模様ができていた。母はもちろん優しく慰めてくれたが、こうも言った。「棒で叩いたり石をぶつけるのはいけないけど、名前を叫んで言い返すくらいはしてもいいのよ」そしてすぐにワンピースの裾をほどき、いっぱいに伸ばしてふくらはぎまでの長さにしてくれた。だからそれ以後ローラは、誰かの視線を感じるとちょっとかがんで、検定に合格しているかどうか確かめるようになったのだった。

エセル・パーカーという少女は、ローラの毎日をつらいものにした一番の張本人だった。口では友だちのふりをして毎朝家に迎えに来てくれたので、母でさえ「エセルって本当にいい子ね」とすっかり騙されていた。しかし窓から見送っている母の姿が見えなくなると、エセルは他の子にローラの悪口を言いつけたり、さまざまないじわるを始める。「ローラったら、スカートの下に赤いネルのペチコートをはいてるのよ」などと言ったりした。無理やりノバラの生垣を通り抜けるよう命令したり、近道だからと土起こしの終わったばかりの畑を横切らせたり、「鍛えてあげる」と髪を引っ張ったり、腕をねじったりするのだった。

まだ十歳なのに十四歳の少女と同じくらい背が高く、力も強かった。「家のエセルは雄牛と象を合わせたくらい強い」と父親は自慢していた。金髪でぽっちゃりした丸顔で、色も形もスグリそっくりの緑の目をしていた。寒くなると、ちょっと前に流行った真っ赤なマントをはおったが、それを着るといかにも田舎の少女の典型だった。

エセルが好きないじめに、ローラに目をそらさず彼女の瞳を見つめさせることがあった。「さあ、目をそらさないでいられるかどうかやって」命令されてローラは仕方なしおとなしく、その強い緑色の瞳を必死で覗くが、いつも先に視線をそらしてしまう。そうすると罰として手をつねられるのだった。

大きくなるにつれ身体的ないじめは少なくなっていったが、それでもふざけているふりをして、ローラを言うがままにあしらった。彼女は大人がよく言う、〝ませた子〟だった。母も次第に彼女を好ましいとは思わなくなり、ローラにもできるだけ関わらない方がいいと言うようになったが、それでもこう言った。「でも、知らん顔は駄目よ。こういう狭い場所では誰のことも怒らせたりはできないの」その後エセルは仕事に就いて村を離れ、ローラもその一、二年後には村を出たので会うことはなくなったはずだった。

ところが、十五年後、ローラがボーンマスに住んでいた時のことだ。ある午後、お使いか何かで、いつもは行かない西の海岸の方に出かけたとき、大柄な金髪の若い女性が歩いてくるのに出会った。仕立てのいいスーツを着て、腕に小さな犬を抱え、手には帳簿を何冊か持っていた。驚いたことにエセルだった。彼女はどこかの店で料理番として働いており、そのときは何かの支払いに出かけて、ついでに犬の散歩も頼まれたのだった。

ローラに会って彼女は喜んでくれた。「まあ、こんなところで昔一緒に遊んだ幼友だちに会うなんて。あの頃は楽しかったわね。一緒に騒いだわよね。子供のときが一番楽しかったわ。あの頃の友だちが一番懐かしいわ。ねえ、ローラもそうじゃない？」

ローラもすっかり興奮して、小さい頃の不愉快な思い出は忘れてしまい、「私も楽しかったわ」と応じた。そして「今度ゆっくりお茶を飲みましょう」と言いかけたそのとき、犬が落ち着かなく騒ぎ出した。と、エセルは犬の首筋を鋭くひねり上げたのだ。犬は目を大きく見開いて、瞬時におとなしくなった。ローラは、昔何度も経験していたので犬がどんなに痛かったかがよくわかった。今は美しく装い、洗練された物腰でふるまっていても、中身は昔のエセルのまま、何も変わっていない。ローラがエセルに会ったのはこのときが最後だ。噂では、執事をしていた男性と結婚し、下宿屋を開いたと聞いた。下宿人たちがみな彼女に負けない強い性格であって欲しい。気が弱い人は頼みたいことがあってもあのグリーンの瞳に射すくめられると、すごすごと引き下がることになるに違いないから。

女の子の内緒話

でも村の少女みんながエセルのようだったわけではない。エセルや似たタイプの子と一緒のときは大変だったが、それ以外はみな優しくて、仲良しだった。ローラはそういう友だちと一緒のとき、自分に期待されている役回りがだんだんわかってきた。いつも内緒話の聞き役なのだ。「あなたっておしゃべりじゃないから」「あなたは人に言ったりしないもの」とよく言われた。「一緒にしゃべれて楽しかったわ」とみんな言うが、実は相手がしゃべっている間、ローラは聞きながら時々、「そうね」とか「違うわ」とか短い相槌を打っているだけなのだ。

好きな男の子がいる少女は何時間もその話をしている。「アルフィーってハンサムだと思わない？ 彼ってすごく力持ちで、お父さんでも持ち上げられないジャガイモの袋を軽々持っちゃうんですって。お母さんが言うには他の兄弟の倍は食べるんですって。そんなふうに見えないかも知れないけど、その気になればすごく優しいのよ」ほんの一週間前の土曜日、彼はその少女に大事にしているパチンコに触らせてくれたのだという。「木から下りて来るところだったの。それでちょっと持っててと預けられたわけ。鍛冶屋の方の野原の隅にある木よ。あんな高い木に登れる子、他にいないわ。見せてあげたい」こういう恋物語で面白いのはたいてい相手の少年は何も知らないということだ。少女は少年を勝手に自分の恋人と決め、ローラにさんざんのろけ話をし、毎日彼の夢を見、彼が身に付けていた何かを宝物にしているのに、少年の方はたまたま出会っても「やあ」くらいしか言わない。

恋人かどうかわからないとき、少女たちは九つの小さな葉っぱがかたまってついたトネリコの葉を探す。それを胸着の中にしまい、こんなおまじないを唱える。

九つの葉っぱがついたトネリコの葉
見つけたらハートの近くにしまいましょう
最初に出会った男性があなたの恋人よ
結婚している男は別
独身の人だけね

このおまじないは、少女の側からしかわからないのだから必ず逃げ道があって、どんな場合でも自分の希望どおりに当たるようになっている。

友だちと喧嘩したという内緒話はもっと多かった。「彼女がこう言ったの」「それで私はこう言ってやったの」「あれからずっと口を利いていないの」というような話だ。ほとんどの人が何か打ち明けたくてたまらなかった。日曜日のディナーに食べたものとか、イースターの日に教会に着て行くつもりの服のこととかだ。ドレスの話は大体、「赤い（あるいは紺の）ベルベットなので始まり、「ネルのお下がりを詰めてもらったのよ」と続く。ローラは自分でもドレスのことを考えるのは大好きなので、積極的に話題をそっちにもっていこうとする。ローラの一番の憧れは水色のシルクに白いレースの縁取りのあるドレスだった。そういうドレスを着て、いつかジェーンおばさんが家にやって来たときのように駅の貸し馬車に乗るのが夢だ。

内緒話はたいてい他愛ないものが多かった。しかし中にはローラの小さな胸にのしかかって気持ちを沈ませるものもあった。村に一人だけ、継母の女の子がいた。その継母の女性は、村の人たちの目からはとても良い継母に思えた。自分自身の子供はいなくて、義理の子供たちに十分な食事を作り、辛くあたることもなくきちんと世話をしているという評判だった。ポリーの本当の母親が死んだ日の記憶は、ローラのもっとも古いものの一つだ。ポリーはローラより少し年上なのに、その日のことは思い出せないという。ローラはちょうど家の戸口の敷居に立っていた。霧がかかった朝だったが、鋭いカラスの鳴き声が聞こえた。母が後ろにいた。「カラスが鳴いたでしょ。あそこの家のお母さんが今朝亡くなったの。まだ小さな女の子がいるのに」

学校に行っている頃のポリーは、それほど可愛くない小柄な少女で、太っていて顔色も悪かった。髪は薄くて茶色だった。動作も不器用でもたもたしていた。苦しげな息をしながらぴったり身を寄せて話す癖があった。ローラは彼女が好きではないというよりむしろ嫌いだったが、可哀そうと同情する気持ちがあった。ポリーによれば、継母は外面はよかったが家では威張り散らしていて、子供たちはいつもいじめられ、毎日つらい思いをしていた。

毎日、あるいはローラをつかまえた日は毎回、その日にあった新しいいじめの話を延々と始める。ローラは聞きながら同情を示すつもりで、「わかるわ。そうなのね」と相槌を打つのだが、それに対しポリーはいつも「わかるもんですか。あの人と一緒に暮らしたことのない人にわかるはずないわ」と言う。ローラはあまりに暗い希望のない話にほとんど胸が破れそうになってしまう。ある日、ポリーの打ち明け話の後で泣いているのを母に見つかり、「どうしたの？」と聞かれた。決して人にはもらさないと約束していたローラは「ポリーって本当に可哀そうなの」としか言えなかった。

「ポリーが可哀そう？　そんなことないわ」母はあっさりと言った。「誰だっていつも幸せとは限らないわ。あなたがそうやって一緒に悲しんであげても何かがよくなるわけではないのよ。泣いちゃだめ。誰も他人の悩みを引き受けることはできないのよ。助けてあげられそうなことは何でもしてあげるといいわ。でも悩みは本人が我慢して解決するしかないの。あなたが自分の悩みを持つようになる頃、ポリーは幸せになっているかもしれないわ。みんな順繰りなのよ。どうしてあげることもできないことで悲しんでいると、自分の問題が起きたとき気持ちが弱くなって、立ち向かえなくなるものよ。だから、さあ、もう泣くのは止めなさい。テーブルに座ってお茶でも飲んで元気を出しなさい。お母さんに泣いた顔なんか見せちゃだめ」そのときのローラは母のことをとても薄情だと思った。そしてその後もポリーのことで気持ちが暗くなるのはなかなか止まなかったが、あるときに気づいた。ポリーはいつもローラと二人きりのときだけ、〝可哀そうなポリー〟になるのだった。他の子と一緒のときは悩みなどどこかに置き忘れてきたかのように、元気で明るかった。それに気づいてから、ローラはなるべくポリーと二人きりにならないように気をつけるようになった。

遊び

田舎の子供たちは一緒にいて、いつまでも不幸な気持ちでいられるはずがなかった。一緒にクロスグリを採ったり、ブルーベルやキバナノクリンザクラを摘んだり、何時間も楽しい時間を過ごす。野原に座ってヒナギクやキンポウゲで花輪を作り、頭に飾ったり首にかけたり、腰に巻いたりして遊ぶ。他の少女たちは少し大きくなると年下の子に作ってあげるだけで自分を飾ったりはしなくなっていったが、ローラは今もまだ自分で体に付けて遊ぶのが好きだった。みんなから寄ってたかって飾られた小さな子は、頭のてっぺんから爪先まで、耳まですっぽり花で被(おお)われて彫像のようにじっと立ったまま、されるがままになっている。

冬の氷滑りも楽しかった。凍った池のはしからはしまで、そんなに大きなスライドで滑りまわるわけではないが、速度を保つにはそれなりの集中力が必要だ。一人転べば次の人がぶつかって順に折り重なって転ぶことになる。エドモンドは氷滑りであっという間にみんなのリーダーになった。ローラは岸辺近くで、二、三人の仲良しと一緒か、そうでなければ一人で自由に滑るのが好きだった。空気は突き刺さるように冷たいけれど、頬は真っ赤になり全身が暖まって火照(ほて)ってくる。両手を翼のように広げ、ツバメになった気分で滑るのは爽快だった。

しかし、突然足元の氷が割れたときはその気分も吹き飛んだ。ローラはあっという間に氷水の中に落ち込んでいた。大きな池ではなかったが小さくても深かった。しかもローラと友だちは親には黙って遊びに来ていた。ローラが溺れたと思った少女たちは悲鳴をあげ助けを求めに走った。しかし一人で取り残されたローラは氷の下に飲み込まれそうになりながらも、運よく岸辺に近かったので、茂みの枝に何とかしがみつくことができた。恐怖を感じている間もなく、夢中で水から這い上がった。

畑を横切ってとぼとぼ道を歩く間にローラの服は凍りついていた。やっと家の戸口にたどりついた娘の姿を見た母は、まず怒ってひっぱたいた。そしてすぐに熱い煉瓦と一緒にベッドに入れ、冷え切った体を温めた。ずぶ濡れになったのにローラは病気にならずにすんだ。風邪も引かず、母が心配した肺炎も起こさなかった。若い盛りの月桂樹みたいに丈夫ね、と後で語り草になったのだった。

第九章　ローラの目に映ったもの

学校でのできごと―ブラスバンド、葬列、選挙など

学校でも時々、ふだんと違う楽しいできごとがあった。まず一年に一度、ドイツ人のブラスバンドの楽隊がやって来て、生徒たちは校庭に出てその精一杯の演奏を聞いた。先生はいつも心からの微笑みとお礼の一シリング銀貨をあげて、生徒にも手が痛くなるほどいっぱい拍手してあげるよう促した。生徒はブラスバンドでなくとも、授業の代わりに校庭に連れ出してもらえる催しなら何でもよかったのかもしれない。演奏がひととおり終わり、最後の国歌を残すだけになると、指揮者はいつもあまり上手くない英語で「美しい先生、一曲リクエストをどうぞ」と言うのだった。先生はたいてい「埴生の宿」を希望したが、ある年、当時とても流行っていた賛美歌の「露に消え行く光」という曲を選んだことがあった。彼はすまなそうに首を振り、「すみません。知

りません」と言うしかなかったので、この年、楽隊の人気はちょっと落ちてしまったのだった。あるとき、立派な葬儀の行列が外を通ったことがあった。先生は子供たちに外に出て見学しても良いと言った。「こんな機会も最後かもしれませんからね。時代が変わってきていますから、こんな大がかりなお葬式はこれからなくなるかもしれません」

季節は五月だった。道ばたにはキンポウゲが咲き、生垣にサンザシの白い花が盛りで、カタツムリが枝を這っている。そんな風景の中を、漆黒のビロードに覆われ、四隅には黒いダチョウの羽の束を飾った大きな黒い棺(ひつぎ)の台が、たてがみをなびかせた四頭の黒い馬に引かれ、重々しく進んで行く。悲しげな面持ちで葬儀を司っている男性たちは、帽子に長い黒の飾りリボンをつけている。その後に弔問の人々の長い馬車行列が続いたが、馬車を引く馬はみな黒馬だった。道の両脇に並んでぽかんと口を開けている生徒たちの間を、葬儀の隊列はしずしずと進んでいった。しばらくの間ずっと見ていたはずなのに、ローラには現実のように感じられなかった。春の華やいだ明るい風景の中に、黒く重い行列は夢の中の景色あるいは影のようだった。贅を尽くした葬送なのに、心に触れて来ないのは何故だろう。農作業の荷馬車に棺を乗せ、貧しい人々が数人、ハンカチを手にすすり泣きながら後ろから歩いてゆく、いつも見る村の簡素な葬儀の方が悲しみに満ちていた。

その葬列の華麗さに、ローラは何の考えもなくふとこう言った。「こんなに大きなお葬式って、公爵さまとかのお葬式なのかしら？」それがおかしなことになった。その辺りには本当に、いつ亡くなっても不思議ではない高齢の貴族の紳士が住んでいたから大変、口から口に伝わる間にローラの何気なく口にした「公爵さま」はいつのまにか「あの公爵さま」になってしまった。大事にならずにすんだのは先生が正してくれたからだ。以前この辺りに住んでいた農場主が亡くなって、家族が一族の墓地のあるここの教会に葬ることにしたのだという。二十世紀半ばの今なら、そういう人が亡くなったときでも自分の農場の荷馬車に棺を乗せ、ごく近い親族が車で後から従うような形になるのではないだろうか？

選挙も面白かった。選挙の日は授業が短時間で終わる。教室の窓の外に候補者を応援する連呼の声が聞こえてくる。「マクリーン！　マクリーン！　自由のために闘うマクリーンをよろしく。マクリーン！　マクリーン！　農場の小作人から立候補したマクリーン！」そして子供たちはみな、隣村の学校ではなく、自分たちのこの学校が投票所になって欲しいと思う。そして教室は何となくギクシャクした雰囲気になってくる。子供たちの父親は自由党に投票するつもりのはずだが、先生は保守党支持の水色のバラ飾りをつけている。先生は自分の立場は牧師や農場主と同じだと生徒に示している。それはラークライズの人たちの側ではないということだ。そして、子供たちに自由党の色である赤を身につけることを禁じる。しかし、ほとんどの子供たちは赤い布切れをポケットに隠していて、放課後の帰り道にはそれを出してつけた。女の子でも勇気のある子は髪に赤いリボンをつけて登校した。でも先生も自分の考えを変える気はない。外から聞こえる選挙演説の声によって、窓を開けたり閉めたりブラインドを下ろしたりと、教師の立場を最大限利用する。あるとき教室を見回して言った。「この村には、誰を支持すると口ではおっしゃいませんが、選挙権を持つお二人の紳士がいます。法と秩序を何より大切に考えるお二人が誰に投票するおつもりか、あなたたちも知っていますね。ラークライズの人たちがプライスさんとヒックマンさんのような人ばかりでないのは、とても残念です」先生が名前をあげた二人の紳士とは、牧師館の召使頭（がしら）と農場の園丁だ。この言葉に子供たちの顔はさっと紅潮し、黙り込む。察しの良い子供には、先生の言葉が自分たちの父親を当てつけたものであるのがすぐにわかったからだ。でも先生への不満も、午後三時までの我慢だ。「さあ、今日はここまでにしましょう。今日は少し早く終わります。明日は選挙ですからね」先生はその後にさりげなく嫌味を付け加えるのを忘れなかった。「明日はお酒を飲んで酔っ払う人が大勢出るでしょうね」

シェパード先生のお茶

しかしローラの心に一番強く残ったできごとは、主教さまが来た日のことだ。教会の墓地が拡張されることになり、清めの儀式を執り行うために、主教さまは来たのだ。薄く透ける長い袖を翻（ひるがえ）し、十字架を前に捧げ聖書を手にした主教さまは、他の聖職者を後ろに従え、墓地をそちこち回られた。生徒たちは一張羅のよそゆきを着て、それを見学に行った。「授業なんかよりいい気晴らしね」誰かがそう言った。でもローラには、その儀式は後のできごとの序曲のようなものだった。

みんながもう下校したのに、ローラは何か用事があって一人で学校に残っていた。牧師館のお茶に呼ばれると思っていた先生は期待がはずれて、ローラを誘って教会の周辺を歩きながら教会の歴史や建物のことを話してくれた。そしてその後で自分のお茶に呼んでくれたのだ。

学校に付設して建てられた二室だけの小さな家が、教師用住宅になっていた。そして役所は教師にふさわしいと思う家具を用意してくれていた。パンフレットには「とても快適な教師用住宅」とあったが、新しく赴任してきた先生には殺風景で物足りなかったのかも知れない。階下の部屋には元々、食卓用のテーブルと籐製の食卓椅子が四脚あった。最近では寝室に置くようなタイプの椅子だ。白くマーブル模様に塗られた食器戸棚だけがちょっと豪華で、暖炉のそばには寛ぐための柳の枝を編んだ肘掛け椅子もあった。床はタイル敷きだが、一部茶色のカーペットが敷いてある。

しかし手芸が好きなシェパード先生は、ローラが前に見たときよりもずっと手を加え、部屋の模様替えをしていた。むきだしだったテーブルには房のついた緑の美しいラシャのクロスがかけられ、籐の食卓椅子の背には真っ白なレースが水色のリボンで止めつけてあった。そして暖炉の肘掛け椅子にも、髪油が直接触れないようにカバーが掛けられ、クッションが置かれていた。壁にもたくさんの物が飾られていた。絵の額、写真、日本の扇子、ウール刺繍の状差し、ピンクッションなどが賑(にぎ)やかに壁を埋めている。手芸の得意な先生の作品がたくさんあった。「あんなにたくさんピンクッションがあっても肝心のピンが足りないわ」と子供たちは言ったものだ。

「ねえ、お部屋がきれいに気持ちよくなったと思わない？」先生に部屋を見せてもらったローラは心からうなずいた。先生の手作り品はみんな素敵で、本当に優雅なお部屋になっていた。

そしてその日のお茶は、ローラが初めて大人として扱われたお茶だった。家ではジャムはいつも母があらかじめパンに塗って用意してある。それが、父がいつもしているのと同じく自分で塗れるよう、ビスケットと一緒にスプーンに載せられてお皿に用意されていたのだ。お茶の後、先生はオルガンを弾いたり本や写真を見せてくれてから、『子供のお話』という本までプレゼントしてくれた。帰りも途中まで一緒に歩いて送ってくれた。「ねえ、ローラ、今日は本当に楽しかったわね」という先生の別れ際の言葉が、ローラにとっては天にも昇るほどにうれしかった。

そのお茶を経験した頃、ローラは十一歳か十二歳だった。シェパード先生のお手伝いをする「上級生のお姉さん」を務めていたので、いじめられることもなくなっていた。乱暴な遊びはしなくなっていたし、意地悪も少なくなっていた。ローラが低学年の頃の年上の子供たちは卒業していて、後から入ってきた年下の子供たちはおとなしかった。義務教育が浸透し、文明化した子供たちは前より従順になってきていたのだ。

エドモンドと

もっともその前からエドモンドが入学した後は、ローラの学校生活は過ごし易くなっていた。彼はローラよりもみんなに好かれていただけでなく喧嘩も強く、それでいてよその男の子のように姉と一緒にいるのを嫌がらなかった。

学校に行くとき、二人はよく小川に近い畑の中を近道した。小川の背後の松林からは、山鳩のクークー鳴く声が聞こえてくる。小川を跳び越えた向こうにはお墓があった。松林の中の暗い木陰に二つの石が並んでいて、それぞれに「ルーファスを偲んで」「ベスを偲んで」と書かれている。ローラとエドモンドは、これがこの辺の地主が飼っていた狩猟用の愛馬のお墓であったのは知っていたが、わざと、ルーファスとベスは人間の恋人同士で、生前いつもこの薄暗い場所で逢引していたと想像してみるのだった。

時には小川の岸辺に下りて、クレソンやワスレナグサを摘んだり、水をせき止めて遊んだり、ウグイを手ですくったりもした。しかし二人は周囲の景色は忘れて、読んだ本のことを夢中に話していることも多かった。二人とも片端から本を読んでいた。手に入る本は限られていて選り好みはできなかったので、手当たり次第に何でも読んだ。学校の図書室の本は無難で道徳的なものが多く面白くはなかったが、ないよりはましなので借りた。父の本、人が貸してくれる本の中に、サー・ウォルター・スコットのエドワード・ウェイヴァリーを主人公にした小説のシリーズがあった。その中の『ラマムーアの花嫁』にローラは夢中になった。館の主人の黒髪の美丈夫、レィヴンスウッドの傲慢な魅力に捉えられたのだ。翻るマント、剣、海辺の険しい岩山にそびえる荒れた古城、腐心して主人の貧しさを人目から隠す忠義な召使ケイレブ。繰り返し読むうちに、小説の舞台であるスコットランドのヒースの丘や荒野は、ローラにとって村の景色と同じくらい親しいものになっていた。貴族諸侯や貴婦人たち、兵士や魔女や家臣などの登場人物も、よく知った村の人たちと同じように身近に感じた。

七歳のローラは『ラマムーアの花嫁』の面白さを、興奮してエドモンドに話して聞かせた。エドモンドはまだ字が読めなかった。ある夜、二人は母の寝室で花嫁の部屋の場面を演じていた。エドモンドがどうしてもルーシーの役をやりたがったので、ローラは仕方なく花婿になった。「花婿は男なのだから、本当はあなたの役なのよ」と一応釘をさした。

「さあ、わが君」エドモンドの声があまりに真に迫って大きかったので、怪我でもしたかと階下から駆け上がって来た母が目にしたのは、白い寝巻き姿で床にひれ伏すローラと剣のつもりで父の物差しを手に持ったエドモンドが、ポーズを決めているところだった。「何をしてるの。こんな夜に、二人とも」母は叱ると『ラマムーアの花嫁』の本を取り上げてどこかに隠してしまったのだった。

その後、安売りの古本を山のように買った近所の人が、ハリスン・エィンズワースの『セントポール寺院の昔』という本を貸してくれた。その本を読んだ後では今度、外のトイレのドアには白いチョークでバッテンが落書きされ、庭を一輪車を押して回るゴロゴロいう音と「さあ、死体を運べ！」という声が響き渡ったのはいうまでもない。

七歳から十歳までの間のローラは読書に夢中で、読む本がなくなると、父の辞書まで読んだ。しかしこれは細かい字が目に悪いことを心配した母に隠されてしまった。でもまだ聖書があった。聖書については何も言われなかったので、ローラは何時間も、飽きずに、旧約聖書の「火の柱」、「ロトとエステル」「サムエル王とダヴィデ王」「ヨナと鯨」などの物語を読みふけった。新約聖書に出てくるたとえ話は、日曜学校で暗誦できるくらい繰り返し読んだ。賛美歌にも夢中になった。信仰心からではなく歌詞が好きだったのだ。ローラは詩は耳で聞かなければ美しさがわからないような気がして、誰にも聞かれていなければ自分で声に出して読んだりしたが、たいていはエドモンドや友だちに頼んで何度も朗読してもらった。

あるときエドモンドがはしかにかかって二階のベッドに寝かせられていたことがある。母が出かけて留守番をしていたとき、ローラは友だちと二人で、教会の牧師や司祭の真似をして詩篇の朗読をして遊んでいた。階下の音を聞いていたエドモンドが二階から大きな声で聞いてきた。「アリスの使っているのは誰の聖書？」彼の予想どおりアリスはエドモンドの聖書を使っていた。怒ったエドモンドは二階から駆け下りてきて、アリスを庭のはずれの柵まで追いかけて行った。まだ発疹のおさまっていないエドモンドが寝巻きのまま外に出て、聖書を振り回してアリスを怒鳴っているのを母が見たら、心臓が止まりそうになったかもしれない。当時は、はしかにかかったら、ベッドから手を出すのもいけないと言われていた。体のほんの一部でも空気に触れたら、発疹は体内に進行してペストに変わり、確実に死んでしまうと思われていたのだった。幸いエドモンドは誰にも見つからずにベッドに戻り、外に出たことの最悪の結果は招かずにすんだ。

それからまもなく二人はスコットの詩に出会い、すっかり心を奪われてしまった。エドモンドは学校に行く道々、畑の小道を、体を揺らしながら彼の詩を暗誦した。「道は果てしなく、夜は寒かった」と、ふいに立ち止まって、ポーズをとり朗誦を始める。

さあ、皆、集まるがよい。この岩を宙に舞わせてみようではないか
いかに固く大地に繋がれていようと

ローラに手を振りながら「さあ突撃だ、チェスターを落とそう、進め、スタンレー、いざ進め」と言うこともある。二人きりだと大好きな小説や詩の中の台詞(せりふ)が頻繁に行き交う。エドモンドは

そこにあるものを何かに見立てては、姉を面白がらせたり自分でも楽しんだ。古い亜鉛のバケツは昔の手桶に、風で折れた木は雷に打たれた大木になった。畑で働いている人は、エドモンドが自分のことを〝あの卑怯者めら〟などと言っていることを知ったら、エドモンド自身が言うところの〝猛烈な打擲〟を彼に加えていたに違いない。

母の不安

二人は自分たちで短い詩を書いたりもした。ローラは恥かしいくらい道徳的な、誕生日プレゼントにもらった六ペンスを物乞いの人にあげてしまう少年の詩を書いたりした。一方エドモンドの氷滑りの詩には「滑れ、滑れ、すべらかな池の氷の上を、滑れ、滑れ」というような繰り返しが使われていた。ローラはその詩が好きで歌にして歌った。ローラは自分の詩も歌にしたが、「寒い冬の日、ユキワリソウが咲きました」という出だしは、あらゆる季節の花が同じメロディーで歌われ、新しい花を見つけたり思い出したりするとそれらも次々加わるのだった。あるとき、母がローラの歌を聞いて「聞き慣れない歌ね」と言った。ローラは何気なく、詩を書きつけていた紙を持って来て母に見せた。母は「そんな馬鹿なことをして」と叱りもしなかったし笑いもしなかった。でも喜んでもいないことがローラには感じ取れた。その夜遅く、母はいつになく熱心にローラに針仕事を教えようとした。「時間を無駄にしたらいけないわ。もう十一歳なんですもの。

ほら、この縫い目は何？」

ローラは縫い目に視線をやったが、内心の動揺を隠そうとちょっと顔をそむけた。どんなにきれいに真っ直ぐ縫おうとしても、ローラが縫うと糸はからまり布はくしゃくしゃになってしまう。そのときローラは自分のキャラコのエプロンの細い紐を、身ごろを裁った後の残り布で作っていた。ボタンと肩紐で止めるそのエプロンはとても着心地がよく、ローラは愛用していたが自分で縫ったものではなかった。今縫っているものを自分で仕上げようと思ったらいつ終わることやらで、終わったときには体が大きくなって着られなくなっていることだろう。三十年たって、古いトランクに詰め込まれたガラクタの中に、クシャクシャの紐と縫い代に刺し止めてあった錆びた針を見つけたローラは、その夜のことをまざまざと思い出した。母がその個所で「もういいわ」と言って編物を始めたので、どんなにかほっとしたことだったろう。

当時の針仕事

一八八〇年代になると、その世紀の始めに盛んだった女性の細かな針仕事はすたれていた。わずか六歳の少女が刺繍のサンプラーを刺すなどということはもうなかった。薄いキャンブリックと呼ばれる細かい織り目の木綿布の目を数えてフリルを寄せたり、縁をかがったりするのは、虫眼鏡が必要なほど細かな仕事で、暗い室内でそんなことをさせていたら子供の目が悪くなってしまう。子供にはもっと別のことをさせた方が良いとわかったのだ。しかし当時、裁縫は家でも学校でも女の子には大切な勉強と思われていた。どんな少女も家や学校を巣立ったら、生涯、自分の下着は自分で縫えなければならないと思われていたのである。既製品も出回り始めていたけれども、労働者階級の人々が買える値段のものは見映えも質も劣っていた。ごわごわしたキャラコ地の製品は買った当初は糊のおかげでしっかりしているように見えたが、一度洗うとまるで布巾のようにふにゃふにゃになり、縁も伸びてほつれてしまう。粗悪な糸でミシン縫製されており、裁縫ができる人には自分で作るほうがましと思わせるものが多かった。

外に遊びに出かける時間を惜しんで下着作りに忙しかった当時の人が、もし材料の布代よりも安い値段で、必要なときにいつでも買える、出来上がった状態の現代のレーヨンや化繊の下着を見たらどう思っただろう？　早く新しい世紀になって欲しいと期待に胸を膨らませただろうか？たぶんそうではなかったと思う。その頃の人にとっては今使われている薄い化繊は、薄すぎて洗濯に耐えない弱い布のように感じられたことだろう。体の線も露（あらわ）に見えすぎる。当時は下着にもレースやトリミングをふんだんに使って縁飾りに凝った。ペチコートにも刺繍し、ドレスの裾にはたっぷりのフリルをつけ、帽子もリボンや造花で飾った。その点ローラの母の好みは当時は新しかった。「仰々しい帽子はいやなの。小さなあっさりした感じのがいいわ」と言っていた。でも慌ててこう言い訳する。「だって、私は顔が小さいでしょ。あなたなら飾りが一杯あっても大丈夫だけど、私は負けてしまうの」

ローラが学校に通っている頃、新しいスタイルの服として注目を集めた一番は何といっても、キルトフロックという形のドレスだった。スカートの上にエプロンのように短い巻きスカート（キルト）がかぶせてあり、それが後ろでたくしあげられウェストに巻き込んである。村ではまだ誰もキルトフロックを知らなかったが、まず教会にそのスタイルの女性が現れ、次に都会に働きに出ている娘たちが帰省のときに着てくるようになった。外の世界での流行が終わってからお下がりや贈り物が届くようになり、そのお下がりや贈り物をお手本に田舎の洋装店が仕立てるようになり、やっと村でも着られ始めた。そして由来も伝わってきた。ある有名なパリのデザイナーが海辺に遊びに行ったとき、漁婦がワンピースの裾をペチコートの上に引き上げ巻き込んでいたのを見て、それをヒントに考案したのだという。「漁のときにそうすればいいと考えついた漁婦たちがすごい」というのが男たちの反応だった。

第十章　夏休み

エドモンドとキャンドルフォードへ

初めての訪問の後、毎年夏になると、両親は日曜日にインの荷馬車とポリーを借りて、ローラたちをキャンドルフォードに連れて行ってくれるようになった。そしてラークライズの村祭りの日曜日にはトム伯父さん夫婦がいとこたちを連れて遊びに来るのが恒例になった。

そしてローラが十一歳、エドモンドが九歳の夏、母がびっくりするようなことを言い出したのだ。「二人でキャンドルフォードに行ってみない？　今までだって町まで二人だけで買い物に行ったことがあるんですもの、大丈夫じゃない？」町までは六マイル、キャンドルフォードはそれよりほんの少し遠いだけの八マイルだ。「でもわき道にそれて道草を食ったりしないって約束しなきゃだめよ。とくにローラは、野原に入ってお花を摘んだりしないって、約束できるかしら。

道で知らない人に話しかけられても返事しちゃだめよ。ついてったりしたら絶対だめ。学校が夏休みになったら一週間か二週間、二人で遊びに来たらどうかしらって、アン伯母さんがお手紙をくれたの」

「キャンドルフォードまで歩けるかって？　もちろん。大丈夫に決まってるよ」エドモンドは早速キャンドルフォードまでの地図を書いた。「ねえ、いつ行っていいの？　土曜日まで待たなきゃいけないの？　そんなに待てないわ」「でもまず伯母さんに手紙で知らせなくちゃ。そしたらいとこの誰かが途中まで迎えに来てくれるでしょう」

その待ちに待った土曜日、母は門口に立っていつまでも手を振りながら言いつけを繰り返した。「曲がる場所を間違えないでね。とにかく知らない人には気をつけるのよ」母の頭にあるのは最近の新聞日曜版にトップで載った誘拐事件に違いない。でもこの辺りでそんな心配は必要ない。「大丈夫。この辺りを犯人がうろついてるはずないわ。滅多に人も通らない田舎道なのよ。大体私たちを誘拐したっていいこと何もないし」

「動きやすい楽な服で行きなさい」と言われて二人が着たのは柔らかな木綿の着慣れた服だった。ローラはもうよそゆきにはならなくなったさっぱりしたグリーンのワンピースで、きれいに洗濯しアイロンがかけてある。エドモンドの服は新しいときは教会に行くときのよそゆきで白のセーラー服の上下だったが、上着の袖とズボンの裾が短くなってせいいっぱい伸ばしたけれど肘と膝がのぞいている。そして二人はお揃いの、その頃はズールー帽と呼ばれていた、つばの広い麦わら帽をかぶせられた。大きな帽子を頭に乗せた二人はまるで「歩くキノコ」だった。伯母さんの家に泊っている間に必要なものは、前もって小包で送ってあったが、それでも食べ物やいとこたちへのお土産で膨らんだバッグを預けられ、雨に備えてレインコートまで持たせられ、大荷物だった。母は「雨が降らなくても日傘になるわ」と傘まで押し付けてくる。でもローラは最後の最後に、部屋の隅に忘れたふりをして、持たずに出かけることに成功した。

家を出たのは朝の七時。八月の晴れた美しい朝だった。上る太陽に朝露が霞のように、ところどころ刈入れの終わった麦畑にもやいでいた。道の両脇には夏の終わりの黄色い野の花が一面に咲き乱れている。ヤマブキショウマ、ミヤコグサ、丈の高いサワギクやさまざまなタンポポ。霧の間から太陽の光が柔らかに射し込み、景色全体が金色にかすんでいた。

落穂を拾う人たちのために、その年から新しい畑が開放されていた。最初の一マイルを行く間に、二人は学校の同級生やその母親たちと一緒になった。みんな上機嫌だった。噂では若いボブ・トレーヴァーが、刈り取りの最後に畑をきれいにする役目を引き受けて、実のいっぱい入った落穂がたくさん残るようにしてくれたという。「農場支配人がうるさいことを言ったら、『機械の調子が悪くて、落穂が多かったようです』と言い訳してくれるんだって。けどあの生垣二本の辺りは彼の母親の分になっていて、あそこは誰も拾えないことになってるの」ローラに村の女性たちが一人二人そっと聞いた。「お母さんは大丈夫、元気にしてる？　暑くて大変だって言ってない？」ローラはその頃同じような質問を何度もされていた。

八マイルの徒歩旅行

ほどなく、落穂拾いの人たちは二人から離れ、柵を越えて刈り株の残る広い畑に入ると、自分たちの分を集めようと急いで散って行った。学校を過ぎた辺りから普段はあまり行かない土地になる。ここからが二人の冒険だ。新しい自由と期待に胸が躍る。キャンドルフォードまではまだ何マイルもあるけれど、おいしいご馳走と気持ちのいいベッドが約束されているのだからわくわくする。二人が初めて経験するこの小さな旅はもちろん大旅行とは違う。二人はいつも未知の冒険旅行に憧れていた。いつか探検家になってあのリビングストンのようにアフリカを方々まわってみたい気持ちは十分あるけれど、今はともかく目的地を目指して道の両脇に広がる新しい世界で満足することにする。

それだけでも二人は楽しくて仕方なかった。生垣の際に引かれたパイプから高く水が噴出していた。二人は遊牧民が出会う湧き水を空想した。聞いたことのない農場の名がペンキで書かれた荷馬車に行き合う。乗っている農夫はもちろん知らない人だ。そうすると二人は言葉の通じない異国の土地を想像する。茂みから茂みへと飛び移る尾の長いシジュウカラ、垣根越しに二人を眺めている牛、電信を送る電線の辺りをさえずりながら行き交うツバメたちが、旅の道連れだった。道で人に行き会わなくても、両脇の収穫を迎えた麦畑では男たちがそれぞれに地主のために働いていて、麦束を高く積み上げた荷馬車、畑に戻って来る空の荷馬車が忙しく行き交っている。荷馬車の男が話しかけてきたりすると、エドモンドがお行儀よく答えた。「おまえら、どこに行くんだ？」「キャンドルフォードです」

男たちはにっこりと「とにかくこの道をまっすぐ行け。暗くなる前には着くさ」と言ってくれる。ある村で店があったので、思い切ってサンドイッチの飲み物にジンジャーエールを買ったときは本当にドキドキした。それは二ペンスだったが、ビン代にさらに半ペニー払うように言われて二人はどうしようか迷った。しかし、家を出るとき今までに持ったことのない一シリングを渡されて、全部使ってもいいのよ、と言われていたことを思い出した。今日はお金持ちなのだから大丈夫。ピンクと白のネジリ飴まで買ってしまった。指がベタベタにならないよう、紙でくるんだ方の端を握りしめ、アメを舐めながら道をゆく二人はご機嫌だった。

しかし八月の暑さの中、八マイルもの道を歩いて行くのは子供にはやはり大変なことだ。太陽が背中に照りつけ、土埃（つちぼこり）で目が痛い。足が疲れてくると二人は少し心配になってきた。緊張で気が張り詰めて来た頃、突然牛の群れが現れた。牛たちはのんびりと移動しているだけだったが、道を埋め尽くすほどに多かった。ローラは気がつくとエドモンドをおいて、向きを変え一散に走って柵の門によじ登っていた。弟に「怖がりなんだから」と言われたローラはもう口をきいてあげないわと思った。でもすねたり怒ったりしてもローラは気まずい雰囲気がすぐに我慢できなくなって、嫌われたくない一心で謝ってしまうのがいつものことだった。気持ちを傷つけられたことを許しているわけではないし、自分が悪いわけではないと思っていても、そうしてしまうのだった。

エドモンドはその点、違っていた。彼は言い出したら決して後に引かない。彼の言葉はよく考えた上での発言で、その場の思いつきや思慮のないことは言わなかった。だから相手の反感を買っても、本心からの意見なので主張は変えなかった。言葉がどうあれ、言いたいことは真実なのだ。「怖がり」という言葉も悪口ではない。事実を言っただけで、口調は残念がるいたわりが感じられた。ローラが、自分の臆病な性格をずばりと指摘され、自分でも内心そう思っていたので、余計に落ち込んだのだ。「けち」とか「馬鹿」とか言われた方が、「違うわよ」と笑ってすませられた。

いとこたちの歓迎

でもうれしいことに、このことがあってすぐ、二人は向こうの方の生垣の間を、まるで学校の少女たちのお散歩のように行進してやって来る一団を見た。お出迎えの「救援隊」だった。いとこたちは学校の友人たちも誘って、大きなレモネード缶やケーキを籠に入れて運んで来てくれたのだ。みんなは、道を横切って小川が流れている場所で一斉に岸辺に下り、柳の枝を折って顔を扇いだり、裸足で小石を探したり、水に爪先を浸して遊び始めた。水をばちゃばちゃと相手にかけたり、大騒ぎだ。ローラはすっかり驚いてしまった。家ではいつも「冷たい水に入って誰かが死んだりしたら大変」と言われていたからだ。

キャンドルフォードはそこからすぐだった。ローラたちは大変な歓迎を受けた。「この子たち、ずっと歩いて来たのよ。すごいわ」伯母さんが家の前を通る知り合いに自慢している。「若い勇敢な旅人たちってわけね」そう言われると二人は本当に憧れの探検家になった気分になるのだった。

お茶を飲みお風呂に入ってベッドに入ったが、すぐには眠れそうにない。ローラは年の近いおしゃべりが大好きないとこたちの部屋で一緒に寝ることになっていた。ベッドに入ってからおしゃべりをするというのはローラには初めての経験だ。家ではそんなことはさせてもらえなかったが、いとこたちはかなり自由だった。伯母さんや伯父さんが何度も二階に上がって来て、「もうおしゃべりはおしまいにしてローラを寝かせてあげなさい、ローラは小さいし疲れているのよ」と言っても二人のいとこたちのおしゃべりはいつまでも止まなかった。声はひそめたが、玄関の鍵が閉められ階下の窓の鎧戸が閉まる音がしても、本当に眠るまでには長い時間がかかった。女の子は子供同士でどんなおしゃべりをするのだろう？　それを憶えていたら大人になってからも若い世代をもっとよく理解できるのかも知れない。その夜、ローラの記憶では、まずいとこたちのとっておきのおしゃべりはこんなふうに始まった。「ねえ、ローラ、私たち、あなたのことが全部知りたいの」そしてもう一人がこう言った。「あなた、男の子って好き？」

「エドモンドのこと、好きよ」ローラの答えに二人は笑い出した。「男の子。男の子たち。弟じゃなく」

ローラは好きな子がいる？　と聞かれたのかと、恥かしくて真っ赤になった。でもすぐに二人が聞いているのは一緒に遊ぶ男の子たちのことで、変な意味はないことがわかった。後で知ったが、いとこたちは男の子たちとも自由におしゃべりしていて、一緒に遊ぶのも嫌がらなかった。ローラには驚きだった。ラークライズでは少年たちは女の子たちをちょっと下に見ていて、話をしているところを人に見られるのも嫌がった。母親たちがそれを助長していた。母親たちは息子に女の子は劣った存在のように教えていたし、少女たちも男の子と親しくなりたい素振りを見せたり一緒に遊んだりしたら、「お転婆」と呼ばれるのはましな方、ひどいときには「ませた男好き」と噂されることになる。男の子が女の子と一緒に交わる世界もあるのだ。キャンドルフォードでは母親が率先して一緒のパーティを開いていたし、男の子は女の子を優先して、女の子が譲る必要はなかった。「レディファーストですからね。ウィリー」その言葉にローラは不思議な気持ちになるのだった。

町で過ごす夏休み

キャンドルフォードも小さな町にすぎない。いとこたちの家はその町の中でも郊外に近く、中心をはずれたところにある。都会の子供なら田舎で休暇を過ごしているように感じるに違いない。ローラには田舎と都会の両方の要素が備わっているのが魅力だった。村では布地やお茶を買うだけでも何マイルも歩いて出かけなければいけないのに、ここでは伯母さんにお使いを頼まれても、帽子もかぶらずにちょっと走ってお店に行ってこれる。本当にすごい。晴れた夏のお昼前に、いとこたちとお店のショーウインドウを覗いて歩けるなんて、信じられない。キャンドルフォードのお店には素敵な物がどっさり並んでいた。お洒落な洋装店ではマネキンが流行のドレスを着て、最新のバッスル（訳註：スカートにつける膨らみをもたせた腰飾り）を腰につけて立っている。宝石店には金銀七色の石が輝き、おもちゃ屋、お菓子屋、魚屋まである。魚屋にはまるごとの鮭が緑の水草の上に並んでいて、お腹に乗った氷がキラキラ光っている。（八月に氷！）しかもお金を払うカウンター机の横の水槽には生きた金魚が泳いでいる。

でも何といっても楽しかったのは、野原でお茶をしたり（ローラにとっての初めてのピクニックだった）、川べりの茂みを散歩したり、みんなから離れてボートに座って本を読みふけったりしたことだ。トム伯父さんはよく子供たちをボートに乗せ、上流に漕いで行ってくれることがあった。川幅が少しずつ狭くなり両側の岸が低くなってゆくと、ボートはまるで緑の野原の真中に漂っているようだった。低い橋の下を通り抜けなければならないところでは、子供たちはボートの底に腹這ってへばりつき、伯父さんも橋げたの下を通過する瞬間には、膝の間に頭を入れて精一杯低くかがまなくてはならない。それでも橋の底に頭がぶつかりそうだ。ローラはその橋が嫌いだった。ボートが真中でひっかかり、出て来れなくなったらどうしようと不安になるのだった。うまく通り抜けて、青空を背に遠くに弓形の橋や柳の銀色の葉が見えたときの安堵感。シモツケソウやヤナギラン、ワスレナグサが目に飛び込んで来る。

伯父さんは両岸の畑で働いている農夫の人たちとお天気の話などをしている。でも名前を知っている知り合いの人たちではない。ラークライズのように近所の人が畑で働いているわけではない。その人たちは小作ではなくよそから働きに来ている農夫の人たちだった。キャンドルフォード周辺の農地はあまり広くないので、そこの農作業だけでは収入が足りなかったのだ。

キャンドルフォードに行ってまもなく、ローラとエドモンドはトム伯父さんのお客の一人が経営している農場に、収穫の様子を見に連れて行ってもらった。二人もお手伝いに、麦束を荷馬車まで運ぶのによろよろと何往復もし、生垣の日陰で少し休んだ。終わると働いている人たちにビールの缶と夕飯の入った籠を届けた後は、刈り束の山ができた畑でかくれんぼをしたり、運が良いときには麦束を高く積んだ荷馬車のてっぺんに乗せてもらったりした。

自分たちのお弁当を持って来ていたのでお昼は畑で食べたが、お茶の時間は農場の奥さんの招待だった。想像できないようなお茶だった。フライパンで焼いたハムや卵、ケーキやスコーン、クリームのかかった煮プラム、ジャムやゼリーや牛乳で作った甘いクリームが、台所の大テーブルに所狭しと並んでいる。台所といってもローラの家全部を合わせたよりも広い。三ヵ所ある出窓には作り付けの木のベンチが並んでいて、石敷きの床がひんやりする。煙突のあるかまどでさえローラの寝室より大きかった。奥さんによると、ご主人のパーティングさんはこの台所がお気に入りで、居間には全然行かないのだという。彼が畑に戻ってから奥さんがその居間に案内してくれた。ピンクのバラの模様があるグリーンの絨毯が敷き詰められ、ピアノや安楽椅子が置いてある。それらに掛けられたどっしりしたカバーは触ると指が沈んでいきそうにふかふかだった。壁には死んだ主人の墓守をする忠犬の絵がかけられ、大きな写真アルバムはオルゴールになっていて、表紙を押すと音楽を鳴るのだった。

それからネリーはピアノを弾かなければならなかった。親しい訪問のときは音楽のあるのがその頃の決まりのようなものだった。みんながネリーの演奏を誉めた。ローラは音楽が苦手なので演奏の上手下手はよくわからなかったが、ネリーの両手の指が鍵盤の上を信じられない速さで動くのを、感心して眺めていた。辺りが暮れなずむ頃、ローラたちは足を引きずって家路についた。

クイナの羽音が聞こえ、虫や蛾が飛んできて顔に当たった。一つまた一つと遠くに見えてきた町の灯りは、近づくにつれ金色の花が咲いているようだった。帰りが遅くなっても叱る人はいない。お腹の空いた人のために、台所のテーブルには煮た果物が置かれ、オーブンにはライスプディングがあった。牛乳とコップもたくさん用意してある。遅い時間なのにベッドに急き立てられることもない。庭に水やりに出ると、トム伯父さんがみんなに靴と靴下を脱ぐように言った。そしてホースでみんなに水をかけた。服も下着もずぶぬれになったのに、伯母さんは脱いだ物はまとめて階段下の物置に入れておきなさいと言う。「ラヴグローブさんが月曜日に持って行ってお洗濯してくれるわ」そんなふうに家事が片づいていくのもローラには驚きだった。

バーサのおしゃべり

町の方にも二、三日に一度は出かけたが、そんなときアン伯母さんは必ず言った。「イーディス伯母さんのお家に寄ってきてね。知らんぷりされたら嫌だと思うから」ジェームズ伯父さんは仕事、いとこたちは遠くの寄宿学校で家にはいない。伯母さん自身も買い物や手芸の集まりや仕立て屋さんに出かけていて留守のことが多かったが、そんなときは女中のバーサが台所で牛乳を出してくれた。子供はいるだけでしゃべらなくてもいいという時代だったが、バーサは子供と一緒の方がおしゃべりだった。「モリーお嬢さんやネリーお嬢さん、どう思います？　スネルグレーヴさんが町で、石段で滑って転んだんですって。旦那さまはあのとおり厳しくいらっしゃるから、黙ってる方がいいですよね。スネルグレーヴさんは毎晩、パブの〝クラウン〟でビールを一杯やってたんですよ。『にわか雨が降って石段が滑りやすくなってたのよ』と言えばいい？　まあ、モリーお嬢さん、そんなことを思いつくなんて、素晴らしいわ」「ああ、それからバートン家の奥さまがバザーを計画中なのを知ってます？　お屋敷のギャラリーでするんですって。入場料六ペンスで誰でも入れるそうなの。でも入ったら何か買わないといけないでしょうね。手編みのショールとか手描きのお皿とかピンクッションや髪飾りやなんか。まだクリスチャンになっていない人たちのためのバザーなんですよ」「いいえ、違いますよ。キャンドルフォード教会に行かない人のことじゃなくて。アフリカの黒人の人たちですよ。裸で走り回っている人たちのこと。宣教のためのバザーなの。お嬢さんたちは行かれるでしょ？　お母さまや他の方も。お茶が六ペンスですって。まるで泥棒ね。みんなでバートン家に行くだけで一ポンドもかかるのよ。座ってお茶を飲むだけで」

バーサのおしゃべりは学校の子供たちのおしゃべりと似たり寄ったりだったが、実際、子供の世界にとても興味があった。子供たちのパーティや休暇の過ごし方について、「まあ、そんなことを。あら、そうなの」と、どうということもないところで突然口をはさんだり、ずっと昔に友達と喧嘩して仲直りした話や、みんなが忘れてしまったパーティのことを突然思い出して、感想を言い出したりするのだった。

ちょっと太り始め白髪も出始めていたにもかかわらず、バーサには子供のようなところがあった。主人夫婦に対しては必要以上にへりくだっているのに、子供を相手にしているときはすっかり気を許して、話し方も態度も同じレベルになってしまう。子供と一緒にいるのが好きで、子供の言葉にも影響され、どんなことも自分で決められないのだった。衝動的に何かを言い出すと、次の瞬間には言ったことを後悔して、今の言葉は忘れて欲しいと懇願する。「どうかしてたの。つい内緒のことを話してしまったけど、あなたは信用できるわよね。人には絶対言わないでね」

その一、二年後、彼女はうっかりと大きな秘密をローラに打ち明けた。ローラが一人で行ったとき、イーディス伯母さんは出かけていてバーサ一人だった。いつものように、台所で牛乳を飲みながら軽いおしゃべりをしているとき、裏口からとても可愛らしい少女が、仕立て屋のお使いとして伯母さんの洋服を届けに来た。「エルシー」と紹介されたその少女は忙しそうで腰もおろさず、帰り際にバーサにキスして帰って行った。バーサは裏庭から帰るエルシーに戸口から手を振っていた。

「可愛い人ねえ。まるでコマドリみたい。ほっぺたがばら色で髪もフワフワしてたわ」思わずローラも見とれていた。

バーサの顔がうれしそうに輝いた。「ねえ、似てない？」自分の姿を示し、額の髪をかき上げた。

ローラは何のことがわからなかったが、そう言わないといけない雰囲気があった。しかたなく思い切って言った。「そうね、頬の色つやとか…」「どういう関係だと思う?」「伯母さんと姪とか?」「もっと近いわ。わからないでしょうね。でも、絶対に人には言わないって約束したら教えてあげてもいいわ。さあ指を濡らして拭いて」

どうしても知りたいわけではなかったが、バーサをがっかりさせたくなくて、ローラは指を水にひたしハンカチで拭いてから、手を喉に当てて誓いの言葉を言った。バーサは今までになく顔を紅潮させ、深い溜め息をついた。呆けたような表情だった。「また馬鹿なことをしてしまったわ。でも教えてあげると言って、誓いまでさせたんだから、言うしかないわね。エルシーは私の娘なの。私が生んだの。でもあの子は私が母親だとは知らないのよ。私の母親をママと呼んでいて、私のことは姉みたいにバーサと呼ぶのよ。知ってるのは奥さまだけということになってるわ。もしかして旦那さまも。アン伯母さんもひょっとしたらだけど、二人はそんな素振りを見せたことないわ。何も言わないし顔に出したこともないの。あなたみたいに小さな子にこんな話、すべきじゃなかったわ。でもあなたはおとなしいし、あの子をとても可愛いって言ってくれたから、つい打ち明けたくなったの」

そしてその後、詳しく教えてくれた。彼女は文字通り馬鹿なことをしたのだった。分別もあったはずなのに三十歳のときにある兵士と恋に落ち、その結果として施設でエルシーを出産したのだった。結婚を間近に控えていたイーディスはこのことを知り、生まれた子をバーサの母親に預かってもらうように手配してくれた上に、結婚後自分の女中として働いてもらうことに決め、お給料を前払いして赤ん坊の衣服も整えてくれたというのだ。

そんな重大な秘密を知らされたローラはちょっと誇らしい気持ちと共に、秘密を共有している責任も感じていた。ところがある日、モリーとおしゃべりしていて、バーサが話題に上がったときだった。「エルシーのこと、聞いた？」と言われて、ローラが困惑した表情をしたのだろう。いとこはにっこりと「あ、聞いたのね」と言った。「私も聞いたし、ネリーもよ。それぞれ別々に。バーサってかわいそうに言わずにいれないの。なにしろ〝可愛いエルシー〟が自慢で誰かに話したくてむずむずしてるの」

トム伯父さんの家

イーディス伯母さんの家にはこうして定期的に挨拶に顔を出し、休暇中に一度は正式なお茶のお呼ばれもあったが、キャンドルフォードではいつもアン伯母さんの家に泊まった。

トム伯父さんとアン伯母さん一家が属している社会的な階層は、今日ではもう消滅してしまった。今の時代にトム伯父さんが生きていれば、どこかの靴会社の支店長という立場にでもなっているのではないだろうか。靴は機械化された工場で縫製され、支店に卸される。給料はいいだろうが、本社と支店の間にはさまざまな立場の上司がいて、製品の品質に対する自分の責任は軽いかわり、誇りもなくなっているだろう。職人ではなく販売業者になっているだろう。しかしその頃はまだ、労働時間や商品の価格、生産のすべてを自分の考えと責任で決められる小さな自営業者がいた。自分の手と技術で作り出す良質の商品は、彼らの誇りと充足の糧であると同時に、家族を養うにも十分だった。商品の価値は客が判断した。満足すれば客は繰り返し注文をする。そしてそれを他人にも勧め、評判は広まってゆく。職人としての誇りと共にトム伯父さんの最大の関心は客の満足だった。年に二度、ノーサンプトンまで革の仕入れに行き、自分の目と手で確認した良質の材料を手に入れてくる。仲介業者はいなかったから全てを独りで決めることができた。その単純でわかり易い仕事の仕組みは、今日、競争と気配りに自分をすり減らしている人間には羨ましいかもしれない。

そしてトム伯父さんの家は、もう一人の伯父さんの豪邸と、ローラたちの田舎の家のちょうど中間だった。不必要なほど華美ではなく、むしろそれは余計なものとして斥けられていて、それでいてその寛いだ雰囲気は、絶えず細心の倹約を心掛ける状況とも無縁だった。アン伯母さんの買い物リストからいったんメモしたものが削られることはなかったが、ローラの母はいつも入念にチェックを繰り返していた。「いいえ、これは要らないわ」という聞き慣れた言葉を伯母さんが口にすることはなかった。

便利なことは他にもたくさんあった。まず井戸に水汲みに行かなくても良い。流し台ではピカピカの真鍮の蛇口をひねれば水が出て、流しにそのまま水を流してかまわない。家では使った水はバケツに溜めておき、一杯になると外に持って行って庭にまく。そして水洗トイレ。家の中ではなく庭の方にあるけれど、建物に近く、通路には屋根があるから簡単に行ける。家中が湯気と石鹸の臭いでむんむんする「洗濯の日」というのもない。家では天気が悪かったら濡れた洗濯物が家の中に列になってかけられるのに、ここでは毎週月曜日の朝、女性が一人一週間分の洗濯物を取りに来て、持って帰ってきれいにして、週末に届けてくれる。しかもそのときに台所のタイルの床と廊下を磨き、石敷きの中庭を水洗いし、窓も磨いていってくれるのだ。

毎朝来る男の子が、軒下の水槽にポンプで水を汲んで行ってくれた。彼は店の掃除をし、顧客への配達もして、仕事の見習いをしているのだった。しかしトム伯父さんはいつも彼に、おまえは尻軽でいかん、というのだった。靴屋は座ってする仕事だからだ。ベニーというその少年はいつときもじっとしていられないのだ。陽気で明るい性格で、いつもおどけた格好をしたり馬鹿な冗談でみんなを笑わすので、子供たちの人気者だった。ときどき子供への大サービスとして、ポンプの柄を握らせてくれたりしたが、そんなときもいっときもじっと待っていられなくて、すぐに取り戻してしまう。柄の上に飛び乗ったりまたがったり、逆立ちをしたと思えば宙返りをし、パイプをよじ登って屋根に飛び移り、顔をしかめて猿の真似をしながら屋根の背を歩いたり、絶えず動き回っている。彼はただ歩くということができなくて、跳んだりスキップしたり、馬みたいに駆け回ったりとやたら忙しいが、すべてが彼の明るい賑(にぎ)やかな性格から来ていた。

ベニーは実は可哀そうな生い立ちだった。十四歳だったがそれまでに抑えられていた子供らしさを一気に発揮していたのだ。彼は親がいなくて孤児院で育った。「しゃべっても駄目、笑っても駄目、動いても駄目ってところだった」のだそうだ。開放されたうれしさが、過度なほど彼を興奮させていたのだろう。

彼は孤児院は出て、ある老夫婦に引き取られていた。しかしアン伯母さんはベニーが育ち盛りだということを養父母が忘れていないか心配で、彼の顔を見ると必ず何か食べ物を持たせるのだった。水汲みの仕事が終わるとご褒美にジャムつきパンと牛乳、お使いに行ってくればリンゴやパンケーキ。パンやケーキを焼いたときには残ったタネで必ずベニーのための三日月パイが作られた。

極端な貧困層を除けば、この時代、ほとんどの人は物価が安かったおかげで、まずまずの暮らしをしていた。食べ物の品質は良かったし、量的にもたっぷりあった。「最後の一粒まで残さないで食べなさい。お腹にはまだ隙間があるはずだ。捨てたら食べ物が可哀そう」どうしてもお腹一杯のときは、犬や猫もいたし、ご近所におすそ分けもした。

大食の人は人生の折り返し地点を過ぎる頃から太り始める。でもそこに不都合はなかった。中年を過ぎて太ることは自然なことと思われていて、痩せているとむしろ貧相とみなされた。快活で活動的な性格だとなおさら「体をすり減らしている」と思われ、老化が早く進んで「悲惨な老後」が待っていると心配された。

アン伯母さんはとても痩せていて、トム伯父さんも普通の体格だったが、生活はよそと変わりなく豊かだった。地元産の牛や羊の骨つき肉が肉汁を残すために直火で焼かれ、牛乳、バター、卵もいつも十分にあった。ケーキやパンは週に一度か二度まとめて大量に焼いたが、そんなときみんなは「もう卵を割るのはいや。見たくもない」のだった。卵一個が六ペンスもする日が来ようとは誰にも想像できなかった時代のことだ。クリスマスシーズンに一個の卵が一ペニーになってもとんでもなく高いと感じるほどだったのだ。アン伯母さんの特製の大きなスポンジケーキには一度に六個の卵を使うので、泡立てるのに三十分もかかっていた。新商品のハンドル式泡立て器がお目見えすると、子供たちは我れ先に交代でお手伝いしたがったものだ。伯母さんの台所にはもう一つすごい道具があった。調理台の下に架けられている魚を丸ごと煮る大きな鍋(ケトル)だ。ローラはやっと「可愛いいお魚鍋(ケトル)」という言葉の意味がわかった。それまで「ケトル」というのはやかんのこととしか知らなかったローラは、お湯を沸かすやかんの中にお魚が泳いでいる様子を想像していたのだった。

妹誕生の知らせ

キャンドルフォードに行って一週間後、父から手紙が届いた。ローラとエドモンドに妹ができたという知らせに、ローラはうれしくて、ベニーみたいに逆立ちでもしたいくらいだった。大人たちは誰もはっきりとは言ってくれなかったけれど、ローラは何が起ころうとしているのかは察しがついていた。エドモンドも知っていたと思う。二人きりになると、何度も心配そうに「お母さん、大丈夫だといいね」と繰り返していたのだから。お母さんが大丈夫とわかった今からが、本当の楽しい夏休みだった。

その時代、普通の母親は新しい子供の誕生を上の子供に気づかれないためには、どんな不都合や不合理な説明も厭わなかった。若いちょっと進歩的な親たちは、さりげなくコウノトリの話をしたり、子供のおやすみなさいのお祈りに神さまに赤ちゃんをお願いさせたりして、後で起きることに備えたが、もっとも勇敢な親でさえ率直に告げたりはしなかった。子供の側も、十五歳になる少女でさえ、何も気づかないふりをするものと思われていた。うっかり母親の妊娠を知っている素振りを見せたりしたら、ませた嫌な子と思われた。ローラたちの学校の先生が聖書を読んでいて、受胎告知について恥かしい失敗をしてしまったことがある。先生はうっかり「九か月」という数字を言ってしまったのである。真っ赤になった先生は視線を落として、大急ぎで言い訳した。「それはきっと、母親が九か月お祈りすれば神さまは願いをお聞き届けになって、赤ちゃんを授けて下さるということなのでしょう」生徒は誰も笑わなかった。前列に座った大きな生徒たちの無言の視線は、「そんな説明で騙されると思う?」と言っていた。

赤ん坊が生まれ、もし年下の子供にどこから来たのか聞かれたら、母親は大抵の場合、スグリの茂みに置いてあったとか、産婆さんが籠に入れて運んできたとか、お医者さまが黒いかばんに入れてきたとか、いい加減なことを答えるのだったが、ローラの母は他の親よりはもう少しまともだった。「大きくなればわかるからそれまで待ちなさい。小さい子の頭ではわからないし、私もわかるように説明できるほど賢くないし」それは理科の教科書に書いてあるハシバミの雌しべと雄しべの受粉の話や小鳥の受精卵の例よりも賢い説明だったと思う。教科書に書いてあるよくわからない説明は子供の頭を混乱させるだけだった。またこのときの母の方が、最近の小説で読んだ母娘の会話より思慮深いと思う。それはこんなやりとりだった。

「お母さん、ルース伯母さんの赤ちゃんはどこからきたの?」

「伯母さんはラルフ伯父さんと一緒に赤ちゃんを作ったのよ」

「二人でもっとたくさん赤ちゃんを作るの?」

「さあ、どうかしら。とにかくしばらくは作らないでしょうね。けっこう面倒な仕事だし、お金もかかるし」

こういう説明が将来も踏襲されていくとは思わない。「神がこの私をお創りになり、この世界の全てを創り給うた」という教理問答を学んだ世代が生き残っている間は無理だろう。

ホームシック

ローラが初めてキャンドルフォードで過ごした夏休み、何よりも興奮したのは、毎日が新発見だったからだ。初めてのものを見、初めてのものを見つけ、初めてのことをした。新しい人、新しい話、新しい場所、それらが家を離れた土地での生活を豊かに彩った。家では毎日が同じことの繰り返しだった。ずっと知っている同じ人に会い、同じ時間に同じ仕事をして、日が過ぎ一週間が終わる。朝食を食べているとミセス・マッシーが水汲みに行くカタンカタンというパトンの足音が聞こえてくる。月曜日に一番に洗濯物を干し始めるのはミセス・ワッツで、二番目はミセス・ブロードウェイだ。魚売りは月曜日、石炭売りは金曜日、パン屋は週に三回一日おきにやってくるけれど、他にあの街道から村にやって来る人はまずいない。

もちろん季節の変化はある。二月の晴れた早朝の輝かしさ。年寄りは「吹雪の前触れさ」と言う。初めて春の気配が漂う頃、ハシバミの花穂が澄んだ空を背景に揺れていた光景。春が間近に感じられて生垣にスミレを摘みに行くときのいそいそした気持ち。黄色のクリンザクラや青いブルーベルがふたたび咲き、五月、畑は緑におおわれ、しばらくするとまた黄金色へと変わってゆく。でも、この季節の喜びはすべて予定された不変の摂理だ。神が世界におわす限り、種が播かれ、収穫があり、夏と冬がやってくると約束されたのだから。神が初めて空に虹をかけた時から世界は予定調和の中で営みを繰り返していくのだ。

しかしキャンドルフォードにいるとこれらの自然の営みもラークライズにいるときほど重要でなくなるのだった。季節の変化に浸るためには一人でいなければならないが、ここにはゲームや楽しい遊びや可愛い服、おいしい食べ物など、人と一緒に楽しむものがある。キャンドルフォードに来て最初の一週間、ローラは楽しくてこの家に生まれていれば良かったと思ったほどだった。自分もアン伯母さんの子供で、いっぱい素敵な物に囲まれ、叱られたりしないで暮らせたらどんなにいいだろう、と。しかし、一週間が二週間になり、滞在がどんどん延びて一か月近くにもなってくると、ローラは家が恋しくてたまらなくなっていた。お庭はどうなっているかしら、新しい赤ちゃんはどんな顔をしてるかしら、お母さんは私がいなくて淋しがっていないかしら。

屋根裏での仮装と本

夏休みの最後の日は雨降りだった。いとこの一人が屋根裏で遊びましょう、と言い出した。上のいとこ二人はパン作りのレッスンがあったので、ローラとアン、エイミーの三人の女の子は弟たちを連れて急な階段を上がり、屋根裏に行った。そこは古い使わなくなったものを置く物置で、へリング夫人のガラクタがあった納戸みたいな感じだった。でもそこにあるのは大家(おおや)の持ち物ではなく自分の家の物なのだから、子供たちは誰にも遠慮せずに触っていい。午前中いっぱい、みんなはそこにあった服で仮装大会をして遊んだ。ローラはそれまで仮装という言葉を聞いたことがなかったが、すっかり夢中になった。エプロンとショールは長くて床に引きずるほどだったが、ラークライズのクィーニーお婆さんになった。そしていつもの口癖、「神さまは情け深いお方です」も真似してみせた。次はレースのカーテンを頭にかぶり、埃(ほこり)だらけの造花の花束を持って、花嫁になった。実際にそんな花嫁は見たことはないから想像の花嫁だ。村の結婚式では、花嫁はいつも教会に着ていくような新調のドレスというだけなので、実際は違うと言っても、みんなはローラの扮装をぴったりだと誉めてくれた。うれしくなったローラは家に帰ってからどう説明しようといろいろ考えて、新しい遊びにすっかり夢中になった。

　午前中屋根裏で遊んでいた子供たちは、仮装のヒントをもらってくると言っては、一人二人と順に下に行き、戻ってきたときには必ず口をもぐもぐさせたりお菓子のくずを口の端につけていたり、みんなの分も持って来てくれたりしていた。しかしいつのまにか、エドモンドも他の子も下に行き、気づくとローラは一人になっていた。壁にひびの入った鏡が立てかけてあるのを見つけて自分の花嫁の扮装を見ようと思ったローラは、鏡の中の自分の姿を見るより早く、鏡の隅に本の束が映っているのに気づいた。棚の上にも床にも縛った本が積まれ、他にもいっぱいごちゃごちゃと乱雑に、袋をひっくり返したように、本が散らばっていた。後になって聞いたのだが、近くのお屋敷の図書室にあった蔵書から、売り物にならないものを貰い受けたものだった。トム伯父さんは評判の読書家だったので、そのお屋敷の家具を見に行ったとき、ついでにもし欲しい本があったら引き取ってくれないだろうかと頼まれたのだ。全集のような揃ったものは整理して下に運んであったが、大部分はまだゆっくり整理する時間ができるまで、そこに置かれていたのだった。

屋根裏はその後の十五分くらい、まったく音がしなくなった。ローラは花嫁のヴェールをかぶったまま、床に座り込んで夢中で本に見入っていた。まるで青い麦畑に放たれた子馬のように幸せ一杯だった。

古い教理問答集のようなものはどうでもいい。大急ぎで脇に押しやる。自然史の本は面白そうだけど後でゆっくり見よう。歴史の本や文法書や辞書。挿絵入りの贈答用の装飾本もある。哀しげではかない美しい女性たちが、柳の枝が垂れ下がった墓に取りすがって泣いている。別の挿絵は舞踏会衣装の女性の姿が鏡に映った横に、「あの方は今日、いらっしゃるのかしら」と台詞が印刷してある。古い小説や詩集。何から見たらいいのかしら。迷ってしまう。

ローラがいないことに気づいた子供たちが昼食に呼びに来た。そのときローラは丁度サミュエル・リチャードソンの『パメラ』だったか『美徳の報酬』だったかを夢中で読み耽っているところだった。耳元でいきなりエイミーに「アップルダンプリングを食べないの？」と囁かれたローラはびっくりして飛び上がり、しばらくは何が起きたのかわからず呆然としていた。そのときのローラの反応がおかしかったとみんなが笑った。

本の虫

「ローラは本の虫、本の虫、本の虫、」エイミーが大発見をしたかのように歌いながら姉たちに触れ回っている。でもローラは「本の虫」がみんなにからかわれている言葉なのがまだわかっていない。歌は最後にこう終わった。「ローラは本の虫、まるで家のお父さん…」

ローラは『パメラ』の第一巻を持って下に下りた。みんなはローラの「本の虫」ぶりを母親に報告しながら、「ローラがこの本を持っていてもいいでしょ」と頼んでいる。アン伯母さんはざっと本に目を通して、ちょっと迷っているようだった。恋愛小説だし、まだ幼い少女に読める文章かどうかも疑問だったのだろう。しかし、丁度そのとき食事に入ってきた伯父さんが話を聞いて言った。「あの子にあげなさい。読んで楽しいなら、年齢は関係ない。早過ぎも遅過ぎもない。そのとき好きな本を読めばいいんだ。一人で読むのに飽きたら店に来て、私が仕事をしてるそばで朗読してくれるとありがたいな」

「ローラったらかわいそう」ネルがいたずらっぽく言った。「お父さんに読んで聞かせ始めたら、放してくれないのよ。あの古い油臭い店で、つまらない昔の本をいつまでも読んでなきゃいけなくなるのよ」

「さあさあ。何も言わない方が身のためだぞ。朗読してあげると言って店に来たから、頼んでみれば滅茶苦茶な読み方をして、もう沢山と言わせたのは誰だったかな？」

「私」「私も」「私もかな」娘たちが一斉に声を上げた。父親は笑った。「ほら、ローラ。我が家にはお馬鹿さんたちが大勢いるんだ。あの子たちは洋服の写真や絹の端切れで作れるバッグの縫い方が載った雑誌とか、最後に結婚でめでたしめでたしになるおとぎ話が好みなのさ。猫がクリームを舐めるみたいなつまみ食いなんだ。ちょっと読み応えのある本を渡すとすぐに飽きて、暑いとか、寒いとか、油臭いとか言い出す。ノックの音がしたと言っては玄関に飛んでゆく。モリーはたしかバンヤンの『天路歴程』を一年前に読んでくれる約束をした。挿絵がきれいだからって自分で選んだのに、やっと「落胆の泥沼」まできたら、午後はお休みねと言って新しい洋服の試着に出かけた。次はアレがある、コレがある、アレをしなきゃ、コレをしなきゃで、それっきりおしまい。主人公はまだ沼にはまったまま助けてもらってない。でもローラ、もし私に本を読んでくれるなら、別のにしよう。あの話は子供にはちょっと退屈だからね。私はあの本をもう何度も読んだし、目が悪くならない内にもう一度読みたいとは思っている。素晴らしい傑作だからね。でもローラには、ギャスケル夫人の『クランフォード』が楽しいだろう。この本は知ってるか？　いや、知らないだろうな。さあ、午後はローラを店にご招待だ」

その午後、二人は『クランフォード』で朗読の時間を試したが、ローラは登場人物のミス・マッティが大好きになった。読み方の間違いを直されるのはあまり楽しくはなかったけれど。

トム伯父さんは腰かけているベンチの端で、両手で蝋引きの紐を革の穴に通している。眼鏡越しにこちらを見る目は穏やかで、何度も言うのだった。

「ローラ、そんなに早く読まないで。感情も込めすぎない方がいい。やりすぎはよくない。その本に出てくるのはみんな穏やかで、堅苦しいくらいお行儀の良い人たちだ。最後のラッパが鳴っても声を張り上げたりしないような、ね」そして優しく実際的な口調でローラの読み方や発音の間違いを直してくれた。

「意味がわかっていたら発音はどうでもいいようなものだけど、やっぱり正しい読み方の方がいいからね」と。「ローラ、その言葉は……と読むのじゃないかな」

伯父さんの発音に従ってローラも声に出してみる。本は一人で活字を追うだけ、しかも片っ端から乱読していたので、ローラは、言葉の意味は正確に理解していても、人に読んで聞かせるのは今日が初めてだった。吹き出したくなるほどの間違いが山ほどあったに違いないのに、伯父さんは笑ったりせず、おかしな読み方を黙って直してくれた。何年もたって会ったとき彼は、一つの例だが、ローラが魔術師のマジシャンをマジカンと発音したのを憶えていた。そして一緒に当時のローラの変な発音に笑い転げたのだった。

第十一章　トム伯父さんの変わったお客たち

トム伯父さんの店で

　伯父さんのための本の朗読は翌年の夏も続いた。ローラは一年後にまた伯母さんの家でいとこたちと一緒に過ごしたのだ。そしてそんなふうにしてキャンドルフォードはいつの間にかローラの第二の家になっていった。いとこたちは午後になると外から誘われた予定が入っていたり、また自分たちだけの用事もあったので、一人で家に残った午後は、ローラはいつもトム伯父さんの仕事場のドアをノックすることになるのだった。「誰が来たのかな？」という優しい声に『本の虫会社』の者です」と答える。それが二人の合言葉だった。中に入れてもらい、庭に向かって開いた窓辺に腰かけ、仕事をする伯父さんのそばで本を読んで聞かせる。庭の向こうには川面が光っていた。

二人の朗読の時間はしばしば来訪者があって中断される。客はクッションの置かれた特別あつらえの椅子に腰かけ、しばらくおしゃべりしてゆく。そして客ではない、ちょっと立ち寄った人がその椅子に座ることもあった。伯父さんは友人が多かったので、「あれについての君の意見が聞きたくてね」と、新聞のニュースについて話したいだけの人も通りすがりに寄っていったりするのだ。そして大体はみな、伯父さんの意見を聞くと、まるで自分もそう思っていたというように納得して帰っていくことが多いのに、ローラは気づいていた。

夕方になると仕事場は近所で働く若い人たちのたまり場に早変わりする。箱をひっくり返して腰かけにし、煙草をくゆらしながらおしゃべりする者、ババ抜きやドミノのカードゲームに興じる者、さまざまだ。伯父さんは若い人たちの顔を見ていると楽しそうだった。ここで時間を過ごしていると若者たちはパブに行かずにすむのだった。若者たちが姿を現し始めるとそれがローラの退散する時間がきた合図だった。しかし昼間は、客が来たときでもローラは部屋の隅でおとなしくしていればよかった。一人で本を読んだり、その頃流行っていた「お口に歯を並べよう」ゲームをしていた。ガラスを嵌めた丸い盤に人の顔が描いてあり、口の場所に小さな金属玉を並べると上がりというものだ。玉が転がるので三つまでは何とか並べられても、それ以上はどうしてもできなかった。四つ目をやっと近くまでもって来ても、盤を動かしたとたんにせっかく並べた三つもあっというまに転がって行ってしまう。三つがローラの最高だった。多分それ以上頑張る気力も興味もなかったのだろう。伯父さんと来客の会話を聞いている方がずっと面白かったのだ。

伯父さんの来訪者—ミス・コンスタンスと詩人

伯父さんには友人が多く、その中には当然キャンドルフォードの商売仲間がいる。通りかかると「ちょっと挨拶」がてら、最近のニュースや仕事上の問題のおしゃべりに寄っていく。またお金のない人たちが相談事や書類のサインを頼みに来たり、家の菜園の野菜を届けに来たりとかで立ち寄る。一休みにあるいはおしゃべりしたくてと寄る人も多かった。ほとんどの人はそこにいるローラに一言二言挨拶するだけで、とくに注意は払っていなかったが、彼女の方は次第に来る人の顔と名前を覚えてしまい、昔のことなのに今もその人たちの顔や声を思い出すことができる。店にやって来る伯父さんの知り合いの中で、ローラに一番興味があったのは、ネリーが「お父さんが釣り上げた変な魚たち（変人たち）」と名づけた人たちだった。たとえばミス・コンスタンスという女性がいた。いつもツイードのゴルフ用のショートケープをまとい、鋲（びょう）のついた編み上げ靴を履いていて、八月にもその格好だった。

「お嬢さん、ケープと靴を脱いでローラにお預けなさい」

かんかん照りで窓を開け放っていても呼吸が苦しくなるような暑い日、伯父さんが言う。

「いえ、けっこうよ。トム、お気遣いなく。ローラ、私は大丈夫。着たままでいいの。私、背中を冷やさないようにしてるの。背中はいつも温めておかないといけないのよ」

ミス・コンスタンスは大きな屋敷にたった一人で住んでいて、猫を十九匹も飼っていた。人を信用できなくて召使を雇えないのだった。

「あの人たち、いつも私のことを見張りたがるの」

肩のケープの間から子猫が顔を出すこともある。

「気にしなくても大丈夫ですよ、ミス・コンスタンス」トム伯父さんが言っている。

「お金はちゃんと三か月ごとに入ってるでしょう。そりゃ、世の中にはいい加減な弁護士もいますが、スティアフォースさんは真面目な人です。それに誰もあなたの猫を追い出したりしませんから。自分の家なんだから堂々としていればよろしい。ハーマー夫人が言うことなど気にかけないで。でもあなたにも言い分はあるでしょうけど、もう猫はたくさんいるんだから、私だったらあとは要らないと思いますよ。今の女中さんが嫌なら、たしかな女性に週に一、二回通ってもらったらどうです？餌に毒なんか入れるもんですか。あなたの物を盗んだりもしませんって。大丈夫。世の中には正直な人の方が多いんですからね。ミス・コンスタンス、そんなに心配しなくても大丈夫。あなたがあんまり心配すると子猫がみんな死んでしまいますよ。〝心配は猫を殺す〟って言うでしょう」

何度も何度も言っているその冗談に、ミス・コンスタンスは少し笑顔を見せる。笑うと、孤独なちょっと精神に異常をきたしている独身女性は、かつて幸せだった少女のときの表情を取り戻すのだった。昔、トム伯父さんが初めてミス・コンスタンスに靴を作ってあげた頃、彼女は夜どおしダンスに興じ、ウサギ狩りに馬を駆けさせる幸せな少女だったのだ。

しかしそのミス・コンスタンスよりももっとおかしな人がいた。それは太った大柄な男性で、いつも黒のインヴァネスのコートに黒のフエルト帽をかぶり、髪を長く伸ばした男性だった。詩人だということだった。これが詩人という者の格好というのが彼の説明だった。彼は市の立つ日になると、六、七マイル離れたアイルドンという村から徒歩でやってくる。咳払いをし、深呼吸をし、額を拭うと、おもむろに胸ポケットから紙片を取り出して、こう宣言する。

「トム、君にこれを読んであげよう」

伯父さんの返事も決まっている。

「そうか、また挑戦していたわけだ。いや、まさしく君は詩人だ」

ローラがいつもがっかりするのは、一生懸命聞いているのに、彼の詩がさっぱりわけがわからないことだった。大体いつもワシが登場する。

でもそれはいつも、ローラが本で知っている高い山の頂きに舞って子羊や赤ん坊を爪でさらってゆく荒々しい鳥というわけではなく、ある時は「誇り」や「憎しみ」の比喩なのだ。花が歌われることもある。でも彼の選ぶ花はいつも美しさからはほど遠いベラドンナやルーなのだ。詩の調子は手慣れた熟練さと重々しさに満ちていた。とくに彼の朗々とした声で読み上げられると、さっぱり意味がわからないながらも、聞いて損はなかったという気にはなる。伯父さんにも内容はわからないらしかった。なぜなら何度もこう繰り返していた。「私には詩はわからないんだ。散文なら何か言えるかもしれないが。とにかく感情が込もっているのはわかる。それはたしかだ。十分過ぎるくらい堪能したよ」

詩の朗読が終わると、今の季節に野に咲いている花やさえずっている小鳥の話になった。詩人はそれらを積極的には詩に歌わなかったけれど、そういうものたちをとても愛していたのだ。ときどき自分の家庭や子供の話をすることもあった。自分を夏の間、自由に長い時間、一人で自然の中で過ごさせ、詩を書かせてくれる妻への感謝を語った。「奥さんは君を心から詩人として尊敬しているんだね」伯父さんがそう言ったとき、彼は椅子から立ち上がると直立不動で叫んだ。「そう。そのとおりなんだ。僕が生きているうちには駄目かもしれないけど、死後、彼女の献身はきっと報われると思うんだ」

「言葉はそれなりに美しいよ」伯父さんは彼が立ち去ると、首を振った。「でもあれではなあ。とてもなあ」

それほどの変人ではなく、ということはローラの関心の程度は低かったということだが、トム伯父さんがとても気にかけている若い医者がいた。灰色の瞳が濃い眉の下で輝き、真面目さと仕事へのひたむきさが顔に表れていた。その頃聞いた会話を後で思い出してみると、彼は熱心に働けば働くほど、意に添わない物事が目につくらしかった。とにかく彼には時間がたっぷりあった。「まったくひどい」彼は店に飛び込んでくるなり、フロックコートの後ろがしわにならないよう背の方に跳ね上げてから客用の椅子に腰をおろす。そして話はいつもこの言葉で始まる。「家の屋根が雨漏りしてるなんて、まったくひどい」「農場に住んでいるのに子供たちが牛乳を飲んだことがないなんて、まったくひどい」「井戸の水が汚染されてるとは、まったくひどい」「あの家族は八人が一部屋で寝てるんだ。まったくひどい」

たしかにそれは気の毒だと伯父さんはうなずくが、彼の怒りのレベルに同調するわけではない。彼が何かまた「ひどい」と憤慨していたとき、ローラは伯父さんがこう言うのを聞いた。「君は物事を深刻に考えすぎる。いつも神経をすり減らしている。それはいいことじゃないよ。誰でもできることを精一杯するしかないさ。神さまは君が精一杯のことをしているのはちゃんと見ている。物事も時期がくればいい方に向かう。これは覚えていて欲しいが、物事は大体はいい方に向かっているんだ。私が子供の頃のスピッタルズ・アレイの辺りはもっとひどかったよ」彼は脱いだとき、埃(ほこり)がつかないように紙をかぶせて棚においた帽子をとると、頭にかぶり、また「ひどい話だ」とぶつぶつ繰り返しながら出て行った。伯父さんは半ば独り言、半ばローラに向かってつぶやいた。「ああいう独善的な若者は回りをかきまわして問題を大きくするタイプだ。もっと地道に忙しく働くか結婚して落ち着くのが必要だな。どっちが良いかはわからないが」

ローラに「ネズミちゃん」というあだ名をつけたのはこの若い医者だ。「やあ、こんにちは、ネズミちゃん」ローラがそこにいるのに気がつくと彼はこう挨拶したが、そんなことは稀だった。いつも膝に本を乗せているおとなしくて目立たない女の子のことなど、彼の眼中にはなかったのだ。病気や空腹の子供なら興味を引いたかもしれない。いとこの一人がドアを開けて飛び込んで来たことがあった。元気で明るい少女の出現は部屋を一気に明るくした。彼には、こういうよく食べよく愛されている健康そのものの子供が、理想像だったのだろう、顔がぱっと輝いたのだった。

モスティンさん

この若い医者を除いて、伯父さんの「変人たち」はみな仕事を持っているように見えなかった。またミス・コンスタンスを除けば、キャンドルフォードの住人でもなかった。夏に毎年宿泊客を受け入れる農場に滞在している人や、村のインに泊まっている釣客や、近所の村に住む人たちだった。そういう中で伯父さんの親友と呼んでいいのは、夏になると郊外の家具付き別荘を借りて滞在するモスティンさんだった。知り合うきっかけが何だったのかは聞いていないが、ローラがキャンルフォードで夏を過ごすようになったときにはもう、彼は頻繁に伯父さんに会いにやって来る常連だった。

休暇中はいつも着古したノーフォークスーツとサンダルという服装だが、誰の目から見ても、モスティンさんが「紳士階級」の人なのはたしかだった。みな憚らずにそう呼んでいた。一方、トム伯父さんはエプロンをかけ、爪を真っ黒にし、革や油の臭いを振りまいて働いている田舎の靴職人だ。しかし伯父さんに階級意識が全くないのと同じに、彼にもそういう意識はないようだった。ただ彼の側には自分の出身に対する何らかの自意識はあったかもしれない。伯父さんが仕事をする横に座り、二人は小一時間も話しこむ。本のこと、歴史上の人物のこと、自然科学上の新しい発見について、新天地の探検について。地元の噂話についてもあれこれ話し合っては笑う。トム伯父さんが方言まじりで語る話のときにはひときわ大きな笑いが起きる。話す気分でもないときには黙ったまま一緒にいることもあった。モスティンさんの方がポケットから本を取り出して読み始めることもあれば、伯父さんの方が会話を中断して、「ちょっと休もう。ここを縫い合わせてしまいたいから。爪先の革を短く切りすぎた。何とかしなきゃ」実際、二人は本当に心からの親友だった。

しかしある年、ローラは二人の間に何かがあったのを感じとった。モスティンさんが週に一、二度店にやってくるのは相変わらずだったし、互いにおしゃべりし合うのも相変わらずだった。話している時間はこれまで以上に長かったといっていい。しかし話題がこれまでと違っていた。モスティンさんは信仰を改めようか迷っていた。カトリックに改宗しようと考えているらしかった。伯父さんの言葉によれば「ローマを目指す」ということだった。しかしローラが驚いたのは、思想信条について誰よりも自由な伯父さんが、それを受け入れられないでいるということだった。

しかもかなり強く反対しているのが不思議だった。たしかに伯父さんは日曜日には教会に行っていたが、信仰の問題にそれほど強い関心があるようには思えなかった。モスティンさんの方はおそらく今まではもっと無関心だった。彼はよく言っていた。「日曜日に教会に通うくらいなら、散歩で時間をつぶす方がましさ」と。彼の心の中に何かが起きたのだろう。彼は何か月もカトリックの教義を読み、カトリックの教会に通って、洗礼を受けようとするところまで行っていた。

トム伯父さんも、彼が引用した本については感想を述べていたところをみると、彼に合わせて自分でもいろいろ読んでいたのだろう。「あのジョン・ヘンリー・ニューマンという人間の神への誓約はくどすぎて信用しかねる」とか、「彼の文章は天使のように誘惑的だ。だがあれは所詮、まやかしだよ」とか。

モスティンさんは反論する。「トム、君はまったく『ヨハネ書』のトーマスだ。何も見えていない」「じゃあ、こういうことかな」伯父さんが口を開く。「問題が何かはわかった。君が自分ではもう考えたくない、これからは他人の意見に従って生きたいというのなら、聖職者に自分の良心を預けるのもいいだろう。カトリックになりたまえ。自分はそれ以上のことはできないというのならね。たしかに心の平安は得られるかもしれない。君だって人並みの苦労や問題は抱えてきたんだ。でも、理性ある人間として、自分の魂の問題は自分の責任の元におきたいと思うなら、君が選ぼうとしている道は間違いだ。全くの間違いだ」モスティンさんが心の平安ということについて何か言うと、伯父さんは強い口調でさえぎった。「心の平安のために自由を売り渡すのか？」ローラは耳を澄ませていたが、あとは理解できなかった。

彼が出て行った後ドアを閉めながら、伯父さんはこう言った。「素晴らしい男なのに、結局は古い罠に落ちるのかな」この会話のときローラはは十四歳になっていた。「カトリック信者になるのは間違いなの？」

伯父さんはしばらく無言だった。沈黙があまり長いので、伯父さんはローラのいることを忘れていて、さっきの言葉もローラにではなく、自分自身への独り言だったのかもしれないと彼女は思い始めていた。しかし、伯父さんはゆっくりと眼鏡を拭き、仕事に戻ると、答えた。「間違い？いや、間違いではないよ。カトリックになるべくして生まれた人や、それがその人の本質にあっているならね。私もカトリック信者の素晴らしい人たちを何人も知っている。そういう人たちにはその信仰がぴったり合う手袋のように、本質に添っているのだから幸せなことだ。でも彼の場合はそうじゃない。彼は一年以上もそのことを考え、本も読んできた。そんなに長いこと悩んだり迷ったりしなくてはならないということは、それが彼の本性に反しているからだ。もし彼がカトリックに添うように生まれついているなら、何か月も前にその世界に浸りきって、柔らかな羽根布団に包まれたような心地良さを感じてきたはずなのに、自分を鞭打つように励ましたり、迷ったり、納得するために本を読まなければならないというのは、彼には無理があるということだ。しかし、結局のところ、私が説得しようとしたのも馬鹿な試みだった。人に自分の心を左右されたくないと決めている人間の心を動かそうとするのは無駄骨だった。ローラ、人を動かせるなんて思ってはいけない。誰にとってもその人の人生はその人自身のものだ。みんな自分の人生を生きるしかない。人から見て間違っているように見えても、その人にとっては正しい生き方なんだ。こちらからはそう思えなくてもね。さあ、本を読んでおくれ。シャーロット・ブロンテのルーシー・スノウはフランス人の恋人とどうなるのかな。靴も仕上げなくちゃならないし。靴屋はいい靴を作るのが仕事だ。いろんな御託を並べるのは、次のときまでお預けだ」

新婚の青年へのアドバイス

商用で町にやってくる青年が、靴のほころびを直してもらいに寄ったことがある。ローラは初めて会う人だったが、伯父さんは前から知っているらしく、「奥さんは変わりないですか?」と挨拶した。「怠けぶりもひねくれぶりも前よりひどいものですよ」という、ちょっとただ事ではない返事が返ってきた。

伯父さんは少し表情を引き締めたが、何も言わなかった。客は話を促がされてもいないのに、自分からその朝のできごとを話し始めた。彼は朝、まだベッドにいる奥さんに朝食を持って行ったのだという。ベーコンを何枚も焼き、卵もたくさん茹でて、トーストにマーマレードも用意して行ったのだという。病気でもないのに、ベッドに朝食を運んでもらうということにまず、ローラは驚いた。小説の中でしかあり得ない。でもトム伯父さんはそれについては別に何も言わず、良い夫なら妻には当然のことだという調子で、「優しい夫だなあ」と言った。

「僕の優しい行動に彼女はどうしたと思います？」若い夫はほとんど叫び出さんばかりだった。「ありがとうも言わない。本当ですよ。不機嫌そうに、今日は一生に一度くらい、時間どおりに帰って来てね、と言っただけ。時間どおりに帰る？　もうそろそろわかってくれてもいい頃だ。僕が何時間も客の相手をしないといけないことくらい。あの底意地の悪いひねくれ者…」

伯父さんの顔が曇った。「まあ、まあ」と彼をさえぎった。「後で後悔するようなことを言っちゃいけないよ。結婚して何年になるのかね？　二年か。子供は？　まだ。なら、そういう言い方は結婚して十年たってからにすべきだね。その頃になれば君もどうすればいいかわかっているはずだし、大体、十中八、九はそんなことを言わなくてもすむようになっているよ。女性の中には自分の目で見ないと、亭主の仕事が理解できない者もいるんだ。奥さんを一度か二度、仕事のとき一緒に連れて歩けばいいじゃないか。外出らしくお洒落して。店の方もそのくらい、認めてくれるさ。いつも真面目に働いてるんだからそのくらいご褒美だ。そうすれば彼女も君の仕事ぶりがわかるし、外に出て気晴らしにもなるよ。若い女性が一日中外出もしないで、家に閉じこもっていたら退屈するに決まってる。夜になっても夫は帰って来なくて、用意した夕飯がオーブンの中でひからびていくのを見ていたら、イライラもするだろう。夫を機嫌よく迎えることもできなくなるさ。夫は夫で一日中働いたのに、思ったほど売り上げもなくてがっかりした後だから、せめて家では暖かく出迎えて欲しいのに。でもそのとき腹が立っても、君は抑えなくちゃいかん。我慢だよ、我慢。他人に奥さんの悪口を言っちゃいかん。聞いた人間は誰も君のことをよく思うまい。実際、結婚している人間で不満のない者などいないよ。最初の一、二年はとくに多いものだ。でもみんな、他人にはすべてうまく行っているような顔をしている。クコしか繁っていない庭にならどんな花を植えてもきれいに見える。細かな部分をほじくり返しても仕方ない。全体としてみたら、大体はうまく行っているのが世の中ってものだ」

伯父さんの長い話の間、青年は何度か口をはさもうとした。「それはそうですけど」とか「半分もあたっていないですね」という言葉を発していたが、お説教に正面から反論するのも気が引けたらしい。そのとき通りの方から「誰かいないのか」「早くつかまえろ」という声が聞こえてきた。彼は修理のすんだ靴にあわてて足を押し込むと外に飛び出して行った。そして数分後に真っ赤な暑そうな顔でまた戻って来た。「僕の馬は競走馬みたいに気が荒くて、あとちょっと遅かったら逃げられるところでした。でもおかげでいい考えが浮かびました。来週は女房を一緒に連れて来ることにします。僕がどこかで用事を足してる間に彼女が手綱を握っていて、待っている間、本でも読んでいてくれればいいですからね。彼女もたまには出かけたいだろうし。じゃ、ウイットブレッドさん、失礼します。行かないと馬が馬車を蹴って粉々にしてしまう」

ローラはその後、彼の馬が馬車を粉々に壊したのか、あるいは若夫婦がうまく仲直りして幸せに暮らしたのか、物語の最後は知らない。でも今でも、その若い夫が、お洒落に上着のボタンホールに黒い紐で結んだ白いカンカン帽の下で、顔を怒りで真っ赤にし、トム伯父さんの方は落ち着いた顔をちょっと青ざめさせて、眼鏡越しに真剣な目で彼を見ながら、「我慢だ、我慢」と諭した光景が、昨日のことのように思い出されるのだ。

第十二章　キャンドルフォード・グリーン

ドーカス・レーン

キャンドルフォードに何度も行くうちに、ある年、ローラはその後の人生を方向づけることになった生涯の恩人に出会った。

母の古くからの友人に、キャンドルフォード・グリーンで郵便局をしている、ドーカス・レーンという女性がいた。ローラが近くの町に滞在していることを聞いた彼女は、いとこたちと一緒にお茶に招待してくれたのだが、一緒に行ったのはモリーだけだった。他のいとこたちは暑い中を歩くのが嫌だと言い、しかもミス・レーンは気難しい上に古めかしくてつきあいにくく、キャンドルフォード・グリーンには面白い人も面白い場所もないから行きたくないというので、結局、ローラとエドモンドにモリーが一人ついて来てくれたのだ。

キャンドルフォード・グリーンはその頃は一つの村だったが、二、三年後にはキャンドルフォードの一部になった。すでにキャンドルフォードの町から村に向かう途中の土地には新しい家が次々建ち始めていたが、昔のままに、樫の大木の下には白いペンキを塗ったベンチが置かれていたり、屋根のかかった巻き上げ式の井戸もあったたし、教会の高い塔をさえぎるものはなく、古い民家も残っていて、変化の波はまだここには届いていなかった。

ミス・レーンの家は細長い白い建物で、片方の端が郵便局、もう片方の半分が鍛冶屋になっていた。玄関前の芝生には円形の鉄盤があり、その中央の丸い凹みは馬車や荷馬車の車輪を置くのに合わせて作られていた。ミス・レーンは郵便局と鍛冶屋の他に馬車大工の仕事もしていたのだ。もちろん彼女が自分で作業をしていたのではない。彼女は、その時代その年齢の女性が着ているよりも明るい色のシルクのドレスを着ていて、華奢な白い手を泥で汚したりはしなかった。彼女は経営者だった。

ローラたちは彼女をドーカスおばさんと呼ぶことになっていた。ローラとエドモンドはドーカスおばさんのところに行くのを楽しみにしていた。あの話に聞く電信機というものを見せてもらえるかもしれないのだ。その機械については家で両親が話しているのを聞いたことがあるだけだ。母はどこかで見たことがあって、時計盤のような形で数字ではなくアルファベットのキーがついていたと言っていた。「ハンドルを回すと、キーが動いて字を打つの。そうするとよその郵便局の同じ機械の盤の上のキーが同じに次々動いて、単語が現れるの。それを封筒に入れて宛先に届ける仕組みらしいのよ」

「それを受け取れば誰かが危篤だってことがわかるんだね」エドモンドが言った。

「三ポンドと六ペンス払ってからだ」父が皮肉っぽく言った。村では電報の受け取りに費用がかかることへ批判があった。電報の封筒には「配達人及び馬の費用として三ポンド六ペンス支払いのこと」と印刷されており、受取るにはまずお金を払わなければならなかった。そして村でいつもその費用を立て替えていたインの主人は、返してくれる人のいないことにウンザリしていた。ラークライズでもどこかの家に、親や親戚の誰かについて「容態が急変しました」とか「今朝安らかに身罷(みまか)りました」という報せはしょっちゅうあったのだ。

ローラの父と有志の村人たちが、この制度の改善を求める請願書を郵政局の長官に送ったことがある。その結果、あるとき数人の男たちがやって来て、町の郵便局からこの村までの道路の距離を長い鎖を使って測量した。電報の配達は三マイルまでは無料と決まっていたのだが、何と、ラークライズまでは三マイルを上回るどころか、わずかに二、三フィート下回っていることが判明したのだ。ローラはこの面白い話をドーカスおばさんにしてあげた。「村の人たちがそんなお金を払わなくちゃいけないなんて気の毒だわ。一日と半日分の稼ぎが消えてしまうじゃない」その言い方にローラは、いとこたちはミス・レーンを変わっていると言っていたが、ちょっと素敵な変わり方かも知れないと思い、好感を持ったのだった。

ローラは彼女の容貌も好きだった。五十歳くらいだったと思うが、小柄で瑠璃色のドレスを着ているとまるでカワセミのようだった。素早く動く黒い瞳で、やはり黒い髪は編み上げて頭の上に王冠のようにまとめてあった。

例の噂の電信機は居間の出窓の下の小さなテーブルの上に鎮座していた。郵便局には専用の事務の部屋があったが、「電報」は普通以上に秘密が守られなくてはならないので、人目に触れるところには置けなかったし、高価で神聖な機械だったのだ。使わないときにはアルファベット一文字ずつの金属のキーのついた盤には、ティーコゼーのような形の彼女が手作りしたカバーがかけられていた。ドーカスおばさんはそのカバーをはずして、機械を見せてくれただけでなく自分の名前をキーで打たせてくれさえした。もちろんスイッチは切ったままだ。「本当に送られてしまったら大変。本局で、一体これは何？　と思うでしょ」

昔ながらの調度と進取（しんしゅ）の精神

エドモンドは電信機より鍛冶屋の方が面白かったらしい。モリーはお手伝いのジラーと一緒に庭で熟れたスモモを摘むのに夢中だ。ローラはここの何もかもが大好きになった。そして何よりドーカスおばさんが大好きになった。頭が良く何でも知っていて、こちらの気持ちを口に出す前に察してくれる。家の中も屋根裏から物置まで全部、案内してくれたが、何て素敵な家！　両親も祖父母も住んだその家を、彼女は昔からのままにしていた。家具や調度もずっとそこにあったとおりにして、置き場所一つ変えていなかった。他の人なら古ぼけた家具はさっさと捨てて、新しい布張りの応接セット、飾り棚やきれいに彩色したスツール、日本の扇子などで部屋を飾り立てていたかもしれない。でも、ドーカスおばさんは昔ながらの樫やマホガニー材の家具や真鍮製のものの方が好きで、古臭いと言われても気にしなかった。台所では祖父の代からの大時計がワーテルローの戦いの日と同じく、時を刻んでいる。大きな重々しい樫のテーブルはさらに時代を遡る古いもので、その縁に彼女は働いている人たちの席順を、自分で印を刻んでいた。テーブルは当時の大工が台所の中で作り上げたものなので、壊さない限り外には運び出せないと言われていた。寝室では昔からある天蓋付きベッドが今も使われていて、ベッドの一つの天蓋にかかっている白とブルーの格子柄のカーテンは、彼女の祖母が自分で織ったものだという。そのとき使った織り機も最近屋根裏から降ろされ修理されて、電信機のある居間に置かれていた。食器戸棚は古い真鍮製の皿や食器が並び、やはり昔の柳模様のブルーの食器が彩りを添えている。「色物も少しないと淋しいでしょ」とおばさんは言う。大きなかまどの煙突からは、煤けた壁の向こうに四角い青空が見えた。そしてマッチが普及する前に使われていた火打石が棚に置いてある。銅製の水差しの長い注ぎ口が熾に差し込まれているが、それでビールを温めるのだ。暖炉の棚には真鍮製のろうそく立て。その両脇にはやはり真鍮のミルク鍋がかけられているが、それらはもう実際には使われていなかった。インク跡を乾かすための砂の入った箱も、今はもう吸取紙にとって代わられているし、料理に使う木製の重ねボールも、勝手口に置いてある大きな銅のふいごももう実際には使われてはいないのだけれど、昔からそこにあったとおりそのまま置かれているのだった。そして昔の道具の多くが、今も必要があれば使えるようになっている。

おじいさんの時計は正確に三十分進めてあったが、それも昔からの習慣だった。そしてその時計に合わせて、六時起床、七時朝食、正午昼食という家の時間は守られてきた。その一方で郵便物や電報の処理は、毎朝十時に届くグリニッチ標準時間の時報に正確に合わせた、郵便業務の時計に従って進められていた。

ミス・レーンは正確にこの二つの時計を使い分けていた。彼女は昔の思い出につながるものを大切に守り続けていると同時に、他方では時代に先んじる進取（しんしゅ）の精神の持ち主でもあった。彼女は大変な読書家だったが、詩や小説などの文学への興味はあまりなく、タイムズ紙を購読して世界の動きを敏感に把握していた。とくに科学的な新しい発明や発見には大きな関心を寄せていた。その頃キャンドルフォード・グリーンで、ダーウィンの名前を知っているのは彼女一人だったに違いない。彼女はまた国際問題や、今日言う、いわゆる遠距離交易や貿易にも興味があった。鉄道や地元の水運会社の株も買っていたが、そういうことは彼女のような立場の女性としては大胆ともむこうみずとも思われる行為だった。後になりアイスランド食用苔会社事件という出来事があったが、事件の一部始終に関心を寄せていた彼女のために、ローラは毎日、新聞の関連のニュースを読んで聞かせることになった。

もう少し後の時代に生まれていたら、彼女は歴史に名を残していたかも知れない。素早く的確な状況把握、正しい見通し、強い意志と実行力、彼女の能力なら必ず成功していたに違いない。しかし当時、女性に開かれた道は少なかった。特に田舎の寒村に生まれた女性にとっては、受け継いだ財産を管理するだけで精一杯だったろう。父親が亡くなって、一人娘の彼女が父の仕事を引き継いだだけでも変わり者とか、女らしさに欠けると噂されなければならなかった。父親の財産を処分してレミントン・スパやウエストン・スーパーメアなどの保養地で安穏な生活を送ることが、当時友人たちから期待された女らしい生活だったのに、彼女は店の看板の父の名前を自分に変えただけで、鍛冶屋を続ける道を選んだのだ。

鍛冶屋と郵便局と

「だってそうでしょ。私はずっと帳簿をつけていたし、仕事の手紙も全部書いていたのよ。優秀な職人のマシューもいるんだし。父は、亡くなる十か月前から仕事場には来なかったのだから、死んで急に状況が変わったわけじゃないのよ」

しかしはたから見れば、それをとんでもないと思う理由はいくつもあった。まず女が鍛冶屋をやるなど、聞いたことがない。仕立て屋とか八百屋ならまだしもで、パブも女性が経営を引き継ぐことはあるかもしれない。しかし鍛冶屋を女が引き継ぐなど前代未聞のことだ。鍛冶屋は何といっても男の仕事だ。というわけで、ミス・レーンは女の風上にもおけない人物ということになった。しかし本人は女らしくないと言われようと、何と言われようと、村の人のいうことなど、まったく気に留めなかった。その点が何よりも彼女を当時の女性と異なる存在にした理由だろう。

自宅で郵便局を開くのは彼女が鍛冶屋を継ぐ前から決めていたことだ。その地域の人々に郵便局はどうしても必要だったのに、引き受ける勇気のある人が他にいなかったので、とりあえず一時的にやってみることにした。しかし彼女はすぐその仕事が楽しくてたまらなくなった。時間に合わせて処理しなければならない仕事だったが、全国的なつながりの一端を担っている意識や、公的機関の決定に関わりも持つことも、彼女の実際的な性格に合っていたのだ。同時に近隣の人々に起きているできごとを知るのも面白かった。その好奇心を咎(とが)めることは誰もできないだろう。郵便局にくる人の中には見知らぬ人や、興味をそそる人がいた。面倒なつき合い抜きで、お金もかけずただで、仕事という正当な理由で、人との関わりを楽しめるのだ。

郵便局では、彼女はぴかぴかのカウンターの上に、真鍮のはかりや切手や振込み用紙を並べ、さまざまな公的な書類用紙をきちんと区分けして、置いていた。家の建物には玄関から庭に抜ける広い廊下が通っていた。この廊下からみんなで食事する台所へのドアが、新旧世界を分かつ境界だった。少したって、歴史について少しわかってきた頃のローラには、住まいの中で時代が突然変わるのが大きな楽しみになっていた。

独身の職人が雇い主の家に住み込む慣習はまだ残っていた。食事の時間になると、家内の人たちが食卓で待っているところに、賑(にぎ)やかに手や顔を洗う水のはねる音が、中庭の石畳から聞こえてくる。そして「男衆」(その頃はみんながそう呼んでいた)が革のエプロンを腰に巻き上げながら、どやどやと姿を現し、自分の席へと向かう。

親方のマシューーはがにまたで、近眼の、小柄な男性だった。薄茶色の頬髭をはやし、普通思われている村の鍛冶屋の親方の風貌からは程遠かったが、仕事をさせると素晴らしい腕をもっていた。仕事は確実で頭が良く、蹄鉄を作らせたら名人という評判だった。彼の下で筋骨たくましい若い三人の蹄鉄工が働いていたが、彼らは強そうな外見にも関わらず、家の中ではそろってはにかみ屋だった。日曜日にスーツを着て外出すれば、村の人からは〝粋でいなせな〟若者と評判だったのに、家ではぼそぼそと小さな声でしか話さない。しかしいったん仕事場に出たら、大声が家の中まで響いてくる。雄牛のうなり声やガンガン響く鉄床を打つ音よりも大きな声で、互いに指示を出したり頼んだりする歌のような掛け合いが、一日中聞こえてきた。「ビルやーい、そーこにあーるちっちゃなスッパナー、とっておくれな、ほーい」という調子だ。マシューーが出かけると、彼らも「ちょっと一息」と戸口に出て、通りすがりの人と軽口を交わしたりしながら、手を休めるのだった。一人が通りかかった少女に、「やあ、エンマ！」と叫んだことがあって、ドーカスおばさんとちょっと揉めたが、食卓に座っている様子からはそんな大胆なことができるとは思えないのだった。

秩序と変革と

流れ職人の席は、調味料として置かれている塩の場所よりも下だった。樫の大テーブルの上座には、女主人が反ったナイフを手に、肉の大皿の前に座っている。それからふいの来客用に空けてある席がある。大抵は白いクロスのまま、何も置かれていないことが多い。そしてマシューの席。また少し空いているが、それは親方と職工とは身分に差があることを示すための空間だ。その後に三人の若者がテーブルの末席に一列に、女主人に向き合う形で座る。お手伝いのジラーは壁際に置かれた丸テーブルが専用だった。大事な来客がない限り、彼女も自由に食卓の会話に加わってよかった。しかし若者たちは三人とも、食物を口に運ぶとき以外、滅多に口を開かなかった。もししゃべりたいことがあるときはミス・レーンに「奥さん、」と呼びかけた上で、話さなければならなかった。「奥さん、地主のバッシュフォード旦那がブラックビューティを売ったそうですよ」とか「奥さん、車輪屋のところで、樽が二つ、焼けたって噂ですよ。どうもそこで寝ていた浮浪者の火の不始末らしいってことです」というような調子で。でも大抵の場合、テーブルのその辺りから聞こえてくるのは皿にナイフやフォークの当たる音、隣の肘が皿にぶつかったという文句くらいのものだ。彼らのお茶用の茶碗や受け皿は特別製で、とても大きく厚かった。ビールはコップやマグではなく、角製のジョッキから飲んだ。テーブルの上にはちょっとしたつまみやお菓子が用意されていて、彼らは勧めてもらえないのを残念そうにしていたが、見てみないふりをしていた。たっぷりのおいしい食事を終えると彼らは「じゃあ失礼します、奥さん」と席を立って出てゆく。その後でジラーがお茶の用意を始め、マシューも自分の紅茶茶碗を手前に引く。午後のお茶の時間には彼らも一緒にお茶を飲んだが、ミス・レーンの話では、それも彼女の代で始まったことだった。父親の代のときは、お茶に加わることが許されたのは家族だけだったという。お茶は家族のもので、職人たちには、三時の「おやつ」としてパンとチーズとビールが供されたのだそうだ。

まだ子供だったローラは、若者たちの扱われ方が不公平で可哀そうだと思い、同情した。しかし後になって、長年の慣習には理由はよくわからなくても、それに従うことが彼らが将来立派な親方になるための糧になっていると思うようになった。慣習のなかでは、男たちに必要なのは、食べ物なら脇役ではなく主役になるもの、たとえば茹でたビーフとか小麦のすいとん、ハムの厚切り、牛の骨付き肉などであり、仕事を終えて寝に就く寒い夜、供される飲み物はスパイスの効いた強いビールであって、甘いニワトコ酒ではない。男が口数の多いのは良しとされず、彼らのいるところで内輪の話は一切しない。馴れ馴れしくならないように気をつけ、けじめを守り、さっさと仕事場に戻るのが、男の本分というものだった。

その頃まで、あるいは進んだ地域では少し前まで、こういう区別は働く側だけでなく、雇用者にも都合のよいことだった。豊富な食事代と広い屋根裏に並んだベッド代は賃金に含まれている。たっぷりの食事と何枚もの毛布と羽毛の布団のベッドが用意されていたら、「食住」という基本の生活費は十分ではないだろうか。それ以上を望むのはむしろ恥ずかしいことだ。自分用の経費というのは外での生活のためにあるのだから。

流れ職人は結婚したら、住み込みで働いていた店を辞めて、外に部屋を借りるというルールがあった。別に難しいことではない。町に部屋を貸してくれる家はたくさんあったし、腕が良ければいくらでも雇ってくれる人はいた。若者が住み込みを選ぶのは、いい食事を取れて心地よいベッドがあり、仕事場まで行くのに朝六時に家を出なくてもいいからだ。

ミス・レーンの父親はその流れ職人だった。新しい革エプロンをかけ、仕事道具一式を入れた籠を肩にかけてこの村に現れたのだ。彼はノーサンプトンから徒歩でやって来た。父親はその辺の村に立派な鍛冶場をもった親方だったのだから、お金がなくてそうしたのではなかった。徒弟奉公が終わった若い鍛冶工は旅をしながらさまざまな店で働いて経験を積むのが、その頃の習慣だった。だからこそ彼らは「流れ職人」と呼ばれたのだと、ミス・レーンは教えてくれた。

ミス・レーンの両親

しかし彼女の父親はこの土地からさらに流れていくことをしなかった。親方の娘のせいだった。ミス・レーンの母親だ。彼女は一人娘で、家の商売はとても繁盛していた。新米の流れ職人は土地は別だが親は親方だったのに、両親は二人の結婚に反対した。

ミス・レーンの話によれば、祖母が初めて二人が惹かれあっているのに気づいたのは、娘のケイティが若者の靴下を繕っているのを見たときだった。彼女は怒って娘の手からそれを奪い取ると、暖炉の火の中に投げ込んでしまった。父親の方も娘が流れ者と結婚するのを見るくらいなら、死んでくれた方がましだと言ったという。彼女に与え、身に着けさせてやった諸々を考えれば、少なくとも農場主くらいには嫁げるはずだったのに、しがない流れ職人になど、くれてやりたくなかった。けれども、どういうなりゆきかはわからないけれども、ともかく両親が折れて若い二人は結婚したのだ。そしてこの家で娘夫婦は親と一緒に暮らし、父親の亡くなった後は婿が店を継いだ。二人の結婚式のときの姿を描いた絵が客間にかけてある。花婿はラベンダー色のスーツに白い皮手袋をはめ、可愛らしい小柄な花嫁もやはりラベンダー色のシルクのドレスで、肩には白いレースの襟飾りをかけ、緑の葉を飾った白いボンネットをかぶっている。ローラはひそかに、鍛冶工の花婿が、ごつい逞しい手を手袋に入れるのは大変だったに違いないと思った。

二人の間に生まれたドーカスは、学齢になると寄宿学校に入れられた。週末だけ帰宅を許されるその寄宿学校は、自宅よりもさらに古めかしい、規則の厳しいところだった。友だち同士で呼び合うときは、遊び時間のときでも「さん」づけにしなければならなかったし、日課の一つには、姿勢を美しくするため、寝室の硬い木床に数分間まっすぐ寝るということまであった。罰則もどんな悪い行為をしたかに応じて細かく決められていた。彼女がいつまでも忘れられず、思い出すたびに怒りが込み上げるのは、「自惚れ」とか「思い上がり」の罪に科せられる罰だった。教室の隅に立たされ、ずっとお腹を叩きながら「自惚れよ、静まれ。自惚れよ、静まれ」と唱えていなければならなかったというのだ。美しい書体を学び、正確な計算を学び、お裁縫や手芸も勉強した。八、九十年前にはそれらが商人の娘に必須の教養だったのだ。一度、ローラは彼女の大切なものがしまってある引き出しの中を見せてもらったことがある。その中に白い絹のストッキングが入っていた。彼女はそれを取り出し、ローラに見せた。「私が繕ったのよ。どう?」ローラは手に取って間近でみるまで、甲もかかとも爪先も細かな針目で繕ってあることに気づかなかった。ストッキングの元々のシルクと同じ色の細い糸で、まるで編んだかのように元の部分と見分けがつかないように繕ってあった。

「時間のかかるお仕事だったでしょうね」ごく自然にそんな言葉が口をついて出た。

「一冬かかったわ。まったくの時間の無駄ね。繕ってから一度も履いてないわ。母がどこからか持って来て私にさせたの。住み込みの男の人たちがその辺にいたからできなかったのね。男の人のいるところでは男物のシャツ以外、縫い物をしてはいけないことになっていた時代よ。女性の下着類を男の人の目に触れさせるなんてとんでもないことだったの。本を読むのは時間の浪費と思われていて、ただ座っていたら怠け者の見本ということになるの。ストッキングの先を刳り抜いてもう一度繕うのが働き者のお手本だったわけ。あなた、昔に生まれなくて本当に良かったわ」

ミス・レーンは、完璧に美しくストッキングを繕う能力はあったけれど、二度と自分のストッキングの繕いはしなかった。穴があけば全部ジラーにやってしまうので、彼女が部屋の隅でせっせと繕っているのをよく見かけた。ミス・レーンは若い頃に一生分の繕いをしたと思っていたのだろう。

鍛冶屋の重要性

軽い荷馬車とそれを引く明るい栗毛色のペギーという名の雌馬が店にあって、週に三度、マシューと蹄鉄工二人が蹄鉄をたくさんぶらさげ、道具の入った箱を積んで狩猟馬の飼われている厩舎を回って歩く。残った職人もたまに外に出かけることがあり、そうなると鍛冶場には人がいなくなり、空気は冷えひっそりと静まり返り、鎧戸の隙間から光が差し込むだけの薄暗い場所になった。そんなときローラはこっそり庭の戸口から忍び込み、鉄具に染み込んだアストリンゼンや油や灰や蹄切りの匂いを吸いながら、ふいごの把手を引いて、熾から明るい炎が上がるのを見たりするのだった。大きなハンマーがどのくらい重いのか持ち上げてみたり、小さなハンマーで鉄床をたたいてみたりもした。また聞きなれた鉄の音が、寝静まった夜に聞こえてくることもある。マーケットから遅く帰った運搬車が、店の前の芝生にある長い鉄の板の上で、馬の蹄鉄の音を響かせているのだった。チャリンチャリンとまるで鐘の音のようだった。御者は疲れきった馬にねぎらいの言葉をかけ、馬車を移動する車輪の音が聞こえると辺りはまた静かになる。

あらゆる種類の馬が蹄鉄を打ちにやってきた。大きな荷馬車引きの馬たちがおとなしく辛抱強く蹄鉄の付け替えが終わるのを待っている。パン屋や八百屋や肉屋の屋台を引く馬も来た。ジプシーや行商の魚屋のよぼよぼの老馬、折にふれ姿を見せる狩猟馬、たまたまこの辺りにやってきた旅の馬、いつも定期的に回る厩舎で飼われているのに、急にはずれて応急の処置が必要で連れてこられた馬なども。ロバは数は少なかったが、やはり蹄鉄は必要だ。大体は若い職人の担当だった。ベテランがそんな仕事をしていて通りすがりの知り合いに見られたら、からかいの的だ。

「やれやれ、人間と四足とどっちが偉くなったんだ？そんな格好をしてるとまるで同類だな」

大体の馬はおとなしくされるがままになっていたが、中には人が近づくと後足を蹴り上げ、棹立ちになり、大騒ぎして暴れるものもいた。そんなときがマシューの出番だ。彼の手にかかるとそんな馬でもあっというまにおとなしくなった。彼がたてがみに手を載せ、耳元で何か囁くだけで馬は静まる。彼の手の感触と囁き声が馬を安心させるのだろう。しかしみんなは彼が何かまじないをかけているのだと思っていた。魔法を知っていると思われていることをマシューはあえて否定せず、「わしは馬の言葉を話せるのさ」と自慢していた。

鍛冶屋の職人たちは地元の馬は全部知っていて、名前で呼んでいた。勘定は半年ごとの精算だった。「××様 ヴァイオレット、ポペット、ホワイトフット、グレィレディの蹄鉄費請求書」が、「四足」、「前足のみ」、「後足のみ」というように計算される。蹄鉄は仕事が手すきになったときに作り貯めておき、いつでも使えるよう店の壁にかけられていた。それをその都度、馬に合わせて調整しながらつけてやるのだ。「馬が違えば蹄も違う」とマシューはローラに教えてくれた。「それぞれに問題があるし癖もある。あんたとわしみたいに違うのさ」そして仕事が終わると一頭ずつ声をかけてやる。「さあ、婆さん、終わったぞ。前よりずっといいぞ。この蹄鉄なら十マイルでもひとっ走りだ」

請求書に書き込まれる他の品目は、ドアの蝶番、下水路の鉄板蓋、門の柵や引き込み、家の中の鉄製品などだ。あるときこういう請求書があった。「公園の門扉左右二枚、デザインと製作費計二十ポンド」マシューは「五十ポンドでもいいくらいだ」と言っていた。完成に何か月もかかった仕事だった。夜、店じまいしてからも何時間も働き、朝も店を開ける前に一、二時間はそれにかかりきりで、心底入れ込んで仕上げた作品だった。しかしいったんその美しい鉄門扉が公園に設置されると、彼は日曜ごと背広を着込み、自分の作品を愛でに出かけた。その楽しみで彼の労は報われたのだった。

そうして日が過ぎていったが、鍛冶屋は自分たちの仕事の重要性を疑ったことはなかった。皆、誇らしげに自慢したものだ。「何が起きても、いい腕の鍛冶屋が食いっぱぐれることはありえない。馬に蹄鉄は必要だ。鋳物屋にはできない仕事だ」

しかし鉄の用途が変わり、鉄職人の職種も変わった。当時若手の鍛冶屋だった世代は二十年後、店の看板を「自動車修理店」と書き換えることになった。そして組立のよくわからない、「厄介な乗り物」の多種多様な部品を扱うことになった。持ち主すら構造がわかっていないものについて、実際の経験で学び習得していった。店の看板は驚くほど短期間のうちに「修理店」から「専門店」に書き換えられて全国に広がったが、それは彼らの、新しい時代とそれに必要な技術を身につけようと頑張った、たゆまない努力と忍耐の結果だったと思う。

第十三章　成長の痛み

変化のない村

しかしキャンドルフォードで過ごす時間は、ローラにとって一年の間のほんの短い期間のことでしかなかった。八月末になると家から、来週月曜日には新学期が始まることを知らせる手紙が届き、帰宅が迫ってくる。赤ん坊が一人二人生まれたとか、ミツバチが移動中に迷って誰かのリンゴの木に巣を作ったとか、留守中のラークライズで起きるのはそんなようなことだ。村の人たちの間ではいつものように、「今年は作物のできがいい」「まあまあかな」「あそこの家は落穂拾いでずいぶん沢山集めたらしいが、どうしてそんなことができたんだろう」「みんなより何時間も長く働いたんだ」「積んである中から失敬したんじゃないか」というような陰口を含めた会話が交わされているのだろう。その年の夏は雨が少なく、共同井戸の水位はかなり下がっていたが、何とか持ちこたえていた。「神様、早く雨を降らせて下さい。毎日、私たちは祈っております」「ほら。神様はちゃんと見ていて下さった。アヒルも大喜びだ。膝まで泥が被りそうなほど降ってくれたじゃないか。井戸に行ってみな。この間までとは大違いさ」

村は毎年、まったく変化がなかった。もちろん家の向こうに見える景色はすっかり変わっている。出かけたときは夏だったのに帰ってくればもう秋だ。生垣のイバラやサンザシの実は色づき、リンゴも熟し始めている。トラベラーズジョイのクリーム色の花もいつのまにか銀色の綿毛に変わった。最後の収穫も運び終わり、色のなかった刈り取り後の畑もまたうっすらと緑を帯びてきた。羊たちが草を食(は)みに連れて来られるのももうすぐだ。そしてまた畑はすき返され茶色一色になる。

家の垣根の前のプラムが熟し、ジャムを煮る温かく甘い香りに誘われて、虫が集まってくるだろう。ジャムやジェリーやピクルスはもう作り終えて貯蔵室の棚に並んでいる。黄色いカボチャが梁から吊るされ、束ねた玉葱や、タイムやセージの束もたくさん下がっている。薪の束もいっぱいに積まれ、お茶の時間が終わればランプが灯されるようになるのもすぐだ。

家に帰って二、三日の間、ローラは何となく自分の家が狭苦しく、村には何もないように感じる。そして旅から帰ったばかりのように、夏休み中に出会った人や行った場所などのことを、夢中で話し続ける。しかしひとしきりそれも落ち着くと、またこの村のこの家の自分の場所へと収まっている。キャンドルフォードには楽しいことがたくさんあって、いとこたちの家には便利で珍しいものが一杯あったが、この染み一つなく掃除の行き届いた簡素な家が彼女の家だ。余分な飾りも仰々しい家具もない。でもそれはそれで心地よく、ここそが我が家なのだった。

姉の役割

ローラが外の野山を彷徨(さまよ)って過ごす時間は、年々少なくなっていった。学校を卒業する頃には、ローラは五人きょうだいの一番上の姉だった。下の妹とベッドを分け合い、もう一人の妹も一緒の部屋で寝ていた。夜遅く、ローラは先に寝た二人を起こさないよう、そっと二階の暗い部屋へ階段を上がり、ベッドに潜り込むのだった。昼は学校から帰ると赤ん坊の弟の世話があった。家で遊んでやり、お天気がよければ散歩に連れて行く。ローラは赤ちゃんも妹たちも可愛いいと思っていたから、一つ一つの仕事が苦だったわけではない。乳母車に赤ちゃんを乗せ、両脇に可愛い妹を連れて散歩するのは絵になる光景だった。妹の一人は茶色の瞳に金髪の縮れ髪、もう一人は茶色のまっすぐ切りそろえた髪を額に垂らしていた。しかし今ローラには、ゆっくり本を読んだり独りで外を歩き回る時間はほとんどなかった。赤ちゃんの散歩は、乳母車が歩道からはずれないよう注意していなければならないし、授乳の時間を見計らって家に戻らなければならない。母が子供にお話を聞かせる時間は昔と変わらず楽しかったが、それはもうローラとエドモンドのためではなく、妹や弟たちのためだった。ローラは母のお話が好きだったので一緒に聞きながら、家族の昔を語る母の記憶違いを正したりしたが、それはむしろ余計なことで、みんなから邪魔者扱いされるのがおちだった。ローラは村の人たちが言う、「大人でも子供でもない中途半端な、とにかく一、二年我慢してやり過ごすしかない年頃」になっていたのだった。

エミリー・ローズ

その頃ようやく学校で親友と呼べる友達のできたローラは、何かといえば「エミリー・ローズがこうしたの、ああしたの」を連発して母をウンザリさせていた。「エミリー・ローズの名前を聞くだけで気分が悪くなるわ。他の人の話はないの？」と言われても、ローラには彼女以外に他の話題は思い浮かばないのだった。

エミリー・ローズは同じ教区の、ローラとは反対のはずれに住む少女で、両親が年取ってから生まれた一人っ子で、まるでクリスマスカードの絵に描かれているような家に住んでいた。菱形に桟の入ったガラス窓と藁葺きの三角屋根、玄関に続く小道には昔ながらの草花が咲き乱れている。そしてその鄙びた丸木を組んだ門柵まで、野原の中を緩く曲がりくねった小道が続いている。ローラはよく、うるさい隣近所からポツンと離れた、そんな緑の中の一軒家に住んでみたいと思った。自分も一人っ子だったらどんなによかったろうとも思った。

エミリー・ローズは小柄だががっしりした健康な少女だった。ほんのりとピンクがかった頬と大きな青い瞳に、亜麻色（あまいろ）の髪を編んでポニーテールにしていた。同級生の少女たちの髪は薄くて、同じ髪型に結っても、まるでネズミの尻尾のようにか細く垂れ下がっている中で、彼女のポニーテールは太い綱のように重く、腰のあたりまであるのだった。先にはリボンが形良く結んであり、髪の先がふわっとほどけている。その髪を肩から前に持って来て、柔らかな毛先で自分の頬をくすぐっている仕草がなんとも言えず可愛らしくて、ローラはうっとりとなるのだった。

彼女の両親の暮らしは村の人々よりも良かった。村では一家族にだいたい六人以上いる子供がたった一人というだけでなく、父親は羊飼いだったので農夫よりも高い賃金を貰っていたし、母親にも針仕事の収入があった。だからエミリー・ローズはいつも豊かなポニーテールが似合う可愛らしい服を着て、心地よい素敵な家に住み、両親の愛を一身に集めている女の子だったのだ。しかし、彼女は抑えられずにのびのびと育って自信にあふれていたが、わがままな甘ったれではなかった。穏やかで情緒の安定した真っ直ぐな気性はまったく損なわれていなかった。天性の善良さ、公平さが彼女を形造っていた。少し強情なところもあったが、それなりの理由があっての強情さであったから、むしろ長所と言ってよかった。

ローラの目から見れば、エミリー・ローズの寝室はまるで王女さまの部屋だった。ピンクのバラのつぼみ模様の白い壁紙、可愛らしい白いベッド、ピンクのリボンで結ばれた、たっぷりひだの寄った白いカーテン。子守をしなければならない赤ん坊はいないし、家の手伝いを言いつけられている様子はない。そうしたければ一日中、夜中でもベッドで本を読んでいられる。寝室は両親の部屋からも離れている。でも読書は彼女の趣味ではなかった。彼女が好きなのは針仕事で、素晴らしい腕前だった。あと好きなのは小川の浅瀬を歩くことと木登り。学校から家までの帰り道にある林の木で、今までに登ったことのない木は一本もないわ、と彼女は言っていた。でも人が見てるときに登ったことはないから誰も知らないわ、と彼女は言う。

家では彼女は溺愛され、大切にされていた。テーブルに出されたものを黙って食べなければならないローラと違い、あらかじめ何が食べたいか聞いてもらえる。出されたものの味があまり好きでなかったりしたら母親の方が謝った。でもローラがエミリー・ローズの家で御馳走になった食事は何でもおいしかった。ローラは一度学校の休みに招待されて、遊びに行ったことがあるのだ。一緒にフィンガースポンジを食べ、本物のワイングラスでクリンザクラ酒を飲んだ。別のお招ばれのときは子羊の尻尾のパイだった。パイに入っている尻尾は実際に生きている子羊から切ったものだという。羊は尻尾を伸ばしたままにすると、雨が降ったとき毛が水を吸って重く垂れ下がって引きずり、泥で汚れて怪我をしたりするので、羊自身、長い尻尾は嫌がるのだという。だから羊飼いは羊たちを柵に入れて尻尾切りをする。切った尻尾は家に持ち帰り、パイを作る。友人たちにもおすそわけするという。ローラは、生きている羊の尻尾を食べていると思うとちょっと気分が悪くなったが、骨と果物の種以外を残すのはお行儀が悪いこととしつけられていたので、残さずに食べた。

最終学年

六年生の時、ローラとエミリー・ローズは最上級生として、より進んだ勉強を教えてもらう特典というのではなく、他の点で優遇される立場にいた。算数や書き取りとか暗記科目ではもう授業を免除されていた。それは一人しかいない教師が全学年を教えながら二人の勉強をみる暇がなかったせいでもあったが、教師が二人を信頼していたためでもあった。「あなたたちがしっかりしていることはよくわかってますからね」

六年生に残っていたのは二人だけで、男子はいなかった。同じ学年だった子供たちは仕事に就くために五年生で学校を終え、ほとんど残っていなかった。卒業試験に失敗してもう一度受験しなければならない者は五年生に留年だった。

夏になるとローラたち最高学年の二人は、自分の勉強道具を持って教師住宅の庭のライラックの木陰で勉強しても良かった。冬は室内で暖炉の火にあたりながら、先生の夕食のために火の中にジャガイモを埋めて焼きながら勉強した。こんな特典が認められていたのもエミリー・ローズのおかげだった。彼女は対外的に学校を代表する模範生だった。全ての学科がよくできただけでなく、とりわけ裁縫が素晴らしかった。先生の服まで頼まれて縫っていた。おそらくそれもあって二人は先生の私室に自由に出入りさせてもらえた。ローラは今でも、椅子に腰かけたエミリー・ローズが脚台に白い木綿ローンを何メートルも広げ、ナイトドレスを作るのに、一心に針を運んで細かな美しいフェザーステッチを刺していたのを思い出す。その間ローラはお茶のために暖炉にかがんでニシンの燻製を焙(あぶ)っていた。

その光景を鮮やかに覚えているのは、ヴァレンタイン・デーの翌日だったからだ。エミリー・ローズはローラに、前日の夕方にカードを貰ったの、と見せてくれた。紙ばさみにはさんだカードは、丁寧にノートの紙に包まれていた。銀のレースとシルクの花の刺繍で飾られ、詩が添えられていた。

バラは真紅に
スミレは青く
カーネーションは甘く香る
君もまた同じ

ローラが、「くれた人のこと、知っているの?」と聞くと、彼女は落とした針を探すふりをして床にかがみ、答えをごまかした。そして大切そうにそのカードを紙ばさみに戻すと、「あら、ニシンがあのままじゃお茶に食べられない。窓の方ばかり見てちゃいけないわ。火に焙らないと」と言ったのだ。

二人の勉強は、優しいけれど忙しすぎて面倒を見る時間のない先生が、課題を与えてくれた。たくさんの書き取りや、都市や国を覚える地理の勉強、歴史上の国王や女王の名前の暗記、なかなか公式が覚えられない計算問題などだった。ローラにはそんな勉強は時間の無駄としか思えなかった。ローラは繰り返し教科書を読んで歴史や地理は覚えていた。後になっても言葉や文章が思い出せた。先生の本棚にあった旅行記や詩の本も、飽きるほど繰り返し読んだ。

課題はすぐに終わるので、後は二人で長い時間、誰でもするように互いに問題を出し合ったり、かわるがわる暗誦したりした。エミリー・ローズはローラの計算問題を解いてくれ、ローラは彼女の作文の下書きを、清書するだけのところまで書いてあげた。それも終わると、後は自由に、マリア・ルイザ・チャールズワースの『子供のための物語』やエリザベス・ウエザレルの『妖精の冒険旅行』を読んだり、ローラが編物をする間、エミリー・ローズは縫い物をして、ゆっくり二人で寛いだ時間を過ごすのだ。傍らでは火がチロチロと炎を揺らし、やかんから湯気が上がっている。そして壁ごしに学校の物音がかすかに聞こえてくる。

卒業を間近にひかえた数か月、二人はたくさんおしゃべりをした。エミリー・ローズは恋をしていたので、ローラは打ち明け話の聞き役だった。それは子供っぽい初恋の物語ではなく真剣な大人の恋だった。エミリー・ローズは本気で相手を愛していた。彼女はその後初恋の人と結ばれ、しかも一生その愛が続いた稀な例だった。

恋人のノーマンという少年は一番近くの、といっても一マイルは離れていた隣家の息子だった。エミリー・ローズが放課後の聖歌隊の練習がある夕方、彼はいつも学校まで迎えに来ていて、二人は一緒に帰るのだった。林の中を二人はまるで大人の恋人どうしのように腕を組んで歩いた。「でもおやすみなさいのキスしかだめよ、ノーマン。だって私たち、まだ子供で正式な婚約もしていないんですもの」エミリー・ローズは子供だったが、考え深かった。「それでノーマンは何て言ったの？」ローラの質問に彼女は黙ってしまった。彼がどう答えたのか、彼女の言うとおりにしたのか、何も言わなかった。ローラの何気ない質問に、二人とも会話がきわどい方向に向かっていることに気がつき、エミリー・ローズの瞳は大きく見開かれた。「二人の将来を相談したの」他の話題はありえないとでもいうように、エミリー・ローズは話をそらした。

結婚できるくらいの年齢になったら、何があっても必ず結婚することに二人は心を決めていた。ところがその年齢になったとき二人の結婚に障害になるものは何もなかった。誰の反対もなかった。一年か二年後、それぞれの両親は二人が愛し合っていることがわかると、すぐに家同士の挨拶もすませ、二人は今や親も認めた婚約者だった。エミリー・ローズは卒業後、近くの村の洋装店で働いたが、そのときにはもう握り合った手がデザインされた金の婚約指輪をしていて、ノーマンも夕暮れ時には誰はばかることなく彼女を迎えに来て外に連れ出していた。

ローラが最後に彼女に会ったのはそれから十年後だ。十年相応の変化は彼女にもあった。ふっくらし、ポニーテールだった亜麻色（あまいろ）の髪は頭のてっぺんに丸く巻かれていた。しかし、真っ直ぐに見つめてくる青い瞳とバラ色の頬は昔のままだった。可愛いらしい二人の子供を乳母車に乗せていた。「彼女にそっくりね」居合わせたもう一人の友人がそう言った。そしてその友人の話では、彼女の傍らに寄り添っていたノーマンはいつも、エミリー・ローズを風にも当てないように大切にしているのだった。昔と変わらず優しくて、真っ直ぐで、ちょっと頑固なエミリー・ローズ。正しい行いさえしていればみんな幸せになれるのよ、と信じて疑わないエミリー・ローズ。

ローラは彼女と一緒にいると、自分が古臭くて時代に取り残されているような気がした。彼女は世紀末の変化を楽しんでいた。その時代の若者たちにとっては世界は移ろい変化していくもので、古い時代は過去のものになりつつあると感じていた。村を離れてから知り合ったローラの友人たちも自分たちのことを「デカダン」と称し、年配の人たちは「退廃的で享楽的」と噂した。しかし「退廃」の中身といえばせいぜいのところ、夜中にハインドヘッド（訳註：後年、二十代初めのローラが働いた南サリー州の地名）の谷間を帽子もかぶらず歩き回るとか、嵐に負けずスウィンバーンの詩やオマル・ハイヤームの『ルバイヤート』を大声で暗誦しあったとか、そんな程度のことだった。

卒業後の仕事

しかしローラの学校卒業とほぼ同時に始まる世紀末の一八九〇年代、彼女は将来その中で生きていかなければならないのに、どこに自分の居場所を見つけたらいいのかわからないままだった。卒業後の数か月間、ローラの悩みは深かった。彼女を取り巻く家の中の状況も前とは変わっていて、元々の環境適応力のなさにローラは苛立っていた。

母は五人の子供の世話に忙しかった。そして相変わらずローラに対して、自分が「ふさわしい仕事」と思う意見を押しつけてくる。母の価値観は古いままで、いい主婦とはいつも家をきれいに掃除し、家族に清潔なシーツのかかった寝床と清潔な衣服を用意する責任を果たし、そして七人の家族のために毎日栄養のある食事を食卓に載せ、毎日曜日のお茶のためにケーキを焼いておく。夜なべに縫物をし、朝は暗いうちに起きて洗濯をする。しかし母はそれらの仕事で十分に報いられていた。彼女は子供が心底、好きだった。幼ければ幼いほど、頼りなければ頼りないほど、可愛がった。揺りかごに向かいあるいは自分の膝に乗せて、一時間でも倦むことなく、赤ちゃん言葉で優しく幼子をあやし続けていた。そんなときローラが何か話しかけても、あっちで何かしてなさいと言われたり、うわの空だったりで、まともに取り合ってくれない。意地悪くしていたのではない。母は大きな子供にはあまり注意を払っていなかったのだ。しかしローラは自分がどうでもいい存在と思われているように感じていた。

後になって母は、その頃ローラのことはとても気がかりだったのだと打ち明けた。母の目から見て、ローラの個性は早すぎる成長を遂げていた。無口でいつも変わったことを考えていて、同世代の子供とはあまり遊ばなかった。それがとても不自然に思えた。ローラの将来もエドモンドの将来も、母親としては案じられた。

母の考えはずっと同じだった。ローラはどこかで乳母として働き、エドモンドは大工になればいいと、母はそう思い込んでいた。しかし子供たちはいつまでも同じではなかった。最初に反旗を翻（ひるがえ）したのはエドモンドだった。「僕は大工にはなりたくない。その仕事が好きならいい職業だとは思うよ。でも僕は好きじゃないんだ」彼の口調は断固としていた。母は熱心に説得を試みた。

「でも立派な職業じゃない？　収入も多いわ。パーカーさんをごらんなさい。あんなに成功して、立派なお家を建てて、お葬式の司会までしてたわ」

「僕は別にシルクハットでお葬式の司会なんかしたくないよ。大工にも石工にもなりたくない。汽車の機関手の方がまだいい。でも本当にやりたいのは、旅行して世界を見て歩くことなんだ」

「それって軍人になりたいってこと？」母は驚いた。「今の時代に軍隊に入ってどうなるというの？　兵役が終わって除隊したら普通の生活には戻れなくなるわ。堅実な考え方のできない酒飲みになるのがせいぜいだわ。トム・フィンチを見なさいな。マラリアにかかって仕事もできず、黄疸のひどい顔で、二、三日家にいれば外をうろついて。雀の涙みたいな年金で、半分死んでるみたいな生き方しかできなくなって、あれがまともな生活？　体が良くなったとしても手に職もないんですもの。農夫の仕事しかできないのよ」

それに対するエドモンドの答えは、彼女をこれまでになかったほど傷つけるものだった。「農夫のどこがいけないの？　みんな食べ物は必要でしょ？　誰かが食べ物を作らなくちゃいけないんだ。仕事だって素敵だよ。かんな屑だらけの大工の仕事場より、きれいに畝のついた畑の方が僕は好きだ。兵隊になってインドに行けないなら、ここにいて農夫になるよ」母は泣き出してしまったがじきに止め、自分を励まして明るくこう言った。「あの子はまだ小さいのよ。自分のことがわかってないんだわ。男の子はああいうことに憧れるものよ。そのうち気がつくわ」

乳母失格

ローラに対する失望は、彼女がエドモンドより二歳も年長で、働き始める時期が差し迫っていただけに、一層切実なものだった。おそらく母はずっと前から、乳母の仕事がローラにできるのか、何度も疑問に思っていたのだろう。そのせいで余計にローラの側からは、母の態度を冷たく突き放しているように感じたのだろう。ある日とうとう、その問題が二人の間ではっきりと形になった。ローラは赤ん坊を膝の上であやしながら、手元の本を読んでいた。そして長い髪にじゃれついてくる小さな手を、何気なくつかんで下におろした。

「ローラ、言いたくはないけど、あなたには本当にがっかりしたわ」母の声はいつになく厳しかった。「さっきから十分間、ずっとあなたのことを見てたんだけど、膝にそんな小さな子を乗せたまま、よく本なんか読めるわね。あなたにはその古本の方が、赤ちゃんの可愛い仕草より大事なのね。（さあ、さあ、いい子ちゃん、こっちにいらっしゃい。こんな可愛い子を膝に乗せたまま本を読めるなんて、遊んでもくれないなんて、お姉さんは何て冷たいんでしょ。お母さんのところにいらっしゃい。髪に触って遊びたかっただけなのに、お手てを払いのけるなんて、ほんとにひどい人ね！）いいえ、あなたはやっぱり駄目だわ、ローラ。乳母には向いてないわ。言いたくないけど、はっきりわかったわ。あなたが赤ちゃんを嫌いじゃないのは知ってるわ。でもあなたは子供をあやすにはどうしたらいいか、まるでわかってないのね。あなたに預けたら、子供はまるで生きたお人形みたいになってしまうでしょうよ。赤ちゃんというのはね、話しかけて遊んであげて、気持ちを生き生きさせておかなければいけないのよ。泣かないで。あなたにはあなたの生まれつきの性格があるんだから。あなたにはやっぱり他の仕事を考えなくてはいけないようね。洋服の仕立てをしてるレイチェルねえさんのところに弟子入りするという道もあるけど。いえ、それも駄目ね。あなたは縫い物は子守りより下手ですものね。何か考えないといけないわね。でも本当にがっかり。これからというときに、こんなふうだなんて」

ローラの人生は僅か十三歳で挫折してしまったのだった。もちろんこの後も何度も挫折は経験することになった。でもそのときのローラは、まだ悩みをどう克服すればいいのかわからなかったし、生きている限り困難は次々と襲ってくることを学んでいなかった。後で経験した挫折より、はるかに悩みは深刻だった。乳母の仕事がそれほどしたかったわけではない。でも自分にはできることが一つもないような思いに何度も囚われた。子供は好きだと思っていた。でも必要な忍耐強さがないと言われてしまった。彼女は年寄りを楽しませる方が得意だった。赤ちゃんが相手だと、気を使っているのにうっかりしていて、行き届いた世話ができない。自分なりには努力していたつもりだったので、その挫折感は一層に彼女を打ちのめした。

何をして生きて行けばいいのかという問題もあった。彼女もエドモンドと同じに農作業のほうが好きかもしれないと思っていた。でもその頃は女性が農作業をするのには偏見があった。それが普通に認められたのは第二次世界大戦の時代になってからだ。年配の女性で数人、畑で働いている人たちはいた。農場主に雇ってくれるよう頼もうかしら。でも、断られたら？　大体、農場主が良くても、両親が許してくれるはずがない。ローラが薪小屋で泣いているとエドモンドに見つけられた。悩みを打ち明けたローラに彼は言った。「大丈夫。僕、前から考えてることがあるんだ」二人で一緒に小さな家に住み、二人で農夫になろう、と彼は言った。「ローラが家のことをやればいい。女だから男より畑仕事の時間は短くてすむ。じゃなかったら、畑には出ないでずっと家にいてもいいよ。よそのおばさんたちが家のことをしながら夫の帰りを待っているのと同じにね」二人はこの計画に夢中になった。住む家も決め、食事の献立まで相談した。糖蜜のパイが一番たくさん食卓に登場した。しかし二人がこの計画を母に話すと、彼女は動転した。「そんな馬鹿な話は二度としないで。どちらからも聞きたくないわ」とりつくしまもなかった。「お願いだからよその人には絶対に言わないでね。まだ誰にも言ってないわね。頭が変だと思われたくなかったら、言っちゃだめですからね。本当に頭が変だわ、二人共。馬鹿な子供を持って本当に情けない。私がどう言っても、あなたたちは自分で生きていかなくちゃならないんですからね。土地を耕すことはそれしかできない人に任せておけばいいのよ。お父さんには一言だってそんなことを言わないでちょうだい。この間エドモンドが農夫になりたいと言ったこともまだ話していないんですからね。そんなことを許すはずがないわ。それからローラ、年上のあなたがどうして弟にそんな馬鹿げた考えを吹き込んだりするの？とんでもない姉だわ」

「じゃあ、だめなんだ」エドモンドも引き下がってしまった。それでも彼は、二人になると絶対に大工に弟子入りは嫌だと言い募った。「絶対にここを出て広い世界を見るんだ。そうじゃなきゃ、ちゃんとした大人になれない」一家に流れる職人の血は彼の中には引き継がれなかったらしい。それが現れるのはもっと後の世代になってからだ。

その年の夏、キャンドルフォードでは猩紅熱が大流行していたので、ローラは夏休み、いつものようには出かけず家にいた。代わりにジョニーがラークライズにやって来て、一緒に過ごした。彼は細心の注意を払われていたので病気は持ち込まなかった。彼が来たことで、家の中は今まで以上に人があふれることになった。しかし、この家の母親のきっぱりした采配としつけの元で暮らしたせいで、彼はかえって目覚ましく成長することになった。「ジョニー、こっちにする？それともあっち？」などという甘い選択の余地はなかった。「さあ、ジョニー、全部残さないで食べて。そうしないと好きなもののお代わりもできないわよ」そして新鮮な空気と簡素な食事がよかったのだろう。体重も増え、この後から身長も急激に伸び始めた。あるいは偶然彼の成長の始まる時期と合致したのが、ローラの母のおかげであったように見えたのかも知れない。

自己発見

ローラはその年の冬、憂鬱な気分のまま過ごした。春が来て、ブルーベルの芽が伸び始め、栗の木が芽吹き、ワラビやゼンマイの渦巻きがほころび始めても、彼女の心は弾まなかった。春の喜びをまったく感じられないのは、生まれて初めてのことだった。ある日、ローラはブナの木の低く垂れ下がった太い枝に腰かけていた。「こうして、美しい自然に取り囲まれていても、今年の私にはどうでもよく感じられる。私の中で何かが起きてるのね」ローラはそんなことを思っていた。

実際、彼女の中で何かが起きていたのだ。それはローラが成長しているということだ。どんどん成長している。そして自分が必要とされていないかもしれない外の世界に出て行かなくてはならない。ローラはそれが恐かった。何か月もそのことで悩んできた。絶えず考えていたわけではないかも知れない。忘れている時もあった。でも思い出したときはもっと心が騒ぎ、痛んだ。悩みはつきまとって離れず、重くのしかかった。近所の人たちも、彼女の浮かない表情に気づき、

「あの子も悩む年頃になったんだね」と噂した。

何か月も心に鬱積した絶望感は頂点に達していた。ある日、ローラはふとしたことで癇癪を爆発させ、気がつくと家から一目散に野原に向かって飛び出していた。そして小さな石橋の上に立って、ところどころ白く渦巻きながら流れる茶色い川の水を見下ろしていた。どんよりと曇った、霧の濃い十一月のある灰色の日のことだった。小川の水かさが下がり、畑の溝と変わらなかった。葉の落ちたイバラの小枝がレース模様のように差しかかり、ツタの蔓が岸辺の土手の急な斜面を這い下りて底の僅かにたまった水に浸っていた。裸のイバラの小枝にもツタの葉にも一面に露がおりて、水滴の一粒一粒がビーズのようにキラキラ光っている。

ローラの足音に気づいたムクドリの一群が藪から舞い上がった。ほど近い街道の方から、荷馬車を引く馬の蹄の音がポコポコと聞こえてくる。音らしい音はそれだけだった。村は二、三百メ

ートルしか離れていないのに、辺りは静まり、霧の中のローラには村の家々の煙突も見えない。

ローラは何度も何度もその光景を眺めた。僅かに見える小さな景色は、昔から見慣れた懐かしい大好きな景色だった。人家はすぐそこにあるのに、今こうして遠く隔たった気持ちでここにいる。新鮮な苔の緑、光っているツタ、キラキラした水滴をいっぱい付けた赤茶けた小枝は今、全部彼女だけのものだった。そして白い渦巻きを作りながら流れてゆく茶色の川の水も彼女にだけ語りかけてくる。ローラは突然気持ちが晴れるのを感じた。ずっと心から離れなかったさまざまな悩みがどうでもよくなった。説明はできない。今までずっと自分の心を説明しようとしてきた。たぶん、しすぎたのだろう。ここにただこうやって佇み、気持ちを落ち着けてみると、自分のくよくよ悩んできたすべてが小さなことに思えた。何があろうとこの、そしてこれに似た小さなたくさんの美しく可愛らしい光景は、変わることなくあり続けるだろう。自分は、これからもふと出会い、目にするその光景に、幸せを感じ続けるだろう。

純粋な幸福感が彼女の中に広がっていった。その歓喜の感覚はじき消えていったけれども、重くのしかかっていた心の暗雲も一緒に消えていった。彼女は大声で笑い出していた。何て自分は馬鹿だったのだろう。どうでもいいことにくよくよして。世界の中にまだ自分の居場所を見つけられない人は何千人もいるに違いないのに、一人でイライラしてみんなに心配をかけて、まるで自分だけが特別苦しんでいるような気がしていたんだわ。そして心の奥底から、理屈ではなく実感として、私が本当に幸せを感じるのはこういう景色を見たときなのだ、ということがわかったのだった。

第十四章　ローラの旅立ち

母の理解

　母がオーブンにかがみこんで何かを取り出しているところだった。ローラは前かがみになった母を見て、初めて彼女の容貌が変化していることに気づいた。青い瞳は以前よりも深みを増し、色白な顔のばら色の頬は少し色褪(あ)せたようだった。体型も硬くなったような印象がした。元々痩せているのが、若いときにはほっそりと優雅に見えたのに、今はどこか骨ばった感じがするのだ。髪には白いものも混じるようになっていた。母も年をとっている。死に近づいているのだと思い、ローラはふいに呵責の念に捕らえられた。そんな母に自分は心配ばかりかけているのだと思った。でもまだ四十にはなっていないのだから、母自身は自分を年とったなどと考えているわけはないだろう。死を意識するのも遠い先のことだろう。人生の折り返し地点を過ぎた位の意識だろうか。

「まあ。あなたも背が伸びたわね」明るい声で言うと、母は立ち上がり腰を伸ばした。「髪にリボンを結んであげるには爪先で立たないといけないわね。ポテトケーキ、食べる？　若いメンドリが今朝、初めて卵を産んだのよ。まだ大きな卵じゃないけど、それを使って物置のジャガイモでお茶にケーキを作ろうって思いついたの。お砂糖も少し余分があるし。お金をかけずにお茶の用意ができるじゃない」

ローラはケーキがとてもおいしいと思った。オーブンから出したばかりの焼きたてというだけでなく、母からの例外的なもてなしだったからだ。いつも子供は間食させてもらえないのだ。父が作業場で年下の子供たちに「高い高い」をして遊んであげている。「もっと高く、もっと高く」という声が聞こえてくる。ゆりかごに赤ん坊がすやすや眠っているだけで、部屋にはローラと母の二人だけだった。曇り空の薄暗いその日、火が赤々と燃えて輝いていた。テーブルの向こう端には白い布巾の上にこね板とロール棒がそのままになっている。夕飯の野菜がいっぱい入ったシチューがストーブの上でグツグツと煮え、いい匂いを漂わせている。ローラの中に突然、お母さん大好き、と言いたい衝動が込み上げた。しかし十代初めの多感な年頃の少女はその言葉を口に出せず、代わりに「ケーキ、とてもおいしいわ」と言うのがやっとだった。

しかし母はローラの表情から何かを読み取ったに違いない。その夕方、彼女は三、四年前に亡くなった自分の父親の思い出をしみじみと語った後で、こう言った。「お祖父ちゃんの話をできるのもあなただけですものね。お父さんはお祖父ちゃんと折り合いが悪かったし、他の子たちは小さかったから死んだときのことも覚えていないでしょう。あの子たちが生まれる前にあったたくさんのことを、あなただけは忘れないでいてちょうだいね。そうすれば私も昔のことを話せる相手がいてうれしいわ」

ドーカスおばさんからの手紙

その日を境に母と娘の関係はちょっと変わった。母がローラに以前より急に優しくなったというのではない。優しいということでいえば昔から優しかったのだから。ただ以前よりローラに自分の心の内を明かして話をしてくれるようになった。そしてローラにはそれが何よりうれしく、幸せが戻ってきた感じだった。

しかし、よくあることだが、ようやく人の心が通い合うようになったときに、別れはやって来る。早春の日、キャンドルフォードのドーカスおばさんから手紙が届いた。彼女は郵便局の仕事を手伝ってくれる助手が必要だと書いていた。そしてもし親に異存がなければ、ローラを寄こしてくれないだろうかと。「ローラは出歩くのが好きなタイプではなさそうですが、それでも郵便局の仕事というものは一日中、その場所にいなければいけませんから退屈かもしれないとは思います。もちろん、一生私の郵便局にいて欲しいというわけではなくて、将来はもっといい場所にも移れるかもしれません。時期を見て私の方から本局に連絡しておきます。あとのことはお返事次第ということで」

というわけで　五月のある朝、家の前にポリーの引く荷馬車が停まり、ローラの真新しい黒い革のトランクが後ろの席に積み込まれた。真鍮の鋲(びょう)にはローラのイニシャルが彫られている。ローラは新調の、白いレースの襟のついた、グレーのマトンスリーブのカシミアのワンピースを着て、御者席の父の横に座った。父はその日仕事を休んでくれたのだ。

「さよなら、ローラ。さよなら。手紙をちょうだいね、絶対」妹たちが叫んでいる。

「あんたは利口な子だ。言いつけられたことをちゃんとやるんだよ。忙しくなるだろうさ」親切なお隣さんも声をかけてくれた。

「一ペニーの切手一枚でも、買ってくれた人にはにっこりと愛想よくするんだよ」インのご主人がポリーの柵を閉めながら、助言してくれた。

ポリーの歩みに運ばれながら、ローラが振り向くと春の麦が青々と育っている畑の向こうに、灰色の家々が寄り添うように立ち並んでいるのが見えた。母は今頃、家の中で自分のことを考えていることだろう。ローラの目に涙があふれた。

父がちょっとびっくりした顔で彼女を見た。優しく、そして幾分かの皮肉を込めてこう言った。

「ともかくも、あそこがおまえの故郷(ふるさと)だったわけだ」

そう、狭い世界ではあったけれども、その小さな村がローラの故郷だった。あそこで忘れられない年月を過ごしたのだった。その後ローラは村に帰ることはあったが、二、三週間以上留まったことはない。しかし彼女の中に刻まれたラークライズの記憶は、生涯、消えることがなかった。

キャンドルフォード・グリーン

第十五章　広い世界へ

旅立ち

ローラは荷馬車の前の高い座席に父と並んで座り、近所の人たちに手を振っていた。「ローラ、元気でね。行ってらっしゃい」みんなが口々に声をかけてくれた。「上の人の言うことをよく聞くんだよ」ローラはふり返りまた手を振る。真新しい洋服と帽子に身を包んで緊張しているのが顔に出ていないか、気にかかる。馬車の後の席にはイニシャル入りの真新しい革のトランクが紐で結わえられている。

馬車が動き出すと、こんな早い朝の時間に車輪の音がするのを訝（いぶか）った女たちが、また門口に出て来た。石炭の運搬車が来る日でも魚屋が来る日でもない。パン屋が来るのはもっと遅い時間のはずだ。こんな小さな村では車輪の音がしただけでもニュースだ。そしてみんな、ローラが新しいトランクを携えて村を出立して行くのだとわかると、そのまま門口でずっと手を振ってくれていた。でもいったん馬車がガラガラという音と共に轍の跡の残る村道から街道の方に曲がり、見えなくなった途端、三々五々寄り集まって、噂話が始まったに違いない。

ローラの出発は村ではちょっとした騒ぎだった。若い少女が一人で生活の資を得るため、外の社会に出て行くのが珍しかったからではない。自活のためというなら、他の少女たちはローラより年下で働きに出て行った。でも大抵の場合、みんなは荷物を手に提げ、歩いて村を出立した。父親が前日の夜に手押し車に荷物の箱を載せ、町の駅まであらかじめ運んでいてくれたら良かった方だ。それがローラは、インの馬車と馬を借りて、鳴物入りで出発したのだ。

もちろん、キャンドルフォード・グリーンはたった八マイルしか離れていない。しかし鉄道は反対方向の町しか通っていなくて、汽車を使うと二度も乗り換えなければならず、待ち時間も長くてかえって不便だった。でもそれにしても馬車で出発したのはローラが初めてだったので、村のおしゃべりたちにはちょうど良い話題を提供することになったのだ。一八九〇年代初め、小さな村に起きる初めてのことはすべてが大ニュースだった。

ローラはまだ十四歳半だった。それまではポニーテールに結んだ髪を重たげに背中に垂らしていたのに、その日は上に上げて輪にし、大きな黒いリボンで首のあたりに結んでいた。キャンドルフォードグリーンの郵便局で働くことが決まったとき、母は大人のように頭の上にまげを作って結い上げる髪型が娘にいいのかどうか迷っていた。しかしシャーストンという町の郵便局の窓口で働いていた少女が、結んだ髪を輪にしてリボンで止めているのを見て、それがローラにもぴったりと決めたのだった。そして早速リボンを買ったが、色は当然のように黒を選んだ。「この辺の女の子たちはみんなきれいな色のリボンをしてるけど、ああいうのはお祭りのとき馬がつけてるプリーツ飾りみたいで嫌なの。時々湿らしてからアイロンをかけてね。高かったのよ。でもこれから、身につけるものを買うときは、そのとき買える一番いいものを買いなさい。その方が最後には元が取れるんだから」そのときのローラは別れるのが悲しくて、そんな母の言葉もほとんど耳に入っていなかった。

ローラは新しいトランクのことを考えて気を紛らそうと思った。中には洋服の他に、彼女の宝物が入っていた。押し花のコレクション、まだ赤ちゃんの弟の巻き毛がひと房、エドモンドがくれた薄いノートの表紙には彼の手で「ローラの日記」と書かれている。ローラは彼と毎晩寝る前に日記をつける約束をしていた。そして母が「どれも三枚ずつありますからね」と言っていたキャラコの下着の揃い。全部、鉤針編みレースの縁飾りがついている。

母はよく言っていた。「私の子供は絶対みっともない格好では行かせませんよ。自分の食費を削ったとしても」そしてローラのキャンドルフォード・グリーン行きが決まると、その準備にこっそりと必要なキャラコを買って隠しておき、時間を見つけては下着を縫い上げ、何か月もかけて縁レースを編んでつけてくれたのだ。「言ったでしょう。何でもそのときになればちゃんと揃っているものだって」母はいたずっらぽく笑ったけれど、ローラはそのために母が寸暇を惜しんで、長いことかけて用意していたのを知っていた。

トランクは父が作ってくれた。ワックスを塗り、ローラのイニシャルをピカピカの真鍮の鋲（びょう）で打ち出してあった。そして隅には紙でくるまれた金貨が一枚、餞（はなむけ）に収められている。

トランクと、持ってきた洋服、若さと健康、少しばかりの教育、本から知った寄せ集めの知識、それがローラの全財産だ。娘を送り出すのに、両親はできる限りの準備を整えてくれた。家にはまだ手のかかる四人の弟妹がいる。ローラの未来は、何があっても自分で切り開いてゆかなくてはならない。しかし彼女には、新しい人生に旅立ってゆくにあたっての自分の未熟さもわかっていなかったので、未来への恐れは感じていなかった。結婚も、年とることも、死もまだ想像の外だった。

目前の不安は、他人の家に住むようになることだった。これまでは自分の家と親戚の家しか知らない。今度から住む他人の家が給料をもらう仕事の場所でもある。仕事もそこで覚えてゆかなくてはならない。何をしたらいいのか、何がどこにあるのかもわからない。失敗ばかりして馬鹿だと思われるかもしれない。

キャンドルフォード・グリーンの郵便局をやっているのは知らない女性ではない。母の少女時代からの友人だ。何度も遊びに行って会っている大好きな人だ。彼女も自分を気に入っていると思う。でも仕事となれば今までとは違うのではないだろうか。ローラは、ドーカスおばさんに対し母の友人としてではなく、仕事上の上司として接しないといけなくなるのだろうか。母に言うと笑われた。「何を悩んでるのかと思えばそんなこと？　自分で余計な心配を探してくるのね。何が問題なの。自然にしてればいいでしょ。ドーカスの方だって今までどおりのドーカスよ。でも仕事の上では馴れ馴れしくしない方がいいでしょうね。遊びに行ってるわけじゃないんですもの。ドーカスおばさんじゃなくミス・レーンと呼べば？」

轍(わだち)の溝がえぐれた村の道を抜けると、父は馬を急(せ)き立てた。元々短気な上に、大勢の人と挨拶を交さなければならなかったので、それだけでも負担だったのだろう。「たくさんだ。一日馬車を借りたら、九日びっくりされなくちゃいけないのか。何という村だ」「でもともかく、村の人たちは私にさよならを言いにきてくれたんだわ」とローラは思った。「一生懸命働いて、お金を貯めて、少し太らなくちゃだめだよ」ブラビィお婆さんはそう言ってくれた。「どこに行ってもここのことを忘れるんじゃないよ」とも。金持ちになれるはずはない。週給たった半クラウンの初任給で、貯金なんかできない。太るのはもっと無理だ。伸び盛りのひょろひょろの十四歳なのだから。

「まるでサギだね。全身、足と羽みたいだ」村でいつもそう言われていたローラだが、彼女が村の人たちを忘れるとは思えなかった。わざわざ約束しなくてもそれだけはあり得ない。

振り返ると、広がる緑の麦畑の向こうに灰色の家々がかたまった集落が見えた。その中の一軒が懐かしい我が家だ。母がアイロンをかける傍らで、幼い妹たちが戸口を出たり入ったりして遊んでいる姿が目に浮かんだ。仲良しの弟は学校から帰って、自分のいないのを見て淋しいと思ってくれるだろうか。私の小さな庭と白兎のフロリッツェルに忘れず水をやってくれるだろうか。葉っぱもたくさんあげてね。日記を送ったら楽しく読んでくれるだろうか。つまらないことしか書いてないなあと、いつもの調子で笑われたら嫌だ。

しかし、五月の柔らかな風はいつのまにかローラの涙を乾かし、腫れたまぶたの痛みを癒していた。道端の土手には大好きな春の花々が咲き乱れている。ハコベやクサノオウ、ベロニカなどがいっぱいだ。ベロニカの別名は「天使の瞳」だっけ。生垣のどこかでクロムクドリがさえずっている。こんな日に悲しい気持ちを引きずっている方が無理だ。草むらにクリンザクラがいっぱい咲いている場所にさしかかった。ローラは父に頼んで馬車を止めてもらい、ミス・レーンのために一抱えもの花を摘んだ。馬車に戻り、花の束に顔を埋めるとむせかえるような香りに包まれた。ローラにとって終生忘れることのない五月の朝の香りだった。

正午頃に通りかかった村で、父はローラに手綱を預けるとインに寄って、自分にはビール、ローラには細長いコップにあふれそうなオレンジエードを買ってきてくれた。高い座席におとなしやかに腰をおろしたローラは、大人になった気分で、村の女たちがおしゃべりをしながらインの前で飲んでいた仕草を意識して、ゆっくりとコップを傾けた。年配の牧師が通りすがりに、ちらっとこちらに視線を投げかけていったが、ローラは自分が人の興味を引いたのかもしれないと想像して楽しかった。もちろん、本当は、彼はただ今度の日曜日の説教のことを考えていただけか、あるいは今通り過ぎてしまった家に寄ろうかどうしようかと迷っていただけかも知れない。十四歳のローラは外見が気になる年頃だった。茶色の髪は柔らかくふさふさしている。茶色の瞳もまずまずだと思う。肌も若々しく健康な色だ。でも良い点はそれだけかもしれない。「あなたは、すれ違った人がもう一度振り返るタイプではないわ」母はよく言ったものだが、ローラのがっかりした顔を見てこう付け加えるのを忘れなかった。「でも最高でないとしても最悪でもないわ。五体満足で健康なんだから感謝しなくちゃ」そう言われ続けてきたローラが、容貌にまったく自信を持てなかったのは当然だろう。田舎生まれで、教育も低く、何も知らない人間だということは自覚している。自分でも取り柄があるとは思えなかったが、何か人の興味を引く点があったらうれしい。

ミス・レーンの家

キャンドルフォード・グリーンに到着したのは、ちょうど昼休みの時間だった。村の名前の由来になった広いグリーンには、ロバが一頭草が食(は)んでいるだけ、そしてアヒルの群れが首を立ててガーガー鳴きながら、ローラたちの馬車に駆け寄って出迎えてくれた。いつも草地で遊んでいる子供たちもまだ学校だし、その父親たちはそれぞれに畑や店や町の会社で仕事中だ。グリーンの片側に面して並んでいる店は開いていた。ある店の前では、白いエプロンの男性が戸口であくびをしながら、大きく伸びをしている。年老いた灰色の牧羊犬が道の真ん中に寝そべっている。教会の鐘が三時を告げた。人の気配はそれだけだった。月曜日なので、女たちは皆、洗濯に忙しく、店に繰り出す時間もないのだろう。店が賑(にぎ)わうのは月曜以外の日の午後だ。

グリーンの、あまり賑やかでない方の片側に、白い馬が鍛冶屋の外の木に繋がれ、蹄鉄を代えてもらう順番を待っていた。ローラたちの馬車が近づいてゆくと、鉄床を打つ音やふいごの音が次第に大きく聞こえてきた。その鍛冶屋の建物から続いた低い白い家がある。端の方の窓際の壁に赤いポストがなければ、ごく普通の民家だった。窓にかけられた看板が、ここが正式な「キャンドルフォード・グリーン郵便局兼電報局」であることを示している。同じ建物のもう一方の端の戸口の上に、ここが鍛冶屋でもあることを示す看板が見える。「ドーカス・レーンの鍛冶屋、蹄鉄と鍛冶を承ります」の文字が読みとれる。

蹄鉄を打つ鎚の音がして、樫の木の下で草を食(は)む白い馬がいるだけで、店の並んだ向かい側に比べると眠気を催すほどの静けさだった。ローラたちを見ている人は誰もいなかったが、馬車が近づくと、鍛冶屋の店から若い鍛冶工が走り出て来て、トランクをさっさと、まるで羽ほどにも重くないというように軽々と肩に担いで、歩き出した。「奥さん、新しい女の子が着きましたよ」と彼が、奥のドア越しに呼んでいる。郵便局の戸口のベルがチリンチリンと響き、ミス・レーンが自ら新しい助手を迎えに飛び出してきた。

ミス・レーンは背はそれほど高くなく、どちらかと言えば細身だったが、姿勢がよく堂々としていた。そしていつもたっぷりの布地を使った絹のドレスを着ていて、絹ずれの音をさせて歩く姿には、貫禄があった。顔色はよくないが、黒っぽい瞳が生き生きと輝いている。ちょっと注意深い人なら、その目が瞬時に相手の心を読み取り、ちょっと皮肉な色が浮かんだり、同情で陰ったりするのに気づいたことだろう。その日の午後、彼女は濃い赤紫色のドレスの上に黒ビーズがびっしり刺繍されたサテンのエプロンを着けていた。そして流行に遅れることなく、豊かな黒い髪を頭上に王冠のようにまとめ、顔のまわりにはカールした巻き毛を垂らしていた。

看板を文字通りに読めば、ドーカス・レーン自身が鍛冶場で働いているようにもとれるが、もちろんそうではない。もし生まれるのが一世紀早いか半世紀遅いかだったら、自分で鍛冶の槌を握り、鉄床を打っていたかもしれない。それができるくらいの職人気質とエネルギーと情熱はあった。しかし彼女が生まれたのは、女は家の外で働くべきではないという価値観の時代だった。どんなに優れた能力があったとしても許されないことだった。彼女はただ父親から引き継いだ仕事についてはは帳簿をつけることと対外的な事務をこなしていた。そしてもう一つの情熱の捌け口が郵便局の仕事だった。その仕事を通じて村の人々の生活を知り得る立場にいた彼女は、人の心理を分析したり考察したりすることを楽しんでいた。

これは今日の情報管理の点からはちょっと怖いことのように思えるかもしれないが、ミス・レーンを怖がる必要はなかった。彼女は公の仕事に誇りを持ち、秘密は絶対に守ったし、人の欠点や性格を本人の前で言うことは決してなかった。「頭の切れる女性」というのが衆目の一致する評価だった。「彼女は頭が切れる。切れすぎるが、それで人が困るわけではないさ」ただ彼女を嫌う人の中には二、三人、「昔なら魔女として焼き殺されていただろう」という人もいた。

その午後、彼女は上機嫌だった。「あなた、本当に丁度いいときに着いたわ」ミス・レーンはローラにキスしながら言った。「さっきまでものすごく忙しかったの。郵便局には一度に六人も人が来て、それを片づけていると電報のベルが鳴るし。でもちょうど終わったところ。午後の郵便が到着するのは一時間後だから、それまでは大丈夫。さあどうぞ、中にお入りになって。お父さんもどうぞ。夕方の仕事が始まらない内にゆっくりお茶にしましょう」

直前まで大忙しだったらしいことを聞いて、ローラは内心たじろいだ。そんなに忙しい仕事をこなしていけるかしら。でも本当のところ、それは杞憂だった。キャンドルフォード・グリーン郵便局の実態は、局長の頭の中ほどには忙しくなかった。ミス・レーンは自分の郵便局が実際以上に、忙しく重要な仕事をしていると思わせたかったのだ。
父はキャンドルフォードの親戚の家にも寄りたかったので、お茶は遠慮してすぐに発った。ローラは父の馬車が遠ざかって行くのを見ながら、今までの生活の最後の繋がりが消えて行くような思いに囚われ、気持ちが沈んだ。その一日が終わらない内に子供時代が遠ざかり、昔のことになっていく。そして新しいものを見たり聞いたりする忙しい時間がもう始まっている。

新しい雇い主の後をついて狭い郵便局の隣室へのドアを抜けると、広い台所兼居間がある。お祖父さんの振り子時計が三時四十五分を指している。本当の時刻はまだ三時十五分で、郵便局の時計は正確な時刻に合わせてあるが、住居の方の時計は全て三十分進めてあり、食事や家事の時間割はそれに合わせて進められる。わざと時計を進めておくのは、昔の田舎の家ではよく行われた習慣だ。当時、使用人は男も女も五時に起きるのは普通で、時には四時起きの場合もあったから、寝過ごすことのないようにそうしたのだろう。そんな早い時間から一日の仕事が始まることを、当時の人はひどいこととは思っていなかった。鍛冶屋では男たちが六時に仕事を始めていたし、家政婦のジラーも七時前にはもう台所にいた。そしてミス・レーンもその時間、もう朝の郵便の仕分けに取りかかっているのだったが、これはもちろんローラが引き継ぐことになった。

床に板石を敷き詰めた台所はとても広く、二つ並んだ窓の際（きわ）に頑丈な木製の長テーブルが置かれていた。それは家中の人間が一緒に食事を取るのに十分な大きさなテーブルだった。鍛冶屋の親方と独身の若い鍛冶工はこの家に住み込んでいて、テーブルの席も決まっている。ミス・レーンは、他の人より座席が高い木彫りの椅子の置かれた一番の上座に座る。窓に向き合う側にローラと親方のマシューが座る。二人の間にはテーブルクロスを置いた広いスペースが空いているが、この場所は来客用にいつも空けてある。ローラが上座の隣に座るのは、地位が高いからではなく、茶碗や皿を手渡すのに便利だという理由にすぎない。若い鍛冶工三人はテーブルの端に並んで座り、ジラーは専用の小さなテーブルに着く。三度の食事もお茶もこの席順だ。

調理や食器洗いはもう一つの陰の台所で行われた。広い表台所はこの家の居間と食堂を兼ねていた。数年前、広い炉床の小さな鉄格子は新しく取り替えられたが、炉から続く煙突も炉床も昔からのものだった。その前に置かれた背の高い木製の長椅子が食堂との間のしきりになっている。部屋には赤と黒のカーペットが敷かれているが、テーブルのミス・レーンの席と火を囲んで置かれた数客の椅子の辺りで終わっている。広い部屋の中で小部屋のようになっているこの場所は、炉辺と呼ばれていて、床は敷石のままだったが、ところどころにマットが置いてあった。

真鍮の燭台、やはり真鍮のすり鉢とすりこぎが炉の上の大きな飾り棚に飾られ、銅の鍋が壁に架けられている。壁には彩色の版画も飾ってあるが、一枚は、雨降りにこの地方で初めて傘をさした男が描かれていた。傘で雨をはじきながら歩く彼の後に、それを笑う人の群れが描かれている。食器戸棚にはブルーと白の皿が飾ってあった。一緒に置かれたオレンジとクローブの束はとっくに乾燥ししなびているが、まだ部屋にいい香りを漂わせていた。

そこにあるものは全てミス・レーンの親の代からのものだった。炉辺のゆったりした安楽椅子数客だけが彼女の持ち込んだものだ。「両親や祖父母がこれで暮らせたのだから、私もそれで十分なはずでしょ」流行に敏感な友人たちが新しい時代に合わせることを勧めても、彼女はそう答える。しかし親や祖父母を引き合いにするのは本当は口実で、彼女は自分でそれが好きだったのだ。彼女は昔のものを眺め、持っているのが好きだったからそのままにしていたのだ。

ローラが到着した日の午後、炉辺には小さな丸テーブルが置かれ、もうお茶の準備が整えられていた。すごいご馳走だった。ゆで卵。スコーンに蜂蜜と手作りジャム。それに加えて焼きたてのバンベリーケーキ（訳注：ドライフルーツや香辛料入りの小さなパイ）。ミス・レーンは市の日には必ずこのケーキを十二個届けてもらうことにしていた。

ローラは卵を二つもお皿にのせてもらったのに、残念なことに一個がやっとだった。バンベリーケーキも緊張しているせいで砕けてしまい、ほとんど味がしなかった。遠くからたまにやって来る伯母さんたちのおみやげでしか味わえない、せっかくのご馳走だったのに。しかしミス・レーンは卵もケーキも二個ずつ食べた。彼女は食べ物に目がなかった。ローラに母の近況を聞いたり仕事の説明をする間にも、手は休みなく、スコーンにたっぷりのバターを塗り黒スグリのジャムと生クリームを載せている。お茶を飲んでいる間にも郵便局のベルが一、二度鳴った。そのたび彼女は口を拭うと、堂々と威厳ある態度で切手を売りに出て行く。しかしこのお茶の一時間が一日でもっともゆっくりできる時間で、夕方にはまた「大忙しの時間」がやって来る。ローラも初日からそれを経験した。

新しい環境

目にも止まらぬ速さでミス・レーンは手紙に消印を押し、来た人にすぐに渡せるよう準備する。そしてその間にも、わけのわからない質問に落ち着いた受け答えをしている。ローラには見るもの聞くものすべてが驚きだった。

午後になると、人々がひっきりなしに郵便を受け取りにやって来るので、ベルの音は止むことがない。郵便の配達は午前中で、午後になると貧しい人々が局留めの手紙が来ていないか確かめにやってくる。「何も来てないかね」遠慮がちな口調で彼らは訊ね、返事次第で顔が輝いたり暗くなったりする。もっと遠慮のない人は自分で決めた定刻にやって来て、声もかけず、ドアから顔だけ出し眉をあげて、「どうかね」という表情を作る。名前も住所も言わないのに、ミス・レーンはこの辺の人を全員知っている。アルファベットで区切った整理箱を見なくても、仕分けしたときに全部頭に入っている。彼女は、誰が誰からのどういう内容の手紙を心待ちにしているのかもわかっていて、がっかりしている人にこんなことを言ったりもした。「明日の朝の方が望みあるわ。そんなに早く返事は書けませんからね」

郵便局の向こう側の台所ではジラーと鍛冶屋の男たちがお茶の時間だ。カップがガチャガチャなる音、こもったおしゃべりの声が、壁越しに聞こえてくる。このときのお茶にはミス・レーンは一緒にテーブルに着かなかった。ジラーが取り仕切ったが、もちろんテーブルの上座からではない。あそこは家の主（あるじ）の神聖なる指定席だ。彼女はお茶を注ぐとき以外はいつもの小さなテーブルの自分の席に座っている。食事のときの会話は大体ミス・レーンとマシューの間で進められ、話題が村の噂話になればジラーもちょっと口をはさむというふうだった。テーブルの端の若者たちは黙ってひたすら食べている。女主人がいないこのお茶の時間が彼らには一番寛げた。若者たちの笑い声にときどきジラーの甲高い笑い声が混じって聞こえてくる。ほどほどの声の内はいいが、あるとき、誰かがカップでテーブルを叩き、大声で「おかわりをお願いしまーす」と言うのが聞こえた。ミス・レーンには限度以上の大声に思えたのだろう、ドアを開けるなり一喝した。

「静粛に！」先生が教室で生徒に声を張り上げるときとまったく同じだった。

子供のように叱られてもそれを恨む者はいなかった。まして見習いの流れ職人が調味料よりも下の末席をあてがわれても、ジラーが自分だけ別のテーブルにつくことになっていても、不満は言えなかった。それが秩序だった。まだ社会意識の未熟な時代には、「自由」より十分な食事が優先であって、その意味では労働条件は十二分に満たされていたのである。

お茶はたんなるおやつではなく、男たちには軽い食事に相当した。ミス・レーンはそれを大切な栄養補給の時間と考えていた。立ちどおしの力仕事をしている鍛冶場の男たちの一時間の休憩には、パンやチーズ、ビールが「おやつ」として出された。「今日の男たちのお茶には、何を出したらいいかしら？」と毎日頭をひねる。あるときはボールにゆで卵が山のように積まれてテーブルに置かれている。一人三個が平均で、おかわりを欲しがる人のために更に二、三個余分に用意するが、お茶の後にはすっかりなくなっていた。ある日は塩漬けの豚肉、あるいは塩漬けニシン、ポークパイ、ソーセージなどがテーブルに載る。

時計が五時を告げると男たちは靴底の鉄鋲（てつびょう）を響かせ、革エプロンを腰にたくしあげて、汗だくの顔で、庭のポンプに向かう。そして汚ない作業着とは対照的なさっぱりとした顔でぞろぞろと台所に姿を現す。食事をしながらさっきまで蹄鉄を替えてやっていた馬たちが話題だ。「いやあ、あの地主の旦那の灰色馬にはまいったな。もう少しで耳を食いちぎられそうだった。馬丁にずっと押さえていてもらわなくちゃならなかったよ」「あの老いぼれ馬のホワイトフットもそろそろ引退だね。蹄鉄を取り替えながら居眠りしてるのさ。もう少しで倒れ掛かってくるところだった。一体何歳になるんだ？　おまえ、知ってるか？」「あと一日で二十歳じゃないか？　エリオット旦那の親父さんが狩りに行くとき乗っていたんだから。親父さんが死んでもう十年だ。でもホワイトフットは大丈夫だ、あと五年は駅の荷車なら引けるさ。車に積むもの？　ジムの若造だけさ。

たった五十キロだ。それにせいぜい魚が少しと、小包が二個ってとこだ。いや、本当だって。ホワイトフットは他の馬が生きてるうちは絶対くたばらないよ」

他にはお天気や作物の出来具合の話しだったり、その辺のどうということないニュースが話題になるかもしれない。進歩の早い外の世界のできごとは、彼らにはまだドアの向こう側のことだった。

初めて職場に到着した日、ローラは何か手伝おうとおずおずミス・レーンの横にくっついて歩いていたが、何をどうしていいのかまったくわからなかった。誰かが切手を買いに来たときに同時に電信機のベルも鳴りだした。ローラがためらいがちに切手を売ろうとすると、ミス・レーンは黙って彼女を横に押しのけた。後で、切手や手紙にはある儀式の後でないと触ってはいけないきまりがあるのだと説明してくれた。ミス・レーンはそれを「宣誓式」と言ったが、ローラには謎だった。治安判事の前で、翌日の午前中に、この辺では一番大きなお屋敷でそれが行われるというのだ。しかもミス・レーンは郵便局を空けるわけにはゆかないので、ローラは一人で行かなくてはならないという。ローラが資格を得れば留守を頼めるようになるが、すべては「宣誓式」が終わってからだ。道に迷わないでその邸宅にたどりつけるだろうか。ローラは不安でいっぱいになった。しかもそんな立派なお屋敷で身分の高い人の前に立ったら、どう挨拶すればいいのだろう。新しい生活は緊張いっぱいに始まった。

明日の挨拶のことで頭が一杯になったローラは、ミス・レーンに勧められて庭に出た。「私も時々仕事の合間に気分転換に外の空気を吸いに行くのよ」ローラは前にもここの庭を見たことはあったが、五月の庭は初めてだった。リンゴの花が満開で、ニオイアラセイトウの香りが辺りを満たしている。

花壇は土を盛って一段高く作ってあり、スイセンやサクラソウ、ワスレナグサが咲き乱れていた。花壇の間の小道が庭の各区画を結んでいる。くねった小道を行くと庭の中ほどにある大きな栗の木の下の木陰が休息所になっている。別の小道の先には菜園があり、草叢(くさむら)の向こうにはミツバチの巣箱が並んでいる。それぞれの区画の間は低木の茂みになっていて、シダやフウチョウソウ、ツメクサが一緒に生い茂っている。それらの草は混み合いながら伸び放題で、湿り気を帯びている。風通しが悪くなるから整理した方が良いと専門の庭師なら言うかもしれないが、ローラには涼しげで心地よく見えた。

家の建物の近くは草花の花壇だった。きちんと縁取りがされているわけではなく、さまざまな四角い区切りの中に、手当たり次第に自然に任せて咲いているという感じだった。バラの茂みがあるかと思えば、ラベンダーやローズマリーが香り、リンゴの木もあるという具合。夏になるとこのリンゴの木は小さな赤や黄のしま模様の実をつける。秋にはマイケルマスデージーやトリトマや昔からあるポンポンダリアが咲く。五月の今はボタンやナデシコが蕾をつけていた。

村に住む年寄りが週に一度、菜園の手入れに来てくれていたが、花の手入れは誰の仕事とは決まっていなくて、気のついた人がその都度することになっていた。ミス・レーンも庭用の皮手袋をはめて実生で育った苗の植え替えをしていたし、マシューも鍛冶屋と母屋の行き来の間に雑草を抜いたり、支柱を立てたりしていた。鍛冶工たちも一年に一度は鍛冶屋の仕事を休んで、土を掘り返して株分けしたり枯れた茎を整理したりしていたが、誰も手をかけないときは、花々は勝手気ままに混み合ったまま咲き、人の手の入らない自然な美しさを誇っていた。

　水不足で悩まされることの多い村からやって来たローラは、ここの庭だけで三つも井戸があることに感激した。母屋の裏口を出てすぐのところにある井戸はポンプ式で家事用、敷地全体の真ん中辺に位置し、鍛冶屋の店の中にある井戸は仕事用だった。もう一つ「はずれの井戸」がミツバチの巣のあたりにある。この「はずれの井戸」は蓋（ふた）がかぶせられしっかり鍵がかけられている。蓋（ふた）には苔が生え、イラクサの蔓がからまっている。この井戸の水が飲み水に使われていたのはかなり昔のことだ。

　みんなそれぞれにこの家の井戸にまつわる話は知っていたが、実は母屋のそばにある井戸を知っている人はつい最近まで誰もいなかった。ミス・レーンがまだ小さかった時、ある事件が起きて、その井戸の存在がわかったのだ。お茶に招かれて来ていた女性が、庭の中ほどにある〝離れ（トイレ）〟に向かおうとして、裏口から踏み石づたいに歩いていたとき、うっかり石から足を滑らした拍子に、深い穴に落ちそうになった。運の良かったことに彼女は体格が良かった。そして咄嗟に両腕を広げたので、足は宙ぶらりんだったが何とか上半身を支えていることができ、悲鳴を上げた。人が駆けつけて無事に引っ張りあげた後、まだ布団も今ほど快適ではなかったし湯たんぽもなかったので、ミス・レーンの母親は彼女の体を温めるのに紅茶にラム酒を入れて飲ませた。それはとてもよく効いたらしい。その女性は三杯目を飲まされたときに、くすくす笑って、こう言ったという。「あの井戸で飲んだかも知れないお茶よりずっとおいしかったわ」

その井戸の水がいつ頃、そして何故ほとんど枯れるほどに水位が下がっていたのか、誰も知らなかった。今世紀（十九世紀）初めから住んでいるミス・レーンの祖父母さえ井戸の存在を知らなかった。その娘夫婦も一人娘のミス・レーンも、足元にそんな危険な穴があるとも知らず、周辺を何千回も楽しく往復していたのだ。しかし、ともかく大事に至らなかっただけでなく、底をさらって掃除すると、水はきれいで家にも近く便利だし、素晴らしい井戸であることがわかったのだった。

その日の夜、ローラは新しく自分のものになった部屋で寝た。ピンクがかった洗いざらしの壁、少し色の褪（あ）せた花柄のカーテン、整理ダンス、ここの全部がこれからは自分のものだ。一日を終えて疲れたローラは新しい日記帳を開いたが、一行、書くのがやっとだった。「月曜日、今日、これから暮らすキャンドルフォード・グリーンにやって来た。」ベッドで、ジラーが猫を呼んでいる声を聞いた。そしてゆっくりと階段を上がってくる足音がした。その後、男たちが靴下でパタパタ歩く足音が階段にして、最後にミス・レーンのハイヒールの靴音が聞こえてきた。

ローラはベッドに起き上がりカーテンを引いた。どこにも明かりはなく外は深い闇だったが、湿った草と庭の花々の香りが大気の底に沈んでいた。静けさの中に突然、馬をつなぐ木枝の間を突風が吹きぬけた。お医者さまが往診に出かける馬車の鈴や蹄の音でもしないかぎり、夜はこんなふうに静けさの中で過ぎてゆくのだろう。その頃の田舎では、夜になると人っこ一人道を通らないのが普通だった。

第十六章　女王陛下の公僕

宣誓式

翌日午前の宣誓式は心配していたほどではなかった。執事がローラを判事の執務室に案内してくれた。「ティモシー様、郵便局の若いお嬢さんがいらっしゃいました」という声に、ティモシー卿は笑顔をこちらに向け、彼が退いてから言った。「どういうわけでここに来ることになったのかな？　密猟か放火？　それともコソ泥？」

「見たところ何も悪いことはしていないようだから、判決を書かないといけないわけではなさそうだ。それならさあ、こちらにいらっしゃい」彼はローラの肘をとって椅子の横にいざなった。もじゃもじゃの白い眉の下で目がいたずらっぽく笑っていたので、ローラも緊張が解け、お行儀よく微笑んだ。

ティモシー卿には楽しい雰囲気があった。趣味の良さ、優しい人柄、煙草の香り、厩舎の匂いが、彼の着ているツィードの服からオーラのように立ち上っていた。目の前に広げられた書類にすぐ署名しようとして、ペンに手を伸ばしたローラに、彼のびっくりした声が聞こえた。

「読まないといけないよ。まず読みなさい」彼は叫んだ。「書類を読みもしないでいきなり署名しちゃいけない。そんなことじゃ、君は近い内、自分の死刑執行の書類に署名することになりかねないよ」そういうわけでローラはまずその書類を、恥ずかしいのを我慢して、何とか声を出して朗読した。そこには、どんなにつまらない仕事であろうと、女王陛下の国家公務員たる者は、まず治安判事の前で、誓約書に署名しなければならないきまりであることが、述べられていた。当時はそうだったのだ。

「私は、決して郵便物をみだりに開けることなく、遅滞なく届けることを、厳粛に誓い、かつ宣言いたします。」という文章で始まるその誓約書には、延々と秘匿の義務が述べられていた。

最後まで読んで、ローラが署名した後に、ティモシー卿も署名した。そして丁寧に畳まれた書類はまずミス・レーンに届けられた後、次にミス・レーンから上の人に送られることになる。

その日、ティモシー卿はあまり忙しくなかったのだろう。ローラをかなりの時間おしゃべりに引き留めて、いろいろ聞いてきた。年齢やきょうだいのこと、学校で勉強したこと、郵便局の仕事は好きになれそうか、というようなこと。そして最後に重々しくこう言ってくれた。「君はとてもしっかりと育ってきているようだ。これからもきちんと仕事をこなしてくれるに違いない。ミス・レーンは素晴らしい女性だよ。頭がよくて、気に入った人にはとても親切にしてくれる。こんな言い方をしちゃいけないな。何しろ私は彼女のことを子供のときから知っているからね。忘れられない思い出もある。でも今その話を君に言うのはまずいかも知れない。さて、何かつまんで、お茶でも飲んでいきたまえ。執事のパーチェイスか召使いのロバートに言いつけて、家政婦室に案内させよう。ちょうどお茶とコーヒーの時間のはずだから」ローラは軽く腰をかがめて挨拶し、丁寧に辞退した。「いいえ、どうぞ、ご心配なく。ありがとうございます」そしてティモシー卿が開けてくれたドアを出ると長い石敷きの廊下に足音を響かせながら、はずれの出口へと向かった。人影がないことにほっとしていた。ここに来たとき案内の召使の男性はローラをからかって、髪をつまんだりキスをせがんだりしたのだ。

屋敷を出てから、ローラは振り返って、横長の建物の銃眼付きの白いファサードや、広いテラス、庭園の噴水や花壇を見やった。「ああ、終わったわ。ここに来る用事はもうないんだわ」ところがその予想は後ではずれることになる。あることから、三年の間、天気が良くても悪くても、ローラは毎朝、この庭園を抜け、チリンチリンと鈴の鳴る鉄の門扉を開けて、カラスたちが騒いでいる楡の木の下を通って、このお屋敷に通うことになるのだ。

郵便局の仕事

最初の数日、ローラにはとても全部は覚えられないと思うほどの、さまざまな新しい仕事があった。こんな田舎の郵便局なのに、規定の用紙だけでも、種類がたくさんある。しかもミス・レーンはそれを「何の」用紙と言わず、暗号めかして番号で呼ぶのが好きだったので大変だった。しかしローラはじき、「AB/35」と言われれば預金預入票、「K21」と言われれば郵便為替用紙、「X.Y.13」と言われれば現金計算書というように、機械的にその用紙の棚に行き、台所のテーブルで出納帳を整理しているミス・レーンのところにすぐ持っていけるようになった。

それから切手の仕事もあった。一ペンス切手と半ペンス切手は知っていた。十ポンドや五ポンドという小包や電信に使う高額な切手は、火照（ほて）った手で慌てて触ると破くことがあるので、シートごとに厚紙のノートにはさまれていて、必要な都度、左下の端から順にはずしながら使用される。現金は金貨、銀貨、銅貨の三種類の仕分け箱が入った引き出しにしまわれている。どの箱にも半分ほど、お金が入っている。金貨や銀貨が箱に半分も入っているのだ。大変な金額だ。世の中にはたくさんのお金が動いているのだ。夜、現金を数えるとき、ローラはピカピカの金貨を何枚も指で触れた。最後に黒い漆塗りの箱に納め、それとわからないようにウールの古いショールを上にかけて、ミス・レーンの洋服ダンスの一番上の棚にあげておくと、彼女が二階に上がるときに持ってゆくことになっていた。ときどきその漆箱には紙幣が入っていることもあったが、まだ政府発行の紙幣はなかったので（訳注：一九一四～二八に発行）、銀行紙幣だった。その頃は通貨には金が使われ、流通している量は今よりはるかに多かった。大量の金が金貨として人から人へ国の中を移動していたが、その流れは富裕な階層だけに限られていた。最低賃金を受け取る貧しい人々は、毎週土曜日の夜に十シリング金貨をやっと手にするだけなのに、一方で、商売をしている人たちは一ポンド金貨の中に数枚の銀貨が混ざっているような環境で暮らしていたのだ。

おつりを渡さなければならないとき、最初、ローラはなかなかすぐに思い切って相手に差し出せず、何度も数えなおしたものだ。彼女が学校で学んだ計算は不十分なものではあったが、元々は得意だったのか、お金の計算に関わる仕事もじきに慣れることができた。そしてローラは郵便局にやってくる人々と会話を交わすのが大好きになった。特に貧しい人たちの話は楽しかった。彼らは自分のことをいろいろ話してくれ、ときにはローラの意見さえ求めてくれるのだった。少し階層が上の人は、最初はローラがいてもミス・レーンに頼んだり、彼女が席をはずしているときはわざわざ呼んできて欲しいと言われたりしたが、次第に新人のローラにも慣れてくれた。あるときローラが奥でちょっと休憩してお茶を飲んでいると、隣村の豪農の男性が、「今度来たあの可愛いお嬢さんはどうしたのかね？」と尋ねている声が聞こえてきた。みんなが受け入れてくれているのがわかった。しかも「可愛い」とお世辞まで言ってくれている。彼がそれ以上何か言っていたらミス・レーンが喜んだかどうかはわからない。彼女は自分が連れて来たローラの仕事ぶりにみんなが満足しているのはうれしかったに違いないが、当然ながら自分が一番認められる存在でありたかったはずだから。

ローラが働き始めた小さな郵便局の勤務時間は、朝七時の郵便の到着で始まり、夜の終了時間まで続く。半日勤務という日はなく、日曜日も終日休めるわけではなかった。朝の配達があり、夕方には外に発送する仕事があった。「奴隷の勤務」ともっと大きな郵便局の管理者ははっきり言っていた。少し大きな局では八時間労働だったから、現在の生活リズムとほぼ同じだったと思う。しかしその頃の生活では時間は今よりもっとゆっくり流れていた。村の郵便局の仕事量全体は今よりずっと少なかったし、仕事内容も単純だった。用紙や伝票もわかりやすく、国が支給する手当ての類もなかった。唯一あった公務員の退職年金は三か月毎の支払いで、しかもそれを貰っている人はせいぜい三、四人くらいだったのだから、仕事は少なかった。一日の仕事の合間には長い静かな時間がはさまっている。その時にはゆっくり落ち着いて食事もできたし、本を読んだり編み物をしてもよかった。キャンドルフォード・グリーンのように職員が二人いれば、交代で外の空気を吸いに出かけることも可能だった。

中でも一番の贅沢は、人にゆっくり接することができたことではないだろうか。人混みをかき分け閉局間際にやっと間に合って飛び込むというのではなく、村の人たちは午後になると手紙を手にグリーンを越えてゆったりした足取りでやって来る。手紙の他に家で採れたリンゴやナシや、庭の花を集めた花束などをローラに届けてくれ、ひとしきりおしゃべりを楽しんで行った。仕事場の花瓶にはいつも花が絶えなかった。夏はピンクのコケバラやビジョナデシコ、ニガヨモギなど、秋には庭一面に咲いている黄色いキクの花。

ローラもだんだん常連の人たちのことがわかってきた。手紙によっては封がされていないものもあるし、電報も扱うのでローラには内容がわかる。彼女は郵便局に来る人たちといつのまにか旧知の友人のようになっていった。ローラの方からごく自然に、「バーミンガムの娘さんはお産の後、元気になりましたか?」とか「オーストラリアの息子さんはうまくいったのかしら?」とか「奥さんの喘息の具合はいかがですか?」「ご主人はうまく仕事につけました?」などと聞いたりする。そしてみんなもローラの家族はどうしているのかと尋ねたり、「その新しいドレス、お似合いよ」と褒めてくれたり、あの花が好きなら今度持ってきてあげるよ、と言ってくれたりする。

郵便配達夫のトーマス・ブラウン

朝の郵便物は、キャンドルフォードの本局から配達員が歩いて七時に届けてきた。その袋を開けるのに立会い、仕分けするのがローラの一日の始まりだった。仕分けは母屋の外にたくさんある小屋の一つで行われた。そこは昔は物置や酒の醸造に使った小屋で、洗濯場にも使われていた。天井と床を張替えて、分類作業用の台も壁際にぐるりとめぐらされ、とても使いやすい作業室になっていたが、難点は灯油のストーブしかなく、冬の寒さがひどかったことだ。

毎朝郵便を届けてくれる男性は仕分けが終わると、そのまま自分の担当である村内への配達に出かけたが、離れたところにある一軒家や農場への配達は二人の女性の仕事だった。年配の方がミセス・グビンズという田舎の女性で、配達のときにはいつもライラック色のボンネットとエプロンとショールを身につけていた。むっつりと愛想が悪く「おはようございます」と挨拶してもろくに返事をしてくれないのに、村の噂話になったとたんにおしゃべりになる。もう一人はまだ三十代の女性で、野暮ったいミセス・グビンズに比べると、感じの良い人だった。このミセス・メーシーについてはまた後で詳しく書こうと思う。

毎朝郵便を届けてくれるのはトーマス・ブラウンという白髪のずんぐりした体格の男性だった。穏やかに後ろ指をさされることのない生活を送っている。最近までは村の中の出来事をとてもよく知っていて、そのせいか村のもめごとについて仲裁を頼まれることが多かった。酒は飲まずタバコも吸わない彼のたった一つの欠点は、お天気への愚痴をしつこくこぼすことだった。彼によればどこかに郵便配達夫に恨みを抱く者がいて、毎日の天候を決めているのだった。

ところがローラが働き始める少し前、彼は教会の復興主義の集まりに参加して啓示を受け、その教えに帰依した。それまで人々は何事によらず、順番を争うように彼に相談事を持ちかけていた。「夜、鶏が三羽も狐に獲られたが、狐狩りの親方に言ったものかね」とか「狩の連中が畑のキャベツを踏みつけて台無しにして行ったんだが」とかいうようなことだ。それが今では彼を見かけるときびすを返して、顔を合わせるのを避けるようになっていた。うっかり口をきくと、彼は相手を選ばず、魂の問題を話し始めるのだ。「ところでおまえさんの魂は今どんなふうだ？」とか、もっと単刀直入に「ところで魂の救いの道はもう見つけたかね？」と聞いてくる。こんな質問を正面からぶつけられたら、誰だって答えようがないまま、当惑した顔をしているしかない。

「あなたはキリストを信じていなさるかね？」ミス・レーンはただ一人、突然のその熱心な質問に、きっぱりと返答した。「そんなことは本当ならあなたには全く関係のないことだと思いますよ。でもどうしても知りたいならお答えしましょう。信じ方が同じかどうかはわかりませんが、私がクリスチャンかというなら、そうですよ。クリスチャンの国に生まれ育って、その価値観の中で生きているんですからね。難しい理屈は教会に任せてあります。あなたもそれで十分なんじゃありませんか？」

最後の言葉はかなり辛らつな非難だった。なぜなら彼は最近、説教師になっていたからだ。しかし、彼も負けていなかった。白髪頭を振りながら、悲しげに呟いた。「ああ、奥さまはまだイエス様を見つけていなさらねえだな」

彼の妻も改宗していると聞いたとき、ローラは彼のためにほっとした。外に一人も理解者がいないのだから、家に一人いるだけでも良いことだ。彼の気持ちがローラにはよくわかった。彼はこの上ない宝物と思っている自分の経験を、みんなにも知らせ、分かち合いたいのだ。しかし悲しいことに、彼が自分と同じように、みなも悔い改めて欲しいといくら力説しても、まったく効果はない。彼はこれ以上ないほどに罪深い人間であった自分を、悔い改めさせてくれたというが、彼の以前の生活にも何も問題がなかったので、新しい信仰に目覚めたという彼のどこがどう変わったのか、外からはまったくわからない。むしろ口やかましさと頑なさだけが増しているのだから困りものなのだ。

しかし彼の信仰への強い意志を、ローラが目の当たりにしたのは、あるとき偉い役人が視察に来たときのことだ。その人はかなり地位の高い人で、シルクハットにモーニングといういでたちで、駅から馬車でやってきた。郵便局を視察してちょっとした注意を述べたが、業務は問題なく行われていたので、大したことではなかった。視察は順調に進み、あとはお茶が残るだけと思っていたら、彼はちょうど集配に来ていたブラウンと話したいと言いだした。ちょうど夕方の仕分けをしていたローラに、二人のやりとりが聞こえてきた。

「今度始まる日曜日夕方の集配の仕事を、君は拒否していると聞いたが」役人は少年のように甲高い声で詰問した。

「はい、そのとおりでございます」声は静かだったが、臆することなく彼は答えた。

「どんな理由なのか、聞いてもかまわないかね。他の職員は皆、やってくれると言っている。手当ても支給される。君の仕事は役所の管轄下にあるのは承知だね。君自身のためにも拒否は取り下げてもらいたい」「それはできません」きっぱりと彼は言った。

「しかし、それは何故だね？　日曜日の夕方はいつも何をしているのか？　他にも働いているのか？　もしそうなら、公務員が他の職を兼務してはならないという規則に反していることになるが」

「日曜日の夕方の私の仕事は、創造主を崇めることでございます。それは神様自身の下された法でございます。『安息日を守れ』と仰せられたのでございます。ですから私はその時間に働くことはできません」彼はきっぱりと勇敢に答弁した。

しかし彼は身体を震わせていた。彼は今や自分の仕事と年金がかかっているのを知っていた。彼は赤に白の水玉模様の大きなハンカチを取り出すと額を拭った。平素の物腰からは想像できないある種の威厳があった。

紳士であるはずの役人の方がたじたじとなった。それまでの落ち着き払った悠然とした態度をかなぐり捨て、嫌味な軽蔑を込めた口調で彼は言った。「君には態度を改めてもらう必要がありそうだ。これは神聖なる国の仕事だ。その仕事で君は生活できているのではないのか。下がってよろしい。君の言葉はそのまま報告することにする。後の沙汰を待つように」そしてブラウンが

「では失礼いたします」と退席すると、役人はローラにこう言った。「ひねくれた男だ。ああいう男はよくいるがね。自分で問題を起こすんだ。しかし彼も結局わかるだろう。賛美歌を歌いながら日曜日でも仕事しなきゃならないことが」

しかし、上の方で、視察官コクレーン氏が全能でなかったことが証明された。管轄の役所に「安息日は休むべし」という神の教えに共感する人がいたのか、あるいはおそらく上司の郵便局長が、同じように信仰に厚い人だったのでとりなしてくれたのか、この一件は二、三週間保留の後、結局、ブラウン配達夫の日曜日勤務は免除という形で決着した。他の配達夫たちは集配の仕事が増えたが手当ても増えたので喜び、ブラウンはブラウンで説教のため田舎の礼拝所を巡回して、教会への貢献度が増すことに満足したのだった。

郵便局長のラシュトン氏

グリーンでは一年に二度、帳簿や出納簿について、キャンドルフォードの本局の郵便局長の視察を受けることになっていた。その視察は、現金をごまかしたり仕事の体裁を繕ったりする暇を与えないために、公式には抜き打ちで行われることになっていたが、ラシュトン局長とミス・レーンは旧知の間柄だったので、局長は朝、自分で今日の午後から行くことを電報を打って知らせてきた。結局ローラがそれを受け取り、ミス・レーンに伝える。「ミス・レーンに知らせたし。

本日午後、抜き打ちの視察に伺う」

そのおかげで視察はいつも滞りなく終わるのだった。ポニーに引かれたラシュトン局長の馬車が郵便局前に到着する頃には、出納簿や在庫の切手シート、為替帳、証明書などが、きちんと計算され仕分けされている現金と共に、整然と台所のテーブルの上に並んでいる。結局視察は時間もかからずあっという間に終わり、あとはおしゃべりになる。

ラシュトン局長のために客間の丸テーブルには、お茶の用意が整えられている。ミス・レーンは一番上等のシルクのドレスに金の鎖を二重に首に巻き、お茶を注ぐときにはそれをベルトに挟(はさ)み込む。最上の銀器のティーポットが使われ、ラシュトン氏は、ときには鴨の冷製という最高のもてなしを受けるのだった。ローラはその間にもミス・レーンの声に応じて、郵便局の窓口と客間を行ったり来たりする。お茶のポットを温め、特別にしまってある紅茶の葉を入れておくよう言いつけられた最初のとき、ローラはお茶の葉を入れるのをすっかり忘れてしまうという失敗をしてしまった。ポットからただの透明なお湯が出てきたときの二人のぽかんとした表情に、ポットを手から取り落としそうになったのだった。

お茶が終わると庭を案内し、豚や鶏も視察を受け、畑からとれた野菜と庭から摘んだ花の大きな束がどっさり馬車に積み上げられて、彼は帰ってゆく。

それが昔の仕事のやり方で、ラシュトン局長もその時代の人だった。こざっぱりとした身なりの小柄な中年男性で、話し方や動作には几帳面さが現れていた。自分にとっての大切なことを優先させるきらいはあったが、仕事をきちんとこなす部下にはいつも機嫌よく、だらしなかったりいい加減だったりする人間には遠慮なく雷を落とした。「私たちは小さな船の乗組員の仲間だ」が部下への口癖で、「乗組員は当然、船長が誰かは知ってるね」乗組員たちが陰では「船長」でなく「敬虔なるジョー」と呼んでいるのを知ったら、さぞ悲しんだことだろう。そう呼ばれていたのは、彼がキャンドルフォードの有名なメソジスト教会の代表で、日曜学校校長であると共に時には説教師でもあり、教会の偉い人を迎えるときには歓迎会を仕切り、ともかく地元教会の有名人だったからだ。それは服装にも表れていた。いつも黒か黒っぽいグレーのスーツで、黒のフエルトの丸いつば帽をかぶり、太った灰色のポニーが引く馬車で町を走っている姿はまるで、牧師か教区牧師か大きな教会の聖職者だった。自分でも意識してそうしていたに違いない。彼の俸給は年二百五十ポンドだったが、当時はそれだけあれば自分の馬車を持ち、家政婦を雇い、友人を食卓に招き、子供には高い教育を与えることができた。

彼はキャンドルフォードの町の人々には好かれていたが、上流の人たちからは嫌われていた。役所の規則に厳しすぎるのだった。「勝手局長」と陰口を言う地主もいたし、話を打ち切って「局長室」のプレート目がけてインク壷を投げつけた準男爵がいたという逸話も残っている。インク壷は幸いプレートには当らなかったが、若い職員たちはインクが飛び散った壁紙を指しては今も、その話をしたがるという。

顔見知りになって最初の頃、彼はローラに、もし本局で誰かが辞めて空きができたら呼んであげると約束してくれた。しかしいつまでたっても誰も辞めなかった。二人の女性職員は彼の友人の牧師たちの娘である上に、彼の家に下宿していた。物静かな優雅な明るい女性たちで、二人とも三十代初めだった。その頃の郵便局の女性職員はほとんどそういう階層の出身だった。「新女子」と呼ばれたお行儀の悪い、模造真珠のネックレスをつけた女性職員たちが二十世紀初頭に評判になったが、そういう人たちは第一次世界大戦の頃までに姿を消した。ローラの時代、郵便局で働く女性は大体が牧師か学校の校長の娘たちだった。女性職員の数は少なかった。大きな局の見習いの給料は低く自活は無理だったし、小さな局の住み込みだと給料どころか自分の方で〝研修費〟を払わなければならなかった。ローラの場合はいわば〝裏口就職〟だったのだ。後になってよくそのことを思い知らされることになった。「私があなたに仕事を教える？　私の親は私のために授業料を払ったのよ」という言葉には暗黙の嫌味が込められていた。

しばらくの間、ローラは本局のラプスレイ姉妹の結婚を心待ちにしていた。しかしどちらにもその気配はなく、キャンドルフォードに移る希望は消えていった。他の場所からローラの条件に合う仕事の誘いが来るはずはなかった。ローラに昇進の可能性はなく、その後も書類上は補助職員という身分のままだった。しかしローラにとっては、他の人にはそれほどではなくとも、それを補ってあまりある魅力的な職場だった。

電信機

電信機は客間に設置してあった。いかにも科学の進歩の産物という雰囲気の、真鍮の枠組みの中に白いキーが並んだその機械は、ミス・レーンの古びた紫檀(したん)やマホガニーの家具の置かれた部屋の中にあって、そこだけが不似合いに時代の先端を感じさせた。それはＡＢＣ式と呼ばれた機械で、電話が普及した今ではほとんど見かけなくなっているが、その頃は非常に活躍していた。使い方は易しく、故障も少なかった。大きな忙しい郵便局ではモールス信号を使って音を読み取る機械が使われていたが、ＡＢＣ型は実際に文字を読み取るものだった。コーヒーミルについているようなハンドルを回しながら、時計の文字盤のような丸いダイヤル上に記されているアルファベット文字に矢印を合わせ、打ち込んでゆく。機械にはもう一つの小型ダイヤルがあり、それは受信の読み取り用だった。打ち込むためのダイヤルには各アルファベットの、真鍮製のボタンかキーがついていて、使用者は片手でハンドルを回し矢印をキーに合わせながら、もう片方の手でそのキーを打ち込んでゆくと、電文が書かれてゆく。その上の小型ダイヤルが、「受信機」で送られてくる電文を記録する。

ローラは最初の数日、本の単語を拾って文字を打ち込む練習をした。ハンドルを回しながら、アルファベットを一字ずつ打ち込んでゆくと、最初はたどたどしかった操作も、次第に早くスムーズにできるようになっていった。その間に、機械のベルがチリンとなり、本物の電報が届くことがある。そのときにはミス・レーンが即座に交代する。ローラにはまだ上部の小さなダイヤルの針の動きに追いつくことができないのだった。その忙しく回転して文字を指す目の回るような針の速さに、ローラは最初、自分の目が追いついていくことは到底できそうもないと思ったのだが、慣れてくると、単語と単語の間には一定の休止があることにも気づき、一週間もすると使いこなせるようになっていた。

その受け取った電報をどうやってすぐに届けるかが、ミス・レーンにとっての大問題だった。近くに住むミニーという少女が、家にいれば配達してくれることになっていた。しかし、一日に届く電報は平均すれば十二通位で多くはなかったが、届く時間が不規則で、ミニーが一通届けに行った後に別の電報が届くこともよくあったので、そうなると慌てて別の人を探すことになる。ジラーが行くことになったり、鍛治屋の若者に急遽頼んだりしていたが、誰もそんな仕事は嫌だった。本来の自分の仕事を中断できないときもある。しかし、電報はすぐに届けなければならないという厳しい規則がある上、二通ほぼ同時に届いたものが配達先は正反対の方角のこともあるのだ。しかも二マイルも三マイルも離れた農場やお屋敷のことも多いので、ミニーは一日に何マイルも田舎道を歩かなければならなかった。

なのに彼女は､動作のすべてが遅く､長い距離のときもだらだらと歩いてゆっくり戻ってくる。可愛らしい顔立ちの十五歳のお人形のような女の子だった。ちょっとぼーっとした大きな青い目で、きれいな服飾品が大好きだった。郵便局に来るときはいつも新しくはないがこざっぱりしたピンクのワンピースを着て、つばの周りにぐるりと花飾りのついた帽子をかぶってきた。あるとても暑い夏の日だった。ミス・レーンが配達に出かけるミニーに奥のタンスから日傘を出して、仕事のお礼にあげた。クリーム色の幅広のレースがついた絹の日傘を手にしたときの、うっとりとうれしそうな彼女の表情をローラは今も思い出す。

客間の本棚

郵便局に通じる客間のドアはいつも開けてあった。ローラが電信機の仕事をしているとき、ときどきミス・レーンが客と内々の話をしていることがあった。そんなとき彼女はそっと客間のドアを閉め、本棚の本を眺める。ビートン夫人の料理書や獣医学の手引書、ジョンソン博士の辞書というような実用書は台所の出窓の棚に置かれていたが、大事な本は客間の応接コーナーにある、ガラス扉付の書棚に並べられていた。ローラは一冊貸して貰ったことがあったが、そのときミス・レーンは手渡す前にわざわざ茶色い紙でカバーをかけるほど、父親の遺品である本を大切にしていた。

それらの蔵書は職人の家には珍しい内容のものだったが、それはミス・レーンの父親が職人としては珍しいタイプだったからだ。彼は詩が好きで、中でもシェークスピアの愛読者で、歴史や天文学も好きだった。

「ウイリアム・シェークスピア全集」という大判の二巻本、ヒュームの『英国史』は厚い小型本で全十二巻、スコットの『全詩集』やウェイバリーシリーズの小説、ウィリアム・クーパーの詩集、トーマス・キャンベルやトーマス・グレィの詩文集、ジェームス・トムスンの詩集『季節に寄す』などが並んでいた。「どの本も読みたければ貸してあげますよ。でもバイロンの『ドン・ジュアン』だけは駄目。ひどい本よ。あなたには向いてないわ」とローラは言われていた。「早く処分しておくべきだったわ。今度庭で火を焚いたときに燃すことにしましょう」

ローラは言いつけに従うべきなのはわかっていた。そして、本箱を覗き込むたび、その本に目が行ってしまう自分が恥ずかしかった。しかし、ある夜、何度もドアを盗み見た後、とうとう、『ドン・ジュアン』の半巻をポケットに忍ばせた。しかもそれをベッドでこっそり読んでいるときに、見つかりそうになったのだ。ミス・レーンが翌朝の郵便について指示したいことがあり、突然部屋にやって来たのだ。ローラは慌てて横に本を置き、ともかくシーツを上にかぶせた。しかし本の角がシーツを通してはっきりとわかる。ローラの慌てた様子にミス・レーンは訝(いぶか)しげな表情をしたが、ただこう言った。「夜、こんな時間に本を読んじゃいけないわ。目が疲れてしまいますよ。

私だって、寝てる間にランプの火から火事を出されて、焼け死んだりしたくないし」ローラはおとなしく小さな声で、「はい、そうします」と言うしかなかった。

しかしローラは夢中で読み続けた。止めることができなかった。何と面白い本だろう。次に何が起きるのか、手に汗を握って興奮した。異国の青空、青い海原、海岸や洞窟、金色に輝く砂浜、詩人のウィットの効いた諧謔（かいぎゃく）や表現の巧さ、メリハリの利いた言葉のリズムに、すっかり心を奪われてしまっていた。主人公の冒険にはローラを動顛（どうてん）させるものもあったが、それ以上にわくわくさせるものが多かった。『ドン・ジュアン』からローラが得たものは大きかった。

この禁断の果実を味わった後、ローラはシェークスピアに取りかかった。ミス・レーンによればシェークスピアは古今東西のもっとも偉大な詩人であり、時間があれば絶対にもう一度全戯曲を読み直したいと思う、というのだ。しかし、彼女に読み直す時間はなかった。たぶん彼女は昔、父親を喜ばせたくて、ある時期、一気に全作品を読み上げたのだろう。物語の筋立てや詩行のそこここの行は今も諳（そら）んじていた。機嫌のいいときに、ローラが「おはようございます、神父さま」などと挨拶すると、「おやおや、これはまた何とお優しいご挨拶を」と返してくれたりするのだった。そしてしばらくはローラのロミオに修道士として相手をしてくれる。しかし彼女が暇な時間に読みふけっているのは、大体がダーウィンの『種の起源』とか、心理学の本とか、医師の家の蔵書整理で買って来た本などだ。そういう科学の本の他には、タイムズ紙の新聞記事などが好みだったが、父親がそうであったおかげで、ローラの文学趣味にも理解を示してくれていた。

ローラが客間にある蔵書をひととおり読み終わると、ミス・レーンも読書好きだったので、キャンドルフォードの町の公民館にある、図書室の閲覧券を発行してもらうことを教えてくれた。閲覧券を手に入れると、ローラは一年で、チャールズ・ディケンズの物語のほとんどを涙と笑いで読み通してしまっただけでなく、それまで読んでいなかったスコットのウェイバリー小説、それまで知らなかった作家の本を片っ端から乱読していった。『バーチェスターの塔』でアンソニー・トロロープを、『自負と偏見』でジェーン・オースティンを知ったローラは、生涯、この二人を敬愛することになった。

公民館の管理人が昼は図書室の司書をかねていた。片足のないハッシー（訳註：やかまし屋の意味がある。）という男性だったが、彼の仕事ぶりは今の司書とはほど遠かった。本を借りに来る人に、彼は必ず悪意のある文句を言った。「何を借りるか、まだ決まらないのか？」棚の前で迷っていると彼は言う。「何でもいいから最初に見つけた本にすればいいだろうに。どれも嘘しか書いてない点では同じさ」そしてそう言っても効果がないとわかると、今度はほうきを持ってきて、わざと辺りを掃き始め、爪先や踵にぶつかってもおかまいなしだ。ローラはときどき名は体を表すというから、彼には口うるさいやかまし屋の先祖がいて、この苗字になったのかもしれないと思ったりした。

図書室には読みたい本がいくらでもあった。家を離れてからローラは本に不自由しなくなった。今の評論家の中には当時の貧しい人々が本に触れる機会がなかったように言う人がいるが、買うことはできなくても、借りて読む機会はいくらでもあったのである。

第十七章　グリーンの周辺

キャンドルフォード・グリーン村

ローラのいた頃、キャンドルフォード・グリーンは一つの村だったが、少し後、隣の町のキャンドルフォードに合併されてその一部になった。しかし、すぐ隣が町であっても、グリーンの周辺の人々の生活は村の暮らしそのものだった。ただ、ローラから見れば、町がそのまま都会ではないように、村と呼ばれていてもグリーンはラークライズのような小さな集落とは異なっていた。

ラークライズでは、住人はみな同じ階層で、仕事も似通い、同じように貧しく、上下関係もなかったが、キャンドルフォード・グリーンの人々にはもう少し違いがあった。牧師がいて、医者がいて、厩(うまや)付きの素敵なコテージに住む一人暮らしの女性たちもいれば、もう少し粗末だけれどラークライズに比べれば格段に良い家に住んでいる職人や労働者たちもいた。靴屋もあり、学校長の家もあり、大工の親方もいる。近郊に新しく建てられてゆく家々にも人が住み始め、それらの人々のほとんどは、二、三マイル離れたキャンドルフォードの町に仕事を持っていた。村は村でもさまざまな生活の要素が集合した小さな社会を形成していて、ラークライズのような孤立した単一の集合体ではなかった。

周辺に散在する大きな屋敷には地主や貴族の人たちが住んでいる。そこには、家の中の仕事に携わる人、庭師、所有の地所で働く人というように、持ち場の異なる大勢の雇い人たちがいる。そして村はその屋敷に属する人たちのものでもある。彼らは教会に通い、店の客であり、村の催し物への影響力を持つ。お昼前には着古したツイードの普段着に平べったい帽子を頭に載せた奥様や令嬢たちが、店に出たり入ったりするのが見られるだろう。たくさんの花を抱えていたら、教会で何か催しがあってその飾りつけに行くのかもしれないし、学校への視察かもしれない。

彼女たちはそれが自分たちの務めだと思っている。そして午後になると、同じ婦人たちがシルクやサテンの服に着替え、大きな羽毛のボアを首に巻き、すれ違う村の人々に、にこやかに手を振りながら、馬車で村を一巡する。それも、村の人々全員の顔を見知っておくことが務めの一部と考えているからだ。村の年配の女性の中には、行き会えば今も腰をかがめて挨拶する人がいたが、この古式ゆかしい挨拶も、次第に廃れつつあった。若い世代や、教育を受けた人々、社会的に彼らより少し上の人々は、にっこりと微笑んで軽く会釈するだけですますようになっていた。

村の人々は自分の所属する場所を知っていて、それをわざわざ変えようと思う人は少なかった。もちろん貧しい人々は賃金が上がることを望んでいたし、店の主人は商売が盛んになり客が増えればうれしかったろう。にわか成金や成り上がった人たちの中には地位や広い地所が欲しい人もいただろう。しかしほとんどの人は階級を変わりたいとは思っていなかった。そして元々上の階級にいる人々が変わりたいと思うはずはなかったから、昔からの階級秩序は特に誰からの不満もなく、何となくそのまま保たれているのだった。

地主夫妻が貧しい人々に慈善を施し、店では気前よく買い物をし、地元の発展のための寄付を惜しまないなら、それが誰もが認める彼らの階級の存在理由だった。店は商品の質と適切な価格を維持し、職人は優れた技術をその仕事に反映させることが義務だ。その水準が維持されているなら、彼らがそれに見合った高い収入を得ることに、誰も文句は言わない。実は労働者階級がもっとも保守的だった。「わし（私）は分を守ることを知っているからね」男も女も、誇らしげに、そう言うのだった。そして若い世代が野心を抱いたりすると、反対するのはまず家族だった。

しかし社会構成の土台は一見昔と変わらず、何も揺らいでいないかのようだったが、少しずつ崩れ始めていた。人間の手で行われていた作業に機械がとって代わり、以前は贅沢と思われていたことがいつのまにか当然の享受となっている。そういう変化の中では、昔の社会組織がそのまま継続していくには無理があった。しかし過去のもの全てが簡単に捨てられて良かったはずはない。心を豊かにしてくれる、楽しい習慣もたくさんあった。

グリーンのこちらとあちら

キャンドルフォード・グリーンの中央部には楕円形に広がるグリーンと呼ばれる草地があり、それが村の名前の由来だった。楕円の一方からはキャンドルフォードの町へ続く二マイルの道が伸びていて、片側にちょっと高く作られた歩道が、ブナの並木が木陰を作る心地よい散歩道になっている。道に面して店と庭つきの大きな家の塀が続き、「一等地」と呼ばれている。その地区に住んでいる人たちはみな、郵便局がグリーンを越えた淋しい反対側にあるのが不便でしかたないと、不平を言っていた。郵便局のある側は「何もない退屈な地区」なのだった。しかしミス・レーンは全く退屈がってはいなかった。彼女の部屋からは一番人通りの多い通りがよく見えたのだ。

郵便局と鍛治屋のある通りは淋しかった。その通りにはもう一軒、古くて高い赤レンガの農場の建物があるだけだった。その建物はジョージア様式で、外観と大きさからいって昔は立派な一族が住んでいたに違いないが、今は年取った牛飼い夫婦二人が建物の一隅を使っているだけだ。二人の使っている部屋には白いレースのカーテンがかけられ、窓辺に鉢植えが置かれているので人のいることがわかるが、残りの窓は殺風景な姿をグリーンに晒(さら)しているだけだ。一年のうち決まった日の夜に、幽霊のような人魂が二階の窓から窓へとよぎって行くのが見えるという噂がまことしやかに囁かれていた。空き家になった大きな屋敷は、その一部分に人が住んでいたとしても、「呪われた家」と呼ばれることは当時ではよくあった。しかし牛飼いのジョリフ爺さんとそのおかみさんは、その種の怪談話を一笑に伏して、こんなに住みやすく気持ちのいいところはないと言っていた。「冬の夜中にわざわざ屋根裏に幽霊を探しに行く気になるものかね。わしらはこのとおりピンピン暮らしとるよ。家賃がただで三部屋も使えて、牛乳もジャガイモもたっぷり食べてる。わしらはわざわざ幽霊を探して屋敷をほっついて、そのあげく出て行くような馬鹿はしないのさ」

たった数軒の建物に挟まれた土地には他に乾草の積み場と、果樹園とライラックやキングサリが枝をのぞかせる庭園の壁があるだけだった。こういう黄色に彩られた木々の緑や三角に積み上げられた乾草の山、農場と鍛冶屋から僅かに聞こえてくる仕事の音が、グリーンのこちら側にいかにも田舎風ののどかな雰囲気を漂わせていたのだが、進歩の好きな人の目には歯がゆく映ったのだろう。果樹園や庭園は土地開発して別の形で利用すべきだという人もいた。新しい教会を建て、周りに店がたくさんできれば、こちらの地区も賑やかな商業地になり、人も移り住んでくるだろう、というのだ。しかし、その後、何年もの間、この地区はのどかなままだった。畑からカラスの鳴き声が聞こえ、時間になると乳搾りの音が混じり、それに鍛冶屋のトンカチが響いてくるだけ。しかし次第にそれにラジオの音楽が加わり、モーターの音が混じるようになった。やがて農場の建物が壊され、その残骸が畑のはるか向こうに捨てられた頃には、鍛冶屋は自動車工場へ姿を変え、隣にはガソリンスタンドができ、大きな看板が掲げられるようになった。

グリーンの片方の端には、木立の向こうに塔の先端が見えている教会と牧師館があった。馬車が旅行の手段であった頃に賑（にぎ）わっていた、古いだだっ広いインもある。そこは長い年月、細々とようやく持ちこたえているのが精一杯の様子だったが、今日ではホテルと名が変わってようやく又生き返りつつあるようだ。この二本の道の周りがグリーン村だ。労働者の人たちはその先の広い野原のそちこちに住み、その向こうが「ハングリーエンド」と呼ばれるもっと貧しい人たちの住む地区だった。キャンドルフォードへの街道沿いには新しい家々が建ち始めていたが、この方角は、郵便局からは見えない。

この二本の通りにはさまれた、ヒナギクやタンポポの咲くグリーンでは、ロバが草を食（は）み、子供たちがはねまわっている。年寄りは二つ置かれた背もたれのないベンチで日向ぼっこだ。雨が降るとベンチに人影はなくなるが、いろんな方角から傘を指した人影が郵便局に向かって草の上を横切ってくるのが見える。

グリーンでの集合

商店街は誰もが好きな賑やかな場所で、待ち合わせにも大体ここが使われた。しかし、たまに真ん中のグリーンに人が大勢集まることがある。一月の第一土曜日で、その日には狩猟に出かける一隊がインの前の広場に集合する。赤い狩猟服に身を包んだ騎手たちは、馬にまたがったまま身をかがめて、熱いお茶のカップを受け取っている。ぴっちりと体に添った上着に長いスカートの乗馬服の婦人たちは、横座りの乗馬鞍の上で体をくねらし、知り合いに向かって鞭を振って合図を送っている。落ち着かずそわそわ動く馬の背の上で、おしゃべりに興じる人たちもいるだろう。そしてたくさんの猟犬が白い尾を忙しく動かしながら、猟犬係りの男の合図を待っている。もし、グループからはぐれそうになってうろうろする犬がいれば、彼は戻るよう名前を呼ぶ。「ほら、ミニー、戻って！」スポットとかカウスリップ、トランペッターという名前の犬もいる。呼ばれた犬は男の方を振り返っておとなしく戻ってくる。ローラはその従順さにいつも感心していたが、その同じ犬が、数時間の後には牙をむいて獲物に食らいつき、肉を噛みちぎるのだ。

しかし狐が可哀そうだなどと考えている人はその場にはいなかった。最初の獲物をうまく隠れ場所から追い出して、今日の狩を成功させることだけで頭が一杯なのだ。

この辺に住む人たちは全員、この狩の集まりを見物にやってくる。二本の道沿いには毛皮を着た年配の婦人を乗せた子馬の引く籠造りの馬車、乳母や子供まで乗った上流婦人の軽馬車や、いつもは肥料を積む荷台に鈴なりの人を乗せた農場の荷馬車、肉屋や八百屋の荷車、パン屋の白いバン型の荷馬車までがずらりと並んでいる。赤ら顔の大道商人が少しでもよく見たいと二輪の手押し車に乗って大声で叫んでいるのもご愛嬌だ。この大集合の日になると、どの店もどの人間もこの場所に用事ができるのは不思議なことだと、マシューはいつも言うのだった。

グリーンの上には、学校の教師、牧師、牧師補、半ズボンにゲートル巻きでトネリコの棒を持った男や、くたびれた外套にマフラーを首に巻いた男たち、キャンドルフォードから着飾ってやってきた少女たち、白いエプロンをつけ赤ん坊を抱いた地元の女たちが集まって、見物している。年かさの子供は「ハイホー、ハイホー」と叫びながら、蹄に蹴られないよう身をかわしながら、走り回っている。

毎年、この「集合」が始まると、マシューは皮のエプロンをはずし、二番目のよそゆきの外套をはおって、ちょっくらあそこの野っ原に行って来る、と言い置いて出てゆくのだった。地主の旦那、オースティン卿、ピルヴァリーのラムズボトム旦那といった人たちに、馬の蹄鉄の具合を見に来てくれと前もって頼まれているのだ。しかし若い鍛冶工たちは仕事場から離れてはいけないことになっている。「おまえらに見物は必要ない。馬たちのことはもう十分見たはずだ。だが誰かがおまえらのやった仕事を点検しないといけないからな」

マシューが出て行くやいなや、彼らはふいごや道具を脇に置き、火や鍛冶場もそのままに、いっさんに店の前、数ヤードのところの少しだけ小高くなった場所に、皮のエプロンを着けたまま押し合いへし合い爪先立ちになる。

そんな朝、郵便局に用事のありそうな人はほとんどいないが、電信機には誰かがついていなければならない。電報が届くと合図のベルが響いて家のどこにいても聞こえるのだが、ミス・レーンとローラの二人は家で待機していた。

電信機の置かれた窓辺からは、芝生の上で、馬が落ち着かない様子だったり、人々が波のようにどよめくのが見える。乗馬服の緋色、猟犬の白の色彩が飛び散るように溢れるのも、よく見ることができた。ミス・レーンはそこにいる人たちはほぼ全員知っていて、大勢の人を手短に説明してくれるので、ローラは助かった。「あそこに大きな灰色の馬に乗った男性がいるでしょう。あの人は元巡査をしてたんですって。ずっと財産を食いつぶしてきたけどもう首が回らないそうよ。あの馬もたまたま見つけて今日のために借りたらしいわ」彼女はその話をつい昨日、獣医のトム・バイレス氏から聞いたのだった。「それからあそこにいる、ヴェールを垂らした女性。あの人はれっきとした奥様よ。それが何、取り巻きの男たちを御覧なさいな。あ、それからあそこの可愛らしいおとなしそうな小柄な人、彼女はティモシー卿のいとこよ。あの金髪のハンサムな若者は農場の主よ」

「まあ、可哀そうに」ミス・レーンがある時言った。若い男女が前後して、狩りの本隊とは離れて、息を整えるかのようにわざと馬の歩みを遅らせ、歩くのと変らないスピードで郵便局の前を行ったり来たりしていた。「打ち合わせていたのね。二人きりになりたいのよ。でもみんなが見てるでしょ。そうじゃないかと思っていたけど、やっぱりだったのね。あら、あの子の母親が来るわ。可哀そうにうまくいきっこないわ。噂では、彼は一文無しなんですって」

しかしローラは、その若い恋人たちにはあまり興味がなかった。彼女の目が釘付けになったのは、赤い上着に黒のベルベットの乗馬帽の、自分と同じ年頃の少女の方だ。ポニーが言うことを聞かなくて困っている様子だった。馬丁が駆け寄り、手綱を取った。ローラもあんな装いで、一月の穏やかな朝に、野や小川を越えて馬を駆ってみたいと思った。想像の中の彼女は髪をなびかせて、手綱さばきも見事に軽々と流れを跳び越えていた。「お見事!」周りの騎手から賛嘆の声がかかり、家に帰ってからも妙技を見ていた人たちの噂になることだろう。

狩猟の一隊があらかじめ決まっている獲物の隠れ場所を目指して出発すると、大人の男も女も少年も少女も、息が続く限りそれを走って追いかけた。普段は力仕事をしている屈強な男の中には、一日中ついて歩く者も二、三人いた。茨の生垣を越え、小川を歩いて渡らなければならない。猟の人たちに門柵を開けたり、みんなの行った方角を教えてあげれば六ペンス銅貨を一枚か二枚は稼げるから、と言い訳していたが、実際は何より、一日そうやってスポーツに参加するのが好きなのだ。その日の仕事の稼ぎがなくなり、着ているものは汚れきって、疲れ果てて腹ペコで帰れば最後にさんざんな小言が待っているのに、自分の気持ちでは十分に労は報われているのだ。

夏のグリーン

夏になるとグリーンの草は鎌で刈られ、芝生になった。刈るのはいつもそこでロバに草を食ませている男だった。彼がそこの草を自由にする法的な権利を持っていたかどうかはわからない。しかしどうであれ、ロバの餌がなくなれば彼が伸びた草を刈ってくれるのは村でも大歓迎だった。村では夏中いつも新鮮な草の香りがした。ローラのキャンドルフォード・グリーンについての忘れることのできない思い出の一つだ。夏の夜、寝室の窓から暖かい暗闇に身を乗り出すと、真新しい乾草とニワトコの花の香りが充ちているのだった。すっかり夜にはなっていない。芝生の向こうには夕暮れの最後の光がかすかに残り、家路につく少年か若者が口笛で吹く「アニー・ローリー」の歌が聞こえてくる。夜の香りを深く吸いながら、いつまでもそうしていたいと思ったものだった。

その季節、もう一つローラが覚えていることがある。まだ夏は終わっていなかった。しかし日が暮れなずむ頃、若者たちがグリーンで凧を揚げていた。凧には燃えさしのローソクが並べて取り付けてあった。その並んだ小さな炎が、たそがれてゆく空や黒い木立の影を背に、ちらちらと瞬き揺れた。それは美しい眺めだったが、危険でもあった。凧の一つに火がつき、燃えながら落下してきた。インの店の外でビールを飲みながら涼んでいた男たちが、慌てて駆け寄ってきて火を消し止めてくれたのは幸運だった。「馬鹿野郎。大馬鹿野郎。こんなところでこんなことをするなんて。火事になるところじゃないか」口々に若者たちを罵った。しかし馬鹿なことだったかも知れないが、今（訳註：第二次世界大戦下）、毎日空から降ってくる爆弾に比べれば、はるかに平和なものではなかったろうか。

グリーンのあちら側

グリーンのこちら側にいて、その変化のなさが気にならない人は、向こう側の進歩が鼻につくことがあった。雑貨屋の窓に新しいショーウィンドウガラスが嵌(は)められた。パン屋にはフランス製の三段重ねのウエディングケーキの石膏模型がスコーンやロールパンの間にお目見えした。魚屋では、朝早くにお屋敷を回るご用聞きは止めて、店先にニシンやサバの燻製の箱を積み重ね、店頭でだけ売るようになった。しかし魚屋がある村は当時どの位あったのだろう。角にある「ストア」という店に行けば、キャンドルフォード・グリーンの最新ファッションが一目でわかった。肉屋はちょっと遅れていたかもしれない。彼の店は庭に向いているので、ラムやウサギやマトンの腿の吊り下げられた小さな窓辺はバラやスイカズラに縁取られている。

店と店の間には普通の家々がある。茶色の細長い低い家は医者のヘンダーソン先生の住居だ。夜になると灯る赤い門燈が明るい彩りを添えている。彼がここに住んでいるために隣近所がちょっと煩わされるのは、夜中にベルが鳴ると外と内をつなぐ筒越しのやりとりで、急患を知らせる心配そうな声が洩れてくることだ。夜中の呼び出しは、村の外の寒村や農場からのことが多かった。六マイルも八マイルも、ときには十マイルも離れた場所から、貧しい人びとは徒歩で医者を呼びにくるのだった。自転車も電話も珍しいどころか知らない人もいた時代のことだ。

医者は真夜中に暖かいベッドから起き出し、自分で馬に鞍を置き手綱をつけ、遠くまで往診に出かけて行く。手伝いの人は昼間しかいないので、夜は全部一人でしなくてはならない。そしてどんなに馬や使いの男にイライラさせられることがあっても、道や天候が悪くても、患者の家に着いたら明るく親切に、自信に満ちた態度で病人を安心させなくてはならない。

「もう大丈夫ね、お医者様がいらしたんだから」階下の女性が言っている。「ほら、冗談まで言って、患者を笑わせて下さって。先生ったら、『五杯目のお茶のお代わりをいただきましょうかな。何杯でも頂きますよ』なんて。冗談なのよ。本気で言ってるわけじゃないの。マギーを笑わせたくて言ってるのよ。陣痛の合間に笑ってるんだからもう大丈夫だわ」一日中忙しく働き、夜中にベッドから起き出して、火の気のない部屋で、難産の女性に付き添ってくれる医者には、誰もが心からの感謝の言葉を口にした。

ローラの母親は口癖のように言っていた。「お医者さまはみんな英雄よ」そして感慨を込めて、ローラが生まれた日の前の晩の話を始めるのだった。近くの町からお医者様が来てくれたのは、それまで誰もが経験したことのない程の、ひどい吹雪の夜のことだった。途中から馬は進めなくなり、道沿いにあった農場に馬と二輪馬車を預かってもらった。村に入る道も雪で埋まって車輪をとられるので荷車も使えず、最後の一マイルは徒歩でやっとたどり着いたのだった。ローラがようやくこの世に生まれて来たとき彼はこう言ったという。「やれやれ、やっと生まれてくれたか。この子がみんなに厄介をかけた張本人だったわけだ。それだけの甲斐のある人間になってもらわなくちゃな」と。子供のとき何か悪さをすると、母は必ずこの話をして、ローラを叱るのだった。

教会と牧師館

夏、郵便局のローラの部屋の窓からは、鬱蒼とした緑の木立の中に、教会の灰色の塔にはためく幟（のぼり）と、牧師館の赤煉瓦の煙突が見えた。冬になって葉が落ち木々が裸になると、教会の建物の東の窓の狭間（はざま）飾りや、牧師館の正面玄関まで見えるようになる。ミヤマガラスが大きな楡の木のてっぺんに春になるまで巣を作り、空に舞いカーカー鳴いていた。

ローラがキャンドルフォード・グリーンに住むようになった頃にも、牧師は昔と変わらず魂の救済を説いていた。年配の、血色の良い、金髪で青い目をした、縦も横も大柄な人だった。白髪はライオンの鬣（たてがみ）のようで、堂々たる雰囲気を漂わせていた。夫人はずんぐりした小柄な人で、普段は古くなったゆったりした服を着ていた。「村で私を知らない人はいないのだから、着るものはどうでもいいでしょう」というのが彼女の言い訳だった。それでも教会や午後の集まりに、自分と同じ階層のお客さまを私的に迎えなければならないときは、シルクやサテンのドレスに着替え、羽飾りをつけ、いかにも公爵の孫娘であり牧師夫人でもある、自分の地位にふさわしい格好をするのだ。村の人たちは彼女のことを「使い分けが上手な方」と評していたが、大体はみな好意的だった。村人の家を訪ねたり店で買い物をするときも気さくで、人の話を聞くのも最近の噂話をするのも好きだった。ただ噂話を次の人に伝えるときは尾ひれがついたらしい。

礼拝は旧式で、長くて退屈だったが整然としていて、音楽と聖歌隊の歌はその頃の村の教会にしては非常に水準が高かった。クルスドン牧師はいつも貧しい教会民たちの心の平安のために、日々聖なるものを敬うことと、地上の秩序をそのまま受け入れることを説いた。裕福な人たちにはその地位にふさわしい責任と義務、慈善の心を説いた。自身、狭い共同社会の中で裕福でかつ高い地位にいて、また田舎の生活をこよなく愛していたので、社会秩序に対しては何一つ問題を感じていなかった。しかも元々温厚で親切な人だったので、貧しい人や苦しんでいる人に手を差し伸べるのは非常な喜びであった。

寒さの厳しい冬には週に二回、温かいスープが清潔な銅製のお皿に盛られて施され、差し出されれば空き缶にも注がれた。そのスープはたっぷりの大麦を煮て、牛肉の細切れや輪切りのニンジンもすいとんも入った、スプーンが立つと言われるほどにとろとろの、慈善とは言えないほどの豪華スープだった。さまざまな施しのスープを味わってきた人からも最高の評価だった。病人のためにはカスタードプディングや、自家製のジェリー、ポートワインまであった。そして食器は日曜日の午後一時半きっかりに、教会に返しにいけばいい約束になっていた。滋養が必要な、快復しつつある病人は頼めば食事の用意もしてもらえた。クリスマスには毛布が配られ、仕事で村を離れる少女には未晒（みざらし）のキャラコ綿の下着が送られ、年寄りの女性にはネルのペチコート、男性にはネルの肌着が与えられた。

　四半世紀もそういう習慣が続いていた。村の人々の目には、クルスドン牧師夫妻の存在は教会の塔がある限り、いつもそしていつまでもそこにあるものと映っていたのだった。太っちょの御者のトーマス、ハーブティーや軟膏で病気や怪我を治してくれる女中のハンナ、コックのガントリー、いつも馬車の後ろを走っているダルメシアン犬、立派なマホガニーの家具とダマスカス織りのタペストリー、それら全部を含めて、牧師館は変わらずそこにあるはずだった。

　ところがある夏の午後、クルスドン夫人は、一番の礼装で、あるお屋敷で行われた盛大なバザーに出席するために馬車で外出した。その辺の名士たちはほぼ全員が参加していた。たくさんの物を購入して持ち返ったのは良かったが、そのおみやげの中に病気の菌まで入っていたのだ。一週間後、彼女があっけなく亡くなった後、牧師もその病気に感染して僅か数日で後を追った。埋葬は一緒に行われた。二人の棺（ひつぎ）の後には、教区の人々全員が付き従い、生前、二人のことをさほど気にかけていなかった人たちも、少なくともその日だけは、心からその死を悼んだ。キャンドルフォード・ニュース紙は三段抜きでその葬儀の様子を伝えた。見出しは「キャンドルフォード・グリーンの悲劇――皆に慕われた牧師夫妻の葬儀」というもので、周囲に剣が飾られ、たくさんのリースと十字架と花束に覆いつくされた二人のお墓の写真が載った。新聞は一部四ペンスで売られ、どの家もそれを額に入れて壁にかけた。

しばらくすると教区民たちの関心は、次に来る新しい牧師がどんな人かということに移った。「クルスドン牧師のような人がまた来てくれたらいいんだが」みんな口々に言った。「彼は紳士の中の紳士だったね。奥さまは令夫人だったが、決して差し出がましいことはしなかったし、それでいて貧乏人には親切だった」「店にも気軽に買い物に来てくれて、きちんと払ってくれた」

何か月かたち、牧師館は部屋が全部改修され、庭や厩（うまや）だったところには下水溝が掘られた。当然みんな何のためなのか訝（いぶか）った。新しい牧師が着任してきたが、彼と彼の家族はあまりに予想を超えて新しい時代の人たちだったので、それについてはまた章を改めて書くことにしようと思う。

亡くなった人々については、その人を見かけたときの情景に抱いた感情も一緒に、思い出されてくるときがある。ある日、ある場所での仕草や表情、微笑んでいたりいなっかたりもする。しかしそのときの光景が私たちの心の中に、人に対して抱いた気持と共に深く刻まれてしまうことがある。言い換えればその場所を見ると、同じ場所での過去の思い出が、そのときの感覚も含めて呼び覚まされるのだ。

ルーニー・ジョー

この優しい老クルスドン牧師から、ローラの思いを誘う思い出の一つは、毎日あのグリーンを周って郵便局にやって来るときの彼の仕草だ。立派な体格に隙(すき)のない着こなしで、世界に何の不足もない彼は、一人の村の役立たずの姿を遠くに認めると、決まって立ち止まり、重々しく首を振るのだった。劣って弱い存在を見るたび、「一体、どうしてああなのか…」と自問するかのように。

キャンドルフォード・グリーンにはみんなにからかわれている若者がいた。

彼は生まれつき耳が不自由で口がきけなかった。生まれたときは精神的な障害はなかったろう。もし現代の矯正や教育を受けられていたなら、別な成長をしていたのではないかと思うが、彼の時代にそれはなかった。他の子供たちが学校に行っている間、彼は好き勝手にその辺を走り回っているだけで、人と交わることもなく、一人で放っておかれたのだった。

ローラが初めて彼を見たとき、彼は体だけはもう立派な大人だった。力もありそうだったし、薄い金髪のあご髭は母親がはさみで手入れしてやっていた。おとなしくしているときは、知恵遅れというよりはむしろ無邪気な子供っぽい表情に見えた。母親は未亡人で、洗濯女をしていたので、彼はよく洗濯物の入った籠をかついで運んだり、井戸から水を汲んだり、絞り機のハンドルを回したりして、手伝っていた。自分の家では大雑把ではあったが、母親が考えた手や体を使った意思疎通の方法があったけれども、外に出ると誰ともコミュニケーションの手段がなかったのに加え、すぐに癇癪を起こす癖もあり、単純な作業ならその気になればできたかもしれないが、誰も彼を使ってはくれなかった。みんなは彼をルーニー・ジョーと呼んでいた。

ジョーは暇な時間、といっても一日の大半の時間が暇だったわけだが、グリーンの辺りをぶらつきながら、鍛冶場や大工の仕事場を覗きにやってくるのだった。じーっと静かに見ていたかと思うと、突然大声で意味不明な音を発するので、みんなが笑うと、きびすを返して走り去り、野山の方に行ってしまう。林や茂みの中に彼はたくさんの隠れ場所を作っているということだった。みんな笑って言っていた。「ルーニー・ジョーは猿と友達なのさ。猿もその気になれば話ができるんだろう。でも猿は話ができることがばれれば人間にこき使われるから、話せないふりをしてるのさ」

彼が仕事の邪魔になると、男たちは肩をつかんで外に押し出した。そうされたときの荒々しい反応やひきつった表情、わけのわからない喚（わめ）き声で、彼の名は一層有名になってしまうのだった。

「ルーニー・ジョー、ルーニー・ジョー」と子供たちは彼の後をついて囃し立てた。聞こえない彼には何を言っても安全なことを知っていたのだ。しかし彼は耳が聞こえず口がきけなくても、目は見えたから、たまたま振り向いて後ろから子供たちがついてきているのに気づいて、からかわれているのがわかると、手に持ったニワトコの杖を振り回して脅しつけることが数回あった。この他愛のない話はあっという間に広まり、今度はルーニー・ジョーは危険だからどこかにやれ、ということになった。しかし母親が、彼を好きにさせておいて欲しいと庇い、医者も大丈夫だと言った。「ジョセフの頭は正常だよ。見かけが変なのは障害のせいだ。彼が危ないなどという前に自分の子供をちゃんと躾けることだな」

ジョーが頭の中で何を考えているのか、誰にもわからない。息子を可愛がっていた母親には少しわかっていたかもしれない。ローラは彼が、グリーンでクリケットをしている若者たちを、眉根を寄せてじっと眺めているのを何度も見かけた。彼はまるで、彼らがボールを転がしたり、棒で打ったりするのは何のためなのか、自分がそこに入れてもらえないのは何故なのかを、考え込んでいるかのようだった。いつか、ミス・レーンのところに冬の薪にする丸太を運んで来た男が、ジョーに重い丸太を下ろすのを手伝わせてやったことがあった。そのとき彼の顔は幸せそうに輝いた。しかししばらくすると彼はその仕事に飽きて、丸太を乱暴に投げつけ始めた。運の悪いことにその一本が男の肩に当たり、男は怒った。それでまたジョーの方も癇癪を破裂させたため、ルーニー・ジョーは前よりもっと頭がおかしくなってきた、ということになった。

しかし彼はおとなしく振舞うこともできた。ローラは一度、林の淋しい場所で、彼と行き逢ったことがある。彼女は一人きりで道も狭かったので、ちょっと恐かった。しかし彼女は後でそんなふうに思った自分に恥ずかしくなった。すれ違ったとき肘が触ったが、彼はまるで子羊のように穏やかな態度で、彼女が手に持っていた花をそっと撫でてくれたのだ。にっこり軽く会釈してローラは、無意識の内に足早になっていたが、彼のために何かしてあげたいと、心から思ったのだった。

ローラがよそに移って数年後に聞いた話では、彼の母親が亡くなって後、彼は近くの施設に入れられたということだった。可哀そうなジョー。その時代、幸せに問題なく暮らせる人がいる一方で、貧乏で障害のある人に社会は優しくなかった。貧乏な年寄りにも優しくはなかった。年金法はまだ制定されていない。一生を働き通し、独立独歩で暮らし、最後に自分一人で生きていくことができなくなれば、救貧院に行くしかない。夫婦でも男女別々の施設に入らなければならなかった。真面目に共に支え合って生きてきたのに、最後にこんな別れ方をすることになった年寄りの気持ちは想像してあまりある。週二、三シリングの教会からの援助、同じ程度の貧しい子供たちが送ってくれる僅かなお金、それだけで何とか家にとどまり暮らしている老夫婦はたくさんいた。ローラも何軒かそういう家を知っていた。折れ曲がった腰を杖にかぶさるくらいにして、しかしいつもきちんとした格好で、決まった間隔で郵便局に為替を受け取りにくるお爺さんがいた。働きに行っている娘や結婚した息子が送ってくれる僅かばかりのお金だ。「親孝行の子供がいてくれてよかった」と彼が嬉しそうに言うたび、ローラも相槌を打つ。「本当にね、ケイティ（ジミー）は素晴らしいお子さんだわ」

ジェリー

その頃、村で誰かが病気になれば、近所の人は何かお見舞いを送るのが習慣だった。ローラの母も自分が貧しいのに、病気の人が喜びそうな食べ物を少しだけでもと届けていたものだ。ミス・レーンはローラの母より十倍も裕福だったから、もっと豪華なお見舞いができた。病気のことを聞きつけると、患者が快方に向かう時期に合わせて、すぐに鶏を絞めるか買うかして料理し食卓に届ける。一番足の速いローラが、ふきんをかぶせたお皿をグリーンの向こうに運ぶお使いをすることになるのだった。それは貰う側だけでなく、送る側にも楽しみのあるお見舞いだった。なぜなら一番いい胸肉はあらかじめ切り分けられていて、後でミス・レーンの食卓に載ることになっていたからだ。でもそれも悪くない計画ではないだろうか。お見舞いの後でちょっと自分でも楽しめると思えば作る張り合いがあるし、病人の側も二番目にいい部分だとしても、骨つきの方が後でスープのだしもとれるのだから。

鶏料理はジラーにすっかりまかせていたけれども、親しい友人の一人が病気になったときは、ミス・レーンはどこからか白い麻のエプロンを取り出し、彼のために特製のワインジェリーを自分で作った。このジェリーについての話は、店から瓶入りを買ってすませている今日の人には信じられないかも知れない。まず子牛の足を手に入れ、必要な成分を取り出すために、一日中とろ火で煮込むところから始まるのである。

鍋の中身はいったん漉（こ）され、それをまた適当なとろみと量になるまで長時間煮込む。それを更に漉し、砂糖を加え、ポートワインを少しずつ垂らしながら美しいルビー色をつけ、卵の殻であくとりをした後、更にまた何度も漉す。その後でピエロの帽子のような形のネルのジェリー専用の袋に入れて、一晩食料貯蔵室の梁に吊り下げ、下には滲み出た液を貯めておくボールを置いておく。決して無理に絞ったりしてはならない。こうした混み入った全ての工程を経て、最後にようやくできた小さなかたまりをもう一晩寝かせて、ジェリーは完成する。ゼラチンは一切使用しない。

ミス・レーンは「味見用」としてティーカップ一杯分を取り分けて、ジラーとローラにスプーン一杯ずつ味見させてくれた。ローラの経験を積んでいない舌には、好きな赤いナツメ飴の味とあまり違いはないように感じられたが、経験者のジラーは「死ぬほどおいしい」ジェリーのエキスだと絶賛した。

この頃でも、僅かスプーンで数杯のジェリーを作るために、これ程の苦労を厭わない人は少なかった。ローラの伯母たちは好きで良く作ったし、母も材料が手に入り時間が許せば作るのは好きだった。しかし当時でさえ、ただでも忙しい家事の中では、時間の無駄と考える人は多かった。少量のジェリーのための大変な時間を、週の家事に組み込むのは難しいというのが表向きの理由ではあるが、要は時間や労力を別のことに使いたかったということだ。しかしそれが好きな女性には一種の芸術作品を作るような快感があって、完璧を期すためにはどれほど時間がかかろうが労を惜しまないのだった。今日、ヴィクトリア時代の女性たちは無知で弱く、他人に依存するだけの影のような存在のように思われている。当時の女性たち自身は自分たちの口からどうであったかを答えられないわけだが、少なくとも料理の仕方を知っていたのは確かなことだ。

ローラがよそでは見たことのない、ここだけの料理があった。おそらく鍛冶屋だからできる料理で、「サラマンダー料理」と呼ばれていた。ベーコンやハムの薄切りを大皿に並べ、鍛冶場の鉄床上に用意して置く。職工がサラマンダーという大きな鉄板の端を真っ赤に熱し、皿の上にかざすとベーコンやハムは焼けてチリチリに縮むので、それをパイ皮でくるんだゆで卵やポーチドエッグと一緒に食べるのだ。

鍛冶屋のお風呂

キャンドルフォード・グリーンでのお風呂は他の田舎の昔からの方法と変らなかった。母屋の裏口を出てすぐのところにある、昔は醸造に使われた古い小屋が風呂場に使われていた。ミス・

レーンは鍛冶工を含めた家中の人のためにビールを造っていた頃のことを覚えていたが、ローラが来た頃には、ビールは醸造所から九ガロン入りの樽で買うようになっていた。自家製のビールはもう農場や商家でも造らなくなっていたのである。しかし上の世代には、自分たちの飲み物用としてまた使用人用に、自宅で造っている人たちもいた。買って済ませる方が時間や手間の節約になったのである。キャンドルフォード・グリーンの郵便局の窓口で、ローラは少なくとも一年に六件は、年四シリングかかる自家醸造の許可証を発行している。村にその許可証を持っている女性がいた。彼女の家の庭のはずれには大きなイチイの木があって、塀の外に枝を広げていたが、客たちはその枝の下の草に座り、「屋敷の外」で合法的にビールを飲んだものだ。しかし、彼女はお金を貰って売っていたことになるから、許可証は普通より高い治安判事名で発行されたものだったのだろう。

ミス・レーンのかつての醸造小屋は今は風呂場になっていたが、ミス・レーンとジラーはここを使っていなかった。ミス・レーンは自称「カナリアの水浴び用」と呼ぶ、大きな浅くて本当にお皿のような形をした浴槽を寝室に置き、溜めた雨水を沸かしてほんの数インチ入れた中にオーデコロンを数滴垂らして、週一度入浴するのだった。冬の入浴の日は寝室の暖炉に火が入れられた。衝立（ついたて）は季節に関係なくいつも用意されていたが、ヴィクトリア時代の婦人のたしなみというより、隙間風を防ぐためだったと思う。隣の農場で攪乳が行われる日には必ず一クォート（約0・

95リットル）のバターミルクが届いたが、それがミス・レーンの化粧品で、顔と手に塗るクリームだった。ジラーがいつどこでどうやって入浴しているのかは謎だった。お風呂の話になると、彼女はただ、豚みたいな真っ赤な顔にならずにお風呂に入る方法を知りたいものだわ、としか言わない。しかし彼女はいつも清潔できれいにしていたから、ローラの推測では、彼女は昔ながらの、たらいの中で体を洗う田舎の入浴法を採用していたのではないだろうか。鍛冶職人たちは真っ黒になって働く仕事の性質上、頻繁にお風呂を使う必要があったから、そのこともあって醸造小屋が風呂場になったのだ。水曜日と土曜日が彼らの入浴日、金曜日がローラのお風呂の日だった。

風呂場の隅に古い醸造用の銅鍋があり、それに外から窓越しに給水用のパイプが通してある。床から二、三フィートのところに蛇口があって、沸かしたお湯が出るようになっている。レンガ敷きの床に深い、人の身長分の長さの亜鉛製の浴槽があり、鍛冶工たちはこれを使う。そしてもう片方の壁にいつも立てかけてある、大きな腰までほどの深さのあるたらいが、ローラや客用のものだ。泊り客もこのお風呂が好きで、「暖かいお湯に浸かって座っていると本当に気持ちがいい」とみんな言った。たらいの横に敷くマットも巻いて置かれている。窓とドアには外からの目隠しと隙間風を防ぐためのカーテンがかかっている。

ローラにとって、この醸造小屋のお風呂は本当に贅沢で気持ちの良いものだった。家にいるときは、洗い場でお風呂に入った。大きな釜にお湯を沸かしてそのお湯を使うのだが、井戸から汲んで運んでくる水は一滴も無駄にできないし、薪ももったいないので、一人が使えるお湯の量は少なかった。「体をよくこすってお湯で流したら、次の人に残しておいてね」が母の言いつけだった。キャンドルフォード・グリーンのお湯は無尽蔵だった。風呂場が湯気でもうもうとなるほどにお湯が沸いている。鍛冶工の若者が仕事の終わる前に火に薪を足しておいてくれると、八時には銅器のお湯は沸騰して煮えたぎっている。窓とドアにカーテンを引き、銅鍋の下のちろちろとした赤い残り火を眺めながら、膝を抱えて暖かいお湯に首まで浸かっているのは至福のときだった。

後年、きれいではあるけれど冷たいモダンな浴室で、浅く張ったぬるいお湯から出るとき、ローラはこのときのお風呂をよく思い出したものだ。コイン式のガス湯沸かし器を使っていて、カチカチと残り僅かになってゆく音を聞くときも、お湯がもう少し出ていてくれればいいのにと思ったものだ。しかし醸造小屋でのお風呂がこれほどまでに思い出深いのは、若くて健康で他人のことをまったく気にしないですんだときだったからかもしれない。

自給自足とやりくり

まだ世の中は自給自足の時代だった。どこの家でも自分の庭で野菜を育て、鶏を飼って卵を産ませ、自家製のベーコンを作った。ジャム、ジェリー、果実酒、野菜の酢漬けは当然のように自家製だった。ほとんどの家の庭にミツバチの巣箱が並んでいた。普通に暮らしていれば、食べるものには困らなかった。貧しい人々もそうだった。低賃金の労働者の家が困るのは、食べ物の調達ではなく、他に数え切れないほどある日用品、衣服とか靴とか、薪や石炭、寝具、食器といったお金で買わなければならない物でのことだった。

収入が週十シリングとか十二シリングの家で困るのは、そういう物が足りなくなったときだ。しかし当時の主婦のやりくりの才は素晴らしかった。主婦たちはどんな古いぼろの端切れでもとっておき、或いは人から譲ってもらい、石の床に敷く敷物を作ったり、切り裂いて布団の詰め物にした。シーツも表が汚れれば裏返し、擦り切れれば継ぎをあて、最初の生地がどこだったかわからなくなるほどに上に布を接ぎながら使った。「さあ、旗をあげなくちゃ」月曜日の朝の洗濯が終わると、女たちは口々にそう声を掛け合って、洗濯物を何列ものロープに旗めかせてゆく。それを眺める彼女たちの眼差しや心意気には、言葉以上のものがあった。洗濯物が誇らしげに旗めいている陰には彼女たちの血のにじむ日々の働きがあったのだ。

第十八章　朗読会

村の娯楽

当時、キャンドルフォード・グリーンでも、若者や進歩的な人たちは村が退屈だと不満をもらしていたが、ここに満足している人たちは「ほかの村はともかく、この村に限っていえば退屈なんかしないね。いつも何かあるじゃないか」と言っていた。「退屈派」は自分たちの欲しい娯楽がない以上、その言葉に納得はしなかったが、娯楽がいろいろあることは認めざるを得なかっただろう。

映画館はもちろんまだなかった。キャンドルフォードの町に「幸福座」が開館したのはその後二十年もたってからだ。ダンスホールもなく、夏の休日にみんなでグリーンの草の上で踊る村のダンス以外、踊りの機会はなかった。しかし冬には、教会でさまざまな社交の集まり、たとえばお茶会、ゲーム、月例の朗読会などが催されていたし、学校でも年に一度の音楽会があった。そういう年間の社交行事の他にも手芸パーティなどがあった。会員の家を順番に会場にして、他の女性たちが都会の貧しい人びとやクリスチャンではない人々のために何かを作っている間、一人が横で本を朗読する係になり、会場の当番になった家の女性がお茶を用意する。こういうパーティは慈善のために行われた。普通の家でも母親たちが集まって一緒に縫い物をする同じような会はあったが、こちらは福祉団体などが安く提供してくれた材料を使って、自分や家族のものを縫うための集まりで、お茶はなかった。

しかしどちらの集まりでも、本の朗読はおしゃべりのせいでなかなか進まなかった。集まればまず村の中で起きたことの噂話が始まる。「この間ね、○○さんが言ってたのよ」こういう会は情報交換もかねた社交の場なのでとても楽しいのだ。

夏には、「お出かけ」の相談もある。母親たちは「海辺に行きたいわね」というような話し合いを何週間も重ねた後、結局はロンドンや動物園に行くことに落ち着く。教会の合唱隊はわずか数時間歌うために、早朝からボーンマスやウエストン・スーパーメアまで出かけることもあった。学校の遠足なら旗や歌で賑(にぎ)やかに、馬車で隣村の教会へ出かけて行く。そこでは庭の木陰に用意した長テーブルにお茶やお菓子が並べられているだろう。駆けっこやゲームをして、疲れた汚い顔で家に帰りついた後も、大勢の人々の歓迎を受けたことがうれしくて、しばらく興奮が覚めやらない。

朗読会

朗読会はほとんどの所では時代遅れになっていたが、九〇年代のキャンドルフォード・グリーンでは、まだ大きな娯楽だった。学校の教室を借りるのは無料で、「主催者」発行のチラシを持参すれば、照明代と暖房費の数ペニーで参加できた。費用がかからないだけでなく、実際にとても楽しくて人気があり、家族揃って来ている人も多かった。日が落ちてからランタンを手に、大勢が集う暖かい部屋に出かけて行くのは、それだけでもペニー銅貨数枚の価値はあった。

朗読での人気者は隣村の老人だった。まだ若かった頃に、ディケンズが自作を朗読するのを実際に聞いたことがあって、それを再現してみんなに伝えるのを生きがいにしていた。

その老グリーンウッド氏は、細心の注意とありったけの情熱を朗読に込めるのだった。声と同じくらい表情が変化し、本を持たない方の手も休みなく動いている。女性になれば裏声はほとんど黄色い金切り声になり、ひょうきんな若者のときは極端におどけ、聞き手が決まり悪くなるほど悲しげに声をひそめ、自分でも涙を流しながら熱演するのだった。ディケンズの愛読者にとっては、彼がディケンズを実際に聞いたことがあるのが何よりの魅力で、「何といっても一度は聞いてみないといけない」と別の作家の本の希望者を押えこんでしまう。

聴き手は彼の朗読を批判したりはせず、純粋に楽しんでいた。ピックウィックやディック・スウィヴェラー、セアリー・ダンプといったディケンズの小説の登場人物の滑稽な台詞には素直に笑ったし、オリヴァー・ツイストが「もう少しお恵みを」と施しを求めたり、幼いネルが死ぬ場面では、女性たちは涙を流し男たちも鼻をすする。必ずアンコールがかかるので、最初から彼は四部ある朗読を二部に分け、アンコールも含めて全部が終わるように演目を組み立てていた。最後の朗読を終えた彼が、手を胸に当てて壇上から深々とお辞儀をすると、みんなは嘆息まじりに口々に「こんなのを聞いたら次は何を読んでもらってもつまらないだろうね」とつぶやくのだ。

それほどに面白く聞いたのだから、終わった後、図書室から本を借りてディケンズを読みたくなる人がたくさんいたかと言えば、そんな人は稀だった。彼らは聞くのが好きでも自分では読まなかった。用意されてできあがったものの方が良かったのだ。だからこの後、ラジオや映画が人気を博したのは当然のことだった。

朗読会でローラが好きだったのは、コックス夫人の朗読だった。夫人は近隣のドワー・ハウスという屋敷に住む人で、アメリカ生まれだという噂だった。中年の女性だったが、ゆったりとした襟なしの、大体いつも緑色のドレスで、短く切った白髪をそのまま肩に垂らしており、ちょうど今のボブのような髪型をしていた。彼女が読むのはいつも『アンクル・レムスのお話』の本から、ブレール・ラビットやブレール・フォックス、タール坊や、といったお話で、もしかしたらそれらは彼女がアメリカで、黒人の乳母から子供時代に聞いたものだったのかもしれない。深いちょっとハスキーな声の、アメリカ南部訛りの読み方は、ひねりの聞いたユーモラスな場面に見せる笑顔と共に、とても魅力的だった。

その他の朗読では、本の選び方に当たりはずれがある場合もあった。散文の合間に詩が挿入されることもあったが、ロングフェローの詩が多かった。一度ローラは朗読のための作品を二つ選ぶ栄誉に浴したことがある。朗読者は友人の父親で、彼はその場に招待され朗読することになっていたのだが、自分の人生とはかけ離れた作品から何を選べばいいのかわからない、というのでローラが選んであげたのだ。彼女はスコットの小説から主人公ジェニー・ディーンズがキャロライン女王に拝謁を許される場面と、サッカレーの『虚栄の市』のワーテルローの戦いの場面を選んだ。その場面はこういう文章で終わっている。「暗闇が戦場と町を覆った。アメリアは、胸を撃ちぬかれ、今や骸と化して仰向けに倒れたまま動かないジョージのために祈った。」朗読が終わってから、彼は聴衆は熱心に聞いてくれていたと言ったが、ローラにはそうとも思えなかった。

流行のスタイル

この朗読会は寛いだ集まりだったので、一番のよそゆきよりは少し下の外出着でよかった。普段着におろす前の着慣れたドレスにアイロンをかけ、新しいリボンを結んだりレースの襟をつけたり、ちょっとだけお洒落をしてゆく。年に一度の教会の音楽会は一番のよそゆきだ。音楽会で演奏者になる若い女性はみな、ゆったりしたVネックの肘までの袖の白か薄い色のドレスで、村の少女たちは夏のドレスに、頭に花やリースを飾るかリボンを結ぶ。教会行事のときの少女たちの装いはその夏のドレスというのがほとんどだったが、来年のために新調していたドレスを着る場合もあり、そんなときは襟ぐりを下げて縫い込み、イブニングドレス風に着こなす場合もあった。年配の女性なら、黒のシルクかしっかりした上等の布地のドレスで、手持ちの中では最良のものにする。

ドレスのスタイルは前の時代に比べればシンプルになっていた。腰の後ろにつけるバッスルはもう誰もつけなかったし、スカートを膨らますパニエも後ろに引く長い裾も、スカートに何かつけるのは全部流行遅れだった。新しいスカートは長いあっさりした形で、以前よりしっかりと形を保つように裾に張りをもたせて縫われているので、かかとにまつわりつくことがない。そのスカートに合わせるブラウスやドレスの上身頃（ボディス）はふくらんだちょうちん袖で、前身頃の中央部分は切り替えて真ん中に目立つ色の布をもってくるスタイルも多かった。ウエストはやはり細い方が好ましかったが、細さの基準は変ってきていた。誰も十八インチや二十インチにはこだわらなくなっていて、二十二、二十三、二十四くらいでも大丈夫だったので、前のように締めつけなくても良かった。コルセットできつく締め上げる昔の習慣は過去のものになりつつあった。

髪型は、宮邸のアレクサンドラ皇太子妃の縮らせて垂らした前髪が大流行だった。この髪型をするには、前髪を額の上で切り、ほとんど頭のてっぺんから髪をチリチリに縮らせなければならない。この髪型を考案し流行らせたのは皇太子妃であったが、彼女の美貌と優雅さはファッション界では、常に時代の最先端をゆく流行のリーダーだった。多くの人がその流行の髪形を最初は「ついてゆけない」と批判したが結局、追随した。第一次世界大戦中に流行ったボブスタイルの場合も、年配の女性や男性が最初眉をひそめても結局は慣れたのと同様、縮れた前髪は最初は一部の人の流行だったが次第に主流になっていった。九〇年代を通してこの髪型の流行は続いた。

ローラは教会でのお楽しみ会には、モリーとネルのお下がりの薄いウールのワンピースを着ることに決めていたが、前髪を少し切って縮らせて額に垂らそうかどうしようか迷っていた。ミス・レーンや母が気づいたら絶対反対するだろう。きちんと巻いてカールをかけたのにゆるんでこうなったの、と言い訳しよう。二人が気づかなかったらまた少し短くして、もう少しきつく巻いてみよう。そのための道具に、マシューの部屋にあった新しいパイプを借りて、柄をろうそくの火であぶって髪に巻いて縮らせた。出かけるのに階下に下りるとき、彼女は帽子をぐっと下げて目深にかぶった。後でさまざまな批評が聞こえてきた。エドモンドはまるで「賞を取った若い牛みたい」と評した。母はあっさり、「似合ってるわよ。でもまだお洒落を考える年じゃないわ」と釘をさした。しかし彼女自身、だんだんその髪型が面倒くさくなっていった。雨の降ったときに縮れをきれいに保つのは大変なことだったのだ。

「ハンカチ落とし」

若者のためのお楽しみ会は教会を会場にした集まりだが、村の人たちだけのものだった。お屋敷の人たちは来なかったし、牧師は集まりの途中にちょっと顔を見せるだけで参加はしなかった。牧師補や日曜学校の先生たちも姿は見せても口は差しはさまなかった。手伝いの母親たちはお茶を片付けテーブルを寄せると、壁際に座ってゲームを見学して楽しむ。「郵便配達が玄関に来た」、「歌う椅子」、「マルベリーブッシュに行くところ」というゲームが終わると、カランカランとベルが鳴り、最後の楽しい「ハンカチ落とし」だ。「恋人に手紙を書いたの。出しに行くとき落としてしまったの。誰かさん、拾ったらポケットに入れてちょうだいね」鬼の人がハンカチを手に持って、輪になったみんなの外を歌いながら回る。そして適当な人の肩にそれをのっけると、逃げる。選ばれた人はそれを追いかけるのだが、何度回ってもつかまえられず、最後にはドアを抜けて逃げ回ることもある。追いかけっこがいつまでも続くので、このお楽しみ会のときのハンカチは最初から二枚用意されていた。ゲームを口実に二人きりになれるチャンスだ。教会でのゲームなのだから、まさかキスまでするとは思わないけれど、どこかでやっと鬼がつかまって戻ってきたとき、ハンカチがクシャクシャになって汚れているのは何故だろう？　二人はやっぱりキスしていたのかしら、していなかったのかしら、それは誰にもわからない。

夜も次第に更け、最後にお手伝いの母親たちも入って、若い男女は輪になってぐるぐると回り始める。そのスピードがどんどん速くなり、少女たちのブルーやピンク、グリーンのスカートが釣鐘のように膨らみ、若者たちの顔が紅潮して真っ赤になった頃、誰かが「さあ『蛍の光』だ」と叫ぶ。そうすると皆、今度は手を交差させてつなぎ、「蛍の光」を歌って、歌い終わると帰路につくのだ。家族でかたまって、あるいは若者は男女二人でというふうに。ダンスだったらもっと楽しかったのにと思う人もいただろう。でもその頃はまだ「ハンカチ落とし」がその代用だった。

そういう催しの後、少し年上の少女なら若い男性に送ってもらうことはよくあった。婚約者がいれば当然相手が決まっていたが、まだ特定の人のいない、それなりに可愛らしく人気のある少女たちの間には、当然お互いの競争意識があった。若くても特に目立つところのない少女は、もちろんローラもその一人であったが、暗い夜、一人で帰ることになる。方角が同じならどこかの家族や友人たちのグループと連れ立って行く。

ある年、たった一度、その教会のゲームの後の「蛍の光」が終わってから、一人の若者がローラに近づいて来て、礼儀正しく「宜しければお送り致します」と言った。それは一瞬、二人の周りにいた人たちに興奮を巻き起こす出来事だった。何故なら彼は地元の新聞社の記者で、こういう会では部外者と思われていた人物だったからだ。前任者の記者は、退屈そうに座っているだけで、早くパブの「ゴールデンライオン」に行きたい様子がありありで、最後の「蛍の光」に誘われたときなど手を振り払って隅に行き、手帳に記事の原稿を書いていた。中年の記者だったから、村の人間から気安くされたくないという、それなりの誇りがあったのだろう。しかし、この初めてキャンドルフォード・グリーンに取材に来た新人記者は、ローラより一、二歳年上なだけの若者で、ゲームにも参加し、みんなに負けないほど大声で笑い叫んでいたのだった。きれいな青い瞳と、人なつこい笑い声と、そしてもちろん速記で書きつけている取材の手帳が、ローラには魅力的だった。だから彼に送ると言われたとき、彼女はうれしくて「まあご親切にありがとうございます」と小さな声で、やはり礼儀正しく挨拶したのだった。

穏やかな冬の夜の湿った空気の中、グリーンの周囲を巡りながら、彼は自分のことを話してくれた。彼はほんの二、三か月前に学業を終えたばかりだった。そしてキャンドルフォード・ニュース紙の編集長に一か月の試用期間の約束で雇われていた。「その期間はあと少しで終わるけれど、一日か二日したらキャンドルフォードを発つつもりだ。仕事を評価してもらえなかったわけじゃないよ。ちゃんと仕事して認めてもらったと思う。でも両親が地元でもっといい仕事を見つけてくれたんだ」彼の故郷(ふるさと)はイングランド中部のミッドランド地方のはずれの方だった。「じゃあ、その後はフリート街（訳注　ロンドンの新聞社街）を目指すわけね」ローラの言葉に二人は一緒に笑った。その冗談に二人は初めて会ったような感じがしなくなっていた。その後、その夜の集まりの話になり、そこにいたおかしな人たちの噂をしてまた笑った。その人がいないところでからかいのタネにしてはいけないと、きつく躾けられてきたローラはちょっと気が咎めたが、よそから来た同じ年頃の人に会ったのは初めてだし、共通の経験はあのときだけだったのだから、と自分に言い訳した。どっちにしても大したことじゃないわ。

二人は楽しく笑いおしゃべりしながら郵便局の戸口までやって来た。そしてそこで低い声でしばらく立ち話をしていたが、足が冷たくなって来た。「もう少し歩こうか」彼の言葉で、二人はもう一度グリーンを一周りした。本の話になったので、二人は何度もグリーンの周りを歩いた。夜がどのくらい更けたかも知らず、時間を忘れて二人は話し続けた。一晩でもそうやって歩いて話していられた。しかしそのとき郵便局に明かりが点った。ローラが「じゃ、おやすみなさい」と慌てて家に駆け込むと、ミス・レーンが戸口の窓から外を見ていた。

ローラはその後、その若者ゴッドフリー・パリッシュに二度と会う機会はなかった。数年は文通が続いた。彼の手紙は素晴らしかった。いつも社名の印刷された新聞社の厚い上等な便箋に書かれていた。ときには七ページも八ページもあった。彼の編集長はきっと、彼の原稿用紙の減り方の速さを不思議に思ったに違いない。ローラも彼に、どんな小さなことでも面白かったことや読んだ本のことを返事に書き綴った。しかし手紙は次第に間遠になり、文通というものが結局そうであるように、いつのまにか途絶えてしまったのだった。

乾草パーティ

たまに友人や親戚のところに泊まりに行く以外、ミス・レーンにはほとんど気晴らしの機会はなかった。彼女は郵便局の窓口で村の人々の出来事を見ているだけで十分楽しいと言うのだった。しかし彼女が一年に一度催す「乾草パーティ」は、鍛治屋のみんなの楽しみだった。

庭の向こうには馬のパドックが二つあった。それは栗毛のお婆さん馬ペギーが、鍛治屋の工具を積んだ荷車を引く仕事から解放されているときの運動場だったが、一つの方は春になると閉められて乾草置き場になっていた。乾草といってもほんの一山だったが、それでも「乾草パーティ」だ。少しであっても馬のために冬の餌は必要だし、働いてくれる男たちを年に一度は慰労しなければならない。それは祖父母や親の代から続く年中行事だった。ローラ、鍛治屋の若者、年齢不詳のミス・レーンを除けば、テーブルに座る「乾草パーティ」の出席者は大体が白髪の年寄りたちだった。そういう習慣そのものが一昔前のものだったから、パーティは時代の最後の遺物だった。

乾草作りの仕事をしてくれるのは、ビールという名のちょっと変わった年寄り夫婦だった。日とか、週とか、年で雇われているのではなく、二人が元気でいる限り、乾草作りはビール夫婦と決まっていた。夏のある日の朝、前触れもなく突然彼が鎌を持って裏口に現れる。「奥さんに言ってくれ。草の伸び具合もちょうどいいし、天気も悪くないようだから、良かったら仕事にかかりたい、とね。それでいいなら、すぐにも始めるよ」彼が草を数列刈り倒した頃に女房が現れ、二人で刈った草をかき集め、ひっくり返したり放り上げたり、広げて乾かしたりする。間にミス・レーンの用意したビールやお茶をジラーが運んで休憩がはさまる。

ビールは典型的な田舎のお爺さんだった。しわだらけの赤ら顔で、明るい目をしている。しなびた細い身体つきで、膝が曲がっていたが、元気だった。お婆さんの方もやはり赤ら顔だったが、体格はビヤ樽のように丸かった。仕事のとき彼女は、普通みんながかぶる日よけのボンネットのかわりにフリルのついた丸いキャップをかぶって紐をあごで結び、その上にまた大きなつばの黒い麦わら帽をかぶるので、その格好は昔のウエールズの女のようだった。ケラケラとよく笑う陽気な性格で、笑うと目がしわに隠れて見えなくなった。彼女は頼まれれば産婆もした。

草が乾き、円錐形に積み上げられると、ビールお爺さんはまた裏口にやって来て、呼ぶ。「奥さん、奥さん。わしらの仕事は終わったよ。次は鍛冶屋衆の出番だ。乾草の山を作るには、ペギーに自分の餌を荷車で運ばせないと」そしてその日一日、外では行ったり来たり、楽しそうな掛け声が響く。家の中ではテーブルの上に、パイやタルト、カスタードクリームが並び、上座には、夕方のパーティのためのメイン料理、背骨からそぎ取った肉ベーコンのロール巻が置かれている。全員が揃ったところで、男たちには大きなジョッキに泡立つビールがなみなみと注がれて回され、女性も飲める人はそれを貰う。テーブルのもう片側に置かれた水差しには自家製のレモネードに青いルリヂシャの小枝が浮いている。

このベーコン料理には一番大きなお皿が使われた。豚の背骨付き肉のベーコンは、このパーティのために大事に取って置かれたものだ。セージや玉ねぎがたっぷりと詰められているので、香りも味も素晴らしかった。今日風の洒落た食卓ではなかったかもしれないが、乾草パーティに出席している人は皆、お腹一杯になるまで食べて、楽しんだ。食事が終わるとビールお爺さんはいつも短い挨拶をしたが、このベーコン料理を誉めないときはなかった。「わしは、ここで四十六年も乾草を作ってきた。あんたのためにも作っているが、あんたの親父さん、あんたの祖父さんの代から作って来た。そして今日も食ったこのベーコン料理、いつも出るこの料理だが、ここの台所で食べるこのベーコンは最高だ。今日食ったベーコンの残りがそこにあるが、残りだなんて言ってすまねえ、残りの眺めも最高だ。いやあ、おいしかった。どこよりも最高にうまかった」

そしてミス・レーンのお返しの挨拶があり、手作りの果実酒が持って来られ、タバコや嗅ぎ煙草も配られたところで、歌が始まる。音楽が上手でも下手でも、その場にいる人間は全員必ず参加するのがきまりだった。歌には伴奏がなかったので、節らしい節のない歌もあったが、節がなくても長さで聞かせるのだった。

ローラがいる間、毎年ビールお爺さんが歌う有名な歌があった。歌というより半分は抑揚をつけて唸(うな)っているようなものだったが、それはオクスフォード州の若者がロンドンに旅する歌で、こういう歌詞で始まる。

去年の夏、聖ミカエル祭の頃だった、取り入れも終わり
豆も取ったし、クローバーも刈った

さてその年の仕事も終わって、サムは大きな町に行ってみようかと思いついた。

妹のサルが一年前、ブラウン旦那について行ったのさ
女中をしにか何をしにか
誰も知らなかった
ただロンドンに行ったのさ
それでみんなはサルにやったのさ、着るものや何やかにやを
サルは立派にふるまい、体もでかくなった

というわけでサムは考えた。「もし旦那がいいと言ったなら、妹のところに行ってみよう」と。

「だめと言われたとき」のことを考える彼はきわめて現実的だ。

グログレン親父が仕事を世話してくれるだろう、おかしな奴だから俺に文句を言うかもしれないが、それは気にしないに限る

しかし彼は、もう一人母親を説得しなくてはならない。母親は彼との別れに胸が張り裂けんばかりに泣き叫ぶが、すぐに元気になりどうしたらいいか考え始める。

まあ、おまえの決心がそんなに固いなら、ちゃんと計画を立てるが肝心着替えのシャツも洗濯しなくちゃならないし

そしてこういう忠告をする。

さあ、サム、これで出かける準備はできた何があっても帰るんじゃないよ

サムは答える。

そうさ、立派に身支度もできた。上着もぴったりだ。
もし指さす奴がいたら、ただじゃおかない

そして新しい上着を着て、ニワトコの木で作った新しい杖を手に、徒歩でロンドンへと出発した。ローラの記憶では、母親が子供たちに呆れたことには、彼はロンドン橋に着くと通りすがりの人に「うちのサルかブラウン旦那はどこにいるのだろう？　おまえさん、知らないか」と聞いたのだそうだ。そして後、延々と歌は続き、この歌一つでこの夕方の時間のほとんどが過ぎてゆくのだ。でもそこにいる人間は誰も長すぎるなどと文句を言ったりはしない。若い鍛冶工たちはとっくに一人また一人と時間を見計らって姿を消していたし、残っているミス・レーンとローラを除いた年寄りたちは、こういう昔ながらの、長々と続く田舎風の宴会が大好きな人たちばかりだったから。

テーブルを囲みながら、ビールお婆さんは一杯になったお腹の上に腕を組み、一方の耳を絶えず彼女が「お告げ」とよんでいる声を聞き逃すまいと、そばだてている。「だって、それは真理なんだよ。暗くなると赤ん坊がやって来るというのはね。何故かって？　そんなことを言ってるから羽の生えた妖精を誰も見れなくなるんだ」ビール爺さんもあたりをじっと見渡していたが、そのうちしゃっくりを始めた。お婆さんはモスリンの帽子を指でまさぐり始める。ずっと新しい命が姿を現すかけがえのない瞬間に立ち会ってきた手の指だ。ジラーはこの日は、次々指示を繰り出す二番目のホステスだ。マシューは青い目をしばたたかせながら、彼の冗談を笑ってくれる人に満足気だ。そしてミス・レーンはというと、頭をすっくともたげて、姿勢よくテーブルに座っている。赤紫色のシルクのドレスを着て、金鎖や腕時計やブローチやロケットの重さで、重力に従って地に繋がってはいるけれど、雰囲気はよその星からの来訪者のようだ。ローラはピンクの花柄プリントのワンピースで、お皿やコップを運ぶのに大忙しだ。その日は座りっぱなしのジラーに代わって彼女が働く日だった。それが「乾草パーティ」だった。二百年も続いて来た村のお祭りには比べられないが、ともかくまだ廃(すた)れていなかったのだ。

グリーンで催されるお祭り

メイポールダンスの柱はとっくに切り倒されて火にくべられ、モリスダンスも、踊れる人が順に死んでゆくにつれて知っている人がいなくなっていた。「鍬入れの月曜日」（訳注：一月六日以後の最初の月曜日。仕事初め）も、もう休日ではなかった。しかしキャンドルフォード・グリーンの村祭りがまだ祝日だったのは、それが教会がまだ神聖だった何世紀もの昔から続いてきたからだろう。

当時グリーンで行われてきたお祭り行事は他にもあったが、土着のものが多かった。輝かしい十九世紀の終わりになっても、キリスト教以上に土着の伝統文化はまだまだ人々の心の中で大きな部分を占めていたのである。

それらの行事は教会のお祭りではなく、村人のお祭りだった。牧師やお屋敷の上流の人たちは関わっていなかった。彼らは当日はグリーンに近づかなかった。お屋敷の若者たちのパーティでも、ギターや灯油ランプはまだ登場していなかった。大歓声の遊覧船ブランコも、紙テープを投げながら乗る自動仕掛けのダチョウも、まだ見たことがなかったのだろう。それらの出し物を聞きつけたあるお屋敷の召使が、月曜日にお祭りを見に来ていたことがある。

お祭りでの人気は、出店や見世物小屋、余興小屋、ココナッツシャイ（訳註：ココナッツを標的にしてボールをあてて落とすゲーム）、射的、遊覧船ブランコ、メリーゴーランド、ブラスバンドの演奏やダンスだ。楽しいことが盛りだくさんだ。近くの村からもキャンドルフォードの町からも、朝早くから人が集まった。

キャンドルフォード・グリーンの村の人たちはこのお祭りの出し物が得意で仕方なかった。ここでなければ一番大きくてきれいな色のメリーゴーランドには乗れないんだ、と自慢した。年寄りの中には、頭が二つの子牛と太っちょの女がいるだけの見世物小屋がたった一つ、ジンジャーブレッドを売る貧相な出店が二つ三つしかなかった時代を覚えている者もいた。彼らの家にはそのときに買った陶器の皿がまだ飾ってある。ナイトキャップをかぶった夫婦が寝ているベッドの掛け布のフリルの前に便器が置いてある絵柄だ。

その頃はメリーゴーランドはなかったが、子供のために「オールド・ヒックマンの回転木馬」という、今のメリーゴーランドの原型になった遊具があった。すべて木製で木の座席が回転するのだが、それを回すには中心部にあるハンドルを手で回さなければならない。しかもたった一人の人間がやっていたので、そのオールド・ヒックマンが疲れると、見物人の少年から、二十分回したら一回ただで乗せるという約束で手伝いを募った。老人たちがまだ子供だったとき、この旧式の「回転木馬」が壊れた。そのときの歌がある。

おいぼれジム・ヒックマンの回転木馬が壊れた
壊れてしまって、ハンドル回しても動かない
トネリコや樫でできてる木馬が壊れたら
みんな吹っ飛ばされてしまうだろう

「オールド・ヒックマンの回転木馬」は壊れて、五十年前に焚き火の薪になった。そんな話を聞

いて面白いと思うのはローラだけだ。彼女はみんなに「あの子はおとなしい昔風な娘だからな」と言われていた。「でも静かな流れほど底が深い」というお世辞も言ってもらった。「恋人候補は山ほどいる。ぴったりの相手は必ず見つかるさ」とも。

お祭りの日、グリーンには大勢のカップルがいた。あっちこっちに恋人同士が連れ立っている。少女たちは一番きれいな夏のワンピースに花や羽を飾った帽子をかぶり、若者はよそゆきのスーツにピンクやブルーのネクタイだ。互いに腰に手を回し、お菓子やココナッツを頬張りながら、出店を覗いてぶらついたり、メリーゴーランドや遊覧船ブランコに乗ろうと列に並んだり。オルガンが一日中、人気の曲を決まった順番で演奏している。野原の向こう側からはブラスバンドの演奏も負けじとばかりに聞こえてくる。見世物小屋の帆布の上に、揺れる遊覧船ブランコが視界に現れたり、消えたり、それを見上げる見物人は爪先立ちでキャーキャー黄色い声をあげている。そしてもっと高く、もっと高くと囃し立てる人々の一方で、老若男女あらゆる人々が、草を踏みしだきながら、小屋の間の細い通路を、たえず笑い、叫び、物を頬張って、練り歩いているのだ。

「すごい人ね。今までで一番かもしれない。いつもこのくらい人がいればいいのに。音楽もいいわね」

あまりにお祭りの音が大きく、何も聞こえない。出かけるのがあまり好きではない家に残った人の中には、綿で耳栓をする人もいるくらいだ。ある年、グリーン近くに住む女性が重い病気で、危篤状態だった。友人が外に出てゆき、ブラスバンドの人たちに、一時間でいいから音楽を止めてくれないだろうか、と頼んだ。もちろんバンドは音楽をすっかり止めるわけにはいかなかったので、ドラムのスティックに布を巻くことにした。でもその結果、明るい曲の中で、太鼓の元気な音がまるで死んだような暗い音になってしまったのだった。他の音も十分大きくてうるさかったから、太鼓の音の変化に気づいた人は少なかった。そして午後のお茶の時間には普通の音に戻っていた。その女性は可哀そうに亡くなってしまったのだった。

毎年、村の人々や芸人、屋敷や農場で働いている人たちだけがやってくるこのお祭りに、たった一人いつもやってくる上流の青年がいた。彼は貴族のお坊ちゃんで、あらゆるお祭りや催しやピクニックに顔を出すので有名だった。ローラは彼の屋敷がラークライズに近かったので、顔をよく知っていた。郵便局の窓から一度見かけた彼は、ココナッツシャイの小屋の料金箱にけだるそうに寄りかかっていた。傍らでは取り巻きの少女たちが、彼のおごりで遊びに興じている。ノーフォーク・スーツに鹿打帽という貴族的な服装も、冷めて無関心な雰囲気も、超然たるチャイルド・ハロルドを気取っているように見えた。

彼は一日中、いろんな見世物をおごってもらおうと思っている村の少女たちに取り巻かれて過ごし、最後に一番のお気に入りの娘と夜のダンスを踊り通すのだ。彼の一行はみんなの好奇心の的だった。「あの貴公子を見かけたか?」と口々に聞きあう。「あの太った女を見た?」「あの見世物を見た？」というのと大して違わない質問に、みな遠慮なく指で指し示す。
最近の小説の主人公なら、女でもこういう群集の中に分け入って、人生の最初の勉強を少しするのだろうか。しかし現実には、ローラはそういうタイプではなかった。彼女は生来、見て楽しむ人間だった。彼女はいつも郵便局の窓からお祭りを眺めているだけだった。しかしある年、一度だけエドモンドがやって来て、外に連れ出してくれたことがある。彼が彼女のためにあんまりたくさんココナッツを落としてくれたので、小屋の主人は二度目をやらせてくれなかった。「おまえはどこかで練習して来たんだろう」と、かなり機嫌を損ねていた。

夕方の早い時間にメリーゴーランドは畳まれて、出ていってしまう。いつもたった一日だけ、もっと大きなお祭りに行く途中に寄ってくれるのだ。メリーゴーランドのオルガンの音が消えた後は、ブラスバンドの音楽だけになり、ダンスの人々があふれかえる。キャンドルフォードの町から店の売り子の少女たち、近くの村の農場で働く若者たちが恋人と連れ立ってやって来る。お屋敷の女中や召使たちも一時間でも休みをもらって駆けつける。楽しそうな音を聞きつけて立ち寄った通りすがりの人もその場で誰か相手を探し、踊り始める。

小屋や出店も畳まれて、みな去った。家族連れは疲れた足を引きずり土埃（つちぼこり）の中を家に帰って行く。まだ時間のある男たちはパブに繰り出し、次の楽しみに備えている。そして音楽は鳴り続け、明るい夏服の少女たちが踊る白い影は、薄暮れの中にいつまでもゆらゆらと見え隠れしているだろう。

第十九章　近所の人々

変化の波

外の世界では始まっていた変化の波が、九〇年代の初め頃からようやくキャンドルフォード・グリーンにも届き始めていた。ミス・レーンの家のような昔のままの家も残っていたが、そういう古い家は大体、農場や代々の仕事を引き継いできたところが多く、少しずつ新しい店ができたり、既存のものも時代に合わせて変えられるようになっていた。所有者が年取って死ぬと親の代の仕事もそのまま途絶えてしまうことが多く、旧時代は新時代にとって代わられつつあった。

好みや価値観も変化していた。質は以前ほど大切ではなくなっていた。古い、がっしりした手作りの物は、良質の材料を使い職人が手によりをかけ時間を惜しまず作るので、どうしても価格は高くなる。それに比べ新しい機械生産の物は、値段が安い上に、外見的にはスマートで美しかったので、人々はそちらの方になびいてしまうのだった。

「時は川の流れのようなもの、息子たちを連れ去って帰ってこない」という言葉がある。息子だけでなく娘たちも、嗜好や価値観も、理想やしきたりも、その世代のすべてのものが時という流れに飲みこまれて、古いものは川底に堆積してゆく。だが世代と世代が重なり合う時間があるおかげで、変化はいくらか緩やかになる。その頃の田舎には、減りつつはあったが、腕のいい職人がまだ残っていた。

大工の店

郵便局のグリーンを挟(はさ)んだほとんど真向かいに簡素な民家があったが、そこは表が大工の店になっていた。どんな天気のときも、二枚開きの重い扉は開け放してあって、中では足首が隠れるほどの白いエプロンをかけた男たちが、台の上で鋸を引いたり、鉋(かんな)をかけたり、型どりをしているのが見えた。店の奥の窓の向こうには草花が咲き乱れる庭とブドウの蔓がからまった灰色の石塀が見えた。

そこに住んでいるのは三人のウィリアムだった。父親と息子、孫息子だ。通いの職人にも手伝ってもらいながら、三人は大工仕事の他に、その辺りの建具の仕事を一手に引き受けていた。ドアもマントルピースも窓枠も、出来上がった既製品はなかったので、彼らが作っていた。家具の製作や修理もした。亡くなった人のための棺も作った。村にはここに代わる店はなかった。ミス・レーンが村の郵便局の女主人で、クルスドン先生が村の牧師であるように、ミスター・ウィリアムは村の大工だった。

鍛冶屋ほど人は多くなかったが、大工の店にもいつも常連客がいた。一番年長のウィリアムであるミスター・ストークスは教会のオルガン奏者を務め、息子のミスター・ウィリアムは聖歌隊長であったから、聖歌隊関係のどっしりした年配の男性たちがよく集まっていた。ミスター・ストークスはオルガンを弾くだけでなく、オルガンそのものの製作者でもあったので、教会と音楽への貢献でも地元の有名人だった。しかも豊富な人生経験からくる知恵も皆から信頼されていた。

村の人たちはもめごとや問題があると彼に相談した。そしてそれが期待はずれだったことはなかった。昔、ミス・レーンの父親の大切な親友だった彼は、今はミス・レーンの親友だった。

ローラが初めて会った頃のミスター・ストークスは、ほとんど八十歳で持病の喘息に苦しんでいた。それでもよく店に姿を見せて、上背のある痩せた細長い体に白いエプロンを巻き、長く伸ばしたあご髭を上着の打ち合わせにたくし込んで、大工の仕事をしていた。夏の夕方、教会からオルガンの音が聞こえてくると、通りすがりの人は言ったものだ。「あれはミスター・ストークスが弾いてるな。すぐにわかる。彼の音色だ。自分で作った曲も弾いているから、たしかだ」彼は時々自分の曲を弾いていた。即興で何時間でも弾けたが、自分では巨匠の作品を弾く方が好きだった。

息子のウィリアムは外見は全く父親に似ていなかった。父親が鉋屑(かんなくず)のように薄く細身で長身だったのに、彼はずんぐりとしていた。ローラは何年も後に、詩人で画家のダンテ・ガブリエル・ロセッティの肖像画を見たとき、「まあ、ミスター・ウィリアムだわ」と思わず声が出た。彼はミスター・ウィリアムで、父親は敬意をもってミスター・ストークスと呼ばれ、彼の甥が「若ウィリアム」、通称ウィリーだった。

父親に似て、ミスター・ウィリアムも大工と音楽の両方の才能を持っていた。そして当然のようにこれらの才能は三代目のウィリアムにも引き継がれていた。ミスター・ストークスは、若ウィリーが大工の徒弟試験の合格証をもらったとき、これで家業安泰だと、心からうれしく誇らしかったに違いない。自分や息子が死んだ後も、若いウィリアム・ストークスがキャンドルフォード・グリーンの大工と指物(さしもの)職人になり、その後も誰か新しいウィリアムが引き継いでゆくだろう。

しかしウィリー本人は、そのことを確信していたわけではない。祖父の店で正式の徒弟として働いてはいた。しかしそれはその頃の家業を継ぐ慣習に従っただけであって、望んでというより、敷かれているレールだったからだ。仕事場で彼はこなさなければならない仕事をこなしてはいたが、身を捧げるほどのものだったわけではない。音楽への情熱も伯父や祖父ほどではなかった。

ウィリーの思い出

彼は背の高い、かぼそい十六歳の少年だった。アーモンド色の美しい目をしていて、金髪で色が白かった。白すぎるほど白く、かすかにピンクが混じっていた。彼の母親か祖母が生きていたなら、倦怠感と高揚感の間を行ったり来たりする、振幅の大きい彼の周期的な気分の変化に気づいていたかもしれない。彼は急激な成長期にあり、もっと健康に気を配ってやらなければならない年頃だった。しかしこの家にいた女性はミスター・ウィリアムの中年のいとこ一人で、彼女が家事を取り仕切っていた。愛想のない痩せた女性で、家の中を染み一つないように磨き上げることに、労力と情熱のすべてを傾けていた。住まいの方のドアを開けて目に飛び込んでくるのは大きな時計と、ユリの模様のカーペットが敷かれた狭い玄関ホールだ。冷たい石鹸の匂いと家具を磨いたニスの臭いが鼻を刺した。家の中は雪のように真っ白に磨き上げられ、擦り上げられていないところはない。椅子も敷物も壁の額も、一ミリと場所が違っていたことはない。馬毛の詰まった肘掛け椅子もソファも、カバーはひんやりと滑らかに光っている。テーブルの表面はまるで鏡のようで、落ち着かなくなるほどの整然さが家の中を支配している。掃除の行き届いた家の見本ではあったけれど、両親を亡くして引き取られた心優しく繊細な少年にとっては、暖かさが欠けていた。

台所だけが人の気配のする場所だった。ここで三人のウィリアムは食事をした。しかし寝室に行くとき、靴はここで脱ぐことになっていた。寝室は純粋に寝るためだけの場所だ。雨の日に濡れた服のまま家に入るのは犯罪に等しかった。服を乾かすためにその辺に掛けておくのも、散らかるという理由で禁止されていた。三人の内、雨の日に外に出かけるのは若いウィリー一人だ。彼は濡れた服をこっそり脱ぎ、乾いても乾かなくてもそこに置いたままにしておくしかない。だからいつも風邪を引き、冬の間は春になるまで咳が抜けないのだった。「命取りの咳だぞ」村の年寄りは訳知り顔に首を振ったものだ。しかし祖父はそれに気づいている様子はなかった。孫を可愛がってはいたが、用事が多かったので健康に気を配ってやる余裕がなく、ウィリーのことも彼女任せだった。家事に没頭している彼女にとって、「図体ばかりでかい役立たずの若者」は、掃除した床や敷物を汚す厄介者で、料理や洗濯の仕事を増やすだけのろくでなしだった。

ウィリーは祖父や伯父が愛しているような音楽には興味がなかった。彼はオルガンで演奏されるフーガより、バンジョーの伴奏で歌う「金色のサンダル」とか「可愛い黒い瞳」という歌謡曲の方が好きだった。しかし教会の聖歌隊で白衣を着て歌う彼の色白の顔はまるで天使のようだった。

けれども彼が愛しているのは「美」だった。「この深い色合いが好きなんだ。紫や深紅や青が微妙に混じっているデルフィニュウムって本当にきれい。そう思わない?」ミス・レーンの庭で彼がローラにそう聞いたことがある。ローラもその色が大好きだった。でもローラは同じ年頃の、時代の代表のような若者のこんなにも真直ぐな質問に、まるで交換日記の中の告白のような返事をするのは恥ずかしかった。「好きな色は？」「紫と深紅」「好きな花は？」「赤いバラ」「好きな詩人は？」「シェークスピア」そう答えてしまったらあまりにつまらなく思えた。本の中で昔の作家がこんなことを言っていた。「好きな花は？」「ペチュニアとかラン、スィートピー」こんな気の利いた答えが返せたらいいのに。「好きな花？　もちろんバラの次からということね」そう答えればシェークスピアを仄めかせるけど、気取りすぎと思われてしまう。

ウィリーも本が好きだった。詩ももちろんだ。彼は表紙のくたびれた古い詩選集を持っていた。その『千と一つの珠玉の詩撰集』を、彼はミス・レーンのところにお茶にやってくるときはいつも持って来た。ミス・レーンは亡くなった彼の母親をよく知っていて、ウィリーのことを特別な気持ちで可愛がっていたのだ。お茶の後いつも二人は彼のこの本を、ローラの仕事が終わってから、庭の栗の木の下でかわるがわる朗読するのを楽しみにしていた。

この頃、ローラは文学作品を読むたび新しい発見があり、文学についての全てを吸収しつつあった。キーツの「泡に向って開く魔法の窓」を知ったのもその頃だが、彼の本の中に同じキーツの「ナイチンゲールに寄せるオード」やシェリーの「ヒバリ」、ワーズワースの「義務へのオード」などがあり、どの作品もローラの心を深く揺さぶった。ウィリーはその朗読の時間についてローラほどに夢中だったわけではなかったかもしれない。ローラが大好きな箇所は彼も好きだった。でも彼は詩が好きだというだけだったが、ローラにはもっと大きな意味があった。まだそれほど長く生きているわけではないけれど、エドモンド以外に、詩が好きだという人に会ったのは彼が初めてだったのだ。

でもローラがウィリーとの思い出で一番鮮やかに覚えているのは別のことだ。彼が他の少年たちと、古井戸に落ちて鳴いているアヒルを助けに、鎖を体に巻きつけて狭くて深い暗がりの底に、一昼夜もかけて降りて行ったことでもないし、乾草を積みあげた山のてっぺんから火が出たとき、大人が止めるのも聞かずに鍬を手によじ登って、火のついた束を下に振り落としたことでもない。

ミス・レーンの言伝てを持って、ローラが彼の家に行ったときのことだ。誰もいなかったので、彼女は裏庭の奥の、ウィリーが仕事場にしている小屋に行った。彼は厚い板を選り分けているところだった。ローラをからかおうとしたのか驚かそうとしたのかは分からない。彼は小屋の隅の薄暗がりに束ねてある板を指さした。「ごらん。そばに寄って触ってみなよ。何に使う板かわかる？教えてあげようか。ここに寄せてある板は全部、棺(ひつぎ)用だ。これは誰にいいかな。これとこれは誰かな。この小さくて細いのは君にちょうどいいかも。サイズがぴったりだ。ここの下にあるやつは、」板を蹴りながら彼は続けた。「今、蹴飛ばしたのは僕のかな。こうやって外で口笛を吹いてる内はいいけどね。全部誰かの棺桶になるのさ。僕らの知ってる人のね。まだ名前は書かれていないけど」

ローラは無理に笑って「嫌な人ね」と言ったけれども、明るく晴れ上がった日が一瞬で翳り、冷たい空気が立ち込めたように感じた。その後、その小屋を見ると必ず、あそこの薄暗がりに積んである板はいつか、今元気に幸せそうにグリーンの上を行き来している人たちの棺になるのだと思い、寒気に襲われるのだった。いずれローラの棺になるニレやカシは今どこの土地に育っているのだろう。しかし、ウィリーの棺のための木は世界のどこにも育っていなかった。彼はボーア戦争（訳註：一八九九〜一九〇二英国とトランスバール共和国との戦争）で南アフリカの草原に散った。

三人のウィリアムの中で一番若いウィリーが一番先に死んだ。そしてまもなく、二番目のウィリアムが仕事をしながら倒れた。その父親は翌年の冬に死んだ。こうして、大工の店は取り壊され、その後、建設会社のショールームになり、浴槽やタイル張りの暖炉や、水洗トイレが窓の向こうに飾られるようになった。教会のオルガンと、村の家々に残る美しい家具が、三人のウィリアムの形見だった。

ミセス・メーシーの仕立物店

ストアと大工の店に窮屈そうに挟まれて、小さな前庭のついた奥に細長い家がある。縦に三段並んだ細い窓が、そのまま間口の壁をいっぱいに塞いでいる。一階の窓辺にハッカ飴の入ったビンと蒸し菓子がちょっぴり並べられ、その上に「ドレスと仕立物」の看板が下がっている。ここには郵便配達の仕事をしている女性の一人、ミセス・メーシーが住んでいた。正規の男性配達人の他に、二人の女性が毎朝遠くの家へ配達してくれていることは前に書いた。

もう一人の女性が気難しく無愛想だったのに比べ、この家に住むミセス・メーシーは普通の田舎の女性ではなかった。言葉使いも正しく、優雅で洗練されていた。少しやつれていたが、顔立ちや柔らかな灰色の目や姿形には、田舎でよく言う「テーブルクロスを巻きつけてるだけでも見栄えがいい」雰囲気があった。そしてたしかにミセス・メーシーは、いつも流行には遅れた格好をしていても、ちょっとお洒落に見せる術を知っていた。彼女は配達のときは一年中ほとんど、長い灰色のアルスターコート（訳註：ベルトのついた防寒用長コート）を着て、ひだを寄せた黒のヴェールをつけた男物の山高帽をかぶっていたが、ヴェールの短い端は背中にかかっていた。このスタイルの帽子は十年前に流行ったものだとミス・レーンが教えてくれたが、ローラはよそでは見たことがない。ミセス・メーシーはその帽子をかぶるときいつも、ゆるくカールのかかった黒い髪を首元できっちりと小さな髷にまとめていたが、それがとてもよく似合っているのだった。歩き方も田舎の人たちのようにぶらぶらしていなくて、きっぱりと足早に、定まった行き先に真直ぐ向かう感じがあった。

彼女にとってミス・レーンは友人というよりは保護者に近かったが、この村で他に友人らしい友人はいないようだった。彼女は父親が管理人をしていた、キャンドルフォード・グリーンに近い農場の生まれ育ちだという。しかし大人になる前に一家はよそに移ったので、またこの村に住むようになるまでの十五年間については、結婚してロンドンにいたということしか誰にもわからなかった。彼女が村に帰って来たのはローラが来るつい四、五年前だった。七歳の一人息子を連れ、ストアの隣の家に「仕立物」の看板を下げて住み始めた彼女に、ミス・レーンは本局から配達をしてくれる人を探しているという話があったとき、仕事を世話したのだった。その週四シリングの配達手当の外に、彼女には毎週やはり四シリングがどこかの団体から為替で送られて来た。(フリーメーソンではないかという無責任な噂もあった)。それと仕立物の収入を合わせて、彼女は一人息子を育てながら、一応まずまずの暮らしをしていたのだった。

彼女は未亡人ではなかったが、夫のことはほとんど話さなかった。聞かれると「ある方と一緒に外国に行っておりまして」としか答えないので、あとは想像するしかなかった。たいていの人は誰かの召使でもしているのだろうと考えた。中には「本当は夫はもういないのさ」とか「結婚したというのも嘘だろう。子供のためにそう言ってるだけじゃないのか」という人もいたが、それについてミス・レーンは何故かきっぱりと否定して、「彼女には言いたくても言えない事情があるんですよ。ミセス・メーシーのご主人は確かにいます」と何か知っている口ぶりなのだった。

ローラはミセス・メーシーが好きだった。よくグリーンを横切って彼女の家に飴やお菓子を買いに行ったり、洋服の直しや仕立てやスカート丈の直しを頼みに行ったりした。小さいけれどもとても気持ちよくしつらえられた家だった。一階は元々石敷きの大き目の一部屋だったのを、衝立(ついたて)で窓と暖炉の部分を仕切り、裏の勝手口付近には流し用の容器や調理用の道具を置き、その前をこじんまりと居間風にしていた。そこに食卓用のテーブルやソファや肘掛け椅子を配置し、ミシンも置いていた。壁には絵がかけられ、床にも敷物が敷かれ、たくさんのクッションがある。家具や調度品は全て上等なものばかりで、明らかに以前はもっと大きな家で裕福な結婚生活をしていたに違いなかった。

その居間の暖炉の向こう端でミセス・メーシーが縫い物をしている間、ローラは膝に真っ白な猫のスノーボールを乗せ、トミーという男の子とすごろくをして遊んだ。ミセス・メーシーはあまりしゃべらなかったが、時々縫い物から顔を上げてこちらに向ける視線はにこやかで優しかった。彼女はめったに微笑むこともなかったし、声をあげて笑うことはもっとなかった。そのために村の人からは愛想がないと言われていたが、注意深い人ならそれは無愛想なのではなく、あまりに大きな悲しみが彼女の中にあるからだと気づいたろう。「ああ、あなたは本当に若いのね」ローラとのおしゃべりの後で、彼女がしみじみ言ったことがある。「これから何でもできるわね」

まるで自分の人生はすでに終わったかのような言い方だった。彼女自身やっと三十歳を過ぎたばかりだと言うのに。

息子のトミーは物静かで考え深い男の子だった。父親不在の家のたった一人の男である責任をどこかで感じている風だった。時計のねじを巻いたり、忘れずに猫を外に出してやったり、夜には家の鍵を確認するというような仕事を進んでやっていた。古いモスリンのワンピースをブラウスに仕立て直してもらったとき、それを請求書と一緒に届けてくれたことがあった。一シリングであったか九ペンスであったかとにかく僅かの代金だったが、軽い冗談のつもりでローラが鉛筆を渡し、「領収書を書いて」と言ったら、彼は「ええ、いいですよ」と大人のような口調で答えた。「でも本当に必要ですか？　僕たちがもう一度間違って請求することはないと思いますけど」その「僕たち」という言い方が可愛いとローラは思った。あのお母さんの何て小さな可愛い助手なのだろう。でもその後、あの細長い小さな家に身を寄せ合って、世の中に立ち向かって行かなければならない二人のことを思って、ちょっと悲しくもなった。おぼろげに感じるだけだったが、何か人には分からない事情があるのは確かだった。

父親について謎めいた部分があったとしても、トミーはそのことを何も知らないようだった。なぜならローラの目の前で、彼は二度も母親に聞いたのだ。「パパはいつ家に帰ってくるの？」母親はしばらく黙ったままだったが、やっとこう口を開いた。「まだもう少しかかるわね。外国に行ってるんですもの。ご主人が帰りたくないのよ」最初のときはこう付け加えた。「虎狩りでもしてるんじゃないのかしら？」二度目のときはこう言った。「スペインは遠いのよ」

一度だけ、トミーは無邪気に父親の写真を出してきてローラに見せてくれた。ハンサムでちょっときざな感じのする男性が、写真屋のスタジオの背景の前でポーズを取っている。シルクハットと手袋が横のテーブルの上に念入りな置き方をされていた。明らかに労働者ではない。しかし上流の紳士にも見えなかった。でも、ローラには関係のないことだ。ミセス・メーシーが青ざめた顔でその写真をトミーから取り上げたとき、ローラはちらっと写真を見れたことを喜んだ。

レピングストン氏

グリーンの向こうのお医者様の家のちょうど対称的な位置にとても瀟洒（しょうしゃ）な家があった。普通の民家よりは大きいが、お屋敷よりは小さいといった感じの家だ。村の周辺にも村の中にも同じような家はあって、そういう家に住んでいるのは大体独身か未亡人か、どちらにしても一人暮らしの女性が多かったが、ここに住んでいるのは例外的に男性だった。白い建物にバルコニーと鎧戸は緑色で、きれいに手入れされた芝生と刈り込んだイチイの木が数本ある。いつも静かだった。主（あるじ）のレピングトン氏は高齢なのであまり外出しなかったし、狩りやパーティに出かけるような若い人もいなかったからだ。女中たちも年配で話好きなタイプではなく、執事のグリムショー氏もご主人と同じくらい白髪の老人で、近寄りがたかった。

夏の午後に何度か、表に立派な御者付きの馬車が停まり、お付きの人が門に立っているのが見えることがある。そんなときは開いた窓から、お茶のカップが触れ合う音、楽しげな女性のおしゃべりのざわめきが聞こえて来たりする。そして毎年イチゴの季節になると、レピングトン氏主催のガーデンパーティーが催された。厩は遠くから来る人の馬車で一杯になり、立派な馬車のためにはインの厩が貸し切りになった。近くの来客は皆、歩いてやって来るのだった。彼が人をもてなし大勢の人と楽しく過ごす、唯一の機会だった。もう高齢の彼は、夕方外の食事に出かけるのも人を招待して一緒に食事するのも、ずっと前に止めていた。

毎朝、きっかり十一時にレピングトン氏は郵便局のドアを入ってくる。その間グリムショー執事は恭しくドアを押さえて立っている。そして大工の店に寄り、牧師やたまたま出会った同じような紳士と立ち話をし、その辺で遊んでいた子供の頭を撫で、ロバに砂糖をひと掴み舐めさせる。それが終わるとグリーンを半周して、自宅の門の向こうに姿を消す。明日の朝まではお別れだ。

彼の服装は完璧だった。夏に好んで着ていた薄いグレーのスーツはいつもおろしたてのようにきれいで、スパッツやグレーのスエードの手袋には一点の染みもなかった。握りが金の杖を持ち、ボタンホールには白いカーネーションか赤いバラの蕾を挿していた。ローラが一度村ですれちがったとき、彼はパナマ帽をとって彼女がまるで王女さまでもあるかのようなお辞儀をしてくれた。彼の立ち居振る舞いはいつも宮廷風だった。彼が昔は女王陛下の宮廷で高い地位にあった人だと聞かされても、誰も驚かなかったろう。でも本当にそうなのだろうか。そうかもしれないし、そうでないかもしれない。彼についての本当のことは、お金持ちでかつ年を取っているという以外に、何もわからない。ローラとミス・レーン、そして郵便配達夫も気づいていたと思うが、彼は封筒に盾や宝冠の紋章のある手紙をたくさん受け取っていた。そしてローラは、彼が苗字ではなくファーストネームである偉い人に電報を打ったことがあるのも知っていた。しかし彼の使用人はみな先に書いたような人たちだったから、村の人たちの噂に上るようなすきはまったくないのだった。

ローラが仕事をしている中で出会った、出自の立派な人たちは皆そうであったように、彼の声も物静かでなめらかだった。そしてローラに対する態度も非常に親しみやすかった。ある朝、彼女が一人で仕事をしていたとき、彼はローラが淋しそうに見えて元気づけたかったのだろう、こう聞いてきた。「サイファーは好きかね?」サイファーには「暗号」と「ゼロ」の二つの意味があるが、ローラは彼がどちらの意味で使っているのかわからなかった。まさか数字のゼロではないだろう、と思い「ええ、たぶん好きです」と答えた。彼は手帳のページを一枚破り、小さな金色の鉛筆で何か書いて、ローラに寄こした。ローラのぽかんとした顔を見て彼は読み方を説明してくれた。

君は暗号を見て嘆息（ためいき）するが、しかし私はそなたに嘆息する
私はそなたに暗号を教えるが、ゼロが私に嘆息する

（訳註：ここでは cipher の発音から sigh for 嘆息（ためいき）する、の意味もかけてある）

そして別のときにはなぞなぞを教えてくれたりもした。

永遠（eternity）の初めにあり、
時間（time）と空間（space）との終わりにあり、
あらゆる終わり（end）の初めにあり、
あらゆる場所（place）の終わりにあるもの

このなぞなぞについてはローラはしばらく考えた後でアルファベットのEという答えを見つけた。

ローラは、この老人が若々しい壮年だった頃、今の彼女くらいの年齢のしかし身分はまったく

違う少女たちに、何度このなぞなぞを書いてあげたのだろうと想像した。

ストア

グリーンの周囲には何軒も小さな民家があったけれど、大体はミセス・メーシーの家よりきれいで可愛らしかった。ローラは郵便局の窓口を通して、そこに住むほとんどの人のことを知っている。

ラークライズの村でそうだったように、住んでいる人全員を個人的に親しく知っているわけではない。ラークライズでは生まれたときから自分もその一員だったが、ここではもう少し部外者だった。でもラークライズでの経験はここでの人の理解にも役立った。同じような生活の仕方、同じような価値観で、弱点や限界も同じだ。同じ方言を話し、同じたとえ、同じ表現もある。ただここの人々の方が流行の言葉に触れる機会が多い分、語彙は多かった。でもローラは使い方に軽さがあるような気がした。キャンドルフォード・グリーンで初めて耳にした表現もあった。夫を亡くした女性がお葬式のときお墓に取りすがって泣いているのを見た人が、冷めた口調でローラに言った。「しばらく見てなさい。〝大声で鳴く牛ほど子牛を忘れるのは一番早い〟というのよ」

キャンドルフォード・グリーンの労働者たちは、ラークライズに比べると住んでいる家は良かったし賃金もよかった。全員が農夫というわけではなく、熟練の職人もいれば、雇われて馬車を動かす者もいた。しかしそういう職種も賃金が低いのは同じで、生活は楽ではなかったろう。

ショーウインドーがお洒落に飾られた「ストア」にいたる歩道は、乳母車を押して行く母親だけでなく、村の女性全員の楽しい午後の散歩道だった。「ザ・レージ（流行）」とか「ザ・レイティスト（最新）」というようなファッション雑誌を自由に見せてもらえる店が「ストア」だ。布や待ち針でも買えば、もっと高級な商品も見せてもらえるだろう。この店を経営しているのがプラット姉妹だ。二人は日曜日、いつも新しいクリーム色のドレスを着て教会に来るので、みんなは最新のスタイルを知ることができる。二人共、若くて長身の痩せた女性で、アレクサンドラ風に縮らせた前髪を垂らし、頬骨の張った貧血気味の顔を濃い口紅で引き立てていた。

プルーデンスとルースという、洗礼のときにつけてもらった可愛らしい古風な名前を、店の仕事のために（というのが二人の説明だったが）、当世風のパールとルビーという派手な響きの名に変えていた。新しい名前は思ったよりみんなの抵抗に会わなかった。客の女性たちの大半は、彼女たちの機嫌を損じたくなかったので何も言わなかったのだ。悪口を言って後で知られてしまった人は、似合わない帽子を買わせせられたり、ドレスの袖付けをちょっといい加減にされたりしたかもしれない。表では「ミス・パール」、「ミス・ルビー」とみんな呼んでいたが、陰では「あの自称ルビー・プラット」とか「プルーデンスという名のパール」などと言う人もいた。

ミス・ルビーがドレス、ミス・パールが帽子を担当していた。二人は作法にかなった着こなし方の専門家と見なされていた。誰かが夏のドレスを新調したいけれどデザインはどうしようと迷ったら、「プラットさんのお二人に相談するわ」ということになる。仕上がったものがよその土地のお洒落な人にとってはびっくりするようなものでも、ここのお客は模範的な型として受け入れた。ローラのいた頃、よそで買い物ができる本当のお金持ちと新しいものは何も買えない貧乏な人を除く、村の女性のほとんどがこの店の客だった。

二人は進取の精神にあふれ、よく働き、頭も切れた。ローラが彼女たちを「ちょっとお高い」と思ってしまったのは、ミス・パールがお客の誰かに「ミス・レーンはどうしてあんな田舎娘を助手にしたのかしら。もっといいお家のお嬢さんを頼めばよかったのに」と言っていたと、教えてくれた人がいたからだ。

プラット姉妹の受難

二人の母親は、「ストア」の前身である、キャラコや赤いネルを扱う生地屋の他に、貸家や牧草地まで所有する家の跡取り娘だった。結婚相手は選りどり見どりだったので、店に定期的に営業にやって来ていた若いハンサムな青年を気に入り、結婚したのだった。若い夫婦は二人で店をすっかり改装した。

新しい一枚ガラスのショーウインドーが作られ、ドレスと帽子が別々の部門に分けられ、店の名前が、「ストア」と改称されたところまでが夫の仕事だった。彼は働くのを止め、後の人生、目が覚めている時間は全部、他の商売仲間に威張り散らしながら「ゴールデンライオン」のバーで過ごすようになった。「ほら、あそこを歩いてるのがプラット爺さん。葉っぱみたいに体を揺らしてるでしょ、ハードルの棒みたいに細い年寄りが」ミス・レーンは朝、窓の向こうのグリーンを眺めて、よく言ったものだ。ローラが仕事の手を休めてそちらを見ると、派手なツイードの上着を着て白い山高帽を頭に載せた痩せた男性が、インのドアを開けようとしている。時計を見るまでもなく、ちょうど十一時になるところだ。日中、一度は食事をしに家に帰るが、すぐまた店の定席に戻って、閉店まで座っているのだ。

家にいる妻は年齢を重ねるうちに身体はしぼんで、不平を漏らすようになっていった。その間に娘たちは成長し、親に代って仕事ができるくらいになり、店を潰さずにすむのに間に合った。二人の娘たちは母親を〝マー〟と呼んでいた。ローラが二人を知った頃、二人のマーはほとんど二階で寝たきりになっていたが、娘たちは手厚く看護していた。食べたいものは遠くからでも取り寄せ、部屋にはいっぱい花を飾り、入荷したばかりの品は店に出す前にまず母親の部屋に飾ってあげた。「あれはまだ駄目なんですの、パーキンスさん」ミス・パールの声が聞こえてくる。「本当に申し訳ございませんわ。入荷したばかりの最新のお品物ですけど、マーにまだ見せていませんの。今すぐ二階にいって見せてくればいいのですけど、お昼寝をしていまして。もう一度明日の午前中にいらしていただくわけにはまいりません？」

もしもパーがぼんやりといつもの格好でふらふらと店に入って来たら、娘は陽気を装って、優しくしかしきっぱりと、外に追い出してしまう。「まあ、パパったら」ミス・パールはこう言う。「こんな女性用の品物を見て面白い？　ほらあちらに行きましょう。パーリーが一緒に行ってあげますからね。階段に気をつけて。そっと上がるのよ。濃いお茶を入れてあげましょうね」

誰かが言っていたが、プラット姉妹は世界の重荷を一身に背負っているような顔をしていた。事実、大荷物だった。元気な愛想笑いや、わざとらしい演技でそれを隠そうしていることも、二人には勲章だった。人間はそんなものだ。彼女たちの店の交代劇も懸命な演技もちょっとした見世物になっていたのである。しかし、ローラの来た頃にはもう過去のものになっていたはずのプラット家の物語が、ある夏の朝、新たな展開を見せたのである。プラット氏が失踪したというニュースが村中に流れた。

彼はいつものようにバーが閉店すると店を出た。しかし家に戻って来なかった。娘たちは起きて父の帰宅を待っていたが、真夜中が過ぎても帰らないので、「ゴールデンライオン」に聞きに言った。未明の中、道や小路を歩き回って探したが、手がかりはなかった。警察が連絡を受け、朝早く仕事に出かける人たちにも聞いてまわった。写真はもう手配したのかしら。見つけたら報奨金は出るの？　それよりまず、何があったのだろう？「細いから、どんな穴にでも入ってしまうだろうさ」

何日も捜索が続けられた。駅長にも問い合わせが行った。林にも人が入った。井戸や池の底までさらったのに、プラット氏の足跡は見つからず、生死のほどは知れなかった。

ルビーとパールは最初の悲嘆が少し落ち着くと、友人たちに喪に服すべきかどうかを相談した。しかし、それは早すぎる、パーは帰って来るかもしれないのだから、ということで、二人は考えた末に折衷策として、教会に行くときには半分あるいは四分の一の喪の色である灰色がかった薄紫色を着ることにした。そのまま時は流れていった。浪費家の父親が夜中にそっと帰ってくることも考えて、最初、裏口は鍵をかけずにいたのがまた鍵をかけるようになり、嘆息(ためいき)をつきながらもとにかくマーと三人だけの方が平和だと思い始めていたかもしれない。

とにかく可哀そうなパーの消息については何の知らせもなく一年が過ぎた。ある朝、ミス・ルビーがまだ女中も起きていない早朝、お茶のお湯を沸かそうと柴を取りに裏に出ると、何とその柴の束の上に父親が平和な顔で眠っていたのである。何か月もの間どこにいたのか、彼は覚えていなかった。あるいは言いたくなかったのかもしれない。本当なのか演技なのか、彼は何ごともなかったかのようにふるまった。つい昨夜「ゴールデンライオン」の店が閉まって家に帰って来たら、玄関に鍵がかかっていたので、人を起こすのは悪いと思ってここで寝ていたというのだ。この謎にたった一つ関係ありそうな手がかりは、といってもあまり役には立たなかったのだが、彼が再び姿を現した日の前日の朝早く、オクスフォード街道を自転車で旅行していた人が、背の高い痩せた鹿打帽の男がうなだれて啜り泣きながら歩いているのを目撃した、という証言だけだ。

姿を消していた間、どこで何をしていたのか、どうやって生きていたのか、結局わからずじまいだった。彼は再び「ゴールデンライオン」に通うようになり、娘たちの苦労もまた始まった。二人はこの話をするとき、必ず「可哀そうなパーの記憶喪失」という言い方をした。

さまざまな店

プラット家の店の隣の食料雑貨店も流行っている店で、やはり昔からあった。商売でいうなら、こちらの「ターマン商店」の方がストアより、有利だったかもしれない。洋装店に行くのは主として村の中間層に限られている。買えないような貧しい人は行かないし、上流の人は相手にしていないのでやはり行かない。しかし食料は誰でも買う。村で重要な立場にいる人々、医者や牧師はほとんどのものを村の店で買うのを原則にしていた。遠くに買い物に行くよりも二、三シリンはむしろ安上がりになると思っていたのかもしれない。一年中滞在するわけではないお屋敷の人や狩猟の番小屋を持っている人は、滞在しているときくらいは村の店に貢献するのが義務だと思っていた。一つの職種の店が複数あるときは代わる代わる利用した。ミス・レーンでさえ、使っているパン屋は二つだった。今週こちらに届けてもらったら来週はあちらというようにしていたが、彼女の場合は原則というよりは、自分の仕事のためであったかもしれない。どちらも馬の蹄鉄を替えにくる彼女のお客でもあったから。

こういう田舎の慣習は住人の誰にとっても都合のよいものだった。店は目先のことを考えずにさまざまな商品を揃えて置くことができ、すぐに売れそうのない良質の物も並んでいた。明るい店の雰囲気は商店街を賑(にぎ)わし、店も必要最低限の収入は確保できた。食料品店はまだ、包装されたものをカウンターで渡せばいいだけのような売り方をしていたのではなく、自分で量ったり詰めたりしなければならなかった。売るものは店主が直接見て触れて仕入れてきたものだったから、商品の質への責任は直接はね返ってくる。肉屋も同じだった。屠殺場から死んで肉になったかたまりが鉄道で運ばれて来たわけではない。地元の市（マーケット）で、生きている豚や牛を目ざとく選び出してくる目が必要だった。そのおかげで皆は安心して、とろけそうにおいしい骨付きの肉や切り身やステーキを食べることができていたのだ。彼が貧しい人のために安売りしてくれる羊肉の切り落としや、六ペンスの牛肉の細切れでさえ、脂がのっていて美味しかった。冷蔵庫が普及した今では、かえってあの味は失せてしまった。しかし、私たちは何もかも持つことはできない。今は村の人々にとってさえ、映画やラジオやダンスホール、町への定期バスとたくさんのお金の使い途(みち)が、祖父母が食べていたちょっぴりおいしい肉よりも、大切になってきたのだろう。

ターマン商店の上の階は大きな気持ちのいい部屋がいくつもある住居になっていた。そこに主人、妻、成人した子供たちが住んでいた。この一家はよそとは少し違っていた。身の程をわきまえず、上を狙っていると噂する人もいた。それはおそらく彼らが年少の子供たちを寄宿学校にやっていたからだ。しかし実際には、ただの食料品店というにはかなり大きな店を、家族が総出で手伝っていたから、売っているものは安心して買えた。

店の主人、ターマン氏はいつも白いエプロン姿の大男だった。彼が客の注文を聞こうとカウンターに手をついて身をかがめると、マホガニーの台が重さでたわむように見えた。妻の方は、小柄で色白の女性で、少し衰えかけてはいたものの、まだまだ、暖めた雨水で手入れしている自分の顔には自信を持っていた。雨水の化粧水も口や目元のかすかな皺は防げなかったらしいが、全体としては大いに効果があったようだ。頬はすべすべとほんのりピンクが差し、まるで子供の肌のようだった。彼女は優しい性格で、良い目的のためには、いつも進んで手を貸した。貧乏な人たちはとくに彼女に感謝していたが、それは皆、彼女から大きな恩恵を受けていたからだ。たくさんの貧乏な家族がつけで売ってもらい、彼女はそれをノートに書き付けてはいたが、貸した方も、借りた方も、それが清算されるときがくるとは思っていなかった。骨付きハムがたくさん取り残しておかれ、貧乏な母親の買い物籠にベーコンがすべり込むのはしょっちゅうだったし、子供たちの服のお下がりも入れてもらえた。店の子供たちが新しい服を着て歩いていると、みなあの服がお下がりされるときには自分のところに来て欲しいと、心待ちにしていたものだ。同じ階層の近所の人からは、彼女は贅沢だと言われていた。たしかにそうだったと思う。ローラは一度娘たちと一緒に苺クリームをご馳走になったことがあるが、そのとき彼女たちの着ていたのは、明らかにミス・プラットの店のものではなかった。

パン屋の夫婦の際立った特徴は、きっかり十八か月ごとに家族が増えていくことだった。子供の数は今や八人で、母親の全エネルギー、父親のパン屋としての稼ぎのすべては、子供たちに食べさせ、着る物を確保し、養育することに注がれていた。しかし二人の家は明るく楽しかった。あら探しの好きな意地悪が、ブレットのおかみさんはもう年だとか、若い母親たちは「あんなに産んでどうするの。今は痛いのは腕だけだけど、子供が大きくなると心も痛くなるのに」と言っているのが聞こえてきた。

ローラにとって、友達になるには夫婦は年上すぎる上に忙しすぎ、子供たちは小さすぎた。彼らに何かあったという話は聞いたことがなかった。しかしこの健康で賢い家族のところでは、あの腕白な子供たちは間違いなくすくすく元気に育っていることだろう。

グリーンの辺りにはもう少し、小さな店もあるにはあった。そんな中に、表はまったく普通の家なのに、お婆さんがスモモを焼いたり米を炒ったりして、夕方、男の子に売ってくれるところもあった。よく伸びる水飴もあったけれども、そのお婆さんがあんまり鼻をくっつけて匂いを嗅ぐので、十二歳を越えた子供は買いに行かなかった。

でも、この話はこの辺で終わりにして、また郵便局に戻ることにしよう。ローラは仕事を通じて、いまやほとんど村中の人と知り合いだった。

第二十章　郵便局の窓口で

ティモシー卿

ティモシー卿も時々やって来た。暑いときは、息を切らせ額の汗を拭(ぬぐ)いながら、「やあ、やあ」と入ってくる。「なにしろここには将来の郵政大臣がいるからなあ。ティンブクツ（訳註：アフリカ、マリの町）までの三十三語の電報料金は一体おいくらですかな?」

「やっぱり、そうですか。ミス・レーン。あなただって調べないとわからないこともあるわけですね。まあともかく、そこではなくてオクスフォードまでの電報をお願いしよう。今度はちゃんと教えて下さいよ。これですけど、私の字は読めますかな?　自分で読めたら世話がないんだが。いやいや、どうでもいいけれど、あなたの瞳はいつも若々しい。一体その目が涙で曇ることはあるのでしょうか、ミス・レーン。若々しいだけでなくいつも堂々としている。覚えていますか?

あなたがゴッドスピン・スピニーの辺りでクリンザクラを摘んでいるのを、私がつかまえた時のことを。あのときあなたはたしか不法侵入していた。私はそのときはまだ判事ではありませんでしたが、不法侵入は罰金ですぞ。でもあのときはたしか見逃してあげたんだ。あなたが大騒ぎしたから」

「まあ、ティモシー様。物事をごちゃごちゃにしてはいけませんわ。私は不法侵入などしておりません。よくご存知のはずです。あそこは一般通行が認められている場所で、あなたのお父さまはずっとそうしておりました」

「でも密猟者もいたのでね、密猟者が」他にお客がいないと、二人はそんなふうにいつまでも若い頃の思い出話をしているのだった。

プリムローズ・リーグ

ティモシー卿の夫人、レディ・アデレードは郵便局に来るときはいつも従者連れで、彼が用事を足している間、外の馬車で待っていることが多かったけれども、折にふれて、衣ずれの音と良い香りを辺りに振りまきながら、降りて窓口の横にあるお客さま用の椅子に腰を下ろすこともあった。優雅な佇まいを見るのがローラは大好きだった。教会の礼拝のときもローラは夫人が祭壇に膝まずいて祈っている後姿にうっとりと見とれた。同じ年代の他の女性は、靴底を左右に開いて膝をつき、まるで正方形の形にうずくまるのに、彼女は膝を前後にずらしてそれが素晴らしく優雅に見えるのだった。彼女は背が高く痩せていて、ローラの思う貴婦人の姿形そのものだった。

しばらくの間、夫人はローラに対して、封筒に機械的にスタンプを押している女の子くらいの注意しか払っていなかったと思う。それが、ある日突然、自分が支部の代表を務めている、その地域の「プリムローズ・リーグ（訳註：一八八三年、ディズレーリを追慕して結成された保守党の政治団体）」にローラを誘ったのだ。毎年夏至の日、ティモシー卿のお屋敷では、周辺一帯の支部会員が集まるパーティが開かれていた。会員になるとピクニックや冬の夜の楽しい集まりにも参加できるようになる。可愛らしいエナメルのサクラソウをかたどったバッジをブローチのように飾ったり襟章にしたりすれば、日曜日の教会で注目の的になるに違いなかった。

ローラは返答に困り、ボタンの花のように真っ赤になった。夫人の優しい誘いを断るのは非礼なように思えた。しかし、父がどう思うだろう。政治的に自由党支持を表明している父は、娘が敵対する保守党系のプリムローズ・リーグに入ったと知ったらどう思うだろう。

そしてローラ自身、心から入会したいわけではなかった。彼女は元々、みんながそうだから自分もと思うタイプではない。むしろ逆だと思われていた。ひねくれているのではなく、考え方や好みが他の人たちと少し違っているのだ。

夫人はそれまでよりも興味がそそられたらしい表情で、ローラの顔を覗き込んだ。彼女はローラが恥ずかしがっていると思ったのだろう。夫人を賛嘆してやまないローラは、心から彼女を喜ばせたくて、父の自由党とは縁を切ろうかと思いかけたときだった。「恐れずダニエル（訳註：紀元前六世紀、イスラエル民族のバビロン捕囚期の預言者）になろう」という声が聞こえた。それは当時の救世軍のスローガンで、「おそれずダニエルになろう、おそれず孤立しよう」という歌だった。そしてたとえば気の進まないビールを荒立てないで断りたいときや髪型を新奇なものにしたときの、冗談めかした言い訳に使う台詞（せりふ）にもなっていた。でも今の場合は言い訳ではなかった。

「でも家は自由党支持なんです」ローラは申し訳なさそうに弁解した。その言葉に夫人はにっこり微笑み、優しく言った。「そうなの。じゃ、入会するにはご両親のお許しをいただいた方がいいわね」そして彼女はもうこの話題を二度と出さなかった。しかし、この出来事がローラの精神的な成長にもたらした意味は大きかった。後で、こんな小さなことにダニエルを思い出し心の盾にした自分がおかしかった。夫人は、プリムローズ・リーグは人気があり圧倒的な数のメンバーがいたから、ローラ一人が入っても入らなくてもどっちでもよかったろう。夫人は軽い好意で、ローラを上の人たちに引き合わせる機会を与えたいと思って誘ってくれたのだろう。そしてそんなことがあったことはとっくに忘れたに違いない。私たちは誰と話すときも率直にはっきりと自分の気持ちを伝えた方がいい。相手はこちらが思うほどには気にしていないことをローラは学んだのだった。

これはローラが生涯でたった一度、支持政党を表明した時だった。後には、ローラはどこかの政党の良い点を認める気持ちはあっても、嫌な点はどうしても嫌で、それに目をつむってどこまでも支持するという立場は取れなかった。彼女は最初は自由主義者が、そして後では貧しい人たちの生活改善を目指している社会主義者が好きだった。自分の書いた物語や詩の作品は、第一次世界大戦前はデイリー・シチズンに、大戦後はデイリー・ヘラルドに投稿した。(訳註：自由党、労働党を支持する新聞) ヘラルドの初めの頃、文芸欄の担当はジェラルド・グールド氏 (訳註：一八八五〜一九三六　詩人、ジャーナリスト。夫人は女性参政権運動家(サフラジェット)で戦後労働党議員になったバーバラ・エアトン) だったが、ローラの詩も掲載してくれた。しかし「今の時代に生まれた少年少女はみな、少しは自由主義者で少しは保守主義者」というではないか。(訳註：ギルバート&サリバンのコミックオペラ『アイオランシ』(一八八二) の中のセリフ) しかし彼女は小さなときから自由主義的な政治意識の中で育ったけれども、生来の、古い時代と田舎の自然への深い愛着のため、しばしば矛盾する方向へ身を引き裂かれる思いを味わわなければならなかった。

ベンとトム

郵便局によく来る人の中に、ベンジャミン・トロロープ、通称オールド・ベンという軍人恩給の受給者がいた。背の高い姿勢のいい老人で、いつもこざっぱりとした格好をしていた。日焼けした褐色の皺だらけの顔と率直な眼差しは、退役軍人によくある特徴だった。彼は軍隊時代の友人と村の郊外の茅葺き屋根の小さな家に住んでいて、そこは男所帯なのに、整理整頓のお手本のような家だった。庭にはたくさんの草花がきれいに列を作っていて、門から玄関までのアプローチの両脇にはゼラニウムとフクシアが咲いている。植物には支柱が立てられ、整然と配置されていた。

ベンの友人で一緒に住んでいるトム・アシュレーは、ベンよりも引きこもりがちだった。彼は縮んで小さくなった老人の一人で、ローラが会った頃にはすっかりしなびて腰も曲がっていた。彼はもっぱら家にいて、ベッドを整えたりカレー料理をしたり衣服の繕い物などの担当だった、郵便局まで来るのは三か月に一度、軍人恩給を受け取るときだけで、季節や天候に関わらず、いつも寒いと訴えていた。ベンが庭の手入れと買い物など外の仕事をする一家の主とすれば、トムは一家の主婦だった。

その家を借りることにしたのには特別な理由があって、ベンの説明では、ポーチにジャスミンが植わっていたからだ。二人にとって、ジャスミンの香りはインドの思い出につながっていた。インド。その国の名はベンの心を掴んで離さなかった。彼はインドで長いこと兵役についていて、その東の国は彼のすべての想像力をかき立てるのだった。彼はよくインドの話をした。そして彼のおしゃべりはローラの心にも、熱帯の乾いた草原、蒸し暑いジャングル、異教の寺院、人でごった返す町の市場など、彼が愛して止まないそして片時も心を離れない、鮮やかな色彩に満ちた異国のイメージを植えつけた。しかし、彼にはとても言葉では表現できないそれ以上の思いがあるのだった。風景、香り、音というようなものは言葉にできない。「何か自分を包みこんでいるものなんだ」他に言いようがないのだった。

あるとき彼は調査のために少人数のグループで丘陵地帯に入ったことがあって、その旅の話もしてくれた。「あんたにあそこの花を見せたいなあ。ああいう花は見たことがない。どこにもない。初めてだ。真っ赤な花が絨毯のようにびっしり草原のあちこちに咲いているんだ。ここでは温室にしかないプリムラやユリも咲いていたなあ。右手には雪で覆われた高い山々が連なっていて、素晴らしい景色だった。ああ、実に素晴らしかった。今朝、雨が降っていたろう。トムの奴が言うんだよ、また瘧を起こしてな。『ベンよ、もう一度インドに行きたいなあ、あの熱い太陽にあたりたいなあ』と。『無理だ。戻れないんだ。俺たちはもうインドには行けないんだ』そう言うしかなかったよ」

それは非常に珍しかった。ローラの知っているインド帰りの恩給生活者は、帰国できたことを喜び、インドには未練も感傷もなかった。遠い国での冒険について尋ねてもこんな答えしか返って来ない。「おかしな地名ばっかりで、とにかく暑いんだ。ビスケイ湾を通過したときはみんな船酔いして大変な目にあった」彼らのインドでの滞在期間は短く、帰国は大歓迎で、イギリスでの暮らしはベンよりはるかに幸せそうだった。しかしローラが一番好きなインド帰りの人はベンだった。

ロング・ボブの拾った壁掛け

ある日、ロング・ボブと呼ばれている運河の番小屋の番人をしている男が、書留で送りたいと、小さな小包を持って郵便局に来たことがある。その小包は不器用に薄汚れた紙でくるまれていて、紐の結び目がやたら多くて伝票を貼り付けるのに具合が悪く、包み直しが必要だった。この糊をどうぞ使って下さい、と差し出したローラに、彼は「あんたがきれいにやりなおしてくれないかね」と言った。「俺は不器用で、指全部が親指みたいなもんだ。こういうことをしてくれる女手もなくてね。だけど直す前にちょっと中身を見せてやろうか」

彼が小包を開け、取り出したのは美しい刺繍の壁掛けだった。智恵の木の両側に立つアダムとイブが刺繍で描かれている。花と実をつけた果樹の木々が背景にあり、手前には子羊やウサギなどの小動物がいる。ところどころ色が褪(さ)めていたが、技術も色合いも素晴らしかった。アダムとイブの髪は本物の人の髪の毛で刺され、動物たちの毛にも本物の何かの毛が使われていた。よくわからないローラにも一目で、布地の傷み方だけでなく裸体の男女の描き方や木の形から、古いものなのがわかった。「すごく昔の物なんじゃないですか?」ローラは彼が「わしの祖母さんのものだったのさ」とでも答えると思っていた。

「昔のものだ。大昔のね」彼が答えた。「ある人に言われたんだ。ロンドンにはこういうものがよくわかる賢い人がいるから、送って見てもらえってね。全部、手で作ってあるんだそうだ。エリザベス女王の時代より古いものだそうだ」そしてローラの興味津々の顔に気づくとどうして彼がこんなものを持っているか、そのいわれを話し始めた。

一年程前、彼は運河の門の蝶番に、粗末な新聞紙にぞんざいに包まれたこの壁掛けが引っかかっているのを見つけた。高価なものかも知れないと思うよりも先に、根っからの正直者の彼は、それをすぐにキャンドルフォードの警察署に持っていった。担当の巡査は彼に簡単な質問をしただけですぐに彼を帰した。ボブは後で知ったが、多分専門家の鑑定もあったのだろう。警察からの連絡でそれが非常に古い高価なもので、所有者についても調査が行われていると聞かされた。最初は盗品が疑われたが、その辺で泥棒が入ったという事件は何年も起きていない。よその土地の事件については記録がなく知りようがなかったので、結局この壁掛けの所有者は見つからず、法律で決められた保管期限も過ぎたので、拾い主のボブに戻されたというのだ。そのときロンドンの骨董商の住所と、一度送って見てもらったらというアドバイスが添付されていたのだそうだ。しばらくして送料分として五ポンドの大金が、その店からボブに届いた。

それがその壁掛けについての一番最近のニュースだ。でもその前に何があったのだろう？　どうして今になって、この頃の新聞紙に包まれて、十一月の霧の朝、運河の門に引っかかっていたのだろう。

誰にもわからない。ミス・レーンとローラは、そのお宝が普通の人の所有になった理由をいろいろ想像した。家族は本当の価値がわからないまま、珍しいものとして大事にしていたのだろう。子孫が価値を知らないまま贈り物としてか、最近亡くなったお祖母さんの形見分けとしてか、親戚にやったのかも知れない。「お祖母ちゃんの壁掛け」を子供が手放したというのはただの憶測だ。貧しい人たちはそんな物が家から消えても大騒ぎしないし、警察に届けてまで探したりしない。この壁掛けが考えられない場所にやってきた理由は謎のままだ。

アイルランドの出稼ぎ農夫たち

郵便局の窓口は普通、夜の八時に閉める。しかし毎年、夏の終わり頃の土曜日、ローラは夜九時半まで窓口についていることがあった。そんなとき彼女は閉めたドアの陰で本を読んだり編み物をしたりしていて、外に足音がするとドアを開ける。そうすると一人、二人、三人と、もじゃもじゃの髪と髭の、荒くれた日焼けした顔の男たちが入って来る。おかしな色の継ぎはぎだらけのシャツが、いつも半分ズボンからはみ出ている。この男たちは、イングランドが収穫の季節になるとアイルランドからやって来る、出稼ぎ農夫の人たちだった。細々した仕事をやっていると日が暮れて暗くなってしまう。仕事が終わる頃には郵便局は閉まっているし、為替を作りたくても日曜日は休みだ。賃金の一部を早くアイルランドの女房や家族に送ってやりたいのに困った。というわけで、ミス・レーンは彼らを助けるため数年前から特別、時間外でも内緒で為替を作ることにしたのだ。今はそれがローラの仕事になった。

ローラは小さなときから、アイルランドの出稼ぎの男たちは見慣れていた。ラークライズでいたずらをしたローラを、「アイルランドの男たちにくれてやるよ、本当だよ」と脅かした人がいた。しかし子供にもそんな脅しは通じない。彼らは全然恐くなかった。彼らはいっぱいしゃべり、いっぱい働き、いっぱい稼ぐことだけで頭がいっぱいだ。それ以上は何もない。子供になど興味ない。小さなローラには、アイルランドの男たちは、渡り鳥のように季節になると現れ、また船で海の向こうの「アイルランド」という名の国に帰ってゆく、見知らぬ国の人だった。その国で人々は「自治」を要求し、「ベゴラ（いやはや、まったく）」と言い、「法螺（ブル）」というものを吹いて、いっぱいジャガイモを食べるのだそうだ。

しかし今のローラは、彼らを名前で知っている。ミスター・マッカシー、ティム・ドーラン、ビッグ・ジェイムズとリトル・ジェイムズ、ケヴィンにパトリック、働きに来ている全員の名前を知っている。「キャンドルフォード・グリーンの郵便局には親切な女主人がいて、働いたその週末に家に為替を送れるそうだ」という噂が広がり、遠くからやって来る人はどんどん増えていった。ローラがキャンドルフォード・グリーンを離れる頃には、日曜日の午前中も働かないと間に合わなくなり、時間外の仕事が増えすぎたために、ミス・レーンはそれ以上のサービスは引き受けられなくなって、何か適当な理由で、涙ながらにそのサービスを打ち切ったのだった。

記録によると土曜日夜の客は平均十二人くらいはいた。そして年配の男たちは誰も字が書けなかった。ローラが仕事についた頃、最初は彼らの中の若い農夫が年寄りたちの手紙を代筆して持ってきていた。しかしまもなく男たちは、ローラにこっそりと、手紙書きを頼むようになった。もじもじと寄ってきて言う。「おねえちゃんは優しいね、この紙にわしのため、ちょっと書いてくれないかね？」彼らが小さな声でぶつぶつ呟く文章をローラは紙に書いてやる。

「可愛いおまえ。神様とマリア様と聖人様のご加護のおかげで、わしは元気にやっている。いっぱい働いていっぱい金も稼いだ。おかげでわしらはこの冬は去年よりは少し楽ができると思う。神様のおかげだ」

そして女房、子供、父さん、母さん、ドーラン伯父さん、いとこのブリジェット、近所の誰彼のことも名前をあげて様子を尋ね、その後でようやく手紙を書く目的である用件に入る。この金でどこそこの店の支払いを済ませるように、何か売るときは値段をちゃんと聞いてからにするように、少しは靴下に入れて貯金するように。でも欲しいものがあったら何でも買っていい。わしがちゃんと働くから、おまえには女王さまのように暮らしていて欲しい。わしはいつもお前を愛している。

ローラは筆記しながら、彼らの手紙には、この辺の年寄りに書いてあげるときのような長たらしい文章がないことに気づいた。言葉はよどみなく出てきた。豊かな暖かい表現がまるで詩のようにあふれていた。イングランドの同じ仕事の男たちが、女房に女王さまのように暮らしていて欲しいなどと言うだろうか。愛情の表現はせいぜい「体に気をつけなさい」くらいではないだろうか。アイルランドの人たちはイングランド人より礼儀正しかった。彼らはドアから入って来るときには必ず帽子をとり、「どうもどうも」とか「どうも」と挨拶して入って来る。そして些細なことにあふれるような感謝の言葉を述べる。若い人たちはお世辞上手だったが、彼らも人の思いつかないような素敵な表現を使った。

シンデレラ・ドゥーの占い

ジプシーの人々もよくやって来た。村の近くの道端に彼らがキャンプを張る小さな谷間があった。円形の黒い灰の跡と茂みに引っかかった布切れが残っているだけの、静かな人影のない数週間が過ぎると、ある日の夕暮れ、突然テントが立ち並び、火が燃え、馬がよろけながら草を食んでいる。そして雑種の犬を従えた男たちが畑の生垣を探っている。「ウサギを追いかけてるわけじゃない。ポニーの鞭にちょうどいいトネリコの枝を捜してるのさ」その間、女や子供たちは谷間に鍋釜を広げ、喚(わめ)いたりおしゃべりに興じたり男たちに声をかけたりしている。彼らは仲間内では、村に物売りに来たときとは違う言葉を使った。

「ジプシーが戻ってきたな」向こうの木のてっぺんの上に上っている青い煙を見て、村の人たちは言う。「そろそろ、よそに移って行って欲しいもんだ。臭くてたまらん。ウサギを探し回っているあの野郎、捕ったら刑務所行きなのはわかってるはずなのに。それにしてもあの鍋には何が入っているんだろう？　ハリネズミだという話だが、本当かな？　ハリネズミだぜ。針も一緒に食べるのかね。煮れば柔らかくなるのか？」

ローラは、一度に三人も四人も狭い郵便局に入って来られるとちょっと困ったが、ジプシーの人たちが嫌いではなかった。たまたま先に居合わせた村の女性などは、鼻をつまみながらそろそろとドアから退散してしまう。たしかに彼女たちの発する匂いは強烈だった。しかしそれは体臭というよりは、燃やした木や湿った土やさまざまなものが混じり合った匂いの方が強かったと思う。

テントや幌馬車に手紙は配達されないので、彼らは局留めを受け取りに来る。「マリア・リー宛に手紙は来ていない？　ミセス・エリ・スタンレーには？　クリスティナ・ボスウエル宛も見て頂戴」口々に名前を上げる。誰にも来ていないと、そして何も来ていない方が多かったのだが、今度はこういうことを言う。「おかしいね。ちゃんと見た？　もう一回見てよ。末っ子をオクスフォードの病院に置いてきてるんだよ」とか「娘が余分に金が入るって言っていたんだ」「息子がウインチェスターから歩いてここまで来ることになってるんだ、もう着いてなきゃおかしいんだよ」

こういうことの全てがあまりに当たり前の人たちで、それまでジプシーのことを強盗や鶏泥棒や人攫いだと思いこんでいたローラは、すっかり驚いてしまった。自分より貧しい人になけなしの一ペニーをあげてしまうのも見た。今郵便局の窓口で会うジプシーの人たちは、彼女に何かせびるわけでもなく、籠の中の櫛やレースを売りつけようとするわけでもない。しかし、ある日、ローラに手紙の筆記を頼んだ年とった女性が、お礼に将来を占ってあげようと言った。その女性の風貌は、それまでに会った人の中でも際立って強烈だった。ジプシーの女性にしては背が高く、頬には深い皺が刻まれて肌はかさかさなのに、真っ黒な瞳は燦然と光り、髪も漆黒だった。誰かから貰ったらしい男物のペーズリー模様の部屋着のガウンを外着にまとい、頭には山高帽を乗せていた。彼女はシンデレラ・ドゥーという名前で、届く手紙には敬称が一切なかった。

占いは楽しい。あたってもあたらなくてもいい。金髪の男性も黒髪の男性も恋敵も出て来なかった。彼女はローラには愛が約束されていると告げた。しかしその「愛」は普通の愛ではなかった。「おまえは将来愛される人間になる」と彼女は言った。「会ったこともない人間に愛され、会うこともない人間に愛されるだろう」これが手紙を書いてあげたことへの、魅力あふれる返礼だった。

窓口で知る秘密

郵便局にやって来る友人や知り合いはよくローラに、「こんな仕事、退屈でしょう」と言った。ローラは曖昧に「そうね」と答えはしたが、変わり者に思われたくないのでそう言っていただけで、本当は全然退屈ではなかった。若くてどんな小さなできごともほとんどが初めての経験だったから、年長の人なら気に留めないことでも、すべてが驚きで楽しかったのだ。入れ替わり立ち代り窓口に来る人たちは皆、面白かった。少なくとも彼女には面白かった。人の応対の合間にはさまざまな雑用がある。たまに暇ができて、客間から持ってきた本や図書館から借りた本を読んでいて、ミス・レーンに見つかることがある。すると、彼女はあからさまに仕事中に本を読んではいけませんとは言わなかったが、見過ごすわけにもゆかないと思ったのか、ちょっと厳しい口調で、『手引き』の勉強は全部終わったのかしら？」と言ったりする。そうするとローラは棚から大きなクリーム色の厚い表紙の本を下ろし、もう一度、規則用語を拾って読む。でもそんな無味乾燥な本でも、何か面白いことは見つかった。たとえば味も素っ気もない役所言葉の文の中に、モクセイソウという文字が目に飛び込んできた。それはある用紙の色の説明だったが、ローラは一瞬、真新しい押し花の残り香を思い浮かべた。

そして、異国の空気を運んでくるアイルランドの男たちやジプシーの人たちは、たしかに想像力をかき立てる存在ではあったけれど、ローラがそれ以上に興味をそそられていたのは、村の普通の人々だった。付き合いが長くなり、知ることが増えていくにつれ、背後の物語が見えてくるからだった。姉の夫に恋をしている少女がいた。彼女は彼の手紙を受け取ると震える指で封を切る。オーストラリアに行ったきり、三年も便りを寄こさない息子の母親は、それでも毎日、一縷の希望にすがって郵便局にやってくる。結婚して十年目に、妻から未婚で生んだ十六歳の娘がいることを告げられた貧しい男がいる。娘は今結核を病んでいるのだと知らされて、彼はただこう言った。「早く行って家に連れて来てやれ。おまえの子供は俺の子供だ。おまえの家がその娘の家だろうが」そしてローラは稼ぎ以上のお金を毎週貯金している家も知っているし、頻繁に支払いの督促が届いているのが誰かも知っているし、お洒落な夫人がロンドンのどこの店から服を買っているかも知っている。ネズミの死骸の小包をメドルサム夫人に送ったのが誰かも知っている。でもこういう種類の話は決して人に言ってはいけない。何しろローラはティモシー卿の前で誓約書に署名したのだから。

自分自身のことでも退屈している暇はなかった。「美」についてうっとり物思いにふけることもあった。信仰への疑問を感じたり、誰かに期待を裏切られて幻滅を味わったり。自分の欠点が嫌でたまらないときもある。彼女は他人の悲しみで心が痛む一方、自分のことでも悩んだ。動物の腐った死骸を偶然見てしまった後、人の死後を想像して数週間もそのことが頭を離れなかったこともあった。ある年上の貴族の男性に憧れてきっとこれは恋に違いないと思った。彼の郵便を処理するときはいつもより注意して丁寧に扱っていたのに、気づいてもらえなかった。郵便局だけがその人に会える場所だったのに。自転車を覚え、着るものに気を使い、自分の好きな本の傾向もわかってきた。そして自分の詩集のつもりで、ノートにたくさんの下手くそな詩を書いた。

でも感じやすく夢見がちな思春期の出来事については、たくさんの本が出ているのだから、同じような話はやめにしよう。ローラの心と精神も、生きる環境が違っていても、他の人たちと同じような道筋を辿ったということだ。

馬から自転車へ

郵便局には馬に乗ってやってくる人も多かったので、玄関の入り口の横には石の踏み台があり、その上の壁に手綱をかけておくフックが用意してある。しかし放課後の時間になるとそのフックが使われることはほとんどない。いつもグリーンでは五、六人の少年たちが遊んでいて、彼らは馬で郵便局に来る人を見つけるとわっと駆け寄って来て、口々に「馬を見ててあげる」「僕にさせて」と言うのだ。馬の気分が荒れているときは、背の高いがっしりした少年が任された。後で手間賃を一ペニー貰える。頼んだ方は馬と少年の様子が気になり、窓に行っては外を見て、郵便局の用事が早く済んで欲しいと心が急（せ）いているのがわかる。でも誰も少年たちからの手伝いの申し出を断る人はいなかった。それは習慣だった。少年たちが馬を預かって、お小遣いを稼ぐのは認められた仕事だった。

　馬の乗り手は裕福な農場主たちが多かったが、彼らは一様に赤ら顔で快活で、仕立てのいい上着に短い乗馬ズボンをはいていた。時には妻や寄宿学校から戻ってきている子供を連れて、狩りをする。農場の住まいは気持ちのいい家具で飾られ、テーブルには最上の食べ物と飲み物が並んでいる。農夫以外、当時農業に関わっている人々は裕福だった。馬で来る人の中にはよく、狩猟馬の厩舎（きゅうしゃ）を預かっている馬丁もいた。そんなとき、彼らは郵便局での用事が終わってから、ミス・レーンに飲み物を所望することがあった。彼女が彼を台所に案内して奥に消えると、まもなくグラスがチリンチリンとぶつかる音が聞こえてくる。馬丁用専用戸棚というのがあって、そこにはブランデーやウイスキーの壜がしまってある。家の中の人間は誰も飲まないのに、彼らのために用意しておく。これも昔からの習慣だった。

　郵便局の外の壁に自転車を立てかける音は、馬の蹄の音より珍しかったが、それでも既に二、三人は自転車で来る人もいて、自転車人口は急激に増えていきそうな勢いだった。昔の後輪が小さい型はもっと安全な設計の型に変わってきていた。そして土曜日の午後、時々、賑（にぎ）やかなラッパの音と共に、足音と笑い声が続き、電報を打つ若者たちが狭い郵便局になだれ込んでくることがあった。彼らは初期のサイクリスト・クラブのメンバーで、流行の最先端を担う使命感を自認し、非常に目立つユニフォームを着ていた。ぴっちりのニッカーボッカーの上下に、赤と黄色のブレードで飾られた上着をはおり、頭にはクラブの紋章を刺繡した紺の小さな筒型のキャップを載せている。リーダーは目立つ色の紐で肩にラッパをかけている。自転車旅行はとても危険だと思われていたので、彼らは目的地に着くたび自宅に電報を送って無事を知らせていたのだ。もしかしたらどの位遠くまで来たか、記録を証明するためだったのかも知れない。彼らの打つ電報は、その日の走行距離、それから途中でぶつかった物の報告だった。

「二時間四十分三十秒で走破。鶏二羽、豚一匹、車引き一人を轢き倒す」というのが、代表的文面だ。しかし後半は冗談に近かった。道で馬車に会ったりしたら自分の方で道端に自転車を止め、馬車を先にやり過ごすことが多かったから、実際は何も生き物を轢いたりしてはいない。いつも若者はワルを気取って武勇伝を吹聴したがるものなのだ。

彼らは都会の人間で騒いで浮かれるのが大好きなので、ホテルでひと休みすると、グリーンに出て来て、馬跳びをしたり缶蹴りをして遊び始める。彼らには彼らの用語があった。「すごい」という言葉が、「すごく良い」だったり逆に「すごく不味い」だったり、本当にただ「すごい」だけのこともあるというふうに、意味を即座に理解するのが難しかった。彼らに言わせると簡単だというのだが。タバコのことは「葉っぱ」、自転車は「乗り物」とか「俺の馬」という言い方になる。キャンドルフォード・グリーンの人々は「土着民」で、ローラは「我が乙女」なのだった。彼らが一番好きな感嘆詞は、「ヤッホー」「ヤッホー、そこのねえさん」だった。

しかし彼らが冒険家の先駆けを自認していられたのは本当に短い期間だった。すぐに大人も子供も家族も、本当に貧乏な人以外、誰もが自転車に乗るようになっていった。男たちは最初、この乗り物を利用する特典を自分たちだけに止めておきたがった。女性が自転車に乗ったというのを聞いたり見たりしたら、「女らしくない。実に女らしくない。神さま、この世界はどうなるのだろう」と大騒ぎ。しかし余程太っているか年を取っているかひねくれているかでなければ、女たちも決定権は自分の手に握っていた。自分も乗れると思ったら、すぐに乗り始めた。その近所での第一号はキャンドルフォードの医師夫人だった。「あの女を引きずり下ろして、横面を張り倒してやらないと気がすまない」と怒りで真っ赤になった男もいた。もっと穏やかな性格の人でも「自分の女房があぁなったらたまらん」と言っていたが、実は会話の相手の妻が自転車に乗りたがってるのを知っていて言ったのだ。

男たちの抵抗は無駄だった。さっそうと新しい自転車に乗る女が一人二人と、増えていった。スカートは長いままだったが、ペチコートは邪魔なので付けなくなった。それは自転車に乗る乗らないにかかわらず、女性が解放される兆しだった。二枚も三枚も重ねていたペチコートが厚地のサージのドロワースにとって代わったのだ。当時のドロワース（訳註：腰回りのゆったりした半ズボン状の女性の下着）は今に比べれば、ボタンが多い上にボタン穴が小さくて手間がかかり、不格好で着やすくはないし、土曜日の夜ごとに薄い裏地を繕わなければならなかったけれども、ペチコートに比べたら大きな進歩だった。

そして進歩の象徴である新しい乗り物、自転車。何という快適さだったろう。羽が生えているかのように空（くう）を切って進んでゆく。歩いて一日かかったところへ数時間で行けてしまう。つかまれば一時間も立ち話に付き合わされた人たちを横に見て、チリンチリンとベルを鳴らして追い抜いてゆく快感。

最初、裕福な階層の女性だけのものだった自転車も、次第に四十歳以下ならみんなが乗るようになった。買えない人には一時間六ペンスの貸し自転車もあった。最初はショックを受けていた男たちも既成事実として認めるようになり、こんな歌まで歌われ始めた。

母さんが楽しく自転車で出かけて行った
姉さんと恋人もちょっとそこまで
女中さんとコックも一緒に自転車
そして父さんは台所で料理

父親にとってもいいことだった。今まで彼だけが外で楽しんできたけれど、今度は母と娘の番だ。家父長が万能だった古い時代にようやく終止符が打たれようとしていた。

第二十一章　それが人生

さまざまな出来事

キャンドルフォード・グリーンは平和な村だったが、もちろん「エデンの園」だったわけではない。穏やかな日々の合間にも絶えず何かが起き、人々の生活に小波が立つ。

悲しい出来事のこともある。誰かが雄牛の角に引っ掛けられたとか、畑で荷馬車に積んだ麦束の山から落ちて首の骨を折ったとか、母親が幼い子供を残して亡くなったとか、男の子が川で遊んでいて溺れ死んだとか。しかし悲しい事件は、村の人々の最良の美点を見せてくれる機会でもある。みな残された家族をいたわり、母親を亡くした子供を引き取ってくれる家が見つかるまで世話することも厭わない。何かの助けにと、乏しい中から必要なものをあげたり貸したりもする。

しかし事件はいつも悲劇とは限らず、困惑するしかないものもある。物静かで目立たなかった男が酔っ払って、千鳥足でグリーンの真ん中まで来て、いきなり卑猥なことを叫び出したり、十年来の恋人が心変わりして若い少女に走ったり、子供や家畜が実は夫に虐待されていたことが明るみに出たり。そしてそんな場合は、穏やかだった村の人たちが手のひらを返したように刺々しくなったりする。若い未経験者はそれを目にすると物事には裏と表があることを知り、表面の明るさに隠れた深い暗闇を想像してしまうのだった。

経験を積んだ大人は何事にも落ち着いている。人間は善悪両方を兼ね備えているからこそ面白いし、たいていの場合、幸運にも善の方がちょっと勝っていることを、時間をかけて学んできているのだ。「それが人生ってものよ」何かが起きそれが耳に入ると、ミス・レーンはそう言って嘆息する。そして次の瞬間あっさりと、「ほらローラ、もう一つジャム・タルトをお食べなさい」と言うのだ。

ローラはその切り替えの早さにショックを受ける。彼女にはまずタルトが第一の関心、涙は食べた後でゆっくりということなのか。ローラは修行が足らなかった。悲しみや痛み、幻滅や絶望の感じ方や反応はそれぞれなのだということ、そして人と辛い気持ちを分かち合うときも、当事者でない限り、自分の生活は普通どおりに守っていかなくてはならないということに未熟だった。

キャンドルフォード・グリーンでは凶悪な犯罪事件は起きなかった。殺人や近親相姦や強盗傷害は新聞の日曜版でのできごとだった。みんなはそういう記事を読むと「まあ恐い」と言い、噂話をし、勝手な推理を披露するが、それは自分のことではないからだった。地元の法廷で裁判沙汰があれば、それは忌むべき事件というよりちょっとした娯楽だった。

密猟で二人の男が捕まった。それはティモシー卿の領内でのことだったが、卿は判決が出る前に告訴を取り下げてしまった。二人が訴えられる前から、判事に彼らを穏便に処理してやって欲しいと頼んでいたという噂だった。こんなふうに言ったそうだ。「彼らが監獄に入れられたら、その間家族の面倒を見るのは結局この私だからね」判決はティモシー卿のポケットにしまわれたというわけだ。この事件はあまり大きな興味も物議も醸さなかった。密猟者は見つかればどうなるかをよく学んだことだろう。割に合わないことは繰り返さないに違いない。

それから、近所の家から豚に食べさせる残飯を盗んでいた男の話もあった。盗まれた方は、家から少し離れた場所に豚小屋を持ち、五、六頭の豚を飼っていた。そしてキャンドルフォードの町の会社と契約して残飯を売ってもらっていた。盗んだ男は毎日朝早く、その近所の豚小屋に通って残飯の入ったバケツから自分の豚の餌分を失敬していたのだ。数週間後、こぼれた残飯の跡が見つかったので見張っていたら、ひしゃくを手に持った現行犯で彼は捕まった。「まったく汚い、けちな野郎」とみんなは口々に言い募った。判決の「二週間の拘置」は軽すぎるとみんな噂した。

スーザンとサムの事件

しかし、スーザンとサムの事件は、村の人々が敵味方に分かれて大騒ぎした事件だった。二人は若い夫婦で、小さな子供が三人いた。そして、その事件の起きた夕方までは、ずっと平和に穏やかに暮らしていたのだ。二人は大喧嘩をし、はずみでサムはスーザンを殴りつけてしまった。このことはすぐ村中に知れ渡った。スーザンの体の痣、目の周りの真っ黒な痣は隠しようがなかったのだ。サムはがっしりと大柄でスーザンはほっそりと小柄だったから大変、村の人たちは外野で大騒ぎを始めた。夫婦喧嘩はよくあることだ。詳しい中身はともかく、女房の目の周りに黒い痣ができているのは珍しいことではなく、たいていは二人の内であるいは親戚の仲裁などで仲直りし、外の人間が立ち入って騒ぐなどあり得ないことなのに、このときばかりは違った。サミーが背も高く大男だったのに、スーザンがほっそりと子供のように小柄な女だったので、痣を見たり聞いたりした人は皆、「あのケダモノ、何て乱暴な」と叫んだのである。

しかも殴られたスージーの反応が普通と違っていた。痣を見つけられた村の女たちは、「薪を割ってたら木っ端が飛んで来て当たったの」というのが普通だった。それが言い訳の公式だった。その説明で何があったかわかる。「家庭内のもめごとではない」と表明するのが作法であり、体面が傷つかないやり方だった。ところがスーザンは一言も説明せず、ふだんどおりに家を出たり入ったりてきぱき働いているだけで、愚痴を言うでも、人に相談するでもなかった。そして数日してわかったのだが、彼女は殴られてまだ痣が残るうちに、すぐにキャンドルフォードの町の警察に行き、サミーの召喚状を要求していたのだ。

村中がこの話で持ちきりになった。ある人はこう言った。「サムみたいな若くて力のある大男が、あんな素敵な良妻賢母の鏡のような女性に手を出すなんてとんでもない。彼に弁解の余地はない。スーザンが警察に駆け込んだのも当然だ。よくやった、と誉めてやりたいくらいだ」一方、スーザンは口やかましい女だった、と言い出す者もいる。「あの細っこい、こむずかしい金髪女は、ああされても仕方ないのさ。あの可哀そうな亭主は我慢の限界だったんだ。誰も知らなかったと思うが、朝から晩まで家にいる間中、がみがみ小言を言われてたのさ。あの家が異常なくらいきれいなのを知ってるか？　彼は石炭運びをやらされた後、そのシャツを脱いで自分で洗ってからじゃないと、夕飯も食べさしてもらえなかったと言うじゃないか」みんながどちらかについた。「スーザン派」と「サム派」に分かれた。後の派にとっては、サムは虐げられた若者でスーザンが彼を虐待した悪女なのだった。この事件は一つの喧嘩から議論百出した好例だ。

しかしスーザンはもう一つ皆を驚かすことをした。一連の結果として、サムは裁判所に呼ばれ、女房を殴打した罪で、一か月の禁錮を言い渡された。その判決を受けて法廷から帰宅したスーザンは、また近所には一切説明せず、三人の乳幼児を乳母車に乗せると家に鍵をかけ、キャンドルフォードの施設に行ってしまった。彼女は夫が一か月監獄にいる間は誰の助けも受けないつもりで、あらかじめそこに入居を申し込んでいたのだった。彼女が家で暮らせない理由は何もなかった。店はツケで買い物できたし、近所の人も助けてくれただろう。近くの村の親の家に行くこともできた。しかし彼女は自分のやり方を通した。そして味方まで失った。助けるつもりでいた人たちは肩透かしをくって、批判する側に、しかももっとも厳しく批判する側に回ってしまったのだ。後で彼女は彼に反省させるためにそうしたのだと説明したが、その点では成功だった。妻子がご近所にすがっていたらサムの男のプライドが傷ついたろう。でも子供と施設で過ごした日々は彼女にも辛い罰だったはずだ。きちんとした生活に慣れていた女性にとって、仮住まいにせよ施設に「薔薇のベッド」があったはずはないのだから。

しかし、ともかくこの事件は「終わり良ければすべてよし」で決着した。サムの罰が終わり、一家が一緒に家に帰って行ったときの光景をローラは忘れられない。郵便局の前を一家は仲良くおしゃべりしながら通り過ぎて行った。サムが乳母車を押し、スーザンは久しぶりに戻る我が家を整えるのに買った僅かな荷物を提げていた。子供たちはそれぞれ新しいおもちゃを買ってもらい、一人の子が小さなラッパを吹くと、それは一家の帰還を知らせる音のように響いていた。それからのサムは模範的夫だった。そこまでしなくてもと思うほど優しく思慮深く、スーザンの方も、相変わらずしっかり手綱は握っていたが、前ほど引き過ぎることもなくなった。

土地争い—アシュレー老人と姪のイライザ

家族同士の喧嘩は土地に絡むことが多い。それが大変なことになった例がある。村のある老人が何年も前に親から家と少しの畑を相続し、平和に暮らしていた。そこに彼の亡くなった末弟の娘つまり姪が、自分の父親にも財産の一部を貰う権利があったのだから土地の一部を自分によこせと乗り込んできたのだ。両親はすべて長男に譲るという遺言を残していたから、それは根拠のない言いがかりだった。それに彼はずっと両親と一緒に暮らし、仕事を助けていたのだ。そのイライザという姪の父親には、僅かだか現金と家具の遺産分けもされていた。彼女は遺言に従ってお金と家具を貰ったのは知っていたが、法律で土地は息子たちで均等に分けることになっていると主張したのだ。仮にその主張が正当だとしても、長い年月が経っているのだから裁判所に委ねるのが普通のやり方だった。ところがこのイライザという女性は強引で自分でやらないと気がすまない性格だったので、力ずくで闘う方法を選んだ。

彼女はその頃、別の村に住んでいた。伯父が姪のやり方を思い知らされたのは、ある朝突然彼女に頼まれた男たちがやって来て、畑の生垣を倒し始めたのが最初だった。

「俺たちはミセス・キブルに、自分の土地に家を建てたいから、まず邪魔な生垣を整理してくれと頼まれただけだ」ジェームズ・アシュレー老人は争いごとの嫌いな敬虔なメソジストで、村でも誰からも尊敬されていた人だったが、この礼儀を欠いたやり方に烈火のごとく怒ったのは当然だった。男たちも一応法律に従って立ち去った。しかしこれは発端にすぎなかった。その後この争いは二年間も続き、村の人たちに面白い話の種を提供することになったのだ。

姪は一週間に一度、現れた。背の高い堂々とした女性で、いつも金のイヤリングを垂らし、真っ赤なショールを巻いていることもあった。伯父が家の中で穏やかに話し合おうと申し出ても、それを拒んで、自分の土地と称する場所に根が生えたように突っ立って、この土地は自分のものだと大声で喚(わめ)き散らすのだった。彼女は自分の大声がよその人の好奇心をかきたて、人が集まって来て見世物になる効果を狙っていた。さらにそれを確実にするためにディナーベルまで持参し、自分の到着のときや老人が彼女に反対意見を述べるたび、振り鳴らすのだった。可哀そうに、老人の方はまったく分(ぶ)がなかった。性格からも信仰からも、彼は喧嘩に向いていなかった。彼は家の中に入ってドアに鍵をかけ窓に鎧戸を下ろして、無視していれば彼女も帰ってくれるだろうという、消極的な抵抗しかできなかった。あまりにひどい暴言を浴びせられたときだけ、ドアを開けて顔を出し、努めて平静を装いながら、抗議の言葉を言うことはあった。しかしそんなときも彼の声は無視されディナーベルが鳴る。だがそのディナーベルが村の人の気持ちを変えたり、彼女の行為を正当化する効果はほとんどなかった。

しかし、それほど広いわけでもない土地に対する彼の権利は明らかだったのに、それでも村の中にイライザの肩を持つ者がいたのは驚くほかない。彼らは、ジム老人が父親が亡くなった後すぐに、本来は分割して相続すべきだった土地の名義を書き換えたのがよくないというのだ。彼らはイライザの姐御肌(あねごはだ)が好きで、強い姿勢を崩さないで欲しいと願っていた。でも、本当のところは無意識に、彼女に面白い見世物を続けていて欲しかっただけだ。思慮深く良識のある人たちはジム老人の権利を擁護した。「正しい人間には権利がある。間違った人間に権利はない」(訳註:right の二つの意味をかけている)という格言を引いたりもした。あくどいやり方とディナーベルがイライザの正しくない性格を示している以上、権利はないと証明されているというわけである。

しかしジム老人もそこまで徹底した超俗主義者ではなかったので、財産分割をする気はなかった。弁護士からイライザ宛に手紙を出してもらったが効果はなかった。結局彼は問題を裁判に持ち込むしかなかったが、決着は早かった。彼の権利は守られ、イライザの金のイヤリングはキャンドルフォード・グリーンの村から消え、村に平穏な時が戻った。

お巡りさん

こういう騒動はめったに起きないし、とても珍しい。キャンドルフォード・グリーンは刺激が欲しい人には事件が少なすぎた。駐在しているたった一人の巡査は暇すぎて、たっぷりある時間を庭仕事に励んでいた。彼のあらゆる品種の花と野菜を集めた庭は見事で、年に一度のフラワーショーでは毎年二つの賞を獲得していた。自転車が普及すると、腕組みした彼の姿がよく法廷で見られたが、それは自転車のスピード違反や無燈運転を運悪く彼に見つかった人が増えたからだ。それでも彼の仕事のほとんどは一年の内三百日、昼は制服を着て村を数時間おきに巡視、夜は交代まで見回り場所をぶらぶらしていることだけだった。

仕事柄、偉そうにはしているが、彼は親切で穏やかな人だった。それなのにみんなには好かれていなくて、彼と妻は村でどちらかといえば淋しく暮らしていた。当時の田舎ではわざわざ法律を破る者はほとんどいなかったし、ちょっと気が咎める人間は当然警察が嫌いだから、巡査が、自分たちを見張る権力の側の人間と思うのは仕方なかった。ローラは子供のときにある女性が言っていたのを覚えている。「巡査の制服を見かけると、私はほとんど気を失いそうになるんだよ。花の好きな人がバラの香りを嗅ごうと身をかがめただけでも疑ったり、猫が部屋に入っただけでも怪しむんじゃないかと思ってしまう。小さな男の子たちが追いかけっこをしていて、生垣の陰から声を掛け合っているときに、お巡りが後ろを通り過ぎるのを見かけたりしたら、身が縮みそうになるの」

あそこをお巡りの黒い帽子がぶらぶら行くよ
突き出たお腹で

パンケーキの匂いを嗅ぎまわってるのさ

こんな歌もあったから、当時の巡査はヘルメットではなかったのだろう。

悪質な噂話

法律には触れなくても平和を乱す行為はある。キャンドルフォード・グリーンも例外ではない。当時の田舎の女たちは本は読まなかったし映画もまだなかった。刺激を求めずにはいられない人間の本性から、現実の生活がその刺激の温床になっていた。その欲求を簡単に満たしてくれるのは噂話だ。キャンドルフォード・グリーンには話上手な女が数人いて、つまらないことを大げさに膨らまし、ねじ曲げ、さらにたくさんの尾ひれをつけて触れ回るのだった。村中に伝わる頃には、あることないことで大げさになり、最後は当事者が怒るほどに初めとはかけ離れた話になっていることがよくあった。

しっかり者の主婦が、自分が噂の的になっているのを知って穏やかでいられるはずがない。

「先月、お金が必要になって安楽椅子を売ったんですって」

「どこかの会社が借金のかたに持って行ったそうよ」

真相は、張替えのために店に預かって貰ったというだけのことだ。お金にも困っていないし貯金もある。張替えの費用だってヘソクリから現金払いで頼んでいたという。

もっと迷惑な話にはこんなものもある。ある若者が最近恋人にふられたが、どうも原因は彼がある家の若い未亡人に夢中で、その噂が娘の耳に入ったかららしい。事実は、その未亡人の家の大家（おおや）が彼の雇い主で、頼まれて煙突の具合を見に行ったのだった。

それでもそんな話はまだ他愛ない方だ。洒落のわかる人なら笑って、憶測や思い込みで嘘の話を作り上げるより、靴下の繕いでもする方が時間の無駄じゃないよ、と女たちに言ってくれたかもしれない。中には一人ずつに当たって、噂の出処や真偽を確かめる人もいた。聞かれた人は大体少し気が咎（とが）めているので、曖昧なことしか言わない。でも真偽を確認してもらえば当事者の怒りは少しは和らいだかも違いない。

しかし、キャンドルフォード・グリーンでもよそと同じように、何年か毎には事実と違うはた迷惑な話が広まることがあった。たとえば、奉公に出ている娘がしばらく家に帰って来ていることに、妊娠らしいと噂が立つ。実際は、貧血のひどい娘を雇い主が気遣って、実家で少しゆっくりして来なさいと数週間の休暇をくれたのだ。しかし噂話は一人歩きし、妊娠にとどまらず、誘惑した相手の名前までがまことしやかに囁（ささや）かれていた。おとなしい感じやすい少女の弱った健康は、追い討ちをかけられてさらに悪化したことだろう。

コミックヴァレンタイン

また別のひどいいたずらに、筆跡を偽ってコミックヴァレンタインカードを送るというのがあった。その頃は、恋人や友人に、きれいな絵が印刷されて白い紙レースで美しく縁取られた、ヴァレンタインカードを送る習慣はすたれていた。ローラがそんな素敵なカードを貰うにはもう少し早く生まれていないといけなかった。コミックヴァレンタインは田舎では人気だった。安っぽい紙にけばけばしい色で、ぞっとするようにデフォルメされた人の顔や姿が印刷されているカードで、受け取る人をその印刷された顔や姿になぞらえてからかうものだった。添えられた印刷の言葉は商売、挨拶、相手の性質などいろいろで、侮辱的な、ときには卑猥な冗談が加えられていたりする。こういうカードがヴァレンタインの前日になると、切手も貼らずに局留めでどっと郵便局に投函されるのだ。

ローラも一度受け取った。醜い女が一ペニー切手を手渡している絵と下手くそな詩が印刷されていた。

自分では上品だと思っているらしいけど、
そしてもっと上を狙っているんだろうけど

と始まり、

そのためには出かけるときは厚いヴェールを掛けた方がいい、

じゃないと顔を見た牛がびっくりする、

と続く。詩の下には鉛筆で「おまえがほんとに欲しいのはお面さ」と書いてあった。彼女は見るなり火に投げ込んでしまい、誰かに話す気にもなれなかった。受け取ってからしばらくの間は容姿に自信を失い、自分を嫌っている人がどこかにいることを知って落ち込んだ。

迷信や言い伝え

しかしいい加減な噂や匿名の嫌がらせカードなどは、一部のひねくれた人たちのやっていたことだ。そういう人たちはどこにも必ずいる。キャンドルフォード・グリーンのほとんどの人々は、どこも大抵そうであるように、みな親切だった。教育の普及は村を少しずつ変えていた。昔の暗い迷信は消え、貧しく醜い一人暮らしの老婆が魔女にされた時代は終わっていた。もっとも村にはまだ一人だけ、子供のときに魔法で災いを起こす魔女に会ったと、堅く信じている最後の生き残りの老人が残っていた。彼によれば、彼女の邪悪な目を見ると、子供はみんな痩せ衰えて最後は死んでしまい、馬はびっこになり、牛は脱臼を起こし、乾草に火がつくのだという。

昔、その辺りで「赤カビ病」と呼ばれた皮膚病が大流行したことがあった。羊がみんなこれにやられて、農夫たちは大打撃を受けた。その頃、茂みのそばに住んで、羊の背中から毛を採って集めているオールド・ナニーと呼ばれている老婆がいた。貧しかったのでその羊の毛で少しでも体を温めたかったのだろう。村の人たちは理由がないのに、その病気は彼女のせいだと言い出した。夜、彼女の家の前を通ったら羊の毛を燃やす匂いがしたというのだ。毛がチリチリになった羊の背中に瘤ができるという。ナニーの悪口を言った女は急に醜くなったり、夫に嫌われるようになったり、戸棚からはなぜか食器がひとりでに落ちて割れたりする。その話を聞いた一人がきっぱりと、彼女が夜、邪悪な行為をしているのを見たと証言した。しかしそんなことが信じられていたのはローラの知らない時代のことだ。両親さえまだ生まれていなかった。十九世紀の末には村の普通の人たちは魔女など信じていなかったし、絞首台や流刑だのという昔の嫌なことも、想像することさえ嫌悪するようになっていた。

おまじないや迷信も昔の魔術の名残りだ。たとえば、イボを治すには大きな黒いナメクジを一晩と一日、イボにのせて縛って巻きつけておいて、夜になってから近くの四辻に行って、「治してちょうだい」と言いながら左の肩越しに放り投げるのが良いと言われていた。子供のおねしょを治すにはネズミの肉を炒めて、子供にはあらかじめ教えた上で有無を言わさず食べさせる。でもそれで本当に治ったかどうかはわからない。テーブルで他人のお皿に塩をかけてあげるのはよくないとされた。人に塩をあげると悲しみもあげることになるからだ。九月二十九日の聖ミカエル祭が過ぎたらブラックベリーの実を食べてはいけない。聖ミカエル祭その日に悪魔が実の上を尻尾をひきずって歩いたからだ。女の子が口笛を吹いたら、そばの人は手を叩いて彼女の口にあてる。口笛を吹く女の子と雄鶏の鳴き声を真似る雌鳥は、人にも神さまにも嫌われるから。またローラは、うっかりはしごの下を通り抜けたら悪い目に会うと聞いたが、知らなかったためにかえって幸いだったことがある。はしごの下を通ったせいでペンキ塗りのペンキが洋服に垂れてしみになった。でもはしごをよけて道路を歩いていたら馬の轡に足を引っ掛けて馬車に轢かれるところだったのだ。

お葬式の風習

その頃の田舎のお葬式の光景は胸に迫るものがあった。ラークライズでは誰かが亡くなると、農場から、真新しく赤と青と黄のペンキを塗ったものか、きれいに洗い上げたものか、どちらかの荷馬車を借りて、それに棺を乗せて運んだ。棺の下にはガタガタ揺れないように新しいきれいな藁を敷く。亡くなった人は、生前は畑から家までの帰りにいつも疲れて乗っていた荷馬車に、今は最後の休息のために横たえられる。キャンドルフォード・グリーンでは、棺は車のついた専用の棺台を友人たちが引いて運んだ。どちらの場合も参列者は歩いて棺に従う。参列者がわずか三人か四人という場合もある。夫に先立たれた若い妻が、まだ成人前の子供たちに支えられているかもしれない。葬列が長く続いているお葬式もある。長生きして亡くなった人の場合、息子や娘の他に、年長から幼い子供まで年齢に幅のある孫たちがたくさん棺に付き従っている。女たちは流行遅れの古着かも借着かもしれない喪服を着て、男たちは帽子と上着の袖に黒い布を巻く。棺を作った村の大工が葬儀を取り仕切った。費用は三ポンドか四ポンドだったが、大体生命保険で賄われた。花は棺の中に入れられることが多く、今は流行になったリースを供える習慣は当時はなかった。

田舎ではお葬式に費用をかける習慣はなかった。葬儀の後で食事も用意されたが、遺族のできる範囲の精一杯の食事だった。貧しい人々のお葬式に出された料理については誤解や誤りが多いように思うが、田舎でも町でも貧しい人々にとっては、葬儀の料理にふるまいや供養の意味はなかった。食べ物は遺族に食事させるために用意された。遺族は、故人の遺体が狭い家に安置されている間、ほとんど満足に食事できなかったからだ。死がすぐそこに重く、圧倒的な存在としてある。遠くから駆けつけた子供や親戚は朝から何も食べていない。だからハム一本とか半分とかが差し入れされたのであって、「亡くなった人と一緒にハムを埋めてあげよう」という供養ではなかった。差し入れられたのはすぐに食べられて空腹を満たしてくれる調理済みのものだった。葬儀が終わってからの会食は悲しい。最後の別れをして家に帰って来た遺族はそれまで抑えていた悲しみが一気に外に出てくる。それが少し落ち着いた頃に、少し離れた立場の他人が、残されて悲嘆にくれている妻や夫、家族を、「生きている者のためにまだ頑張らないとね」と慰め、食事をとれるようにしてあげる。食事や飲み物を喉に通しているうちに、彼らもやっと少し気持ちが落ち着いてくるだろう。思い出すたび涙があふれるが、笑顔も少し戻ってくる。食卓の沈んだ空気に少しずつ明るさも混じってくる。自分を励まし人にも励まされて、少しずつ毎日の生活に戻って行けるようになる。人間にとって、何より励まされ元気を取り戻させてくれるのは、親しい友人と一緒に食卓を囲むことではないだろうか。葬儀の後、余裕がある家ではシェリー酒とビスケットが出されることもあったが、当時の人たちの頭ではごく単純に元気づけの強壮剤と考えていたのであって、贅沢を見せびらかすためではなかった。

母の超自然的体験

幽霊や呪われた屋敷の話はまだ繰り返し語られていて、単純に信じている人もいたが、ほとんどは恐い話を面白がっていただけだ。ミステリーを読むのが楽しいのと同じだ。教育がある人は年寄りの女の話として馬鹿にしていた。唯物論の時代だったので、時代の思想に影響されている人は、手で触れ、目で見、鼻で感じられるものしか信じなかった。

ローラの知っている中では、母が迷信や妄信に囚われない人だった。母は子供たちに、自分が昔聞いた幽霊の話について、この世界には霊のようなものがあるかも知れないけれど、疑わしい話が殆どだと言っていた。「人間が何もかも知っているわけではないと思うわ。幽霊は出たことがあるかも知れないし、出るかもしれないわ。でも天国にいる善い人が、こんな冬の暗くて寒い夜に地上に下りて来たいはずはないし、地獄に行った人はそこから出してもらえないでしょ。」

母は決して通り一遍の説明で納得する人ではなかったが、それでいて、ローラの身近な人の中で、超自然的としか考えられない不思議な経験を実際にした、唯一の人でもあった。それは亡くなってしまった人ではなく、亡くなりかけていた人の話だ。ローラの結婚したいとこが隣の村に住んでいた。そこは母の実家にも近かった。彼女の妹のいとこもやはり結婚して別の村に住んでいて、二人の家とラークライズの家つまり伯母にあたるローラの母の家とは、ちょうど三角形の頂点のような位置関係にあった。

いとこのリリーはそのとき重い病気で、妹のペイシャンスは一週間かそれ以上、昼は姉の看護に行き、夜は自宅に帰る生活を続けていた。ある朝、いつもは自分の家からまっすぐに姉の村に行っていたのに、その日はふと思いついて、ラークライズに持っていた借家の家賃を貰いがてら、ローラの家にも寄ることにした。借屋の人は信用できる人だったから集金を遅らせることは前の晩決めたばかりだったのに、気が変ったのだ。病人がいると急にお金が入用になったりするし、姉が気持ちよく過ごせるよう、少し贅沢させてあげたいと思ったのかもしれない。彼女がいつもと違う道順にしたのは誰も知らなかったし、途中でも人とは会わなかった。彼女は家賃を貰い、伯母であるローラの母の家に立ち寄った。父はもう仕事に出かけ、上の子供たちは学校に行った後の家で、母は赤ん坊をあやしながらその日の仕事であるアイロン掛けをしていた。急に来た姪にどうしたのか聞くと、初めてリリーの病気のことを聞かされた。ペイシャンスは沈んだ声で容態を説明した。「とても悪いの。あと二、三日もつかどうかなの。今日亡くなってもおかしくないくらい」

「じゃあ、一緒に行くわ」母はすぐアイロンを片付けて赤ん坊を乳母車に乗せ、急いで一緒に出かけた。二人は途中、誰にも出会わなかったし誰とも挨拶していない。途中には広い畑とヒースの野原があるがそこでも人には会わなかったし、もし二人を見かけた人がいても二人がどこに向かっているかはわからなかったはずだ。

二人がリリーの家に向かって歩いていた頃、看護婦は病人の体を拭いたり、少しでも楽にしてあげようと世話してくれていた。病人と看護婦はずっと二人でその部屋にいたという。リリーはすっかり弱っていて、今にも死にそうな様子で、看護婦の世話さえうるさそうにしていたという。

「ほら、少しきれいにしましょう。妹さんがすぐ来ますからね」

「わかってるわ。エンマ伯母さんも一緒よ。二人は今、ハドウイック・ヒースで私のためにブラックベリーの実を摘んでるところよ」

「まあ、そんな冗談。こんな朝早くに伯母さんが来るはずはないでしょう。あなたが病気だってことも知らないのに。赤ちゃんもいるんでしょう。ブラックベリーを摘んでる暇なんかないですよ。ここに来るならまっすぐ来ていますよ」

それからほどなくして二人が着いたのだが、聞くとたしかに二人はブラックベリーを摘んでいた。庭の花でお見舞いの花束を作る時間がなかった母は、ヒースの野原でブルーベルやいろいろな草花を摘んでお見舞いのブーケを作ったとき、色づき始めたキイチゴの紅葉の葉を添え、ブラックベリーの実も彩りに加えていたのだった。

第二十二章　楽しき日々

長女から末っ子へ

　キャンドルフォード・グリーンの新しい環境に慣れてくると、ローラは子供の頃より、「幸せ」を感じることが多くなった。あるいは「楽しさ」という言葉の方が当たっているかもしれない。青春の真っ盛りで、ミス・レーンの家の豊かな食事があり、空気や暮らしが合っていたのだろう。痩せっぽちだった体もふっくらと女らしくなり、顔色も明るくなった。体の奥から沸いてくる活力と元気で、ローラは家や庭の周りを歩くより踊っていたいほどで、一晩踊り明かしても疲れるとは思えなかった。

　家の手伝いから開放されたからかも知れない。家ではローラは、小さな妹や弟の母親役をし、母の忙しい家事も手伝わなければならなかった。ここでは大人ばかりの中の一番年下で、子ども扱いだった。ミス・レーンはローラを可愛がっていて、時々「家のひよこちゃん」が気に入りそうな可愛いらしいものを、わざわざ手作りしてくれたりした。昔からいるジラーも、二階の用事を頼みたくても、雨が降ってきて大急ぎで洗濯物を取り込みたくても、鶏小屋から卵を取って来て欲しくても、ローラには遠慮して頼まなかった。彼女はローラが「みんなに甘やかされてる」と言い、「そのうち黒い雄牛に踏んづけられるよ」と言ったりする。あるときは虫の居所が悪かったのか、「家の奥さんもこんな浮ついた娘を家に入れて、きっと後悔しなさるわね」と悪態をついた。ローラがうっかり拭いたばかりの敷石に足跡をつけてしまったときだ。たいていは明るく接してくれるのだが、二人の平和はジラーの気分によっては「一触即発」だった。

鍛冶屋のマシュー

マシューは気分屋ではなかった。自他共に認めていたが、裏表がなかった。すべて言葉どおりで、好きだと言えばいつも好きで、態度も変わらない。でもだから、嫌いと言われたら近づかないに限る。

彼はローラのことも好いていたが、それは、からかうという形で表現されていた。着ているものを冷やかしたり、帽子の形を変えてあげようかと二週間に一度は言う。一度、彼女が台所で帽子の縁をいじっていたとき、たまたまそれを見かけたマシューが、どうしたいのかと聞いてきた。

「トップを少し低くしたいの」と言うと、すぐに鍛冶場に持って行ってハンマーで形を整えてくれた。そしてそれ以後、ローラが新しいものを持っていると、そのたび、「鍛冶場で形を整えてあげるよ」と言う。マシューらしい冗談の定番のサンプルは何種類かあった。

マシューは小柄で腰の曲がった老人だった。視力が落ちた青い目に、薄茶色の頬髯をはやしている。外見からだけでは彼がこの辺の農場やお屋敷でどんなに大事にされているか、想像できないだろう。彼は鍛冶屋であると共に、馬や家畜の医者でもあった。馬の病気を治せる第一人者と、誰からも認められていた。彼には馬は人間以上に親しい存在だった。馬の病気のことは本当によく知っていて、たくさんの馬を治してやっていたので、馬主たちは自分の馬が病気になると専門の獣医より彼に診てもらいたがった。

「マシューの棚」と呼ばれる掛け戸棚が台所の壁の上の方にあり、そこに彼の薬がいろいろ仕舞ってある。彼が鍵で扉を開けると、さまざまな形や大きさの瓶が並んでいる。塗り薬の入った大きな瓶、粉薬や結晶コカインの入った栓をしてあるガラス瓶。何本かある青い瓶には毒薬が入っている。中身が一パイントは入っていそうな瓶に貼ったラベルには「アヘンチンキ」と書かれている。彼はその瓶を光に透かしてゆっくり振りながらこんなことを言う。「これを誰かさんにワイングラス一杯飲ませても、悪いことをしたことにはならないよ。頭痛や眩暈から開放されるし、人には迷惑をかけなくなるからな」

これもマシュー流冗談の一つだ。彼には敵はいなかったが、人間の親しい友人もいなかった。彼の愛情の対象はもっぱら動物だった。中でも自分が病気や怪我を治してやった相手への思いは特別だった。牛の難産のとき、豚が餌を食べなくなっているとき、弱った犬を楽にしてあげたいとき、マシューの元に使いが来る。

羽が折れ飛べなくなったツグミを、畑から拾ってきて治してやったことがある。ツグミはすっかり彼になついていた。翼はある程度までは治ったが羽をばたつかせるだけで飛び上がることができなかった。彼は丸い柳の鳥籠を買ってきてそのツグミを入れ、裏口の軒に下げていた。夕飯のとき運動に籠から出すと、小鳥はピョンピョン跳ねながらマシューの後をついて歩いた。

若い鍛冶工たち

ローラのことを「お嬢さん」と呼んでくれる若い鍛冶工たちは、人前ではほとんど話しかけてこなかったが、回りに誰もいないときに庭でばったり出会ったりすると、ナシやスモモを差し出してくれたり、咲いたばかりの花を見せてくれたり、「ティビーが納屋で子猫を生んだよ、見ておいでよ」と言ってくれたりする。そんなときちょっと顔を赤らめるのがローラには好感が持てた。ローラは今、ゴム底のズック靴を履いていていて、こっそり音をたてずに子猫のそばまでも行けるのだ。

この新しい軽い靴だと、ローラはどうしても歩くよりも飛んだり跳ねたりしたくなる。薄くて黒いゴム底に灰色の布を張った、今の運動靴と同じタイプだ。その頃はゴムズックというあまり美しくない名で呼ばれていたが、上流の女性や子供の海浜用の靴として人気が出始めていた。田舎のお金持ちの間でも、老若男女を問わず、夏の軽装用の靴として大人気だった。雨のときや田舎の舗装していない道には不向きだったが、形も色もどんどん新しく洗練されてゆき、バックスキンやキャンバス地が主流になり、テニスやクリケットの時に履く靴になっていった。一、二年の間に大流行し、重い革靴に馴れていた若者には非常な贅沢品に感じられた。

洗濯の習慣

ミス・レーンは昔から続いてきた、中流以上の家の洗濯についての習慣を決して変えようとしなかった。そのためシーツやベッド用のリネンなどの大変な量が、六週間に一度洗濯されることになっていた。彼女の子供の頃、一週間あるいは二週間毎の洗濯は、貧乏人の家のこととされていた。良い暮らしの家とは、洗濯の回数が少なくても、その間、十分間に合うだけの用意があるということだったのだ。祖母の時代の女性が何ダースもの下着を持っていたのも同じ理由からだ。そして下着をたらいで洗うのもしきたりに反することだった。下着は鍋で煮洗いした後で漂白され、丁寧にアイロンがかけられた。その頃もうクリーニング店はあったのかも知れないが、その周辺では見たことがない。

洗濯を仕事にしている女性も少数いたが、ほとんどの場合、洗濯は自分の家で行われていた。ミス・レーンの家では一度に大量の洗濯をするので、専門の洗濯婦が雇われていて、二日間かけて仕事した。彼女は洗濯日にあたっている月曜日の朝六時、きれいなエプロンに日よけのボンネットという格好で現れる。大きな籠に仕事用の麻エプロンとパトンが入っている。手伝いの女たちも「必要に備えて」同じような籠を持参しているが、こちらは終わった後に何か心づけを期待して持って来ているのが本当の理由だ。その期待は大体裏切られなかった。

二日間、「洗濯小屋」と呼ばれる母屋から続いた離れの場所では、湯気と石鹸の匂いが終日、窓やドアから漏れてくる。表の下水溝に流れ込むように、裏庭に掘られている排水用の溝には水があふれ、年配の洗濯婦のパトンの音が響いてくる。彼女は一日中、たらいで洗い、すすぎ、絞り、漂白し、の仕事を繰り返す。その間ジラーも七面鳥のように顔を真っ赤にし、むっつり不機嫌な顔で、監督兼助手として手伝っている。ジラーがそちらで忙しいので、台所の片づけ、食事の用意はローラの仕事だ。その日の食事は火を使わなくてもいい物というのが原則だったので、ハムが丸ごとか半分、二、三日前にあらかじめ茹でておかれた。温かいものを食べたければミス・レーンは自分で料理しなければならない。

そしてまもなく、シーツや枕カバー、タオルなどが裏庭いっぱいに風をはらんではためく。ミス・レーンの下着類などは、男たちの視線の届かない場所、鶏小屋の陰あたりに目立たないよう干されている。お天気がよければすべて順調に運ぶが、雨が降ったら大変だ。この差は、表情を形容するたとえに使われた。「彼（彼女）の顔はまるで雨の日の洗濯みたいにうれしそうだ」というのは今日よく使われる皮肉たっぷりの逆説表現だ。

二日目の夕方に仕事が終わると、洗濯婦は二日分の賃金として二シリングをポケットに、籠には貰った何かしらの心づけを入れて、帰ってゆく。そしてその週は毎日、洗濯物を畳み、水をふって叩いて湿らせてからアイロンをかけ、衣類はもう一度風にあて、という家の女たちの仕事が続くことになる。全ての作業が終わり、真っ白なシーツやタオルがきれいにアイロンをかけられ畳まれ繕われて、ラベンダーの小袋のさがった戸棚にきれいに納まった光景は、本当に清々しい。あと六週間はこれで大丈夫だ。

母からの定期便

すべてを三組ずつしか持っていないローラは、六週間毎の洗濯で間に合うはずがなかった。彼女の洗濯物は毎週実家に送って、母が洗濯してくれてまた翌週届けてもらう、というようにあらかじめ決めてあった。だからローラには毎週土曜日になると家から荷物が届いた。その辺りには二つの荷物便があったが、どちらを使ったにせよ、我が家の香りで満たされた荷物が届くのはローラの大きな楽しみだった。

週に一度、荷物を開ける瞬間がローラには大きな幸せだった。荷物をほどいて、きれいにアイロンがかけられ畳まれた衣類の束をとりあえずベッドの上に放り投げて、下の方から小さな箱や包みを取り出す。母の焼いたケーキだったり、手作りのソーセージだったり、ジャムやジェリーの小瓶だったり、庭で摘んだ草花だったりする。何も入っていないことは絶対にない。

でも花を花瓶に生けたりお菓子をつまんだりする前に、ローラは真っ先に母の手紙を開くのだった。母は子供のとき九十歳の老婦人から、字先の尖った美しいイタリア風の筆記体を教わった。その書体で綴られた母の手紙はいつも、「ローラへ」で始まっていた。感情をあからさまに出すことを嫌った母は、余程のことがない限り、「私の可愛い」などという前辞はつけなかった。そしてその後には、「あなたも元気でいることと思います。私たちも元気です。一緒に入れた家の物を気に入ってくれるといいのですが。そちらには何でも揃っているとは思いますが、我が家の味（花の香り）も思い出して下さいね」と続く。

そして家族の消息、近所の人の消息が、率直で飾らない言葉で書いてある。表現はピリッと皮肉も効いていて、生き生きした魅力があった。いつも四、五ページはあった。最後に「ちょっと筆がすべって書きすぎました」と終わることも多かったが、ローラは手紙が長すぎると感じたことはない。母の手紙は数年は取ってあったのだが、後でもっと長く残しておけばよかったと後悔した。娘一人が読むには惜しい、魅力にあふれた内容の手紙だった。

同世代の友人たち

その頃のローラは、いわば二つの世界に足を乗せていた。後ろには子供時代の田舎の生活と習慣があり、それはキャンドルフォード・グリーンにもまだたくさん残っていた。ミス・レーンの家やそれに似通った家ではまだ昔の伝統が力を保っていた。しかしキャンドルフォード・グリーンでは、ラークライズにはまだ無縁の新しい思想や生活様式が少しずつ入って来ているので、ローラは親しくなった同年代の友人たちを通して、そちらの世界にも足を踏み入れ始めていた。

ローラの友人は、郵便局の窓口で話をするうちに親しくなった人と、ミス・レーンも一目おいているキャンドルフォードの親戚を通じて親しくなった人とがいる。後者の人たちは子供のときからローラとは違う環境で育っているので、当然のように「貧乏な人たち」、「田舎の人たち」という言葉を使い、ローラの心に突き刺さるものはあったのだが、みな明るく積極的で元気なので、それなりに楽しかった。

そういう少女たちに町で会うと時々、「家に来ない？　おしゃべりしましょうよ」と誘ってくれるときがある。そして住まいになっている店の上の、家具がいっぱいある応接間に連れて行かれ、内緒話をすることになる。習ったばかりのピアノ曲を弾いてくれることもあり、ローラは黙って座ったまま、曲を聴いていたりいなかったり、他のことを考えたりしている。

どの家の応接間にもピアノがあり、ヤシの鉢植えと応接セットとペンキを塗った丸椅子と、暖炉のスクリーンとクッションがあり、家具には流行の柄のカバーが掛けてあった。『クイヴァー』『サンデー・アット・ホーム』といった教会関係の雑誌が束になっているのに混じって、いくらか宗教的な主人公の出てくる娯楽小説が数冊あるのだが、ちゃんとした本は見当たらない。ある友だちの父親で、子供の頃、親が毎月ディケンズを買ってくれたので、それ以来ディケンズのファンだという人はいた。しかしほとんどの家では、父親は『デーリー・テレグラフ紙』、母親は日曜日の午後、半分お昼寝しながらページをめくるための、『クイーチィ』とか『ワイドワイド・ワールド』というような、エリザベス・ウィザレル（訳註：一八一九〜九五　アメリカの作家）の軽い娯楽小説があれば十分なのだった。娘たちのちょっと冒険好きで流行に敏感な人たちがこっそり愛読していたのは、ウィーダ（訳註：一八三八〜一九〇八　ロマンス小説作家。日本では『フランダースの犬』が有名）のロマンス小説で、そういう本はベッドの下に隠してある。その辺に置いておけるのは「少女のために」というような教会関係の雑誌だ。

オスカー・ワイルドの事件

後年「退廃の世紀末」と呼ばれた九〇年代だったが、時代をそう名づけた人たちは自分たちは全く純粋無垢だと思っていたのだろうか。新しい作家たちの鋭い刺激的な本を、その辺の上流の人たちも読んでいたはずだし、そこに描かれた隠された禁断の世界は、教会の中でもあったことだろう。しかし、彼らはそれらを外には漏らさなかったので、普通の人々は陰で起きていることは知らなかった。少したって、オスカー・ワイルドの裁判が初めてその闇を暴いたが、それはまだ「当世のろくでもない詩人」の事件として限定されていて、ありがたいことに詩人というものは一般の人からは嫌われる存在だった。

オスカー・ワイルドの悲惨な事件で、人々の知識人への不信が減じることはなかったが、幸か不幸か若い娘たちは啓蒙された。それまで知らなかった「罪」が明るみに出た。仄めかされることはあっても、白昼語られなかった「罪」が存在することを、みんなが知ってしまった。父親たちはしばらくの間、新聞を帳簿の間に隠して見せないようにしていた。母親たちも、ちょっとでも事件のことを持ち出されると、わざと恐ろしげに、「そんな名前、二度と言わないで」と言ったものだ。

ミス・レーンも、ローラにこの事件は一体何が問題なのかと正面から問われ、「私が知ってるのは、男が二人で住むことについての法律が何かあるということだけですよ。あなたがそんなことに頭を煩わしてもしょうがないわ」と言っただけだった。「でもじゃあ、オールド・ベンとトム・アシュレーの場合はどうなんですか?」ローラは食い下がった。「あの罪のない戦友同志も、とっくに夜に石で窓を割られたそうよ」村の人々は二人を村から追い出そうとしたが、二人は出て行かなかった。古参の兵士が逃げ出すなんて聞いたことがない。しかしその後、今まであまり外出しなかったトムが積極的に外に出るようになった。後ろにベンがついていると、今まで以上に上官らしく見えるのだった。ベンとトムを見かけてこそこそ角を曲がったのが、石を投げた犯人にだったに違いない。

しかしそのことがあるまで、「イエローブック（訳注：黄表紙にビアズリーの黒一色の絵で評判になった。退廃の時代を象徴する雑誌とみなされた）」という耽美主義を謳う新しい思想を象徴する季刊誌について、知っている人はキャンドルフォード・グリーンにはいなかったが、『週刊アンサーズ』という新発行の雑誌が、キャンドルフォード・グリーン版の新しい波だったように思う。同じ週刊誌でライバル誌の『ティットビッツ』という大衆誌はもうどこの家にもあって、つまらない記事が大真面目に話題になっていた。平均寿命まで生きれば一生のうち何年寝たことになるのか、髭剃りの時間は何か月分か、女性の髪を結う時間はどのくらいか、若者までがそんな話題を大真面目に議論して満足していた。「ある日曜日の朝に全国で食べられたソーセージを一列に並べたら、端から端まで何マイルあると思うか？」仕入れたばかりの問題を一人が隣の人に出す。たとえば「自転車乗りが鶏を轢（ひ）いたら、農夫に何と言うか？」相手もちょうど同じ雑誌を読んだばかりだから、ぴったりの答えが返ってくる。「ティットビッツ」には、新奇な趣味を見つけたり新奇な意見を発表したりしたときには好都合な標語が、雑誌名の下に印刷してあった。「バカにされてはいけない。これを読めば大丈夫」この言葉の意味は、今日の言い方なら、「遅れるな！」ということだろうか。

目覚める娘たち

その頃ローラが親しくなったのはお店をやっている人の娘たちが多く、父親の店の帳簿付けをしたり、母親の家の仕事を手伝っている人がほとんどだった。こういう娘たちは「家事手伝い」と呼ばれていた。一方で、家族から離れてロンドンの大きな店の店員をしたり、学校の教師になったり、家庭教師になる娘たちもいた。ロンドンの病院で看護婦の見習いをしている人もいれば、学校の寄宿舎で受付と会計をしている人もいた。商家の娘がお屋敷の女中奉公に出ることはなくなっていた。例外的に、洋装店に一年、翌年は美容店に一年住み込み、その後で貴婦人の身辺の世話をする仕事に就いた例があるが、メイドとはまったく次元の異なる仕事で、出世が目的というわけでもなく、興味があって就いた仕事だ。お屋敷の従僕が食料品店の娘や郵便局の娘と結婚したりするのは、物語の中でしかおきない。

しかし「家事手伝い」の娘たちは本当は、家事手伝いや、聖歌隊の練習や、お茶のパーティや、村の音楽会での演奏だけでは満足していなかった。母親たちの世代はそれで十分に楽しかったはずなのに、勇気のある娘たちは自分で生き方を選択する権利について語り始めていた。最大の障害は古い頭の親たちだった。

「パパは本当に古いの。〝持参金〟しか問題にしない大昔の人間なの」

「ママも変らないわ。私たちがスモモだのプリズムの話をしてれば安心なのよ。外にも出ないで、門限十時を守って、男の人にあまり目移りしないで、ママが気に入りそうな人を早く連れて来て欲しいのよ」

育てて貰ったのだから何かは我慢しないといけないことなど、全く考えていない彼女たちの意見に、経験の浅いローラは黙って耳を傾けている。彼女たちには、親は自分たちの気まぐれな欲求をかなえてくれる存在でしかない。新しく出た安全な自転車、アザラシのコート、ロンドンへのお出かけなど。親は親で、羽目をはずさないで従順でいてくれるのが娘のつとめと思っているから、衝突が起きないはずがない。

「生んで欲しいなんて頼んだ覚えはないわ。そうじゃない？」

父親も負けていない。「頼まれたことはないさ。頼まれていたら、こっちだって断っていただろうね。こんな苦労をさせられるんでは」

その喧嘩をローラに教えてくれた娘は言った。「こういう無知な暴君と闘わなきゃいけないのよ。私は鎖につながれているの。鎖にね」アルマの劇的な口調を聞きながら、ローラは可愛らしい部屋と新調したばかりの夏のドレスを見ていた。ベッドにはそのドレスに合わせて用意した子ヤギの皮の白い手袋とレースの日傘も置いてある。その鎖も贅沢なものなのね、きっと。でも彼女はその言葉を飲み込んだ。たしかにローラはもっと厳しい環境で育っているが、彼女の苛立ちが理解できないわけではない。二十歳になっても子供扱いされ、「ふさわしくない」という一言で、あれはダメこれはダメと何もかも禁止され、どうでもいいようなつまらないことにいちいち親の指示を仰がないといけないのは、たしかに堪らないだろう。

しかしこういう反抗的な娘は例外だった。ローラが知っている娘たちのほとんどは自分の生活に満足していた。家のことを手伝い、母親に対しても流行に遅れないよう気を配ってあげて、ティーパーティーを開いたりピアノを弾いたりしている生活に。こういう娘たちは「我が家の太陽」なのだった。気立てがよく優しくて、家庭を大切にする少女たちは、誰が見ても結婚に向いていた。

実際大体はみな結婚し、間違いなく素晴らしい妻になった。

ローラがこういう少女たちの間で本当に人気があったのかどうかはわからない。キャンドルフォードの親戚のおかげで実際以上の位置にいるように見てもらえていたのかも知れないが、現実にはローラは貧しい育ちで、着ているものも含めて生活のすべてが彼女たちの水準には及ばなかった。たぶん彼女がもっとも評価されていたのは、話をよく聞いてくれて、合い間に短い気のきいた相槌を打って、さらに話を促してくれるタイプだったからだ。会話にちょっとからかうような合いの手を入れるのは当時流行のお洒落なやり方で、ローラはそれが得意だったのだ。でもローラ自身、彼女たちとの交際は楽しかったし、自分のためにもなっていた。ラークライズにいた頃、近所の人によく言われた、真面目で思い詰めた表情は今のローラにはなかった。

当時はミュージック・ホールの人気歌手、ロッティー・コリンズの歌と踊りが大流行していた頃だった。『ラララ、この楽しき日々！』の歌詞とメロディーが全国どこでも聞こえていた。その夏はこの歌と共にあった。畑を耕す農夫も、麦の刈り入れをする男も、家の壁にペンキを塗る職人も、口笛を吹きながらお使いにゆく少年も、学校の生徒たちも、誰も彼もが歌っていた。主婦たちでさえ、この流行からは逃れられず、洗濯物を干しながら、『ラララ、この楽しき日々！』とスカートをたくしあげ、上がらない足を上げて、庭で踊っていた。

ある朝早くグリーンの芝にまだ露が光っている時刻、ローラの友人の一人である食料品店の娘が応接間の掃除をしていた。ピアノの鍵盤が目に入るや彼女ははたきをその辺に置き、座っていきなりピアノを弾き始めた。窓から誰もが知っている歌が朝もやの中を流れてくる。

あの可愛らしい娘
やっと世の中を知り始めたところ
今はただ

ラララ、この楽しき日々
まだ色づき始めたツボミ
パパは言うの、おまえは贅沢だって
ばあやは私がまだねんねだって
でも男の子たちはきれいだと言ってくれる
ラララ、この楽しき日々

次の瞬間、新たな衝動に捕らえられ、彼女は今度は部屋の中をクルクル踊り始めた。その足音を聞いて実直な店主の父親は、今頃慌てて階段下に駆け寄ると、いつ客が来るかしれないのだよ、下に店があるのを忘れないでくれ、と怒鳴っていることだろう。しかし娘を叱って仕事に戻った彼も帳簿をつけたり食品を計ったりしながら、ついつい同じ歌を口ずさんでいるだろう。

同じ日、店に客がいなくなったら、主人の背中を見ながら、店員の若者たちはカウンターの後ろで白いエプロンの端をつまみ、足を上げて、ラインダンスの真似をするかもしれない。「ラララ、この楽しき日々、この世に死や悲しみがあったとしても、素敵な若者を見れば、そんな悩みも忘れてしまう、ラララ、この楽しき日々」

歌詞の軽さが陽気なメロディーとぴったり合っていた。しかも時々、替え歌はもっと過激だっ

た。芝生の栗の木の下で若者たちが歌っていた長い歌の最後は

ロッティ・コリンズはドロワースをはいていない
君のを貸してあげたら？
遠くまで行かなきゃならないのだから
「ラララ、この楽しき日々」を歌いに

しかし、これは最初から女の子をからかうつもりで歌っているのだ。たまたま通りかかった少女が犠牲者だ。下着のことを人前でからかわれるなんて大ショックだ。でも彼女も歌詞のひどさはすぐ忘れ、歩きながら同じメロディーを口ずさんでいる。

ローラはキャンドルフォード・グリーンでの生活を満喫していた。夏、太陽はいつまでも輝いていた。冬は仕事が半分しか終わらないうちに長い夜が始まって、夜には夜の社交がある。彼女には、前はなかった青春と楽しい友だちがあり、素敵な洋服があって、ぐんぐん成長しつつあり、「ラララ、この楽しき日々」と歌いながら足を振り上げれば、誰のことも蹴飛ばしてやれる勢いだった。

満たされないもの

しかし実は、どこか満たされないものがあった。自由な時間はあった。一週おきの日曜日、いつもではなかったが、ミス・レーンが仕事を代わってくれれば、キャンドルフォードの町の親戚の家にお茶に出かける。行けば歓迎されて、同世代のいとこたちはもう家にいなかったが、大好きな伯父さんや伯母さんと楽しい時間が過ごせた。キャンドルフォード・グリーンのさまざまな催し物も楽しくて、元気な友人たちと心から一緒に笑った。ミス・レーンの庭は美しく緑がいっぱいで、一人で寛いでいるといつも幸せだった。こんなに楽しいことがいっぱいなのに、それでいて本当には満足できないのだった。彼女が心の底からほとんど絶望的に欲しくてたまらなかったのは、昔のように野山を自由に歩き回る時間だった。

キャンドルフォード・グリーンは小さな村で、周りには野山や草原や林がいくらでもあった。ドアを一歩外に出れば、遠く向こうに見えている。でも見ているだけではつまらないのだ。あそこに一人で行ってみたい、子供のときいつもしていたように、小鳥のさえずりを聞き、せせらぎの燦らめきを見たい。風が麦畑をサワサワと揺らしながら通り過ぎるのを感じたい。香りを嗅ぎ、手で触れ、じかに温かい土や花や草を感じたい。誰にも見られずたった一人で、自然の中に立ち、眺め、浸っていたい。

ローラはこの望みを誰にも言ったことはない。満足できない自分を責め、「何もかも欲しがってはいけないわ」と自分を叱った。しかし彼女のこの秘めた願いは、ある日突然、思いがけない形で、しかも完璧に、かなうことになったのだ。ただ彼女にとってはこれ以上はない幸せだったが、他の人は何故それが幸せなのかはわからなかったろう。

第二十三章　郵便配達

雪の朝

一面に雪が積もり、池は凍りついている冬の朝のことだ。ローラは、手にはミトン、首にはスカーフを巻いて、いつものように朝の郵便の仕分けをしていた。ジラーが早く、熱いお茶を入れて持って来てくれるのを心待ちにしながら。頭の上のオイルランプは何の暖かさも与えてくれない。横のベンチで自分の配達分の手紙を選り分けていた配達夫が、腕で制服の胸を叩きながらぼやいた。そういう朝に限って、普段は一か月に一通来るのも稀なところにまで、どこの家にも手紙が来ているものなのだ。「わざわざこんな日に限って来るなんて」

二人の女性配達員の方が彼よりももっと大変だ。彼の配達は道路沿いの村の中だが、二人は野山を越えて行かなくてはならない。彼女たちは黙って自分の配達分の手紙を選り分けている。年配のミセス・グビンズは頭からかぶった赤いショールで顔をおおい、下にはコーデュロイの男物のズボンを雪よけのゲートル代わりに履いている。ミセス・メーシーは虫食いのある毛皮の肩掛けをしていたが、出したばかりなのか樟脳のきつい匂いがした。少しずつ外が白んでくると、雪に縁取られた窓枠の外は灰色の世界だった。向こうの方から凍った雪の上をきしみながら行く荷馬車の音が聞こえてくる。ローラはミトンの端をまくり上げてしもやけの手をこすった。

そのとき、いつもどおりの朝食前の単調な仕事時間だったはずなのに、突然、ミセス・メーシーの低い呻くような声が響いた。彼女は手に自分宛の手紙を持っていた。何か悪い知らせが届いたに違いない。みんなが心配そうに尋ねると、彼女はただ「行かないといけないわ。今すぐ。すぐに行かないと」と繰り返すだけだ。すぐに？　どこに？　なぜ？　どうやってどこに行くの？

手紙の仕分けも半分しか済んでいないのに。他の三人はみな同じように怪訝（けげん）な表情だった。ローラが「ミス・レーンを呼びましょうか」と聞くと、彼女は悲鳴のように叫んだ。「いいえ、ここには呼ばないで。二人だけで話をさせて下さい。今日は私は配達に行けません。ああ、大変。どうしたらいいのでしょう」

ミス・レーンはもう階下に下りて来ていて、一人で台所にいた。暖炉の炉格子に足を乗せて暖めながら、熱いお茶を啜っているところだった。ローラは勤務時間前の彼女を煩わしたくなかったのだが、彼女はあまり驚いた様子も見せず、すぐにミセス・メーシーを火の近くの椅子に座らせ、彼女にも熱いお茶のカップを渡した。「お飲みなさい。それから話して見て。あ、ローラ」仕事に戻ろうと、すでにドアのところにいたローラに声がかかった。「ジラーに言ってちょうだい。朝ごはんのしたくは私が言うまでしなくていいと」そしてちょっと考えてから付け加えた。「二階の私の部屋を片付けておいてちょうだい、と伝えて」その言いつけを聞いたジラーは非常に不機嫌な顔をした。その言葉の意味は、ドアの外で聞き耳を立てられたくないということで、言いつけなければジラーがそうするだろうと、ローラに思われても仕方ないものだったから。

手紙の仕分けは終わり、配達夫はいやいやながらもう出かけてしまっていた。すでに五分遅れている。ミス・レーンが郵便局に入って来て、後ろ手にドアを閉めた。ミセス・グビンズがわざとぐずぐず何か探すふりをしてそこにいるのを見て、きつい口調で言った。「あら、まだいたんですか?」ミセス・グビンズは好奇心が満たされなかった欲求不満から、わざと大きな音をさせてドアを閉めて出て行った。

配達の仕事

「野次馬ばっかり。いろいろ決めなくちゃいけないわ、ローラ。ミセス・メーシーに今日の配達はできないわ。すぐ汽車で発たなくちゃいけないの。ご主人が病気で危ないのよ。トミーを起こして連れて行く用意をしないといけないから、家に帰ったわ」

「ご主人は外国ではなかったのですか？」ローラは不思議だった。

「行っていたこともあるでしょうけど、今は違うの。デヴォン州にいるのよ。一日がかりになるでしょうね。寒いし辛いし大変な旅行だわ。可哀そうに。でもそのことはまた後で話すとして。今は手紙を何とかしなくちゃ。ティモシー卿宛専用の郵便袋もあるでしょう。ジラーはだめ。あんなふうに二階にやったりして、恥をかかしたんですもの、私の口からは頼めないわ。リューマチがあって階段を上がるのも辛いのにね。ミニーはひどい風邪で、昨日の電報の配達も休んだのよ。鍛冶屋の若いのもこの霜では馬に滑り止めの蹄鉄をつけないといけないし。ああ、こうしてるうちにも時間が過ぎて行く。あの農場のステビング氏、知ってるでしょ。十分遅れただけで、局長宛に苦情の手紙を送る年寄りなんだから。ま、この雪だから多少の遅れは大目に見てくれるかもしれないけど。ああ、どうして郵便局なんか引き受けてしまったのかしら。次から次、苦労の連続ばっかり」

「私、行きましょうか？」ローラはおずおずと聞いた。ミス・レーンの気持ちを動かすにはもっと熱心な口調で言った方が良かったかも知れないと思った。しかし、ほっとしたことに、彼女は心からうれしそうに言った。「え、あなたが行ってくれるの？　そんな仕事をさせたとわかったら、お母さんが気を悪くしないかしら？　でも、ああ、良かった。気持ちが軽くなったわ。でも、朝食抜きでは出かけられないわ。時間があってもなくても、まず腹ごしらえ。農場やお屋敷をたくさん回らなくちゃいけないんだから」そしてドアを開けるなり呼んだ。「ジラー、ジラー！ローラの朝ごはんをすぐ用意して。いっぱいね。私の仕事で出かけてもらうことになったから。卵二つのベーコンエッグをすぐ。急いで」そしてローラは大急ぎで朝食を取ると、できるだけ暖かく着込んだ。その上にさらにミス・レーンからどうしてもと渡されたアザラシ皮の帽子と短いマントを着て、雪の中に後も見ずに駆け出した。

村を抜けるやいなや、彼女は雪を蹴散らし凍った水溜りの上を滑り、駆けに駆けた。ステビングさんの家にはいつもの時間よりほんの少し遅れただけだった。それから次はティモシー卿の領地を突っ切ってお屋敷に届け、その後は彼の庭師の家、彼の農場、そこで働いている人たちの家六軒分だ。それで彼女の配達は終わりだ。

ローラはその朝の配達で見た光景を決して忘れたことがない。五十年たった今でも、すべてが記憶に焼きついている。二、三日前に降った雪が凍り、その硬くなった雪のかたまりの上にまた新しい雪が真綿のように柔らかに降り積もり、ティモシー卿の領地の見晴らしのいいところは一面雪の原だった。土地の隆起も囲いの柵も、積もった雪のせいでなだらかな曲線を描いている。黒々とした木々の枝にも雪がレースのような模様を作っている。灰色の空が軽やかな羽布団のように低くかぶさっていた。

配達は無事に終わった。息せき切って走り通したので少し疲れたローラは、茂みの中をくねくね行く道を歩きながら、ポケットに入れてきたパイとリンゴをかじった。ここは人はほとんど通らない場所で、雪の上に人の跡はローラの足跡しかない。一人でもローラは淋しくなかった。道の上にも木の下にもいたるところ、カラスの足跡が模様を作っている。そして静寂に慣れてくると、今度は木の間に身を潜めている小鳥たちの、低く押し殺したようなさえずりの声に気づいた。可哀そうな小鳥たち。地上の全部、大地も池も凍りついているこの冷たい冬の季節を、必死で耐え、生きている。でも彼女がしてあげられるのは雪の上にパンくずを撒いてゆくことだけ。ウサギたちは少しましだ。地中深くに暖かい巣穴を持っている。キジたちも、狩猟番が餌を撒いてくれるから、こんなお天気の日でも餌にありつける場所を知っている。林の奥の向こうでホーとキジが鳴き、頭上をカラスの群れがカーカーと飛んで行った。ティモシー卿の厩の時計が十一時を告げている。さあ、帰らなくちゃ。

　出かけたのがいつもより遅く、帰りもゆっくり楽しんで歩いて来たのに、ローラが郵便局に帰ったのは、普段の時間より二、三分遅いだけだった。ミス・レーンは、始末書を書かないで済んだのがよほどうれしかったのか、いつもよりおしゃべりだった。そして初めてローラにミセス・メーシーの事情を教えてくれたのだった。

ミセス・メーシーの秘密

ローラはようやく、彼女の夫が上流紳士の召使ではなかったことがわかった。そういう仕事をしていたことがあったかもしれないが、ともかく今は違う。だから外国に行っているというのも嘘だった。彼の仕事はブックメーカーだった。その言葉を聞いたローラは、本を出版していたのだと思い、目を輝かした。しかし世の中に詳しいミス・レーンは慌てて、このブックメーカーは馬券屋の意味なのだと説明してくれた。

「そのことで、パブで喧嘩したらしいの。最初は口論だったのが殴る蹴るになったわけ。家に帰ってから相手が死んでしまって、彼は逮捕されたの。故意ではなかったけれど殺人罪になって、ずっとダートムアの刑務所にいたのよ。もうほとんど刑期があける頃だったのに。冬の寒いときにあんな遠くまで行かなくちゃいけないなんて、本当に可哀そう。刑務所長からの手紙では肺炎を起こしていて重態だというのよ。医者が家族を呼んだ方がいいと言ったんですって」

ミス・レーンは今まで、彼が刑務所にいることは知っていたが、どんな罪を犯したのかまでは知らなかったという。彼女はこれまで一切口外したことはないし、ローラにも言うつもりはなかったが、ミセス・メーシーが出がけに言い残していったのだという。

「ローラにスノーボールに餌をやりに行ってくれないか頼んでいただけます？　帰ってきたら餌代はお払いしますので。そして、彼女にこの急な旅行のことをどこまで話すかはあなたにお任せします。あの子は優しくて分別のある子です。あなたが人に言うなといったらそのとおりにしてくれるでしょう」可哀そうなミセス・メーシー。今までずっと苦しんできたのだ。こんな天候のときの大変な旅行、目的地に着いたときの辛い現実、でも彼女の抱えている問題はそれだけではない。トミーは父親が偉い紳士のお供で外国に行っていると信じていたのだ。彼女は旅の途中で、彼に本当のことを打ち明け、真実に向き合う心の準備もさせなければならないのだ。

それだけではない。彼の刑期はあと一年で終わるはずだった。そしてこれまでの態度がよかったので、模範囚として釈放が早くなる可能性もあった。それなのに、今になって病気で死ぬかもしれないなんて。釈放が早まる可能性というのは、そうなって欲しいミス・レーンの希望的観測だった。「やっぱり夫は夫ですもの。ダメな亭主ほど可愛いとも言うし」しかし今彼女は、もし彼が亡くなったらミセス・メーシーは悲しむのか、かえってほっとするのか、というようなことは言わなかった。それは神様がお考えになることだ。彼女が言ったのは、あの知らせにすっかり動揺していたミセス・メーシーへの気遣いだけだった。「本当に心が痛むわ。だって想像してごらんなさい。いきなり地の果てみたいなところに行かなくちゃいけないなんて。雪の中にポツンと刑務所の病院の建物があるのよ。そこで恥ずかしい思いをするためだけに行くのよ。まあ、ともかくお昼の用意ができてるわ。ジラーが腕によりをかけて、おいしいスモモジャムのローリーポーリー（プディング菓子）を作ったの。ローラ、お腹空いたでしょう。寒い外をずっと歩いてきたのだから。私もお腹が空いたわ。さあ行きましょう」そしてもう一度念押しした。「今言ったことは誰にも言わないでね。誰かに聞かれたら、彼女の母親が病気だと言いなさい。ロンドンに母親の看護に行ったというのよ」

一週間後、ミセス・メーシーは帰って来た。沈みきってすっかりふさいでいた。しかし、ミス・レーンが半分の可能性を考えていた、喪中にはなっていなかった。彼女はまずロンドンで一泊し、友人にトミーを預けてから、後始末と引越しのために一人で戻って来たのだった。夫は快復しつつあり、じき釈放されるだろうということだった。だから彼女は彼を迎える家を用意しなければならなかった。ミス・レーンがはしなくも言ったように、やっぱり夫は夫なのだ。そしてミセス・メーシーは将来への不安はもちろんあったが、それに向き合う覚悟はできていた。ただ村の人たちはすぐに忘れるとは思うが、キャンドルフォード・グリーンに連れて帰り、大騒ぎされるのは嫌だった。「ロンドンの友達の家の近くに二、三室のアパートを探そうと思うんです。前科のある人を救援する団体が彼に仕事を見つけてくれるかもしれませんし。すぐに見つからなくても、洋裁で食べていけますわ。あの小さな家はとても好きだったんですけどね。ここで暮らしたこの数年は幸せでしたわ。でもローラ、あなたもその内わかると思うけど、人生いつも好きなことばかりできて、好きなところにばかりいられるとは限らないの」

というわけで、ミセス・メーシーは箱や荷物の山と共に、ミューミュー鳴くスノーボールを籠に入れて手に提げ、村を去っていった。彼女のいた家には別の人が住み始め、村の人たちも「去る人日々に疎し」のたとえどおりに、じき彼女のことを忘れた。

我が家

しかしミセス・メーシーがいなくなったことがローラに及ぼした影響は大きかった。ローラの不安や期待をよそに、大人たちは大人たちだけで話し合いを重ね、今までのミセス・メーシーの配達は彼女が引き継ぐことになったのである。ミス・レーンは喜んで毎日午前中の二時間半を、ローラの配達時間にあてることにしてくれた。しかも外の新鮮な空気と運動の他に、週四シリングを手当てとして支給することにしてくれたのだ。

ミス・レーンの最大級の好意だった。ローラにしても週四シリング収入が増えるのは大歓迎だ。しかし、ともかく彼女はその週末、両親の承諾をもらうためにいったん家に帰ることになった。そして意外にも、両親はローラの新しい仕事に難色を示したのである。両親は、制服を着た男の配達夫以外見たことがなく、女性が郵便の配達をしてもいいのだとローラの手紙で知らされても、その考えになじめなかった。父はローラの品格が落ちると怒り、肩から配達かばんを下げて男みたいに野山を走るなど、とんでもないと反対した。母もみんなが変に思うと世間体を気にした。しかしミス・レーンの提案で、ローラがやりたいのなら、父は仕事時間を契約書で決めることと途中で会った人とは決して口を聞かないことを条件に、母は雨のとき履く靴は専用のものを用意することを約束させて、不承不承両親は認めてくれたのだった。

父はすぐお金をトム伯父さんに送って、雨でも絶対に水の入らない靴を注文した。その靴は古き良き時代の職人魂を証明するものになった。配達の仕事をしている間ずっとローラの足を守ってくれた靴は、あと数年履いてもびくともしなかったろう。ただ先にローラの好みの方が変わってしまったのだ。「何かないですか?」と苔やシダをつめた籠を抱えてやってくるジプシーの女性なら大喜びで履いてくれること請け合いだった。

ローラがラークライズに帰ったのは七か月ぶりだったが、村は何も変わっていなかった。男たちは一日畑で働いた後、家の菜園の手入れをし、夜はパブで政治談議をする。女たちはパトンを履いて井戸に水汲みに行き、暇つぶしに生垣越しに噂話だ。村の人たちには外の世界で起きていることより村のできごとの方が重要だ。ここはローラが生まれたときから何も変わっていない。ローラにも他人行儀な態度はまったくない。ローラが成長したのを見て、キャンドルフォード・グリーンには食べ物がたくさんあるらしいねと言い、新しい洋服を褒めてくれ、恋人はまだなのと聞き、ローラの返事があっさりしすぎだと思ったのか、ある年寄りは「あんたのオムツを取り替えてあげた人間を他人扱いしないでおくれ」と、口調が怒っていた。たしかにそのとおりで、ローラはその後は少し気をつけて、近所の人に愛想よくすることにした。しかし彼女はまだ若かったし愚かだった。その後何年も村から離れていたときも、仲の良かった友だちとは連絡しあっていたけれど、他の人とは疎遠だった。彼らの古い価値観を大切に思えるようになるには、もっと長い年月と外の世界での辛い経験が必要だったのだ。

しかし自分の家はやはり「懐かしの我が家」だった。何も変わっていない。弟が途中まで迎えに来てくれ、小さな妹たちも家の近くまで出て、待っていてくれた。みんなで腕を組んで家に向かうと、父がこの間の吹雪で枝が折れたスモモの木を点検しているのが見えた。しかしその仕事は口実で、視線は道の方に向いている。「ローラ！　着いたか。おかえり」父のキスはいつもより感情が込もっているようだった。しかし照れ隠しだろう、あわてて言った。「まったくお前のおかげで散財したぞ。子牛一頭は家にはいなくて無理だったが、母さんなんか一番太った鶏を絞めてたからな。食事もそろそろ用意できてる頃だ」

懐かしい部屋で、懐かしい見慣れた物たちに囲まれて、いつもは質素な母が「煙突の真ん中まで炎が上がる」ほどに豪勢に火を燃やして、家族と座っているのは何て幸せなのだろう。エドモンドとも薪小屋で二人だけのおしゃべりをした。妹たちを抱き寄せ、赤ん坊の弟をおんぶして庭にも出た。風が二人の髪をばらばらにし、頭が冷たくなった。

母との会話

月曜日の朝五時に母が起こしてくれた。これから長い時間歩いてキャンドルフォード・グリーンまで帰らなくてはならない。そっと爪先で階下に下りると、ランプのついた部屋にベーコンとジャガイモが焼かれ朝食が用意してある。キャンドルフォード・グリーンでのさまざまな新しい経験や関心も、昔と変わらない家の生活に比べると、小さくつまらないことに思えた。自分がたしかにこの家のこの暮らしに繋がっているのを感じた。父はもう仕事に出かけていた。小さな子供たちは二階でまだ眠りの中だ。帰ってから初めて母と二人で向き合った。

ローラが食事している間、二人は小声でおしゃべりした。「あなたが幸せそうでうれしいわ」と母は言った。「本当に大きくなったわ。私みたいにチビじゃなくなるわね。誰もあなたのことをポケットにしまっておきたいなんて言えないわ」それはそうだ。でもそれは背が伸びたからだけではないだろう。母は村のできごともいろいろ教えてくれた。母は話が上手なので、面白い話は実際以上に面白くなる。ちょっぴり悲しい話もある。話は最後にローラ自身のことになった。母はまず、こんなに長く家に帰って来なかったのは何故？ と聞いた。「数週間おきには帰るという約束だったでしょう？ 七か月もたってやっとよ」ミス・レーンがいつも引き止めるのだ。「誰かがついでの時に荷馬車に乗せて行ってくれるのを待ったら？」と。その説明に母は満足しなかった。「なら歩いて来ればいいじゃない。そして次の日に帰れば簡単でしょ。今度みたいに」たしかにそうだ。彼女もそうしたかった。何度もそうしたいと言ってみた。そろそろ家に帰った方が良いと思うとも言った。だが、ミス・レーンの浮かない顔を見ると強く言い張れなかったのだ。

「権利は主張しないと」母はその朝、言った。「そして私がいつも言っていることを忘れないでね。賢く言い繕おうとしなくていいのよ。言い訳するのに人のせいにしないでね。ドーカス・レーンは賢い人よ。人のことが全部わかると思ってる。たしかにある程度はわかるでしょうね。でも自分を賢いと思っていると、時には実際以上のことを考えたり、あるがままの物を見落としたりもするの。それからもちろん、その素敵な毛皮の帽子とマントをくれたのはありがたいわ。寒いときには助かるわ。でもそんなふうに親戚ではない他人から物を貰いすぎないようにね。もう働いていて欲しいものは自分で買えるんですもの。もしそれだけで足りないときは私たちが買ってあげるわ。欲しいものがどこで買えるか知りたかったら、キャンドルフォードの伯母さんたちに相談しなさい」

ローラはまた顔を赤らめた。キャンドルフォードの親戚の家にも二週間毎の日曜日、遊びに行くことになっているのに、何週間も行っていない。いつも何かがあって行けなくなってしまう。雪が降ったり雨が降ったり、ミス・レーンの頭痛がひどくて、当番でないのに日曜夕方の郵便局の仕事を代わってあげないといけなくなったり。「あなたがお友達に会いに行くのを邪魔するつもりはないんだけど」とミス・レーンは言い訳する。「でもどうしても一時間、横になりたいのよ」こんなふうに言うこともある。「このお天気じゃ出かけるのは無理よ。郵便の仕事が終わったら、居間でどんどん火を燃やして、暖かくして本でも読みましょう。それとも、ほら、二階から箱を出して、この間話した、父が文通していた紳士がシェークスピアについて書いた手紙を見せてあげるわ。なんだかんだいって、私たちが家に二人だけでいる時間も、日曜日しかないのよね。ジラーや鍛冶屋の男たちもいなくなるのは」そしてそれでもローラのちょっと残念そうな表情を見ると、こういうことも言ったりする。「そりゃあなたには私なんかよりトム伯父さんの方が大事よね」そうだった。ローラはあの風変わりな伯父さんが他の誰よりも、かなり一方的に好きだった。彼のような叡智、機知、親しみ深い良識を持った人を他に知らない。でも彼女はミス・レーンのことも大好きだったので、彼女を傷つけたくなくて、結局家に留まることになる。

ローラは母に、意識して考えたことのなかった自分の微妙な立場のことは言わなかった。でも表情から読み取ったのだろう、母はもう一度繰り返した。「あなたにも権利はあるんですからね。人の言いなりになるばかりがいいわけじゃないわ。結局よその人はあなたのことをどこまでも気にかけてくれるわけじゃないのよ。でもあなたは大丈夫。ちゃんと利口な頭を持ってるんだから。正しいことを判断できる良心もあるし。そうよね」そしてその話はそれで終わり、二人はローラの出発まで別のことを話した。

母は厚いケープをはおると、村道の曲がり口まで送ってくれた。身を切るように寒い、おぼろな冬の朝で、まだ星が煙突の煙の向こうに薄く瞬いていた。仕事に出かける男たちがパイプのタバコに火を点けようとして、畑の柵に寄りかかっているのに行き会った。「おはようさん」としゃがれ声で挨拶してくれる人もいる。霜は降りていなかったが、凍てつくような寒さに二人はぴったり体を寄せ合い、ローラは母のケープの下に腕を回していた。彼女の方が背が高くなっていたのでかがむような姿勢になる。「あなた、小さいときに言ってたわね。そのうち私の方が大きくなってお母さんになって、お母さんが子供になるのよって」そんなことを思い出して二人で笑った。道が曲がるところで二人は立ち止まり、抱き合って、母は田舎の言い方で別れを言った。

「じゃあ、神様が守って下さいますように」

幸せな配達の仕事

それからのことは、ローラにはまるであっという間のできごとだった気がする。気がつくと春になっていた。キャンドルフォード・グリーンの周辺はラークライズの辺りより、自然が豊かで陰影に富んでいた。ラークライズは平らな畑が続いているだけだが、ここにはなだらかな丘や、谷やたくさんの林、くねりながら流れるせせらぎがある。ローラが配達に回る区域には広い牧草地がたくさんあり、帰ると靴がキンポウゲの花粉で黄色く染まっている。低木の林にはブルーベルが一面に咲き、流れの岸辺にはワスレナグサやリュウキンカが寄り集まって咲き乱れ、湿地にはクリンザクラや薄紫のミルクメイドがいっぱいだ。ローラは配達からの帰り道には自分でもどうしようとか思うほど、山のような草花を抱えていることがしょっちゅうだった。寝室はお花畑のようだった。ジラーから余っている花瓶や空き瓶を全部借りても間に合わないほどだった。

配達に割り当てられている時間は比較的余裕があったので、彼女は往きはできるだけ急いで配達を終わらせ、戻る前の残り一時間をゆっくり散策することにしていた。配達の時間割はローラよりも年配の、ゆっくりしか歩けない人のために作られたのだろう。

じきに、木々も花の咲いている場所も、シダの茂みも、配達で回る道の途中にあるもので、ローラの知らないものはなくなった。庭も家も、住んでいる人々の顔も。ティモシー卿の庭師のセミゴシック様式の家にはガラス張りの温室があり、ウエールズ人のおしゃべりにつかまるとなかなか逃げ出せなくなる。農場のお手伝いのおばさんはいつも親切に牛乳をカップ一杯くれて、ローラが残さずに飲むよう見張っている。農場の奥さんがローラの成長の早さに栄養が間に合わないといけないと心配して、言いつけているのだ。そして形も間取りもすっかり同じ、農場で働く人たちの家が六軒。でも掃除のしかたや中の快適さの度合いは微妙に違う。そんなときローラはよく不思議に思った。同じ収入で同じ家に暮らしているのに、どうしてある女性はこぎれいで気持ちよい家を作れるのに、別の女性だとスラムに近い住まいになってしまうのだろうと。これは後でもよく同じことを思ったものだ。

主婦たちは、家のきれい汚いに関係なく、ローラに愛想がよかった。とくに彼女たちが待ちかねていた手紙を届けたときはなおさらだ。それらの家に手紙はめったに来なかったので立ち寄らない日も多かった。そのおかげでローラは池に寄って、その辺ではブランディーボールの名で呼ばれている黄色のハスに手を伸ばしたり、小鳥の巣に寄って卵を抱いてみたりもできた。タンポポの綿毛を太陽に向かって吹いてみることもあった。夏の配達のときはピンクのワンピースに麦藁帽子をかぶり、摘んだ草花で花輪を作り帽子に飾った。雨の日は新しいずんぐりした雨靴に、キャンドルフォードの伯母さんが送ってくれた濃い紫色の雨合羽(あまがっぱ)を着る。いつも郵便の入ったかばんを肩から提げ、途中まではティモシー卿のお屋敷宛の郵便袋も別に持っている。

小さな悩み

ローラのこの幸せな時間を唯一、曇らせるのは、牛とお屋敷の召使たちだった。牛はいつも通り抜けるスタイル(訳註:家畜が通れないように垣や柵に作った踏み越し段)の辺りに群がっていて、どんなにシーシーと追い払っても動いてくれないのだ。小さいときから牛は見慣れているから、広いところで出会うのは恐くないが、スタイルの柵の上から、海原のような牛の群れの中に降りて行くのは怯(ひる)んでしまう。元々おとなしい動物だから襲って来たりはしないと思うけれど、ひょっとしてひょっとしたら。角はあんなに尖って鋭くて長いのだからすくんでしまう。

ある朝のことだった。柵の上でぐずぐずしているのを牛飼いに見つかってしまった。彼は「大丈夫、降りて来なせえ」と請合った。「ずんずん柵に近寄って、さっさと柵に上がるだ。そうすりゃ牛たちはどく」と彼は言った。「牛たちはあんたがどうしたいのかがわからねえだ。だからあんたが柵の向こうからずんずん来て、さっさと柵に上がれば、あんたがこっちに用事で急いでるってのがわかって、自分らがどうしたらいいかもわかるんだ。あいつらは利口な生き物だ」彼の言ったとおりだった。彼女が変なためらいを見せずに、当たり前みたいに近づき柵を越えると、牛たちは行儀よく自分たちから動いて道を空けてくれた。そして彼女の姿に見慣れると、近づいて行くだけで通してくれるようになったのだった。

お屋敷の召使の方がもっと失礼だった。毎朝ローラがお屋敷の門番小屋に郵便物を届ける時間が、彼らのお待ちかねになっていた。ローラがベルを鳴らすやいなや二、三人駆けてきて、皮のバッグを手から奪い取るなり次々にパスして、時には蹴飛ばしさえする。彼らは自分たち宛ての郵便も入っているその郵便袋を目の敵にしていた。ティモシー卿が領地の見回りに出ていたり、執務室で仕事中だったりすると、受け取るのを卿の都合がつくまで待たなければならないからだ。召使いたちは卿に自分宛の郵便物の筆跡や消印を見られ、詮索的な質問をされるのを嫌っていた。そういうことがよくあったのだろう。というのは、ローラも彼ら宛の賭け馬と馬券業者の情報が局留めで届くのを見ていたからである。

そんなわけで彼らはローラの運ぶ郵便袋を目の敵にしていたのだ。ローラが配達の仕事をするようになったとき、卿に郵便袋を届けるときに、彼ら宛ての局留めの手紙を一緒に配達して欲しいと頼んできた経緯もあった。しかし規則に厳しいミス・レーンが、局留めの郵便は局でしか受け渡しをしないと譲らなかった。小学生でもあるまいし、彼らが自分の手紙を点検されることへは同情を感じていたので、ローラは内心、ミス・レーンの意向は少し和らげた形で伝えたのだが、彼らはその措置が不満で根に持ち、郵便袋を運ぶようになったローラに八つ当たりしていたのだ。

彼らはローラの後ろからこっそり近づき、肩を叩いたり、帽子を前にずらしたり、髪に手をつっこんでもじゃもじゃにしたり、わざとキスしようとしたり、悪ふざけをする。ちょうどこの時間は執事や女中頭（がしら）などは朝のコーヒーの時間で部屋で寛いでいるので、メイドたちもよく門番小屋に来ていることがあった。彼女たちもローラが困っているのを笑いながら見ているだけで、ときには一緒に悪ふざけに加わり、首に小石を入れたり顔をはたきで撫でたりするのだった。

「おやまあ、サンザシの生垣でも通り抜けて来たの？」ローラの髪がくしゃくしゃなのを見て驚いた庭師の奥さんに事情を説明すると、彼女も笑ってこう言うだけだった。「若いのは今のうちだけだからね。あんたも面白がってやり過ごすしかないでしょうね。やられたらやり返しなさい。彼らもあんたを見直しますよ」ローラはミス・レーンには言わなかった。言えばティモシー卿に連絡が行き、「もっと大変なこと」になる。我慢している方がまだましだと思った。二、三分我慢すれば楽しい時間が待っているのだから。

家から家へと回る途中、畑で働いている人以外にはほとんど誰にも会わない。たまに領内の塀や門を修理するのに道具箱をかついだ、お屋敷の大工に出会うことはあった。小さな鋤を手に歩き回っているティモシー卿自身に会うこともあった。自称「領内のよちよち歩き」の途中でローラと出会うと、彼は陽気に「やあ、お嬢さん郵政大臣のお出ましかな」と挨拶してくれる。そして「庭師のギアリングのとこに行って、温室を案内してもらいなさい。花を少し貰うといい」と言う。でも彼が親切に気を遣ってくれるまでもなく、ギアリングさんはもうすでに、何度もローラをそのムンムンと暑い細長い温室に連れて行き、花をたくさん切って花束を作ってくれていた。彼は「わしの温室」と言い、奥さんは「私たちの温室」と言い、実際の持ち主はただ「あの温室」と言っているのが面白い。所有者が大勢いるのだ。

ティモシー卿が沈んだ気分のときに一度会ったことがある。前夜、強風が吹き荒れ、楡の大木が二本倒れて、柵が目茶目茶になっていた。「こっちに来て、見てごらん」ローラが行ってみるとひどいありさまだった。根こそぎ倒れた大木の幹は、溝にまたがって横たわり、枝は折れ、下の方の小枝は粉々に砕けている。卿は世界にはこの二本の木しかなかったというほどの嘆きようだった。目には涙が浮かび、同じ言葉を何度も繰り返した。「ああ、何ということだ。生まれてからずっと一緒だったのに。生まれて目を開けて最初に見たのがこの木だ。ほら、あそこの部屋で生まれたんだよ。窓が見えるだろう。このこわれた柵が悪いんだ。これがあったおかげで向こうに根が伸びてゆけなかったんだ。ああ、本当に何ということだ」気が済むまで彼を嘆かせてあげるしか、慰めようがなかった。

フィリップ・ホワイトとの出会い

ローラが通る早い時間に人を見かけることはほとんどなかったが、領内のパークと呼ばれることの一帯は、一般の人が入ってもいい場所だった。夏の日曜日には恋人たちが散歩したり、貧しくて薪を買えない村の人たちが枯れ木を拾うことも許されていた。しかし林や柵で囲われた場所は一般には立ち入り禁止区域になっていた。特に鳥が巣ごもりをする春は、狩猟用に保護していることもあって、立ち入りは厳しく禁止されていた。そのような場所には「不法侵入は厳罰に処す」の立て札が立っている。しかしローラは自分には特権が認められているような気がしていて、森番の男がいないのを確認してから、こっそり柵によじ登って中に入っていた。森番は老人だったので、ほとんどもう仕事はできないという噂で、しかも彼の家は領内の反対側だったから、ローラは一度も彼を見かけたことがなかった。

彼女はいつも林を出たり入ったり、ブルーベルや山桜を摘んだり、小鳥の巣を覗き込んだりと楽しんでいたが、誰にも見咎（とが）められたことはなかった。ところが配達を始めて翌年の五月の朝のことだった。彼女はある林の中に野生のスズランが咲いているのを知っていたので、入っていった。そして林を囲む土手を滑り降りてきたところで、ばったりと見知らぬ人間と鉢合わせしてしまったのだった。若い男性で、ツィードの上下に肩からは銃を下げていた。最初ティモシー卿の甥か誰かだと思った。しかしこの季節に屋敷の滞在者が銃を持って領地に入るはずはなかった。しかも彼の方が立て札を指差し、「こんなところで君は何をしてるんだ？」と言った。強く咎めるロ調だった。新しい森番だった。昔からの森番の老人は病気でもう仕事ができないのに、かといって辞めたくはないので、助手として実質的な仕事は全部任される形で、雇われたのだった。背の高いがっしりした若者で、二十代半ばかと思えた。金色の小さな口髭を蓄え、灰色がかった真っ青な瞳をしていた。顔が日に焼けているので、一層に瞳の色が薄く見えた。ハンサムと言ってよかったが、顔の印象は厳しく感じられた。ローラが手に持ったスズランを言い訳がましく見せると、彼の表情は少し和んだ。「悪気がないのは最初からわかっていたけれど、キジがまだ巣ごもりしているから、邪魔されたくなかったんだ。最近、〝立ち入り禁止〟を破る者が多くて」ローラは誰のことだろうと訝った。「規律が緩んでるんだ、緩みかけてる」彼はぴったりの言葉が見つかったとでもいうように、同じ言葉を繰り返した。「それは正さないといけない」細い道をローラの後ろから護衛するかのようについて歩きながら、彼は「フォックスヒルの林にはどう行けばいいの？」と聞いてきた。その日は彼の初仕事の日で、まだ領内の地理がわかっていないのだった。ローラの指差す方向がローラの行く方向と同じだとわかると、彼はほっとしたように「じゃあ少し一緒に歩こうか」と寛いだ態度になった。

その林に着く頃になると、彼も大分打ち解けて人間らしくなっていた。フィリップ・ホワイトという名前を教えてくれた。父親もオクスフォードに近い屋敷の森番頭だと言う。ずっとその仕事を手伝っていたのだが、キャンドルフォード・パークには、今の森番のチッティが高齢でいつまでも仕事ができるわけではないので、亡くなるか退職したら、その後自分がその仕事につけたら良いと思ってやって来たのだった。はっきりとは言わなかったが、自分がここで働くことにしたのをティモシー卿もこの辺りの人々も感謝してしかるべきと思っている口ぶりだった。彼の「父の領地」は（ギアリングが「わしの温室」というときとまったく同じ言い方だった）、ここよりもずっと広く管理も行き届いた、歴史的にも有名な貴族の屋敷なのだと彼は言った。もちろんその貴族の称号は彼の家族のものではないが、彼が主家の威光を誇りに思っていることは明らかだった。

ローラはチラッと彼の顔を見た。彼は冗談で言っているわけではなかった。大真面目だった。笑みはなかった。目も笑っていなかった。ただ、彼女に興味を持ったのが見てとれた。別れ際に彼は、オクスフォードの洋装店で働いているという妹の写真を見せてくれた。舞踏用のイブニングドレスを着て、金髪を高く結い上げた、笑顔の少女が写っている。ローラは「きれいな人！」と感嘆した。「僕の家族はみんな美男美女ぞろいなんだ」彼は写真を胸ポケットにしまいながら、また大真面目に言った。彼は両親の家の話もしてくれたが、有名な所領内にあるその家も、みんなの賞賛の的の美しい家なのだった。領主が狩りをするときは公爵や貴族や富裕な人々がお屋敷に集まり、それは素晴らしいのだとも話してくれた。そして話はまだまだ続きそうだったが、ローラはふと我に帰った。「私、もう行かなくちゃ。走らないと間に合わなくなるわ」あとで彼女は自分のことは何も話す暇がなかったのを思い出した。どこに住んでいるか、この辺はいつも通るのか以外、彼の方からは何も聞いてこなかった。スタイルによじ登ったとき振り向くと、彼はまださっきの場所に立っていた。堅苦しく手を上げて挨拶した彼を見たとき、ローラはその後また彼に会うとは、まったく思っていなかった。

ところがフィリップ・ホワイトに会うのはそれで終わりではなかった。その後、配達のときには途中のどこかで必ず出会うようになった。最初、銃を手に林から駆け出して来たとき彼は、ローラを見て驚いたそぶりだった。しかししばらくすると、悪びれずに彼女のことを待っていて、一緒に歩くようになった。帰り道のローラと並んで、お屋敷の窓が見えるところまで連れ立って行く。ローラは最初の日、ミス・レーンに新しい森番に出会って、フォックスヒルの林への道を聞かれたことは話したが、その後、フィリップとのことは誰にも話さなかった。そして二人はいつも、一番人の行かない場所で会っていたので、誰かに見つかったこともなかった。二人はそうやって、何週間も毎日のように会い、一緒に歩き、言葉を交わした。もっとも、話しているのはほとんどフィリップでローラは聞き役だった。ときどき彼はローラの横に回り、空いている手を握って、ずっとそのまま歩いたりもした。十六歳の少女にとって、もう大人の青年から関心を寄せられて悪い気がするはずはない。しかも相手は今では村の人たちが敬意を込めて「森番のホワイトさん」と呼ぶ人だ。ローラは人には内緒に〝フィリップ〟と名前で呼んでいた。「フィリップでいいよ」と二度目に会ったときに彼が言ったのだ。「この村の他の人からは名前で呼ばれたくないけど、君にはそう呼んで欲しいな」だから彼女はフィリップと呼んでいたが、フィルとは呼べなかった。彼には似合わなかった。彼の方はローラと呼んでいた。そして一度か二度、「恋人の柵」も通った。彼は柵越しに、おずおずと生真面目なキスをしてくれた。

　自分たちは恋人なのだろうか、と考えることがあった。時には将来のことも想像した。チッティ老人の家の草叢(くさむら)に鶏かごを置き、雌鶏に温めさせて孵(かえ)したキジのひなに、餌を撒いている自分の姿を思い浮かべた。木々に囲まれた芝生のある可愛い家に住めたら幸せだろうと思った。去年の春歩いていて、木立の下のところどころに土が見える草叢に、白いアネモネが点々と風に揺れていたのを見たとき、天国のように美しいと思ったのだった。しかし次の瞬間、その未来の風景の中にはフィリップもいるのだと気づいた。仕事があるからいつもというわけではなくとも、家にいる時間も当然あるだろう。フィリップが日常的にそばにいるのが気にならないほど、自分は彼のことが好きだろうか。ローラにはわからなかった。

　彼は自分に何の疑いも持たず、満足して生きていた。彼に属する物も人も完璧だと思っていた。

そして自分の外のできごとにはほとんど興味がなかった。ローラがよその人のことや、摘んだ花のこと、読んでいる本の話をしても、その話題は長く続かず、すぐ彼自身のことに戻ってしまう。「僕もそうだ」「僕の考えでは」「僕はそういうのは嫌だな」という調子。そんなとき、人の話を聞くのが好きで、どんな人も面白いと思っているローラは、そのまま彼を置いて駆け出したくなる。「勝手に独り言を言ってなさい」という気になる。

しかし、彼女はそれができない人間だった。そして言い返したり喧嘩したりもできなかった。彼が繰り返す話からわかったのは、彼には自分に不都合なことが想像できないのだった。「私たち、一緒に歩いたらいけないんじゃない？　規則違反じゃない？」というようなことを言っても、彼は見回りは仕事だからと、当然のように現れ、彼女は彼を避けてそこを通れないのだった。彼女にできたのは「恋人の柵」が近くなったら、さっさと先に行くことくらいだった。

恋の終り

そしてこの恋は、まったく思いがけない形で、一気に頂点に達し、かつ終わることになった。ある夕方、そろそろ郵便局を閉める時間、ローラが台所で帳簿付けを始めていたミス・レーンに伝票を持って行ったとき、ベルが鳴った。急いで窓口に戻るとそこにはフィリップがいた。それまで一度も郵便局に来たことのない彼がいる。ローラは驚き、狼狽した。ミス・レーンが仕事をしている台所との間のドアは大きく開け放してある。ここでの会話は筒抜けのはずだ。彼が緊急の大事な用事で来たのは一目でわかった。彼女はやっとのことで、その場を取り繕うため、精一杯に事務的な声で「こんばんわ、いらっしゃい」と言った。祈るような気持ちで、彼が「三ペンスの切手を」とかそういうことを言って、用事を終えたらさっさと立ち去って欲しいと思った。手を握ってもいい。そうしたいのなら。キスしてもいい、ミス・レーンに聞こえさえしなければ。しかし彼女の思いどおりに事は運ばなかった。

挨拶らしい挨拶もせずに、彼はポケットから手紙を取り出すと言った。「今週末、二、三日休暇を取れないかな？　というより取ってもらわないといけないいんだ。妹のキャシーから手紙が来て、ママが君を連れていらっしゃいと言ってるんだって。土曜日から月曜日まで、もちろんもっと長くてもいいけどって。でも僕だって急には長く休めない。誰だって仕事があるからね。規則を破る者も多いし。でも僕は一日か二日は大丈夫だ。ティモシー卿も大丈夫だと言ってくれた。だから君も、休暇を取って欲しいんだ。ここで待ってるから、頼んで来て」

ローラは開いたドアを見た。ミス・レーンに一言一句、全部聞こえているのはたしかだった。

「ごめんなさい」ローラは力が抜けそうになった。しかしフィリップには自分の家族からの招待を断る人間がいるなど、想像もつかないことだった。有無を言わせぬ調子で言った。「ほら、早く頼んで来て」そしてちょっと優しく付け加えた。「休暇を取る権利はあるだろ。誰だって恋人を家族に引き合わせたいと思うだろ。君は僕の恋人じゃないの、ローラ」

台所のテーブルで紙が擦(こす)れる音がした。そしてまた静かになった。しかしローラはもう、聞かれている心配のあまり、何を言ったらいいのかわからなくなっていた。

「君は僕の恋人だろう、ローラ?」フィリップが繰り返した。そしてそのときローラは、知り合ってから初めて、フィリップの声にかすかな苛立ちを感じ取った。ローラは動転して体が震え、やっとの思いで声を絞り出した。「そんなこと、一度も言ってくれなかったわ」この言葉をフィリップは一種の気もたせのようにとったのだろう。彼は男らしくローラの震える手を握って、にっこりと笑った。「わかってると思ってたのに。でもそんなにびっくりしないで。これからは恋人だよ、そうだよね、ローラ」愛の告白にしては、ちょっと言葉足らずだと思った。しかしローラの返事はもっと言葉足らずだった。「いいえ、私はけっこうよ、フィリップ」それが彼女の口から出た言葉だった。こうしてあまりに非ロマンチックな恋の場面は幕を閉じた。彼は一言も言わず、踵(きびす)を返して郵便局のドアからも、ローラの人生からも姿を消してしまった。彼女はその後フィリップに会って言葉を交わしたことはない。たった一度、何か月も後、パークの見晴らしのいい場所を、銃を肩にかけて横切ってゆく姿を遠くに見かけた。しかし彼が彼女の通り道に現れたことはない。彼はその辺りには彼女がいない時間を見計らって行くことにしたのだろう。

しかし今、ミス・レーンの方はそこにいるのだから、どうにかしなければならなかった。ローラは厳しく叱られるだろうと思っていた。母のところに手紙が行くかもしれない。ところが、ローラが台所に戻ると、ミス・レーンは定規を使い丁寧に赤いインクで線を引いているところで、顔も上げなかった。線を引き終わると「誰だったの?」と普通の声で聞いた。「ティモシー卿のところに来た新しい森番の人です」ローラもできるだけ普通の声で答えた。ミス・レーンはすぐには返事せず、帳簿を閉じ、ロンドンの経理局長宛の住所が印刷された大きな茶封筒に入れると、ローラの方をじっと見て、「あの若者をよく知っているようだったわね」と言った。「ええ」とローラは認めざるを得なかった。「配達のとき時々行き合いましたから」「そういうことだったわけね」

それ以上何の叱責もなかった。逆にその夜、ミス・レーンは普段よりも機嫌よかった。燭台のろうそくに火を点して、一緒に二階の寝室への階段を上がりながら、彼女は考え深げに言った。「あなたはずっとここにいればいいんじゃない? 私たち、とてもうまく行ってるわ。私が辞めた後、あなたがここをやればいいと思うわ」

その後の数年、ローラはこの夜のことを考えては物思いに沈んだ。その夜、人生の岐路に立たされ、一つの道が選択肢として示されたのだった。見知った人々の中で平穏に安全に送る一生は楽しかったかもしれない。生まれたときからローラが愛して止まなかった、季節の巡りの中で移ろう景色を見て過ごしたかもしれない一生。しかし私たちは本当に、進む道を自分の意志で選びとっているのだろうか？　目に見えない運命の力、あるいは私たち自身の中に潜（ひそ）む魔力によって、進む道は用意されているのではないだろうか？　それが誰にわかるだろう？

　それがローラ自身の選択であったのか、なかったのか、ローラがキャンドルフォード・グリーンに留まったのは、結局数年でしかなかった。そして、留まる道を選択してずっとそこで暮らしていたとしても、後でそうしていればよかったと後悔したほどには、実際は楽しくも幸せでもなかったかもしれない。母の指摘はいつも正しかった。よくローラは言われた。「あなたは楽しい気楽な人生を送れるようには生まれついていないのよ。考えすぎるから」そして諦めたように呟くのだった。「でも、誰も自分の生まれつきを変えることはできないのよ」

第二十四章　村の変化

新しい牧師

キャンドルフォード・グリーンは、一つの村からキャンドルフォードという町の郊外に組み込まれつつあった。最初その変化は静かで目立たないものだったが、クルスドン牧師が亡くなり、新しい牧師が赴任してきた頃から、時代の流れは一気に加速した。やって来たデラフィールド牧師はまだ三十代前半で、大人になりきれていないような若々しい率直さがあった。髭のないつやつやのピンク色の顔は、赤ちゃんのようで一点の曇りもなかった。長めの金髪が柔らかにカールしていて、威厳というものからは程遠かった。シャツの袖をまくり上げたまま、小走りで郵便局に手紙を出しに来たり、お昼のきゅうりを買いに自分で八百屋に行くのも気にしなかった。牧師らしいのは白い衿だけで、よれよれのフランネルのシャツにノーフォークジャケットというのが普段の格好だった。他の牧師たちが皆、柔らかな黒のフエルト帽をかぶっているのに、ダークグレーなのがいくらかはましだったが、夏の白黒格子の麦藁帽子はいやが上にも目立った。

彼は少年が、それもだらしない少年が、そのまま大人になったような感じだった。ミス・レーンが言ったものだ。「あのズボンの一番上にもう一つボタンをつけてやりたいわね。そうすればあのお腹でもボタンがかけられるでしょうからね」しかし彼の方でもミス・レーンの格好は予想外だったに違いない。彼は都会育ちだったので、田舎の郵便局で働いている女性は白いエプロン姿で方言しか話せないと思っていたらしい。が、田舎に来た以上、土地の人々とは誰とも仲良くやっていこうと決めていたのだろう。ミス・レーンとも良好な関係を築こうと話しかけているときに、彼女の目に浮かぶ小馬鹿にするような色がうれしかったはずはないのに、いつも明るく快活にふるまった。ミス・レーンも、だんだん彼の少年のような魅力は認めざるを得なかった。

人々の意見はさまざまだった。古い秩序は変りつつあった。そしてその変化は、田舎だからこそ、時代より先に進むこともあった。彼の「やあやあ、こんにちは」という態度がかえって気に触るという人たちもいた。たしかに教会の中で人は皆、兄弟で対等かもしれない。しかし少なくとも外では、牧師らしい威厳を保っていて欲しいと彼らは言う。「クルスドン先生がお気の毒だ。彼は紳士だった。ああいう人に来て欲しかった」しかし一方でデラフィールド牧師のファンもいた。「ああいう偉ぶらない堅すぎない人がいいね。偉ぶった人はよそに一杯いるからね」全体としてはまだ評価は定まっていなかった。結局、「一冬一夏が過ぎないと人の評価は定まらない」ということわざに落ち着くのだった。しかし教会に通う人たちには一致した意見があった。それは彼の説教が素晴らしいということだった。童顔には似つかわしくない深い豊かな声が、説教壇に上がったときの彼の武器だった。

「偉そうでない」ことは欠点とばかりは言えなかった。彼は重い荷物を背負った年寄りの女性に出会うと、気軽にそれを背負ってあげる。ローラは背中に薪を背負った彼がグリーンを歩いているのを見かけたことがあるし、誰かの洗濯籠を一緒に運んでいるのも見たこともある。

赴任したての頃、郵便局からの帰り、彼はグリーンの柵を飛び越えて、クリケットをして遊んでいる小さな子供たちにベース用の古い空き缶を転がしてあげたりしていた。それからじきに、キャンドルフォード・グリーンにはクリケットチームが作られ、十一人のメンバーと正式なベースも用意され、夜には少年のための練習が始まった。夏の土曜の夕方には、彼もチームに加わってよそのチームと対抗試合まで行われるようになった。グリーンでプレーする白いフランネルのユニフォーム姿は夏の風物詩になっていった。

彼は少年クラブも組織し、冬の夜は学校の教室を借りて定期的に集まるようになった。その賑(にぎ)やかな音は近所には少しうるさかったかもしれないが、親たちには「悪さをするよりいい」と好評だったし、淋しすぎる冬がたまらなかった近くの人にはそれほど迷惑ではなかったろう。また堅信礼に合わせて少女たちのクラブも作られ、牧師館の使われなくなった召使部屋がその集会室になった。デラフィールド牧師夫人がその代表を務めている。しかし子供が二人いるのに前は四人いたメイドが今は若い娘一人になったので、毎週集会に出るのはとても無理で、教会の婦人部から応援を頼むことになった。牧師夫妻はミス・ルビーとミス・パールのプラット姉妹を慎重に選び、少女たちにも相談して決めた。というわけで姉妹はそれまで誰も知らなかった牧師一家の暮らしぶりを見るようになり、みんなもまた知ることになったのだ。

質素な牧師一家

デラフィールド一家は貧しかった。赴任してすぐ、彼らは生活も貧しく財産もないので、以前にやっていたような慈善活動はやれないと宣言した。「貧乏については私も身をもって知っていますよ」と貧しい年寄りに、率直に話しかけた。そう言われても、彼女は自分の貧しさと彼の貧しさが全く同じとは信じられなかったが、その率直さには微笑まずにいられなかった。

しばらくすると店の人々も、牧師一家のツケがたまっていることを漏らすようになった。「まあ、最後には払ってくれるんでしょうから良いんですけどね。うちに何ポンドもツケがあるのに、少し金が入ったからってよその店に現金で買い物に行くような人たちではないし。とにかく贅沢を一切していないのはたしかね」店の人たちも彼らのことを悪くは思っていなかった。

デラフィールド牧師の家のメイドは次々と替わった。訓練された女中ではなく若い未経験者ばかりだったからだ。交替する合い間には誰も手伝いがいないこともあった。そんなときは、臨時に誰かを頼む。洗濯や掃除を頼まれた家政婦が、ちょくちょく牧師館に行くのが目撃されていた。彼女は洗濯や掃除以外にも、大体いつも夕食を作ることになるので、献立のメモとエプロン、籠の他に挽いた小麦粉も持っていくのだった。

しかしプラット姉妹が驚いたのは、牧師館の貧しい食事や汚れた部屋だけではなかった。二人は何より牧師夫人のちょっと風変わりな格好に驚いた。夫人はミス・ルビーの言葉によれば「芸術家っぽい」スタイルをしているのだった。赤褐色かグリーンの、床を引きずるように丈の長い、ゆったりしたドレスで、他の女性が皆、しっかり耳まで届きそうなハイネックの服を着ているときでも、喉が見えるほど襟ぐりが開いているという。

日曜日に教会で見るデラフィールド家の子供たちは透かし編みの靴下に白いヤギ皮のサンダル履きだ。普段は裸足で走り回っている。土を爪先でこね回したり、泥の上に足跡をつけたり楽しそうに遊んでいる子供たちを見て、村の人たちは驚いた。服はスモック刺繍の短い上着で、他の牧師の子供なら着ているようなきちんとした格好ではなく、刺繍がきれいで動きやすいので着せているのだろうけれど、いつも汚れているのだった。

「あの子供たちのひどい格好!」という人もいたが、賢く可愛らしい顔をしているので何とか行儀の悪さが目立たない。「あの子供たちを〝お嬢さん〟と呼ばなくてもいいのはありがたい」という人もいる。他の同じ立場の子供なら、赤ん坊であっても「坊ちゃん」とか「お嬢さん」をつけなければならないのに、デラフィールド家の子供たちなら、イレーヌとかオリヴィアとか、敬称抜きで呼べるのは特権ではなかったろうか？　デラフィールド牧師は自分の子供のことを話すときいつも直接名前を呼んでいたので、みんなそれに倣ったのだ。良家では、自分の子供を呼ぶにもわざわざ敬称を強調する親さえいた時代だった。ローラの知っている女の子は、生まれたばかりでその家の一番年下の赤ちゃんだったときから、親が地位と名前を召使たちに周知するために、ミス・ベビーと呼ばれていた。

牧師の交代は、キャンドルフォード・グリーンの村の人々の無意識な下層意識を一掃した。デラフィールド牧師の「間違い」（と村の人たちは言っていたが、ローラはそうは思わなかった）は、誰に対しても同じ人間として接し、対等の立場で話し、一段高いところにいるのを止めたことだった。上流階級の人たちは遠くの地平にいたので、まだ実際以上の大きな輪郭だけは保っていた。しかし牧師はすぐそこにいて、毎日のように顔を合わせ、言葉を交わすのだから、影響は大きかった。昔のようにスープ鍋と毛布の提供がないことを嘆く人はいたし、過ぎ去った古い時代を懐かしむ人もいたが、大多数は意識的にも無意識的にも、暮らしに吹き込んできた新しい自由な空気を歓迎していた。教区の人々は、じきに自分たちの新しい牧師を誇りに思うようになっていった。

デラフィールド牧師の説教

最初からデルフィールド牧師の礼拝での説教は評判だった。「居眠りするどころじゃないよ」以前は説教の時間は必ずうつらうつらしていた男が言う。「隣人への責任」と「正直と誠実の大切さ」を説かれても、耳にたこができるほど聞いているのだから、眠くなって当然だ。それがいきなり、「この間、ご近所の方がこういうことを言っているのを聞きました」とか「たぶん先週の新聞でお読みになったと思いますが」という調子で始まるので、眠る暇もなく聞き続けてしまうのだ。

そしてその聞いた話や新聞で読んだことが面白いのだった。もちろん教会で声を出して笑う人はいないが、顔がほころべば座は和(なご)やかになる。聞いている人たちも素直な明るい気持ちで、それに続く教えやモラルに耳を傾けることができるだろう。厳しい教えはなかった。地獄や天国の話もなかった。この地上で助け合い支え合って、より生き易い場にしましょうというのが多かった。時には悔い改めについての説教もあったが、深い声が音楽的に語るのは、聞き慣れた田舎の日常の罪深い行為ではなく、もっと普遍的な世界の罪についてだった。彼の説教では誰も、自分が責められていると感じて身をすくめることはなかった。日曜日の朝の礼拝が終わった後に教会の庭を横切る人々は、「聞き終わった後では、自分が少し大きくなったように感じた」と話したものである。

彼が壇上から人々の顔を覗き込み、心に直接語りかける言葉、雄弁な語り口、緩急自在な心のつかみ方はあっという間に評判になり、この地方の最高の牧師と評されるようになった。近くの村からもキャンドルフォードからも、人々は彼の説教を聞きにやってきた。日曜日の夕方の集会には、座りきれないほど人が集まり、遅れて来た人が通路にまであふれた。教会にめったに行かないミス・レーンまでが礼拝に出かけた。家に帰って来た彼女は開口一番こう言った。「いいお話だったわ。でもそこのダーウィンの本を取ってちょうだい。小鳥と同じに私には俗な餌も必要なの」しかしこの皮肉好きの初老の女性が示した冷静さも、砂浜の砂粒が潮に飲み込まれ流されてしまうように、牧師の説教の人気の前には無力だった。収穫感謝祭の日曜日の説教はその上げ潮が最高位に達したときだった。キャンドルフォード・ニュース社が記者を派遣して、説教の全文を新聞に掲載したのだ。その新聞を人々はこぞって買い、ロンドンや北部だけでなく遠い植民地にいる息子や娘にまで送った。「キャンドルフォード・グリーンが遅れた村じゃないことを知らせないとね」

デラフォード牧師の名声が上がり、村も有名になると、彼の因習（いんしゅう）に囚われない態度は、取るに足らない愛すべき変人ぶりと見なされるようになっていった。夫人も女中やお手伝いのことで苦労しなくてもすむようになった。農場の娘が手伝いを申し出、子供の世話も含めて働くことになったのだ。ローラがキャンドルフォード・グリーンを去る頃には、女性たちは競うように教会を美しくすることに熱心で、夫人の繕い物の仕事も順番を決めて手伝っていた。カーペットの布地で作った山のようなスリッパはデラフィールド一家だけではなく、女性たちがそれぞれの家に持ち帰る分もあった。イレーヌとオリヴィエも人気で、あまりにしょっちゅうお茶に誘われていたから、寄宿学校に行かなかったらお腹をこわしてばかりだったに違いない。クルスドン牧師のように高い敬意は払われなかったが、人間的な新しい牧師はたくさん愛されたのであった。

しかしデラフィールド牧師がキャンドルフォード・グリーンで人々の魂の救済の仕事にあたった期間は短かった。ローラが村を去って一年か二年後、彼がロンドンに移ることを知らせる手紙がきた。そしてそこにはキャンドルフォード・グリーンに新しく建てられた教会の母親大会で、彼の特別礼拝が行われることも書かれていた。彼は村の人々の心に平安をもたらし、さらにそれ以上に古い偏見を打ち砕くという、大きな功績を残したのである。

新しい階層

さらにその頃、賃金の引き上げが行われた。農夫たちはそれまで週給十シリングか十二シリングだったのが十五シリング支給されることになった。また職人たちも、それまでは仕事にかかった時間に関わらず週単位で払われていた賃金を、時給で払って貰えることになった。物価は上がっていたが、賃金の上昇率の方が大きかった。ボーア戦争のときに一時景気が悪化したが、それはまだ数年先のことになる。

その間、ヴィクトリア女王の在位六十周年記念の式典（一八九七）も行われ、「平和と繁栄」が国を挙げてのスローガンだった。地方にも行政府がおかれ、村の進歩的な人々は新しい提案を行うようになり、採用されるものもあった。学校では子供たちのための奨学金制度ができると言われていた。郡庁から栄養士が派遣され、学校の教室を使って栄養指導の講義も行われた。夕方からは「夜間学校」という名称を改めて「放課後講習」が、年長の少年たちのために開かれるようになった。住居はまだ個々人の問題だったが、便利で近代的な住宅の需要は無視できない社会問題になっていた。

郊外の開発

キャンドルフォード・グリーンの誰かが、運よくいい職に就いたり給料が上がったりしたら、その家の妻は真っ先に叫ぶだろう。「私たちもこれで新しい家に移れるわ！」それは実現可能な夢だった。彼らはそれまで住んでいた古くて不便な、でも厚い壁のおかげで暖かく、広い庭もあった古い家から、キャンドルフォード・ロードにどんどん建てられている新興住宅へと移って行く。

新しい家は壁が薄くて建具も合っていなくて、中は湿っぽく隙間風が入る。裏の庭は元々は湿地の草叢(くさむら)だったところで、建築主はそこまでは手をつけていないから、夫は後で「心臓が痛くなる」ような思いをすることになる。でも妻はそんなことはどうでもいい。ピカピカの真鍮の把手(とって)がある玄関ドアや、客間の出窓や、蛇口をひねれば水が出る台所の流しがうれしくて仕方ない。この新しい住宅をみんなに見せびらかしたくてたまらない。

それに建築主は利口なので、裏庭は住む人任せでも、小さな表庭には花壇とそれを囲む芝生を作ってある。その可愛らしい庭には凝った鉄柵が巡らされ、中の玄関までの通路には赤とブルーのタイルが敷いてある。表のほとんど整備の終わった道路には、歩道沿いに若いクリの苗木が植えられ、もう枯れたり萎れたものも混じっているが、チェストナット通りの呼び名にぴったりの素敵な景観を作り出している。

ローラのいた頃もう既に、村からこの新しい住宅地に引越して行った、意欲満々の家族が二、三軒あった。ここに住み始めるのは大体が、キャンドルフォードの会社で事務員や店員の仕事をしている人たちで、田舎の雰囲気の中で暮らしたいとか、家賃が中心より少し安いという理由でここを選ぶ。五室の住居に週六シリングの家賃はそれほど高くはない。しかし家主（建築主）にとっても、かけた費用以上の収入になるのは確かだ。キャンドルフォードで建築会社を経営しているローラの伯父は、これらの新しい家には中古や残り物の木材や資材が使われている上に、土台もしっかりしていないから、強い風が吹いただけで壊れるだろうと、悪口を言っていた。その否定的な評価は、同業者へのやっかみを差し引いても、本当だったと思う。顔をしかめ首をひねりながらこうも言った。「あんな安っぽい仕事はしたくないね。私の主義じゃない」と。

しかしチェストナット通りの家々は、少なくともローラがいる間は、しっかりと建っていた。賃金が三倍になり家賃も三倍になった今も、まだ大丈夫だと思う。栗の木も大木になり、ろうそくのような形の花をつけ、どこの裏庭でもラジオが鳴っているだろう。家が建てられていた頃は、まだペンキがすっかり乾ききらない内から人が住み始め、レースのカーテンがピンクや水色のリボンで結ばれ、家にはそれぞれ名前がつけられていた。チャツワース荘、ナポリ荘、陽あたり荘、ヘレネ湾荘等など。

当然のこと伯父や父の側に立つべきローラだったが、気が咎め(とが)ながらもちょっぴり、チェストナット通りの家はお洒落で素敵だと思っていた。住人たちがつけた家の名前があんまり気に入らないときは、自分なりに勝手に別の名前を考えた。最近人の入ったバルモラル荘の、ピンクとペールグレーのカーテン止めのリボンは悪くないけど、私ならグリーンか黄色にするわと考えたりする。キャンドルフォード・グリーンで知っていた人を除けば、新しく住み始めるのは今までには知らなかった種類の人々だった。階層的には大体が中流の下というところだったが、この階層の人たちと、ローラはその後、大勢と接することになる。

グリーン夫妻

彼女にここでの新しい生活様式を見せてくれたのは、丸太小屋荘に住むミセス・グリーンだった。夫がキャンドルフォード郵便局の職員で知り合いだったので、妻を紹介され、その後お茶に招待されたのだ。

グリーン夫妻の家は名前以外は他の家とほとんど同じだったが、普通ならハランの鉢が置かれている場所に、オトメシダの鉢が置いてあった。どこの家でも、客間の窓辺のきれいにひだを寄せて両開きにしたカーテンの、ちょうど真ん中に小さなテーブルを置き、その中央にハランを飾っていた。

「ハランは普通すぎるわ」ローラは彼女が〝普通〟を何より嫌っているのがすぐにわかった。とくに嫌いなのが普通の人々だった。「お隣は本当に普通の人たちなの」と彼女は言った。造園の仕事をしている隣の主人のことを「ドタ靴の田舎者」とさえ言った。「奥さんは洗濯物を干すとき彼の帽子をかぶっても平気なの。朝も昼も夜もニシンの燻製を焼いて食べるのよ。臭いったらないわ。家主も家主だわ。もう少し人を見て貸せばいいのに」「ドタ靴の田舎者」の暮らし方に慣れているだけでなく、自分でも燻製ニシンを石炭ストーブで焼いて食べるローラは、彼女の言葉が不思議だった。土をいじって暮らしている人は大勢いる。どの職業にもその仕事についている人はかなりの数になる。数が多ければ普通なのだろうか。しかしローラはその内、彼女は「ありきたり」という意味で使っているのがわかってきた。自分もありきたりと思われているかも知れないと思ったが、その心配は必要なかった。ローラは目鼻がついている以外、「人」の範疇にも入っていないらしかった。

彼女は金髪の小柄な女性でまだ三十歳になっていなかった。イライラした表情が刺々しい印象を与えなければ、もっと可愛らしく見えただろう。初々しい感じはなかった。贅沢な暮らしと倹約のせいで、歯医者に行くお金がなかったらしい。黒い虫歯を見せないように、彼女は口を開けずに唇の端をちょっと上げて笑うやり方を工夫していた。しかし髪だけは丁寧に手入れされていて美しく、お茶の片づけが終わると手には念入りにコールドクリームをすり込むのだった。

夫の方も金髪で小柄だったが、もっとあっさりした態度で、陽気で親しみやすかった。口を大きく開けて声を出して笑うと、妻は咎(とが)めるように見て「まあ、アルバートったら」とたしなめる。彼は妻のようにお行儀よくその場を取りつくろう育ちの良さがない。自分は良い生まれであることをそれとなく彼女は仄めかした。彼は電報配達から始め、早いとは言えないが今の地位まで昇進してきた。当時とすればそれなりの出世だった。彼は楽しい家庭的な人だったので、庭仕事をした後、家の中では上着を脱いで腰かけ、燻製のニシンや缶詰のサケでお茶を飲むような生活の方が楽しかったろう。しかしお上品な妻を貰ってしまったために、その水準に達するようにいつも教育されていた。

家については二人共、涙ぐましいほど自慢していた。初めて訪問したとき、ローラは家の隅々まで案内してもらい、戸棚の中まで見せてもらった。設計されたとおりの部屋ごとの用途に合わせて、家具が入念に選ばれている。彼らは客間と言わず応接間と呼んでいたが、そこにはグリーンの布張りの応接セットが置かれ、それに合わせたくすんだグリーンの絨毯が敷かれている。小さなテーブルには繊細な写真立てが対で置かれ、壁には四枚セットの絵が掛かっている。恋人たちの情景を描いた面白みのないものだ。『逢引』、『手紙』、『諍い』、『結婚』の四場面。本や花はまったくなく、生活の匂いを感じさせるちょっと雑然と置かれたクッションなどはない。生活の気配がまったくなかった。美術館か、教会か、家具のショールームのような感じで、居間という感じがしない。彼らはその部屋で日曜日の夕方など、出窓に座って窓越しに近所の人が行き来するのを眺めたりはしたかもしれない。しかし食事や暇なときに腰を下ろすのは大体は台所で、そちらの方がずっと気持ちいい部屋だった。

客間の真上の寝室には、新しい三面鏡のついた化粧台と、姿見のついた衣装タンスが置かれている。家具を説明するとき、ミセス・グリーンは必ず、「最新のものよ」と言った。彼女がお洒落でエレガントと思い、大切にしているのはすべてこの「最新」の物だった。ローラが見慣れていたのは、ラークライズの簡素な実家、素朴だけれども心地よい昔の雰囲気が残るミス・レーンの家、キャンドルフォードの伯父伯母の家だ。「最新のものよ」という彼女の言葉にローラはただうなずいていた。彼女の周りの人たちは、今までずっとあった物に必要に応じて新しく買った物を加え、新旧のものを一緒に並べて暮らしていた。たまにカーテンを花柄にしたり、壁を塗り替えたり、模様替えをすることはある。わざわざ見せびらかしたい物はない。「お祖母さんが使っていたのよ」とか、「昔からずっとあるの」と説明してくれることはある。

ミセス・グリーンの家にはそういう時代遅れのものは何もなくて、すべて家を新しくしたときに一緒に新調したもの、あるいはちょっと後で買ったものだけで、いついくらで買ったかが話題だった。応接間の家具には七ポンド、寝室には十ポンドかかったの、と彼女は言う。ローラはすごい、と思ってから、頭の中で計算してみた。グリーン家のこの裕福な暮らしのためには、週最低二ポンドの収入が必要と思われた。

すべてに手入れが行き届いていた。家具や床は徹底的に磨きこまれ、窓ガラスは煌(きら)めき、カーテンやソファーには染みも埃(ほこり)もない。家の奥の方の台所でさえ整理整頓のお手本だ。ローラは後で、ミセス・グリーンは死にそうなほど働いているのがわかった。子供は一人で家も普通よりちょっと広いだけなのに、彼女は村の女たちの倍の時間と十倍のエネルギーを、家に注いでいた。村の女たちはお隣同士、腕を組んで立ち話を楽しみ、主婦の仕事には終わりがないとこぼし合った。でもミセス・グリーンは立ち話の時間もなく働いていた。主婦たちは立ち話の後で家に戻ると「お茶一杯の休憩」をするが、彼女はその間も手袋をはめてフォークやスプーンを磨いている。グリーン家の食器や銀器は全部、ブランド名は刻印されていなくても、本物の銀製なのだった。

午後のお茶の主役は、グリーン家の一人娘ドリーンだ。両親は七歳になる娘を、「見たことがないくらい利口な子なの」と自慢する親馬鹿ぶりだ。「可愛いでしょ。あの子の言うことを聞いたらわかるわ」その実例がすぐに示される。その間、七歳のドリーンはちょっと落ち着かない様子でケーキを頬張っている。彼女は可愛らしくて、お行儀が良い。可愛い洋服を着て、大事にされているのがすぐわかるが、それほどわがままなところはない。両親は娘が可愛くて仕方ない様子だが、ローラは、どちらかの親が、「子供は一人いれば十分、あとは要らない」というようなことを言い、もう片方の親もすぐに賛同したことに驚いてしまった。要らない、というのはどういう意味なのだろう。結婚した夫婦に子供が一人生まれたらすぐ次が生まれ、次々に生まれるのが普通だ。七人目とか八人目とかの子供が生まれると、よくみんなは「どうか、これで終わりだといいのだけど」と言っていた。でもローラはこんなにはっきりと、もう要らないと、意志をもって断言できる人に会ったことがなかった。この話を聞いたミス・レーンは言った。「あなたのような女の子の前でそんな話をするなんて、思慮のない人たちね。実際、今は家族の数を計画的に決めることができるらしいのよね。それはいいことだと思うわ。でも結婚のことを、あなたが今からあれこれ考えてもしかたないわ」そしてこう結論づけた。「私はあなたは結婚しない方がいいと思うわ。結婚は向き不向きがあるのよ。向いてる人がすればいいんだわ」しかしローラは子供はいた方がいいな、と思った。女の子が一人、男の子が二人。そして本がいっぱいあって、お揃いの家具でなくてもいいから、自分にとって意味のあるものに囲まれて暮らしたい、このミス・レーンの家みたいに。

新しい家族観

グリーンで知り合った人たちは、ローラが初めて接した階層に属する人々で、彼女はその後の人生のほとんどをその人々の中で送ることになった。それはイギリスで労働者階級と中産階級のちょうど境目のところに勃興してきた新しい階層だった。これらの人々には大きな強みがあった。勤勉で質素で家庭的だったので、家庭は安定し、家計も堅実で、子供に良いと思うことには労力を惜しまなかった。家族計画を考えて生活してゆけば、親世代よりは子供のための経済的負担もほどほどですんだ。単位家族の平均的な子供の数は二人だったが、一人っ子も、子供のいない家も多かった。三人は珍しかった。

夫のスーツにブラシをかけて湿らしてアイロンをかけるのは妻の仕事で、彼女たちは自分たちもあまりお金をかけずに上手に着こなす術を知っていた。服を自分で縫い、手持ちの服を流行に合わせて縫い直す主婦も多かった。料理も家計のやりくりも上手で、家の中も個性的とは言えなくてもきれいに整え、一人のときは残り物を台所でつまんで済ましても、人前に出る機会のときは、それなりに美しいドレスに、高価なものでなくともふさわしいアクセサリーでお洒落する。

この階層はそういう方向に進化していった。精神的に確固とした価値観の基盤は持っていなかったが、親の世代が労働者階級であった人たちは、信仰や政治については理想主義的だった。話し方は生き生きとして荒削りなウイットに富み、率直で正直だった。娘や息子の世代では教会に通う人たちはぐっと減少するが、親たちはまだ宗教行事も大事にしている。彼らは教会の教えには賛成で、それが廃(すた)れるのはショックだと言う。しかし実際には形式的に守っているだけのことが多い。読む本について言えば、みんなが読んでいるものが彼らの選ぶ本だ。手に取るときはまず、みんなが読んでいる本かどうかを知りたがる。マリー・コレリやナット・グールドという大衆ロマンスの作家が一番の贔屓(ひいき)だ。自分で気の利いたことを言うセンスはないが、音楽ホールの出し物や漫画新聞からそれらしいせりふを拾ってくる才能はある。でもそれらの表現は昔からある田舎の言い回しにくらべれば、薄っぺらで味がない。

ローラの選択

しかし、田舎を自分の意志で飛び出し、変わりつつある世界に出て行った人に比べれば、そこに止まりながら変化を待ち受けていた人の方がはるかに多かった。変化は確実だったがゆっくりだった。今世紀の初め、昔からの田舎の生活様式はたくさん残っていた。外で暮らしていても古い習慣を愛する人は、実際に田舎で暮らしている人々と同じ位に世代を超えて大勢いる。彼らは親世代よりは少し良い教育を受け、少し自由な考え方をし、少し楽に暮らせるようになったが、気取らない暖かい心は前の世代のままだった。

自分たちにもそれなりに知恵や能力があるのだから、自分たちの労働の成果である文明の成果は公平に享受したいと思う。

彼らと同じく、あるいはそれ以上に、子供や孫の世代は新旧二つの価値の選択の岐路に立たされることになった。新しい文明の規格的な価値観の世界に身を投じるのか、新時代の良い点も必要に応じて受け入れつつ、田舎が培ってきた古い風習や生活スタイルも守ってゆくのか。この選択は今も問われ続けている。

このような岐路に立たされたとき、もっとも賢い選択とは何なのだろう。ローラにその機会が巡って来たとき、人は善意あふれるさまざまな助言をくれた。そして彼女の内には広い世界を見たいという若い衝動があった。その強い促しの方に身を委ねる道を選んだ時、彼女の姿は田舎の風景から消えて行った。何度も故郷（ふるさと）に帰っては来たが、いつも短い一時的な滞在だった。彼女が生まれた土地で、もう一度風景の一部になることはなかった。

配達の仕事に出た最後の日、雪の上に小鳥の足跡の残る小道に差しかかったとき、ローラは振り返り、懐かしい思い出の場所を見渡した。朝もやが地表近くに漂い、太陽が金色に輝き、頭上のまだらな雲の間に青空が鋭い細い線になって見えた。木々はまだ緑の葉を茂らせているが、低い藪にはクモの巣が白くかかって、ツバメの落ち着かない鋭いさえずりが秋の近いことを告げていた。季節は変わってゆく。

お屋敷の厩(うまや)の塔の時計が見える。そして遮(さえぎ)られて見えないけれども、その辺りには彼女をからかって喜んでいた召使いたちの門番小屋があるはずだ。あんなことで悩んだりしたのも馬鹿馬鹿しいことだったわ。今ならそう思える。いつも首謀者だった少年はもうとっくにいない。次の新しい少年が来たときには、どうすればいいか三年先輩のローラの方がわかっていて、彼らが積極的に敵意を見せることもなくなっていた。道は二つの林を越えて曲がりくねって続いて行く。あの先でフィリップ・ホワイトに会ったのだった。彼ももうここにはいない。左手の草叢(くさむら)の向こうには牛で悩まされた小道。

そのまたずっと向こうに、見えないけれども郵便局がある。ミス・レーンは今頃、尼僧を思わせる謹厳な面持ちで切手をいじっているだろう。彼女は今もローラの決心を少し恨んでいる。でもお餞別に鎖付きの時計をくれると言っていたから、気持ちは落ち着いたのだろう。郵便局とその前のグリーンを取り囲む村で、ローラは楽しいことも楽しくないことも経験し、村中の人を知り、ほとんどの人と友達になった。

彼女が毎日通った小道の両脇には、すぐ手の届くところに木の枝が垂れ、茂みがあり、草花が咲いていた。黄色いスイレンの咲く池のほとりの、潅木の林に集まっていた尾の長いシジュウカラたち。ボート小屋で雷が過ぎるのを待ったこともあった。鉛色の池の水面に夕立の雨滴が弾丸のように降り注いだ。そしてその後で丘の上の空に真丸い虹を見た。もうそんなものたちをここで見ることはないのだ。でも思い出の一つ一つは心に深く刻まれて、ローラはその後の人生で、その気になればいつでもどこでも、思い出すことができた。

小道を行く彼女の前に、道を塞いで小さなクモが巣を張っている。「妖精が築いたバリケードを破りながら私は進んでいくんだわ。私を縛りつけておきたいのね」でも彼女を強く縛りつけて放さなかったのはクモの糸ではなく、故郷(ふるさと)の土地だった。そこで育んだ愛と懐かしい家族とたくさんの思い出が彼女を捕らえて放さないのだった。

訳者あとがき

石田英子

フローラ・トンプソン（一八七六〜一九四七）の自伝的小説『ラークライズ』が出版されてから十三年がたちました。今度ようやく待たれていた第二部第三部が一冊の本になり、『キャンドルフォード』のタイトルで、三部作全巻が日本語で読めることになったことは、翻訳者としては大きな喜びです。刊行にご尽力下さった朔北社の宮本功様はじめ編集部の皆様に心から感謝申し上げます。この間、ＢＢＣのシリーズドラマ『ラークライズ』が日本でも放映されて、ドラマのファンの方たちからも未刊行部分をぜひ読みたいとの声が寄せられ、出版の後押しになったようですのでありがたいことです。ドラマで使われたエピソードは、ローラがキャンドルフォードの郵便局で働き始めた後半部分から、たくさん取られています。ドラマを見てから本をお読みになった方は、名前や年齢や人間関係が実際とは違ってドラマチックに脚色され視覚的に楽しめるドラマと、淡々とエピソードが活字で連なる地味な原作との違いに戸惑われるかもしれませんが、本は本として楽しんで頂ければ、と思います。

『ラークライズ』では、ローラ（フローラ・トンプソン）のジャニパーヒルという小さな村での子供時代がほぼそのとおりに描かれていますが、『キャンドルフォード』では、複数の町での体験が一つの町のできごととしてまとめられています。ローラの思春期の精神的成長、郵便局の仕事を通じて広がった人との交流、世紀をまたぐ時代の変化への意識など、多感な少女時代が中心に描かれ、さらに遠くへの旅立ちを予感させる終わり方をしています。（本の中で時々イギリス南部の地名が出てきますが、ミス・レーンの郵便局を辞めてから、ローラは二十歳の頃、南のサリー州の郵便局に赴任しました。）ローラの人生は、科学技術の進歩や人権に目覚めた労働運動が勃興する時代と、同時進行する形でありました。アデレード夫人に保守党のクラブへの入会を誘われたローラが、家は自由党支持ですのでと断る場面があります。しかし一方でローラは古いものが好きでした。広い世界を見たいという衝動と共に、年寄りから聞く昔の話や歌、古い家具や道具への愛着、自然の巡りと共にある村の人々の土に根づいた暮らし、季節で移ろう変わらぬ田舎の景色への愛情に引き裂かれる思いを随所で吐露しています。

今、私たちはローラとは違う意味で岐路に立たされています。進歩が飽和状態に達したかのような時代にあって、ローラの愛して止まなかった小さな世界や、自然と共にあり生活が人の心の射程内にあるようなアナログな暮らしへの憧れが私たちの中にも残っていることに、この本を通じて気づかされます。前に進むだけではなく立ち止まったり、時には後戻りすることも選択肢に入れても良いのでは。そんな読み方もしたくなる本です。

二〇二一年八月

著者・フローラ・トンプソン（1876 ～ 1947）

イギリスのオクスフォード州ブラックレー近郊のジャニパーヒル（本書中のラークライズ）生まれ。

郵便局に勤め、24 歳のとき、郵便局員のジョン・トンプソンと結婚。

仕事のかたわら詩や散文を書いていたが、長い試行錯誤を経て自分にふさわしい作品の形を探求することになった。

やがて彼女は子供時代の回想を書き始め、1937 年、のちに『ラークライズ』の一部になる作品「オールド・クィーニー」を発表、1939 年には『ラークライズ』を刊行した。引き続き、第 2 作『キャンドルフォードへ』、第 3 作『キャンドルフォード・グリーン』を書いた。1945 年には 3 作品が 3 部作として 1 冊にまとめられ、作家としての名声は確固たるものになった。

生涯の終わりになって後世に残る作品を著した作家である。最後の作品“*Still Glides the Stream*”を書き上げた数週間後に亡くなった。

訳者・石田英子（いしだ ひでこ）

1949 年生まれ。お茶の水女子大学史学科卒業。

未紹介の古い良書を発掘し翻訳することに情熱を傾ける。

訳書にフローラ・トンプソン『ラークライズ』、ドディー・スミス『カサンドラの城』（いずれも朔北社）がある。

趣味はクレージーキルト。

キャンドルフォード　続・ラークライズ

二〇二一年一〇月三一日　第一刷発行

著　者　フローラ・トンプソン
訳　者　石田 英子　translation©2021 Hideko Ishida

発行者　宮本　功
発行所　株式会社　朔北社
〒一九一―〇〇四一
東京都日野市南平五―二八―一　一階
TEL　〇四二―五〇六―五三五〇
FAX　〇四二―五〇六―六八五一
振替〇〇一四〇―四―五六七三一六
http://www.sakuhokusha.co.jp

印刷・製本　吉原印刷株式会社

ISBN978-4-86085-139-2 C0097 Printed in Japan

朔北社の海外文学

ラークライズ　フローラ・トンプソン著　石田英子訳

イギリスで高校生の必読書として親しまれ、長く読み継がれてきた古典的作品。
稀有な文学的才能に恵まれた少女フローラ・トンプソンが1880年代イギリスの農村の生活を、自らの幼少時代の経験をもとに描いた物語。決して豊かでも便利でもないが、我が身の働きによって暮らす人々の満ちたりた生活を、少女の溢れる詩情と好奇心を通し描いている。

四六判・上製・420頁　本体2400円＋税　ISBN978-4-86085-068-5　2008年8月

カサンドラの城　ドディ・スミス著　石田英子訳

1930年代、イギリス。古いお城で暮らすカサンドラとその家族の前に、突然、二人の裕福なアメリカ人青年があらわれた。何かが始まる予感……。17歳の少女の目を通して、個性的な家族やお城での暮らし、美しい田園風景やはじめての恋を、ユーモアとすぐれた観察眼で描いた、英米で半世紀以上にわたり読み継がれている物語。

四六判・上製・557頁　本体2300円＋税　ISBN978-4-931284-93-7　2002年12月

＊　＊　＊　＊

ロザムンド・ピルチャー傑作集　中村妙子訳

シェルシーカーズ（上・下）

人生の晩年を迎えた高名な画家の娘ペネラピ・キーリングを主人公に、戦前から戦後の半世紀にわたりイギリスの南部を舞台に繰り広げられる家族三世代の物語。温かく詩情豊かに描くロザムンド・ピルチャーの長編代表作。

四六判・並製・2段組・上巻396頁、下巻414頁　本体各1500円＋税
ISBN978-4-86085-117-0　2014年12月（上巻）/ISBN978-4-86085-118-7　2014年12月（下巻）

九月に（上・下）

スコットランドの秋。九月に行われるダンスパーティーの招待状に呼び寄せられ、離れて暮らす家族が故郷に集う。家庭と家族の絆を深い愛情をもって描きだした、円熟の長編大作。

四六判・並製・2段組・上巻374頁、下巻355頁　本体各1500円＋税
ISBN978-4-86085-044-9　2006年9月（上巻）/ISBN978-4-86085-045-6　2008年9月（下巻）

双子座の星のもとに

22歳のその日まで、双子であることを知らずに育ったフローラとローズが、偶然ロンドンのイタリア料理店で出会う。フローラは知らず知らずのうちにローズの人生に巻き込まれていき、不思議な運命が動き出す。

四六判・並製・2段組・360頁　本体1400円＋税　ISBN978-4-86085-112-5　2013年10月

ロザムンドおばさんの贈り物

日常のなにげない出来事。人がいて、家族がいて、生活があり、その中で感じる大小さまざまな困難や悩み、そして喜び。それを囲む町や自然。そんな日常をゆったりとした時の流れの中に描く珠玉の短篇集。6篇を収録。

四六判・並製・208頁　本体1200円＋税　ISBN978-4-86085-109-5　2013年5月